난
주

• 이 도서의 국립중앙도서관 출판시도서목록(CIP)은 서지정보유통지원시스템 홈페이지(http://seoji.nl.go.kr)
와 국가자료공동목록시스템(http://www.nl.go.kr/kolisnet)에서 이용하실 수 있습니다.
(CIP제어번호: CIP2018035751)

제6회 제주4·3평화문학상 수상작

난주

김소윤 장편소설

은행나무

차 례

난주 7

| 일러두기 |

· 경헌의 아명은 경한(景漢)이나 소설에선 보명(譜名)인 경헌(敬憲)을 썼다.
· 소설은 사실에 기반하였으나 분명한 허구임을 밝힌다.

1801년 정순왕후는 어린 나이로 즉위한 순조를 대신해 수렴청정에 나선다.
노론벽파를 두둔하던 정순왕후가 남인이 중심이 된 천주교를 탄압하니,
이것이 신유박해(辛酉迫害)다.
남인 명문가의 장녀이자 천주교도인 정난주는
시어머니와 어린 아들을 데리고 친정으로 피신하였고,
남편 황사영은 충북 제천의 배론 골짜기에 숨었으나
천주교 부흥을 위한 백서(帛書)를 북경의 주교에게 보내려다 발각되어 참형당했다.
이어 정난주와 시어머니는 각각 제주도와 거제도의 관비로 정배된다.

1

1837년 정유년 겨울, 제주에 많은 눈이 내렸다. 본래 여름이라도 그리 무덥지 않고 겨울이라도 과히 춥지 않은 곳이 제주였으나, 또한 변덕스럽기 이를 데 없어 무덥다가도 서늘하고 따뜻하다가도 바람이 몰아쳐 종잡을 수 없는 곳이 제주였다. 난주는 날이 갈수록 날씨의 변덕을 이기지 못해서 낡은 장옷에 솜을 넣어 누비고 때에 따라 두르며 몸을 살폈다. 그러나 대정읍에 그처럼 많은 눈이 내린 것은 섬에 들어온 서른일곱 해 만에 처음이었다. 큰 눈이 온다며 두려워하는 이들을 보며 난주는 희미하게 웃었다. 늘 변변찮은 소출만 내는 제주의 밭들도 대설이 내린 후광을 맞아 풍년을 이룰는지 모를 일이다.

눈이 그칠 줄 모르고 내렸다. 살짝 얼어붙은 눈은 검은 땅으로 쉬이 스며들지 않고 푸르게 빛났다. 마실 물이 부족한 마을 사람들은 눈을 떠 항아리에 모았다. 섬에는 늘 물이 부족해 한 방울의 물도 헛되이 버리는 때가 없었다. 난주가 나고 자란 고향 마재는 북한강과 남한강이 만나는 두물머리에 경안천까지 합해지는 곳이라, 물이 귀한 제주 땅이 더욱 낯설기만 했다. 이제는 난주도 비 오고 눈 오면 자연히 허벅이나 독을 챙기니 제주 사람이나 다름없었다.

난주가 한창 눈을 퍼 담고 있을 때, 작은주인 상윤이 땔감과 조짚 한 뭇을 들고 찾아왔다. 그는 난주가 돌보던 어린 시절부터 다정하고 자상한 성미였다. 짐을 부려놓자마자 집 안을 두루 살핀다. 지붕의 이엉을 확인하고 우영에 묻어둔 김칫독이며 통시의 흔들리는 디딤돌, 고팡에 뚫린 쥐구멍까지 꼼꼼하게 손보았다. 난주는 그의 듬직한 뒷모습을 말없이 보다가 아껴둔 쌀독을 뒤져 곤죽을 끓여내었다. 상윤이 상 위를 힐끔 보고는 곧바로 빈 그릇을 가져다가 반을 덜어낸다. 상윤은 그런 주인이었다. 어쩔 수 없이 그릇을 받으며 난주는 조용히 웃었다. 그도 벌써 자식을 셋이나 둔 가장이고 지아비였다. 그래도 난주에게는 여전히 어린아이인 듯 애틋했다. 난주는 두 손을 고이 모으고 그를 축복했다. 그 손은 오랜 세월의 고락을 그대로 담아 굳은살이 배고 꺼끌꺼끌한 주름으로 가득했다. 상윤은 늙은 유모의 손끝을 애처롭게 바라보았다. 뎅강 잘려버린 새끼손가락이 뿌리만 남은 채 허허로운 찬바람을 그대로 맞는다. 그것이 이 늙은 종의 일생이었다.

"주님, 은혜로이 내려주신 이 음식과 저희에게 강복하소서, 아멘."

난주의 기도가 끝나자 상윤도 함께 아멘을 가슴에 새겼다. 둘은 곤죽을 맛있게 비웠다.

계사년 환갑을 맞을 때 상윤은 형 상집과 논의하여 이 집을 마련해주었다. 그 무렵 난주는 상윤의 집에 지내며 밖거리를 쓰고 있었다. 마침 같은 방을 쓰던 계집종 막가이가 아기를 낳자 상윤은 아예 작정하고 난주에게 집을 내주었다. 죄인으로 관비를 사는 이에게 흔치 않은 호사였다. 관부(官府)는 난주의 신공이 꼬박꼬박 들어오는 데다 일흔에 가까운 나이를 헤아려 별다른 말이 없었다. 집을 따로 나게 되면서부터 난주는 김씨 집안의 자질구레한 모든 일에서 해방되었다. 상윤이 더불어 목적한 바였다. 그는 늙은 유모를 방에 앉혀두고 스스로 나가 안마당에서 올레까지 눈을 깨끗이 쓸었다. 만류해도 소용없는 고집이었다.

상윤이 돌아간 후 눈발은 더욱 거세졌다. 빗질한 갈래머리처럼 개운하던 안마당에 다시 눈이 쌓였다. 쇠막에 묶여 있던 암말이 뜨겁고 거친 숨을 내쉬었다. 운무 같은 입김이 어지럽다. 난주는 상윤이 두고 간 조짚을 풀어 말먹이를 삼았다. 상윤이 초막을 얻자 상집은 유모의 재산을 삼으라며 귀한 조랑말을 내주었다. 말 값이 종 값보다 몇 배는 더 나가니 얼토당토않은 일이다. 그래도 그간의 은혜라며 억지를 부리는 형제를 이기지 못했다.

살아 있는 것의 숨결과 정다운 앙탈에 난주는 금세 마음을 빼앗겼다. 망아지였던 것이 어느새 자라 근육 마디마다 기름진 털을 빛내며 제법 늠름하다. 난주는 몇 번이고 말 등을 쓸어주고 쇠막 안을 깨끗이 치웠다. 할 수만 있다면 그 말을 아들에게 보내고 싶었다. 제 아비처럼 사모관대를 쓰지는 못할망정 말이라도 태워보고 싶은 어미의 마음이었다. 그러나 관부의 감시가 번뜩이는 제주에서 감히 말을 내돌리는 일이 가능할 리 없었다. 망아지 한 마리도 일일이 헤아려 마적(馬籍)에 올려두고 관리하는 나라였다. 행여 죽기라도 하면 주인은 호되게 심문을 당했다. 짐승이고 사람이고 하늘 아래 살아 있는 모든 것이 임금과 양반의 것인 나라, 난주는 가끔 소름이 끼쳤다.

눈발이 더욱 굵어져 우리 밖으로 소복소복 쌓였고 가끔 우수수 지붕에서 쏟아져내리기도 했다. 청소를 마친 난주의 몸은 금세 얼어붙었다. 구유에 눈을 몇 덩어리 넣어주고 굴묵 곁에 웅크리고 앉아 몸을 녹였다. 마른 말똥과 가시락이 뒤섞여 타닥타닥 불꽃이 튄다. 한기가 든 정강이뼈가 욱신욱신 아리고, 뿌리만 남은 새끼손가락이 시큰거렸다.

난주는 휘청휘청 정지로 들어가 말린 쑥을 솥에 넣고 오래 끓였다. 시렁에 매어둔 새끼줄마다 약초들이 깊은 흙내를 풍기며 말라가고 바람벽 사이로 냉기가 스며들었다. 난주는 몸을 웅크리고 아궁이 속 타오르는 불더미를 들쑤시며 눈 오는 밤을 견뎠다. 언제나 그렇듯 겨울밤은 길었고 어둠은 깊었다. 몸을 덥혀오는 온기를 한껏 받으며 난주는 두 눈을 감았다. 한때는 붓으로 그린 듯 매끄러웠던 눈매가 검불처럼 쪼그라졌다. 그 홑겹의 눈꺼풀 사이로 숱한 회한들이 안개처럼 밀려왔다 사라졌다. 또다시 악몽이 찾아올 것이다.

무엇보다 두려운 것은 잊히는 일이었다. 망각은 기억의 또 다른 이름이고 세월은 덧없는 바람과 같아서 살아온 자국들을 매섭게 지워갔다. 난주가 할 수 있는 것은 다만 부지런히 기도하는 일뿐이었다. 허나 어느 사람의 마음 안에 침묵과 평온만 자리할까. 해가 지고 달이 뜨는 수많은 밤, 난주는 악몽에 시달렸다.

화살에 귀가 접힌 채 잔혹하게 처형당한 남편과 창자를 쥐어뜯듯 울어대던 아들의 꿈이다. 악몽은 참혹한 진실이었고, 동시에 눈을 뜨면 사라질 허깨비였다. 난주는 늘 그 두 세계의 언저리에서 혼란했다.

새벽이 되자, 난주는 이른 세수를 마치고 단정히 앉아 기도했다.

누구도 방해치 않는 기도 시간은 천주와 만나는 시간이었다. 천주는 형체가 없었고 말도 없었다. 난주의 생각이 곧 천주의 생각이었고 난주의 말이 또 천주의 말이었다. 이 늙은 교인은 그것을 두렵게 여겼다. 평생을 부단히 달음질하였어도 결코 닿을 수 없는 것이 바로 자신 안에 자리한 그 천주였다.

*

……죄인 정난주는 더럽고 탐욕스러운 사학에 심취하여 임금께 씻을 수 없는 불충을 범하고 제사를 폐하는 무부무군한 패륜을 저질렀다…… 죽은 자의 나라가 되살아난다는 요언을 일삼고 나라의 질서를 어지럽혔으며…… 나라를 파는 데 앞장선 대역죄인 황사영의 처로 백성을 현혹한 죄가 죽어 마땅하나…… 어리석은 죄를 낱낱이 자복하고 다시는 미혹되지 않을 것을 서약하니…… 하늘과 같은 은혜로 죄를 감하여 오늘부로 제주목의 관비로 명하노라.

1801년 순조 원년, 서슬 푸른 판관의 호령은 위엄이 넘쳤고 주위를 오가는 군관과 사령 들은 각개 부장을 따라 분주했다. 찬바람 몰아치는 포도청 앞마당에 꿇어앉은 난주는 하릴없이 몸을 떨었다. 관비…… 그것은 목숨을 부지할 수 있다는 통보이자 목숨만 부지하게 됐다는 천벌이었다. 명문 사대가의 맏딸로 태어나 비단옷에 휘감겨 살아온 유약한 아낙으로 과연 그 이름을 견딜 수 있을지, 자신도 알 수 없었다.

아무리 옥에서 고생을 했을지언정 나란히 주저앉은 죄인들 가운데서도 유독 눈에 띄는 난주였다. 갸름한 얼굴과 또렷한 눈매도 그렇거니와 저절로 기품이 드러나는 살굿빛 살결과 야물게 다문 연분홍 입술이 그러했다. 그러나 험난한 죗값을 받는 마당에 육신의 고귀함이나 아름다움 따위는 오히려 거추장스러운 굴레가 될 것이 뻔했다.

난주는 하염없이 두려웠다. 무엇보다 떨려오는 것은 살고자 내려놓

은 믿음이었다. 어리석은 죄를 자복한 것은 누구의 말인가. 다시는 미혹
되지 않을 것을 다짐한 것은 또 누구의 뜻인가. 심문을 당하는 중 저도
모르게 흘린 배교(背敎)의 자락을 단숨에 거두어 꼭꼭 씹어 삼키고 싶
었다. 딱딱하게 굳은 혀끝으로 두려움의 침묵을 뚫고 싶었다. 그렇게 사
는 것은 사는 게 아니었다. 서방님을 따라 천국 문에 드는 것이야말로
난주가 바라는 유일한 소망이었다. 그러나 한 아이의 어미에게는 죽음
조차도 쉬 허락되지 않는 호사였다.

난주의 품에 안겨 있던 경헌이 더럽고 해진 어미의 홑옷을 움켜쥐
며 칭얼댔다. 여름에야 겨우 돌을 지난 아이다. 추운 토옥에 갇혀 지내
는 동안 보드랍던 볼살은 꺼칠하게 폭 파이고 두 눈은 윤기 없이 퀭했
다. 아이의 등을 토닥이며 울음을 달랬다. 삼키는 울음마다 딸꾹거리는
설움이 자그만 등짝에서 생생하게 울렸다. 그 살아 있는 것의 소리가 난
주의 까마득한 정신을 일깨웠다. 자신이 선택한 길이 바로 그 아이에게
있었다.

남편은 한 가지 일에 빠지면 무섭도록 몰두하는 이였다. 세상은 그를
신동이라 했지만, 난주는 그러한 몰입이 때로는 두렵고 근심스러웠다.
정약전, 약종, 약용 숙부들에게 처음 천주의 이야기를 듣고 온 날은 온
종일 먹지도 마시지도 않고 오직 그 생각뿐이었다. 서책을 붙든 채 밤을
새우며 이해할 수 없는 세계를 기어코 이해하려고 애썼다. 난주에게 무
언가를 배우려 했던 것도 그때가 처음이었다.

"원수를 사랑하라는 말은 참 어렵소. 부인은 어릴 때부터 그걸 이해
했소?"

"이해한 적은 없어요. 그저 받아들였습니다."

"받아들인다……"

"우리가 베푸는 대로 천주도 우리에게 베푸신다고 하지요. 만나는 모든 이를 천주께 대하듯 한다면 원수도 미움도 없을 겝니다."

"그대가 내게 스승이오."

그는 난주의 손을 꼭 붙들고 귀한 것이라도 얻은 듯 기뻐했다. 그 모습이 좋아서 난주의 마음에도 흰 빛이 번졌다. 남편이 열성으로 덤벼들었던 천주교의 일을 도왔던 것은 그 때문이었다. 세상의 진리를 깨우친 줄로만 알았다. 사람들이 알지 못하는 기쁨을 알았다고 자만하기도 했다. 그러나 두 사람은 미처 몰랐다. 그것은 뼈아픈 멸시와 고통, 때론 죽음으로써 값비싼 대가를 치러야 할 기쁨이었다. 정약종과 이승훈, 이가환, 주문모 신부를 비롯한 교도 백여 명이 처형당하거나 옥사했고, 정약전, 정약용을 비롯해 난주와 같이 유배되는 이가 수백이었다.

난주는 여전히 자신의 앞날을 또렷이 볼 수가 없었다. 앞날을 똑똑히 볼 수 있었다면, 애초부터 천주를 마음에 들이지도 권면하지도 않았으리라. 허나 어찌하랴. 마음 깊이 사모한다는 것은 그처럼 눈 감고 귀 막고 아무것도 할 수 없는 일인 것을. 난주는 자신도 모르게 주여, 하고 중얼거렸다. 바람결에 귀밑머리가 마른 볼을 간질이며 흔들렸다.

난주 곁에 선 나졸이 쌀쌀맞게 으름장을 놓았다.

"썩 일어나지 못하겠느냐? 예서 세월을 보내다가는 나까지 얼어 죽겠다."

나졸은 시근거리며 눈을 부라렸다. 낡고 추저분한 검은 더그레 자락엔 기운 자국이 뜨문뜨문하다. 난주는 꿈에서 깨어난 듯 사내의 얼굴을 말끄러미 올려 보았다. 털벙거지 아래 잔뜩 찌푸린 얼굴이 새파랗다. 추운 날 한데서 기다리느라 그도 지칠 대로 지쳤으리라.

"뻔뻔하게 주질러앉아 눈은 왜 치켜뜨느냐. 야소귀신을 부르려느냐,

주문을 외우려느냐? 백날 외워보거라. 안됐지만 귀신은 사람 사는 세상에 병졸 하나도 보낼 수 없느니. 네년도 좋은 날 다 간 줄 알거라. 양반이라고 배가 부르니 해괴한 잡신에 들려서는, 쯧. 오늘 밤에라도 내가 부르면 너는 내 것이다. 이제는 그게 복인 줄이나 알거라."

나졸은 쇳소리처럼 날카로운 독설을 퍼부으며 키득키득 웃었다. 난주는 가만히 입술을 깨물었다. 철없는 경헌이 음마 음마, 하며 어미의 앞섶을 파고들었다.

"썩 일어나라. 네년과 밤씨름은 해도 입씨름은 할 기운이 없도다. 흐흐……."

난주는 아이를 안은 채 땅을 떨치고 일어났다. 자꾸만 눈시울이 뜨겁다. 어떤 모멸과 무례에도 한마디 호령을 할 수 없는 처지였다. 난주는 살을 에는 바람을 뚫고서 천천히 걸었다. 마루 위 당당하게 우뚝 선 판관, 종사관과 부장, 사령, 나졸, 관노의 멸시 어린 눈초리가 따갑다. 형문(刑問)을 당하는 중 터졌던 정강이는 퉁퉁 부어올랐고, 차디찬 옥 바닥에서 이리저리 찢긴 치맛자락은 남루했다. 칭얼대는 경헌의 옷에는 이가 꼬여 솔기마다 새카맣고, 살갗은 잔뜩 부어올라 시도 때도 없이 긁어댔다. 어찌하여 이리도 처참한 꼴이 되었던가. 날카롭게 벼린 칼날로 심장 한복판을 도려낸 듯 아프다. 한 걸음 한 걸음마다 그 심장에서 하얀 피가 뚝뚝 떨어졌다.

애기씨 애기씨, 하며 따르던 하인들의 바지런한 손길이 그립다. 그들의 눈에는 애정이 넘쳤고 난주의 한마디 인사에도 방긋방긋 웃어주었다. 명련아, 하고 다정하게 불러주시던 아버지는 또 어찌하고 계실까. 아끼던 사위와 동생들을 줄줄이 잃고 가문의 명예도 잃고 얼마나 상심하실 것인가. 난주는 하늘의 아버지만큼이나 육신의 아버지를 경외했다.

그러나 당신이 반대한 믿음으로 처절한 배신감을 안긴 것만은 부정할
수가 없었다. 아버지를 중심으로 모여 살며 조석으로 들르시던 자상한
숙부님들, 해사하게 빛나던 서방님의 얼굴……. 그에 생각이 미칠 때 난
주는 상념을 떨치듯 고개를 흔들었다. 꿈이 찬란할수록 현실은 더욱 참
혹하다. 아이의 침과 눈물로 축축해진 가슴팍에 아이를 와락 끌어안았
다. 아이가 몸을 비틀며 빼내려고 버둥거렸다.

　며칠 새 간헐적으로 비가 오고 잔뜩 찌푸렸던 하늘은 유난히도 맑고
깨끗했다. 난주는 입을 벌려 흰 입김을 내뱉었다. 두 눈은 뜨겁고 콧날
은 시큰하다. 서방님은 천주를 사모하여 그 이름으로 천국 문에 들었다.
그러나 난주는 가슴을 파고드는 어린것을 내칠 수 없었다. 아들까지 내
어줄 신실함이 부족했을까. 아니면 살고자 아이를 핑계로 발명하는 것
인가. 옥에 있는 내내 스스로에게 묻고 또 물었다. 그래도 차마 아이를
두고 갈 수는 없었다. 난주는 모든 것이 제 탓이라고, 다 내어놓겠다면
서 너무 많은 것을 가졌던 탓이라며 서러운 울음을 삼켰다.

　토옥은 멀지 않았다. 다만 관비가 되어 돌아가는 길이 조금 전과는
천지 차이로 달라서, 마치 천리만리나 되는 것처럼 까마득했다. 검은 바
다 건너 가시덩굴 같은 제주 땅은 또 얼마나 멀고 험할는지. 난주는 경
헌의 따뜻한 체온에 의지하여 그 길을 간신히 걸었다.

　옥에 들어서자 거적을 이불 삼아 떨고 있던 시모가 바짝 다가와 앉
는다.

　"살기는 하는 게냐. 살려는 준다더냐."

　나이는 들었어도 기품이 넘치던 시모는 보름 사이 거리의 노파가 다
되었다. 핼쑥해진 양 볼은 구정물이 얼룩덜룩하고 머리카락은 산발하였

다. 자리옷 그대로 끌려오는 바람에 간신히 얻어 입은 무명옷은 더럽기 짝이 없고 버선발은 터지고 찢어져 더욱 처량했다. 난주는 시모의 차가운 손부터 맞잡았다.

"네, 살려준답니다. 살았어요, 어머니."

에고고, 시모의 주름진 입술 사이로 한숨과 설움이 복받쳐 눈물부터 쏟아졌다.

"혹여 너마저 갈까봐 얼마나 가슴을 졸였는지. 늙은이 목숨이야 아깝겠냐마는 너마저 간다면 이 어린것은 누구를 의지해 살 것이며, 네 가여운 부모의 심정은 또 어떻겠느냐. 애썼다, 애썼어. 죽기보다 사는 것이 힘든 것이다. 죽은 사람은 죽은 대로 산 사람은 산 대로 사는 것이 인생이니, 나중에 하늘에 가서 천주님과 아범을 만나거든 살아 있는 순교도 있었노라고 자랑이나 하자꾸나."

시모의 고백은 서러웠다. 그 다짐은 더욱 처연했다. 난주는 어린것의 온기가 마음을 위로하길 바라며 경헌을 안겼다. 아이를 어르며 시모는 우는 듯 웃었다.

처음 신행을 떠나 절을 드릴 때, 시모는 자그맣고 차가운 인상이었다. 유복자를 낳아 열여섯에 진사 급제시킨 도도한 자부심과 집안을 이끌어온 가장의 위엄이 그 얼굴에 담겨 있었다. 어릴 때 잃은 어미의 품을 기억하지 못하는 난주인지라 어머니들의 얼굴은 늘 그처럼 초연하고 고상한 줄로만 알았다. 그러던 어머니가 여염집 아낙과 같은 얼굴로 퍼질러 앉아 에구데구하며 목메어 울 줄은 몰랐다. 아들의 생사를 두고 근심할 때 곡기 한 술 물 한 모금을 삼키지 못했고, 아들이 참형된 후에는 머리를 풀고 앉아 사흘 밤낮을 가슴을 짓찧었다. 경헌과 함께 끌려오면서는 불쌍한 새끼라도 방면해달라며 미천한 나졸들에게 애걸복걸하였다. 이제는 청상이 된 며느리가 관비가 되어 간신히 목숨을 건졌는데도 그것을 기뻐하는 어머니가 낯설면서도 정겨웠다.

어미란 양반이고 천민이고 하늘 아래 가장 강했다. 난주는 시모를 보며 죽음을 택하지 못한 자책감을 간신히 덜어냈다. 내 속으로 낳은 새끼를 위해 무엇인들 못 하랴. 죽으라 해도 죽을 것인데 살아야 한다면 살고야 마는 것이다. 성모께서 처녀의 몸으로 잉태한 예수를 기쁨으로 낳았으며, 그 아들의 마지막 길까지 묵묵히 곁을 지키지 않았던가. 난주는 제 세례명인 마리아의 귀한 이름과 그 뜨거운 모정을 떠올리며 자신을 위로했다.

살아, 살자꾸나. 하늘에 가거들랑 살아 있는 순교도 있었노라 자랑이나 하자꾸나.

흔들리는 마음에 빗장을 채우며 난주는 살아 있다는 죄스러움을 씻었다.

죄인들이 옥을 떠나는 날, 이른 새벽부터 찬비가 쏟아졌다. 밤새 뒤척이던 난주는 벽 틈으로 새어드는 찬바람에 아예 눈을 떠버렸다. 캄캄한 옥사는 불빛 한 점 없고, 옥졸들은 골방에 파묻혀 잠이 들었다. 간혹 찍찍 우는 쥐새끼를 빼고 들리는 것은 오직 비바람 소리뿐이다. 난주는 한쪽 구석에서 경헌을 끌어안고 잠든 시모를 처연하게 바라보았다. 노령을 핑계로 형문만은 피했으나 고된 옥살이로 성한 곳이 없었다. 옥 안은 더럽고 춥기도 하려니와 끌려온 천주인들로 가득해 비좁았다. 어머니는 발을 뻗을 수가 없어 늘 쪼그리고 있느라 무릎에서 우두둑 뼈 삭는 소리가 났다. 난주는 슬그머니 어머니의 다리를 주물러드리고 주위의 짚을 모아 시린 발끝을 덮어드렸다. 떨어진 버선짝 사이로 곱다랗던

19

발이 갈라지고 곪아 터져 한 집안을 호령하던 마님의 것이 아니다. 그들에게 남은 날들이 바로 그 발끝과 같을 것이다. 난주는 자신의 앞날보다 시모의 남은 날을 근심했다. 행여 병이나 든다면 어찌할꼬. 모진 아전들이 멸시하고 매를 칠 때는 또 어찌할꼬. 더욱 아득한 것은 경헌이 살아가야 할 날들이었다. 아이는 제 아비를 닮아 눈빛이 선하고 영민했다. 잘 먹고 잘 잤으며 사람과 눈이 마주치면 방실방실 웃었다. 이제 막 음마, 하고 세상의 말을 배우기 시작한 아이. 무사태평한 세상이었다면 제 아비처럼 큰 인재가 되었을 것이나 이제는 천한 관노가 되어 하루의 무사함을 낙으로 삼을 것이다. 난주는 가슴이 저릿저릿했다. 아이는 아무런 죄도 없질 않은가. 지금이라도 마재의 아버지에게 아이를 숨겨달라 살려달라 매달리고 싶었다. 그러나 아버지는 결코 응하지 않으리라. 아버지는 그런 사람이었다. 그러니 숙부들이 그토록 설득해도 성리학의 세계로부터 한 치의 양보도 없었던 것이다.

가까이에서 허리를 잔뜩 고부리고 덜덜 떨던 여인 하나가 몸을 뒤채며 신음했다. 동문 밖에서 농사를 짓던 여인의 가족은 모두 천주교인이었다. 이웃의 발고로 끌려올 때 남동생이 도망하였는데, 그로 인해 극심한 형문을 받았다. 팔 하나가 부러져 덜렁거리고 뭉개 터진 엉덩이에선 피와 고름이 흘러내렸다. 상처에서 썩은 내가 풍기고 정신을 잃을 때가 아닐 때보다 많으니 여인은 곧 죽을 것이다. 이제 갓 스물이 되었고 어린 딸을 지난해에 잃었다는 여인의 등을 가만히 쓸어주었다. 그르렁그르렁 내쉬는 여인의 숨소리가 바람 따라 달음질치는 연줄처럼 금방이라도 툭 끊길 것 같다.

형문도 형문이지만 옥살이 또한 사람이 못 할 일이었다. 좁은 옥 안에는 온갖 물것과 벌레가 득실거렸고 끼니라고는 하루에 한 번 묽은 죽이 전부다. 가족이 옥전거리에서 밥을 붙이며 뒷바라지하면 모를까 그렇지 못한 이들은 남들이 먹다 남긴 밥풀이나 찌꺼기를 게걸스럽게 훑어 먹었다. 난주는 아버지가 보낸 하인이 하루 두 번씩 밥을 들여주었는데, 빈 젖을 물던 경헌에게 짓이겨 먹이고 주위의 옥인들과 나누어 먹느라 굶주림을 면한 적은 없었다. 그러나 육신의 허기는 오히려 견딜 만했다.

천주인들로 가득한 옥 안은 밤이 깊도록 소란했다. 기도와 노랫소리가 오가고 수시로 울부짖었다. 그것은 때로는 발악처럼 느껴졌고 혹은 축복으로도 다가왔다. 죽음을 앞당겨달라는 기도를 어찌 한 가지로만 받아들일 것인가. 난주는 밤마다 믿음과 배교의 사이에서 수십 번씩 천국과 지옥을 오갔다.

천국을 택한 자들은 얼굴에 횟가루를 바르고 귓불에는 깃이 달린 화살을 꽂은 채 새남터로 끌려갔다. 거나하게 술을 걸친 망나니들은 죄인들을 끄집고 군중 사이를 돌리며 조롱하였고, 일부 백성들은 침을 뱉거나 야유를 보냈다. 그럼에도 칼을 받는 이들의 얼굴은 평온했고 오히려 웃는 이들이 태반이었다. 그들의 잘린 머리는 모래밭을 뒹굴다 구더기 밥이 되거나 짓궂은 어린것들의 놀잇감이 되었으나, 그들의 넋은 참담한 세상 땅을 떠나 천국 문에 들었음을 천주인들은 의심하지 않았다.

살아남아 지옥을 택한 자들도 있었다. 죄가 가볍거나 죄를 뉘우치고 배교한 자들은 유배형을 받았고, 배교를 했어도 죄가 무거운 이들은 관노비로 박혔다. 방면이 된 자들은 대개 천주교인들을 추포하는 데 적극적으로 협조한 이들이었는데, 나이가 극히 어리거나 많은 경우도 간혹 있었다.

난주는 마지못해 배교의 형식을 갖추어 목숨은 건졌으나 대역죄인 황사영의 아내로서 연좌의 굴레를 벗을 수 없기에 중죄인이 유배되는 제주 땅에 관노비로 정배된 것이다. 이는 즉 살아도 산 것이 아니라 죽어서나 끝날 고행의 시작이다.

난주는 경헌의 따뜻한 이마에 찬 볼을 댔다. 곧 아침이 밝아올 것이다. 더 이상은 떠난 임을 그리워하며 애통해하거나 부질없는 요행을 바라지 않겠노라 다짐한다. 견디어내는 것만이 그들에게 남은 삶이었다. 그리고 한 가지 벼락같은 생각이 떠올라 난주의 마음을 더욱 단단하게 만들었다. 아들만은 그 지옥 같은 수렁에 빠뜨리지 않기 위한 마지막 기지였다. 관노와 나졸 들이 아침을 맞는 수선스러운 소리가 들려오기 전, 난주는 손가락 끝을 어금니로 야무지게 깨물었다. 목단같이 붉은 피가 순식간에 솟아오른다. 아이는 쌔근쌔근 잠들어 앞섶을 열어도 몰랐다. 난주가 손끝으로 글자를 써 넣는다.

경신생, 황경헌.

아비의 이름을 적고 싶었으나 그마저도 아이의 앞날에는 사족일 터였다. 대역죄인의 굴레를 벗기고자 국법을 거스르는데 그 핏줄임을 밝혀 무엇하랴. 난주는 아이의 옷섶을 여며 단단히 묶었다. 일찌감치 깨어난 어느 집 닭이 홰치며 우는 소리가 아득하게 들려왔다.

시모 이윤혜와 난주 모자는 다른 죄인들과 함께 길을 나섰다. 한양을 떠나 과천, 유천을 지나 성환역에 이르는 데만 열흘이 넘게 걸렸다. 몸이 성치 못한 노약자들이라 장교와 사령들도 너그러운 편이었으나 죄를 받는 처지에 여유를 부릴 수는 없었다. 해가 뜨면서부터 기울 때까지 쉬지 않고 걸어 삼례에 이르렀는데, 어느새 달포하고도 보름을 훌쩍 넘겨 소한을 지나고 있었다.

참으로 고달픈 행군이었다. 끼니를 먹는다 해도 사령들의 일이요, 죄인들은 차디찬 잔반을 얻어먹고 주막 봉당에서 한뎃잠을 자야 했다. 행색은 더욱 남루해져 머리칼은 쑥 덤불 같고 얇은 옷가지는 찢겨 너덜거렸으며 씻지도 못한 얼굴엔 땟국물이 흘렀다. 닳아빠진 짚신 사이로 돌이 박히거나 찬 바닥에 얼어붙어 두 발은 동상에 걸렸고, 형문을 받았던 몸에 두 살배기 아이까지 업은 난주는 다리를 절룩거렸다. 시어머니가 며느리를 근심하여 손주를 빼앗아 안기도 했지만 노모에게도 버거운 일이라 어린아이를 떨어뜨릴 뻔하기도 여러 번이다. 그 꼴을 가엾게 여긴 장교가 사령들을 시켜 업어주지 않았다면 전라도는커녕 가까운 경기 땅도 넘지 못했을 것이다.

여정의 고통은 그뿐만이 아니다. 손목에 끈을 묶어 줄줄이 굴비 엮듯 하였으므로 그들이 지날 때마다 행인들은 손가락질을 하였고, 시골의 원(院)이나 주막에 들를 때마다 죄인은 들이지 못하겠다고 실랑이하기 일쑤였다.

"재수 없는 사학쟁이들은 안 되겠으니 나리들만 드시든지 마방에 재우시구려."

눈을 치켜뜬 주모나 중노미들은 손을 휘휘 내저으며 꺼리었는데, 나라에서 오가작통법(五家作統法)이라 하여 천주교도의 씨를 말리고 연관이 있는 자들 역시 뿌리를 뽑는다 하니 조금이라도 동티 날 일은 하고 싶지 않은 속내였다.

"옛끼 이 사람아, 그렇다고 사람을 어디 마구간에 재우나. 거기에 재웠다가 도망질이라도 하면 자네가 책임질라나. 봉당에 재워야 잠귀에라도 감시를 하고 또 찬바람이라도 면할 게 아닌가. 우리도 공무상 가는 길이니 역(驛)이나 원(院)이 편하지만, 노인네랑 어린것이 딱딱 길을 맞추지도 못할뿐더러 요사이 문들을 걸어 잠그고 폐가한 곳이 많으니 어쩔 수 없네. 긴말할 기운도 없으니 어서 비키시게. 여정 중에 죄인들이 죽기라도 하면 그 책임을 자네들에게 돌릴 테니."

장교의 으름장이 이어진 뒤에야 주모가 길을 터주었지만, 정작 밤이 되면 봉당에 피운 화로를 치워버리고 마지못해 내어준 잔반에는 썩은 건더기가 둥둥 떠올랐다. 난주는 한 번도 겪어보지 못한 고된 여정과 천대에 하루하루가 놀라움의 연속이었다. 어느 날은 경헌이 배앓이를 하여 등짝이 축축하도록 물똥을 지린 적이 있었다. 난주는 달빛에 의지해서 우물가에 앉아 홑저고리를 벗어 빨고, 감시하는 사령은 먼 곳을 바라보며 괜한 헛기침을 했다. 난주는 수치심과 무력함에 몸서리를 쳤지만, 양반도 여인도 아닌 죄인이라는 이름 앞에서 예의와 격식을 차리기를 기대할 수는 없었다. 난주는 지칠수록 독해졌다. 차디찬 봉당에서 멍석 귀퉁이를 얻기 위해 염치없이 굴기도 했고, 잔반 부스러기를 어머니만이라도 얻어먹이려 애를 썼다. 해가 떨어지기 무섭게 잠이 들었고 아침이면 서둘러 일어나 같은 하루 일을 반복했다. 죽지 못해 살아 있다는 말을, 난주는 고행길에서 처음 깨우쳤다. 툭하면 칭얼거리다 사령들에게 된소리를 얻어듣던 경헌은 차차 울음소리도 내지 않는다. 그저 딸꾹딸꾹 살아 있다고 신호를 보낼 뿐이었다.

그렇게 도착한 삼례는 완만한 평야와 고운 능선의 정수리마다 흰떡 같은 눈을 얹고 있었다. 일행은 삼례에서 하루를 묵어 헤어지기로 하고, 갈림길 모롱이에 들어앉은 자그만 주막에 들었다. 늙은 주모가 와서는 곱지 않은 눈을 떴다가 추위에 새파랗게 질린 아이를 보고 슬쩍 풀린 눈치다. 주모는 혼자서 바쁘게 오가며 곁방을 치운다 마당에 멍석을 깐다 분주했다. 사령이 죄인들의 손목 끈을 풀어주었으나 추위와 오랜

24

걸음에 지쳐 다들 기운 없이 늘어졌다. 부엌에서 국밥을 들고 나오던 주모가 사람들을 살갑게 다독였다.

"군불을 넣어 뜨끈해질 테니 일단은 배부터 채우고 누워들 쉬시오."

양손을 겨드랑이에 끼고 몸을 부르르 떨던 나졸이 쪽마루에 걸터앉았다.

"방엔 술도 한 병 들여주시게. 공무수행이 다 뭔가, 이러다 길거리에서 동사하것네."

"맑은 술 뜨끈하게 데워 함께 들입지요."

흰머리 성성한 주모가 부엌으로 가다 말고 어린것이 눈에 밟히는지 뒤돌아섰다.

"엄동설한에 어린것이……."

그러고는 포대기 속으로 손을 쑥 들이밀어 아이 뒷목을 만지더니 혀를 끌끌 찼다.

"아이들 뒷목이 차면 온몸이 냉골인 것이오. 어서 몸을 좀 녹여야 쓰것소. 어르신도 찬 데서 속병 나게 생겼응게 이리로 들어가시오."

주모는 사령들에게는 눈짓을 찔끔찔끔하고 난주네 식구를 안방으로 밀어넣었다.

흙벽에는 흰 종이를 바르고 바닥엔 촘촘한 삿자리를 깔아둔 정갈한 방이다. 난주는 잠에서 깨어나 칭얼대는 경헌을 따뜻한 바닥에 내려놓으며 실로 오랜만에 사람다운 기분을 느꼈다. 친정집을 떠난 이래 토옥에서 한뎃길로 퍽 오래도 떠돌았다. 주모는 안방에 따뜻한 국밥 두 그릇을 넣어주고 아이를 위한 누룽지도 잊지 않았다.

"참말로 벨일이 다 있소. 어린것이 무신 죄가 있다고……. 어서들 드시오."

주모는 사람들의 재촉에 도로 불려 나가고, 둘은 묵묵히 국밥을 뜨고 누룽지는 아이의 입에 흘려넣었다.

"인정 있는 이들이 있기는 하구나. 그럼 그렇지, 아무리 세상이 험한들 사람 속의 인정을 누가 가져가겠느냐."

요기다운 요기를 간만에 한 데다 얼었던 몸이 풀리면서 시모는 몇 마디 할 것도 없이 쓰러지고, 난주도 그릇을 비운 후 빈 젖이나마 경헌에게 물리고는 혼곤히 잠이 들었다.

꿈 사이로 보인 얼굴은 오래전 헤어진 순덕어멈이다. 순덕어멈은 어릴 적 난주의 유모다. 어머니는 돌아가시기 전 남겨질 어린 딸을 근심하여 친정의 교전비인 순덕어멈을 불러왔다. 순덕어멈은 난주를 금이야 옥이야 아끼며 키웠다. 상전의 자식이니 또 하나의 상전임이 분명하건만 난주에게만은 그저 상전이 아니라 자식과 같은 상전으로 대했다. 명련이란 이름으로 불렸던 그 따뜻한 날들, 순덕어멈은 난주가 가진 세계의 전부였다.

"세상에 오신 이는 모두가 귀한 손이랍니다. 하늘님께서 생명의 씨를 뿌릴 때 천 번 만 번을 생각해서 참으로 정성을 다해 낸다고 하니까요. 그중에서도 우리 명련 아씨는 가장 귀한 손입지요. 이렇게 자그맣고 귀여운 얼굴에 요 앙증맞은 코에, 그래, 그 입술은 또 어떻구요. 아씨는 틀림없이 큰사람이 될 겁니다."

"치이, 계집애가 크게 되긴 무에 크게 돼. 사내들이나 크게 되는 거지."

"어이쿠, 그런 말씀 마세요. 조선이 사내들의 세상 같아도 실은 다 여자들 치마폭 한 일이랍니다. 뭣보담도 어머니가 없고서야 어떤 영웅군자도 날 수가 없질 않나요."

"그래도 유모 말은 틀렸어. 모두가 귀한 건 아니잖아. 그럼 상전도 종도 없게? 사람도 짐승도 없구? 그것만 봐도 유모는 틀렸지. 귀하고 천한 것이 따로 있으니 조선이란 나라도 있는 거야. 임금과 신하도, 양반도 상놈도 그러니 있는 게구."

그때 난주의 나이 예닐곱 살이었다. 겨우내 얼었던 땅이 녹으면서 별채 안까지 진한 흙냄새가 밀려들고 마당가 산수유꽃 노랗게 피어나던 초봄의 아침, 유모는 난주의 반박에도 그저 웃으며 참빗으로 머리를 빗겨줄 뿐이다. 난주는 경대를 통해 유모의 얼굴을 보며 발을 동동 굴렀다.

"무엇이야? 왜 응큼하게 웃기만 하는 거야?"

"잠시만요. 머리를 마저 땋아드리고 얼굴 보고 말씀드릴게요."

유모는 난주의 머리 가르마를 똑바로 타고 양쪽 머리를 조금씩 모숨 지어 세 줄로 땋았다. 간혹 난주는 아픈 시늉을 하였지만 유모는 그럴 때에 유독 매정한 편이었다. 마지막으로 세 줄로 땋은 머리끝을 모아 댕기를 드리우면 끝이 난다. 난주는 머리 손질이 끝난 것이 좋아 펄쩍 뛰어오르고, 유모는 봄볕 아래 빗치개를 들어 얼레빗과 참빗의 지저분한 것들을 빼냈다.

"자아, 이제 말해줘. 내 말이 틀렸단 거야?"

난주가 유모 무릎에 두 손을 얹고 빤히 올려 보았다.

"천하고 귀한 것은 다 우리 마음 안에 있답니다."

유모는 약간 사팔뜨기의 눈을 가지고 있었다. 하지만 난주에게 그 말뜻을 전하는 데 부족함이 있는 것은 아니었다. 부드러운 눈빛이 난주의 모든 것을 온전히 감싸고 있었다.

"저는 천한 종이지만 아씨를 이렇게 사랑하고 있질 않나요. 이 마음은 천한 것이 아니랍니다. 그러니 이 마음이 머무는 제 몸뚱이도 그저 천한 것만은 아니라고 믿어요. 반면에 심술궂고 악한 마음이 물들어 있는 사람이라면 그저 귀하다고만은 못 하겠지요."

난주는 검은 눈동자를 굴리며 고개를 갸웃거렸다.

"나쁜 상전들은 귀하지 않다는 뜻이야?"

순덕어멈은 배시시 웃었다.

"쉰네가 세상의 이치를 어찌 다 알겠어요? 제가 아는 건, 천한 것 안에도 귀한 것이 머물 수 있다는 것뿐예요. 사랑하는 마음만은 신분고하를 막론하고 하늘의 뜻도 같을 테니까요. 이것은 퍼주고 퍼주어도 닳지 않는 세상의 유일한 화수분이랍니다. 그리고 아씨, 명심하세요. 살다 보면 온갖 일이 다 있답니다. 그렇지만 어떤 일도 그저 좋고 그저 나쁜 일은 없다오. 설사 비단길 같은 길만 펼쳐진다 하더라도 그걸 잊지 마세요."

순덕어멈은 난주가 열둘이 되던 해에 경주 외가에 다니러 갔다가 죽었다. 호열자가 유행하던 때였다. 난주는 소식을 듣고 며칠간 밥을 넘기지 못했다. 그러고는 남은 해의 일을 까마득히 기억하지 못할 만큼 오래도록 앓았다.

수렁 같은 깊은 그리움에 가슴이 뻐근해져 난주는 저절로 깨어났다. 순덕어멈은 천주님에 대해 알 리도 없건만 이미 그 가르침을 깨닫고 있었다. 난주는 어지러운 모래바람이 별안간 그친 것처럼 정신이 맑아졌다. 많이 배우고 아는 것이 지혜롭다는 뜻은 아니다. 난주는 순덕어멈의 가르침을 십수 년이 지나서야 가슴으로 받았다. 고난 중에 만난 주모의 따뜻한 배려야말로 유모가 말하던 귀한 사랑이 아니던가.

난주는 무엇보다 어떤 일도 그저 좋고 그저 나쁜 일은 없다는 순덕어멈의 말에 위안을 받았다. 사람과 사람 속에 어우러져 살아가다 보면, 막막하기만 한 남은 날들도 실낱같은 빛이 보이리라. 그러한 믿음조차 없다면 그야말로 스스로 택한 지옥을 사는 셈이었다. 난주는 길을 떠난 이후 처음으로 손을 들어 이마에서 가슴으로 십자가를 긋고 두 손을 가지런히 모았다.

주여…… 제게 주신 잔이 차고도 넘치나이다…….

난주의 감은 두 눈 사이로 눈물이 흘러내렸다.

일을 마친 주모가 두루치 자락에 손을 닦으며 들어왔다. 난주가 자리를 비켜 주모를 맞이하는데, 주모는 이불 속에 손을 넣어보고는 에그머니 아직 춥소, 하며 미안한 기색이다.

"아녜요, 아주 따뜻한걸요."

"춘 데서 오래 떨어 이만치도 좋은갑소."

"방보다도 어르신 마음이 더욱 따뜻합니다. 은혜를 갚을 길이 있을지 모르겠지만 백골난망이올습니다."

난주의 깍듯한 인사에 주모는 고개를 가로저었다.

"사학쟁이라고 함서나 요사스러운 일이 많다지만 아이까지 굴비 엮듯 하니 이것이 더 말세지 뭐요."

난주는 잠든 시모의 창백한 얼굴과 쌔근쌔근 자느라 양 볼이 복사꽃처럼 물든 경헌의 얼굴을 번갈아 본다. 세상의 많은 이들이 그처럼 천주교를 요사스럽다 할 것이다. 난주는 천주인으로 살아간다는 것은 아마도 그 숱한 편견과 맞서는 일이리라고 생각했다.

"그래, 어디까지 가는 거요?"

"제주까지 갑니다."

"이분은 어미시우?"

"시어머님이세요."

"쯧쯧쯧, 집안이 통째로 주저앉았구랴."

주모는 어쩐 일인지 치맛자락에 눈물을 찍었다.

"몇 달 전 우리 딸네도 폭삭 망했다오. 사위가 양반 댁 청지기 노릇을 했는데, 그 댁이 사학에 빠졌던지 딸네 식구까지 모조리 얽혀들어갔다오. 사위는 형문을 받다 죽고, 딸은 도망을 하였는데 친정까지 패가망신할까 봐 예는 들르지도 않습디다. 어린 손녀딸이 꼭 저 사내아이만 한데…… 어디서 얼어 죽지나 않았는지……."

고개를 숙이고 코를 푸는 주모의 정수리가 삼례의 능선처럼 곱고 하얗다.

"살아 있을 겝니다. 꼭 돌아올 거예요."

"그랬으면이야 오죽 좋겠소."

주모가 손가락 끝으로 들창을 가리켰다.

"저 장독 앞에 정한수를 한 사발 떠두고 늘 기도하고 있다오. 댁들은 야소라는 이에게 기도한다던데, 그러고 보면 기도라는 건 다 같은 맘이고 소망인갑소. 그 기도가 나라님 귀에만 안 들리는 것도 꼭 같질 않우?"

주모는 몇 번 더 코를 풀다가 목침을 베고 드러누웠다.

"겨울에 많이 걸으면 발뿐 아니라 정강이와 허벅지까지 동상에 걸린다오. 저 무명 조각으로 속바지 안에 겹행전을 치면 좀 나을 게요. 반짇고리는 채롱 안에 있으니 쓰시우."

많은 손님을 맞아 일을 치른 데다 또 한바탕 우느라 주모는 완전히 지친 모양이다. 곧 코를 골며 잠이 들었다. 난주는 마음이 산란하여 한

쪽 무릎을 세우고 앉아 턱을 괴었다. 조선 땅 곳곳이 눈물바람이었다. 사학은 단지 핑계일 뿐, 그들이 원하는 것은 오직 공포와 복종인지도 모른다. 권력이란 이름이 늘 그랬듯, 그들이 얻고자 하는 나라에 정작 백성의 삶은 없었다.

난주는 한참 만에 무슨 결심이나 한 듯 머리와 차림을 매만지고, 등잔의 심지를 정성스레 돋우었다. 어둑신한 주위가 한결 밝아진다. 난주는 제속곳 자락을 우두둑 뜯어 크게 펼쳤다. 주모가 내준 무명으로는 겹행전을 쳐드리고 속곳으로는 시모의 새 버선을 지어드릴 요량이다. 실을 잡아 시모의 발 치수를 재고 재단을 한 뒤, 난주는 익숙한 솜씨로 바느질을 해나갔다. 바느질은 계모에게서 배웠다. 의성이 고향인 어머니는 단정하고 꼿꼿한 분이었다. 난주가 아홉 살 되던 해 가마를 타고 오셨다. 이미 알 것 다 아는 계집아이는 괜스레 심통이 나 방 안에만 틀어박혔으나, 어머니는 난주를 곧잘 불러들여 곶감도 내주고 꽃댕기도 선물했다. 말이 많으신 분은 아니었다. 그저 오래 고인 우물처럼 잔잔한 미소를 가진 분이었다. 바느질을 할 때는 상대를 생각하는 마음을 함께 엮어야 한다고 했다. 그래야 한 땀 한 땀 정성과 복이 붙는다고 했다. 시모와의 마지막 밤, 난주는 간절한 염원을 담아 바느질한다. 오래오래 사시라고, 살아서…… 살아서 만나자고. 붙들고 싶은 소중한 시간이 모래알처럼 흩어지고, 한 켤레의 버선을 완성하자 희뿌윰한 아침 해가 밝아왔다.

일행은 삼례에서 길이 갈리게 되었다. 거제로 정배된 시모는 전주 길을 잡아야 하고, 제주로 떠나야 하는 난주는 금구 쪽으로 향한다. 그 길에서부터 지나온 길만큼 또다시 걸어야 하는 머나먼 여정이었다. 시모는 아침부터 밥도 삼키지 못한 채 눈물만 흘리고, 덩달아 보채는 아이는 품에서 떨어질 줄 몰랐다. 난주는 두 사람을 간신히 달래어 밥상을 치우고, 밤새워 지은 시모의 버선을 올렸다. 온전하고 어여쁜 모양은 아니었으나 두 겹 세 겹을 덧대어 누벼 헌 버선과는 비교할 수가 없다.

"이제 우리가 살아서는 볼 수 없겠구나."

주름골마다 눈물이 흘러 시모의 얼굴은 아주 못쓰게 됐다.

"어머니, 오래오래 사세요. 좋은 날이 오면 우리 경헌이가 찾아갈 겝니다."

난주는 따뜻한 물을 떠다가 시모의 부르튼 발을 깨끗하게 씻기고 버선을 신겨드렸다. 어린 경헌이 무슨 눈치에선지 고사리 같은 손으로 할머니의 얼굴을 더듬었다. 함미, 함미…….

"경헌아…… 어이구, 내 새끼……."

시모는 경헌을 끌어안고 한참 흐느꼈다.

"이 어린것이 그 고생을 어찌 견딘단 말이냐. 고사리 같은 손에는 괭이가 배고 귀에는 욕이나 박히어 세상을 향한 변변한 기대도 없이 하루하루 버텨가지 않겠느냐. 그런 것이 백성들의 삶이라지만…… 우리가 누린 게 너무도 많았나 보구나. 내 마음이 이리도 억울하고 답답하니 말이다."

어찌 그 한숨과 근심을 모르랴. 그러나 난주는 이미 생각해둔 바가 있어서 담담히 어머니를 달랬다.

"울지 마셔요. 하늘이 무너져도 솟아날 구멍이 있다는데, 죄 없는 경헌이 살아갈 방도 하나쯤은 천주님이 허락하시겠지요."

시모는 고개를 흔들며 며느리와 마주 잡은 손에 힘을 주었다.

"그래, 천주님이 살려는 주시겠지. 이 어린것…… 살려는 주실 게야."

"살아도 산 게 아니라면 아니 되겠지요. 저는 경헌이만은 사람답게 살게 하렵니다."

시모가 소맷자락에 눈물을 씻다 말고 눈을 동그랗게 떴다. 흰소리하는 법 없는 며느리의 장담이 의아해서다. 난주는 입을 꾹 다물고 무슨 뜻이라도 있는 것처럼 고개를 끄덕였다.

"내가 안들 무엇하랴. 내 천주를 믿고 아들을 믿듯 너를 믿으니, 그저 너희에게 천주님의 축복이 있기를 바랄 뿐이다. 잊지 말거라. 매일 밤 너희를 위해 혼신을 다해 기도하마. 너는 내 며느리가 아니라 천주님의 딸이며, 저 어린것은 우리만의 자식이 아니라 천주님의 아이임을 잊지 않을 테니."

난주는 삼례를 떠나 정읍을 지나 이레 만에 장성에 들었고 장성에서 하루를 쉬며 숨을 고른 후 나주를 지나 해남의 관두리에 이르렀다. 관두산 아래 자리한 아담한 포구 마을이다. 제주로 들어가는 포구라 객주와 주막이 여러 채요, 툇마루며 마당가에 모여 앉은 사람들의 말소리가 떠들썩하다. 초가집들은 옹기종기 해안선을 타고 이어져 있고, 해거름의 자욱한 바다 안개가 마을을 휘감고 짜디짠 바다 냄새를 풍겼다. 노을에 붉게 물든 구름 아래로 파도가 먼 데로부터 잔잔하게 몰려왔다 또 밀려간다.

"예서 떠나면 언제쯤 제주에 들어갑니까?"

난주가 생선 광주리를 안고 지나는 노인을 붙들고 물었다. 그는 난주를 위아래로 훑고는 바다의 수평선을 찡그리듯 노려보았다.

"바람에 따라 다르오. 바람만 잘 만나면 내일 아침에 출발해 밤이라도 닿겠지만, 아니면 바람을 기다리고 또 바람에 휩쓸려 보름이나 달포가 걸릴지도 모르지."

"배를 타면 제주까지 아주 갑니까?"

노인은 듬성듬성한 염소수염을 쓸면서 고개를 저었다.

"요사이는 추자에 들러 물길을 기다리곤 한다오."

둘이 수군거리는 것을 보고서 사령이 버럭 소리를 질렀다.

"죄인과 수작하는 자도 죄인이니, 함께 끌려가고 싶으냐?"

노인이 혀를 차며 자리를 떠나고, 난주는 업고 있던 경헌의 포대기를 추켜올리며 입속으로 추자도, 추자도 하고 몇 번 중얼거려보았다. 남의 속을 알 턱 없는 사령이 종주먹을 하며 난주와 다른 죄인을 작은 사처에 몰아넣었다. 그들은 오랜만에 몸이 근질근질한 모양이다. 발목이 아파 쉬겠다는 늙은 나졸 하나를 수문장으로 남겨두고 장교와 더불어 색주가를 찾아 나섰다.

"그 길을 걸어오고도 기운들이 남았고나, 쯧쯧……."

나졸은 혀를 차며 쪽마루에 걸터앉아 행전을 풀었다. 난주와 다른 죄인 하나는 방에 들어앉아 아이를 내려놓고 긴 걸음에 고생한 다리를 쉬었다. 그는 쉰이 넘은 노인으로 말을 하지 못하는 아인(啞人)이었다. 소문으로는 아들이 참형을 당하고 며느리와 아이들은 관군에 쫓기다 절벽에서 떨어져 죽었다. 관군들이 그 며느리를 겁탈하는 바람에 스스로 투신한 것이라는 말도 있었다. 분개한 노인은 동헌 대청에 뛰어올라 판관의 멱살을 잡았다가 혀를 잘렸다. 옥인들의 보살핌이 아니었다면 죽고 말았으리라. 그로서는 죽었다면 천당에라도 들었을 것이다. 살아서 지옥에 남은 것이 천추의 한이다. 노인은 먹고 자는 일에도 의욕이 없이 텅 빈 구멍 같은 새카만 눈으로 먼 곳을 쏘아볼 뿐이다.

경헌은 오래도록 업혀 있다 풀려난 것이 좋아서 아장아장 걸어 다니고, 난주는 아이의 더러운 기저귓감을 들고 나졸 가까이 다가앉았다.

"며칠이나 샘에 들르지 못해 기저귀가 없소이다. 잠시 빨래 좀 하게 해주시오."

늙은 나졸은 말없이 난주를 쳐다보더니 히죽이 웃었다. 매부리코 사이로 하얀 코털이 무성하고 눈시울은 새빨갛게 부어 있어 슬쩍 보아도 운기가 어지러운 사내다. 그는 마른 입술을 침으로 축축이 묻히더니 괜한 헛기침을 했다.

"빨랫감이 있으면 함께 빨아 올 테니 좀 부탁하오."

"그렇다면이야……."

나졸은 바깥에 놓아둔 보따리 하나를 던지며 음충맞게 웃었다.

"사령들의 속곳과 발감개다. 여러 사내들의 묵은 빨래라 냄새가 고약하긴 할 게다."

사내의 웃음이 난주의 마음에 개운치 못하여 얼굴을 외면하고 보따리를 집어들었다.

"허나 네년을 혼자만 보낼 수야 없지. 아이는 늙은이에게 맡기고 내너를 따라나서야겠다. 종년들이란 틈만 나면 도망갈 궁리를 하는 법이거든."

종년이라는 말에 난주는 자신도 모르게 얼굴을 붉혔으나, 양반집 규수이든 비자(婢子)이든 사학죄인의 이름 앞에 천하기는 매일반이었다.

"새암에 사내가 나오는 것은 보기에도 좋지 않고 아낙들이 싫어한다오. 설마 자식을 놓고 도망이야 하겠소이까. 금방 다녀오리다."

난주가 나졸의 비위를 맞추느라 나긋나긋 읍소하였으나 나졸은 별안간에 얼굴빛을 바꾸었다.

"사령의 일을 네가 무엇 때문에 간섭하느냐. 너를 지키는 것이 내 일인데, 아낙네들을 들먹여 가르치려 하니 아직도 양반인 줄 아는 모양이지?"

나졸이 난주의 한 팔을 거칠게 움켜잡더니 콧잔등의 붉은 실핏줄이 다 보일 만큼 얼굴을 들이댔다.

"너는 이제 물이나 긷고 빨래나 하는 천한 무자이다. 장교 나리의 마음씨가 넓어 네 방자함을 보아 넘겼으나, 나는 그런 사람이 아니니 또랑진 말대답부터 조심하여라. 썩 따라와라. 무자이의 빨래 솜씨를 구경 좀 하자."

그에게서 풍기는 역한 누린내와 머릿내가 코끝을 어지럽혔다. 난주는 앞서가는 그의 뒤에서 큰 숨을 몰아쉬었다. 그와 같은 냄새가 자신에게도 깊이 배었을 것이다.

아버지는 노비들에게 너그러운 상전이었다. 둘의 관계는 하늘이 맺어준 천륜이며, 아비와 자식의 도리와 같다 하였다. 철이 바뀌면 옷부터 챙기고 음식을 만들면 나누어 먹었다. 욕을 하거나 매를 치지 않았고 노비들 간의 싸움이나 실수에도 인상을 찌푸리는 법이 없었다. 외거노비가 신공을 바치지 못하면 사정을 헤아려주었고, 아픈 노비들은 휴가를 주어 쉬게 하였다. 노비들은 모두 아버지를 마음으로 따랐고, 그들에게서는 한 번도 지독한 냄새를 맡아본 적이 없다. 그들의 품은 따뜻했고 풀 냄새, 흙냄새, 때로 바람 냄새를 몰고 올 뿐이었다. 훗날 남편이 많은 노비들을 면천해줄 때 난주는 놀라거나 반대하지 않았다. 오래도록 품어온 생각처럼 자연스레 그 일에 동참했다. 그들도 똑같은 사람이었고 식구였고 어른이었다.

그러나 난주 부부는 지나치게 낙관하고 있었다. 앞으로의 세상이 그렇게 바뀌어가리라고 믿었다. 듣고 깨우치는 사람들이 더욱 많아져 마음에서 마음으로 서로를 공평하고 자유롭게 사랑할 줄로만 알았다. 그러나 이제 보니 그따위의 해방쯤은 백사장의 모래알 하나만큼이나 드문 일이었다. 세상은 여전히 그대로였고 천주는 강림하지 않으며 사람들의 생각이 바뀌려거든 백 년은 족히 흘러야 할 것이다. 난주는 다리에 힘이 풀렸고, 그제야 종이 된 제 처지가 와닿은 것도 같았다.

"어서 따라오너라. 넋을 놓구 서서 어쩌자는 게냐! 제주에서 매타작깨나 당하겠고나."

난주는 끌려가듯 그의 뒤를 따랐다. 샘가는 멀지 않았다. 샘에서 흘러나온 물이 두어 번 웅덩이에 고이고 그 끝에 빨래터가 자리하고 있다. 아낙 둘이 막 빨래 바구니를 들고 일어서던 참이다. 멀리에서 아이들을 부르는 아낙의 목소리가 들리고 해가 기울어 푸르스름한 어둠이 깔리기 시작했다. 솔가지 타는 매캐한 연기가 피어오르고 밥 끓는 냄새가 고소하게 퍼지며, 두런두런 속살거리는 소리, 개 짖는 소리, 객주를 찾아드는 사내들의 와자한 웃음소리……. 난주는 저절로 눈시울이 뜨거워진다. 서방님과 한양에 살림을 난 후로 언제나 그러한 저녁을 맞았다. 쌀을 일어 밥을 안치고 나물을 다듬고 반찬을 해서 상을 차리던 숱한 끼니의 일상들. 서방님의 빨래가 바람에 너풀너풀 말라가는 것만 보아도 두방망이질 치던 맹목적인 순정과 연모의 나날들……. 이제 다시는 돌이킬 수 없을 것이다.

난주는 잿물도 없이 그저 바위에 문지르고 내리치며 빨래를 했다. 검고 더럽던 빨래들이 제법 밝아져 깨끗해질 때, 난주는 제 손끝은 아플망정 차라리 마음은 차분하게 가라앉았다.

바위에 걸터앉아 풀을 씹던 나졸은 술에 취한 것처럼 게슴츠레한 눈을 하고서 그런 난주를 하나하나 뜯어보고 있었다. 난주가 한참 만에 허리를 펴고 빨래 꾸러미를 막 들었을 때다.

나졸이 갑작스레 난주의 허리를 잡아끌었다. 그러고는 미처 벗어날 틈도 없이 무성한 수풀 사이로 밀어넣는다. 놀란 난주가 소리를 꽥 질렀다. 한 손이 입을 막고, 다른 한 손은 난주의 치맛자락 속으로 들어왔다. 뱀의 비늘처럼 차고 축축한 손이다. 난주는 쥐어짤 수 있는 목소리를 최대한 내질렀지만, 수풀 밖을 벗어나지 못했다. 그는 난주의 귓가에 끔찍한 숨소리를 뱉으면서 난주의 몸을 다급하게 더듬었다. 난주는 제 입을 막은 손가락을 와드득 깨물어버렸다.

"아이쿠! 이년이……."

나졸이 손을 감싸 쥐고 펄쩍 뛰는 사이 난주가 그에게서 몸을 빼냈다.

"사람 살리오! 사람 좀 살리시오!"

난주가 고함을 지르며 수풀 밖으로 빠져나가려는데 다리 한 짝을 붙들리고 말았다.

"소리 질러봐라. 누가 너를 위해 나서겠느냐. 잊었느냐? 너는 죄인 중에서도 가장 더러운 사학죄인이다. 설령 너를 때려죽인대도 손가락질받지 않을 것이다."

나졸은 안간힘을 쓰는 난주를 다시 품으로 끌어들이더니 입을 막고 다른 한 손으로 치마를 벗겨냈다. 난주는 아버지, 아버지 하며 어린아이처럼 울었다. 그것이 천주인지 진짜 아비인지 알지 못했다. 그저 누구든지 자신을 이 치욕으로부터 구해주기만을 바랐다. 찢겨 죽을망정 짐승의 여자가 될 수는 없었다.

어이쿠, 나졸이 낮은 외마디를 내지르며 나가떨어진 것은 그때였다. 빨랫방망이를 치켜든 시커먼 그림자가 두 사람을 뒤덮었다. 등허리를 몇 번 더 얻어맞은 나졸은 몸을 고부리고 끙끙 앓았다. 난주는 황급히 옷을 추스르며 나졸에게서 벗어났다. 눈물과 흙이 뒤범벅이 된 얼굴은 자갈과 풀에 쓸려 핏방울이 맺혔고, 머리는 산발이 되었다. 난주는 숨을 헐떡이며 제 앞에 선 사내를 올려 보았다. 방에 남아 있던 말 못 하는 노인이다. 그의 시뻘겋게 충혈된 눈은 불이 붙은 듯하고 부르르 떠는 손목에는 나무뿌리 같은 핏줄이 선명히 돋아났다. 난주는 울컥 그에게 안겨 울고 싶은 것을 간신히 참는다. 그는 천주였고 아비였다. 동시에 죄인이고 아인이었다. 어떤 이름이든 그는 이 순간 분명히 존재하는 구세주였다.

"이 벙어리 놈…… 죽으려고 환장을 하는구나. 내 이놈을……."

욕설을 지껄이며 일어서려는 나졸을 향해 다시 한번 방망이가 날아갔다. 나졸은 여름날 개구리처럼 땅바닥에 사지를 펴고 누워버렸다.

"그쯤 하셔요. 도리어 죄를 뒤집어쓸까 두렵습니다."

난주는 노인을 말린 후에 나졸을 내려다보았다. 눈을 가늘게 뜨고 입을 반쯤 벌린 나졸은 욕설과 신음을 번갈아 내뱉었다. 어둑신한 중에도 난주의 손가락 끝이 달달 떨리는 것이 노인의 눈에 선명히 보였다. 노인은 방망이를 놓지 않고서 난주의 부탁 한마디면 그 목숨 줄을 끊어놓을 생각으로 벼르고 섰다. 난주는 천천히 숨을 내쉬었다. 하늘이 무너지듯 어지럽게 빙빙 돌던 세상은 차차 고요해졌다. 가까운 샘물이 졸졸 흐르고 구슬픈 산새 소리가 요란하다.

"잘 들으시오."

난주의 맹랑한 호령에 나졸이 가래침을 그르렁거리며 노려봤다.

"내 오늘 죄인으로 제주에 끌려가는 처지이나, 아비가 아직 집안을 지키고 계시며 숙부님들 또한 목숨을 건져 유배 중이시오. 군졸 밥이나마 먹어봤다면 해배(解配)가 기약 없기는 해도 아주 없는 일도 아니라, 어제의 유배죄인이 내일의 정승이란 말도 들어봤으리라. 그런 후에 받을 죗값과 후환도 잘 알 것이오. 설령 그런 날이 오지 않더라도 오늘의 일을 장교가 용서할 턱이 없으니, 아무리 사학죄인이라 해도 아직 관비로 정배되지 않았고 부녀자 겁탈은 그에게도 큰 책임인 까닭이오. 내 어르신의 도움으로 간신히 벗어났으니 더 이상 이 일을 발설하지 않겠으나, 우리에게 조금이라도 해코지를 하려 든다면 그대를 어떻게든 단죄하고 혀를 깨물어 죽을 것이오. 다만 앞으로 청할 일이 있으니 그때 가서 오늘 일을 기억하시오."

나졸은 윗몸을 일으켜 앉더니 핏물이 섞인 누런 침을 뱉었다.

"허, 양반 씨는 못 속인다더니, 말 하나는 잘하는구나. 네 말대로 되겠느냐. 내가 밤을 틈타 네 연놈의 목을 따면 그만이다."

난주는 그의 말에는 대꾸도 없이 빨래 꾸러미에서 사령들의 발감개와 속곳을 골라내어 탁탁 던져버렸다. 깨끗하던 빨래가 땅에 처박혀 흙투성이가 되었다.

"잘 알아들었으리라 생각하오. 아무렴 그만한 눈치도 없겠소. 내가 만일 죽는다면, 죗값을 치러야 할 나라의 중죄인이 허망하게 살해당했으니 대비마마부터 노하실 것이고, 허면 그대의 목숨이야말로 바람 앞 등불인 게요."

"저, 저런 죽일 년을 봤나!"

나졸이 화를 참지 못해 부들부들 떨었으나 더 이상은 쫓지 못했다.

난주는 사처방으로 돌아온 후에야 다리에 힘이 풀려 쓰러졌다. 혼자 있던 아이가 와앙 하고 울며 어미에게 매달렸고, 노인은 새카만 눈을 끔뻑이며 벽에 기대앉았다. 두려울 것도 후회할 것도 없이 개운한 얼굴이다. 껍데기만 남은 것처럼 나부죽이 늘어져 있던 난주가 한참 만에야 몸을 일으켰다. 울다 지쳐 껙껙 거친 숨소리만 내고 있던 아이를 끌어안자 소꼬리처럼 보드라운 아이의 팔이 난주의 몸을 감싸 안는다. 아이가 낮은 울음소리를 내며 어린양을 부리고 난주는 달래느라 한참 토닥거렸다. 노인이 간혹 한 번씩 바깥의 동태를 살피느라 문살에 눈을 갖다 대었다. 아이의 울음이 그친 후 난주가 노인에게로 돌아앉았다.

"바깥 일은 걱정 마세요. 나쁜 일은 없을 겝니다."

노인이 고개를 끄덕이고 다시 벽에 기대앉자, 난주는 너푼 큰절을 올렸다. 노인이 황망한 듯 두 손을 휘휘 내젓다가 엉거주춤 맞절을 했다.

"크나큰 은덕을 입었습니다. 어르신이 제 목숨의 은인입니다."

노인이 흰 눈썹을 늘어뜨리고 슬픈 미소를 지었다. 제 식구를 구하지 못했다는 자책이리라. 난주는 긴 여정 속에서 자신의 고통만을 생각했음을 새삼 부끄럽게 여겼다. 조선 땅 누군들 제 마음껏 살아갈 수 있으랴. 신분에 갇히고 질서에 갇혀, 상처 입고 피를 흘릴 때조차 비웃음당하며 마음껏 울음 한번 풀어내지 못하는 것이 백성의 신세였다. 난주는 노인의 손을 따뜻하게 붙잡았다. 새빨갛게 튼 손등은 등걸처럼 딱딱하고 노동의 흔적이 가득한 손바닥엔 새카만 흙이 박혀 어지러웠다. 성실한 농사꾼이요 따뜻한 가장이었을 그가 천주에게 소원했던 세상은, 그저 자식들과 함께 무탈한 나날이었으리라.

"이제부터 어르신을 아버지처럼 모시겠어요. 딸처럼 대해주세요."

노인은 난처해하며 얼굴을 붉혔다.

"천주교인으로 함께 제주목 관노비가 되니 그것만 해도 큰 인연인데 제 목숨까지 구하질 않으셨어요. 제가 비록 세상 물정 모르는 아낙이지만, 아비를 섬기는 법은 잘 안답니다. 자, 다시 절을 받으세요. 아까 것은 은혜의 큰절이고 이번 것은 딸로서 드리는 것입니다."

난주는 다시 일어나 날아갈 듯 큰절을 올렸다. 이번에는 노인이 반절만 하며 그 뜻을 순순히 받아주었다. 그의 이름이 곧, 강순천이다. 그는 한자로는 제 이름 정도만 간신히 쓸 줄 알지만 언문으로는 막힘이 없었고, 촌부로 살아오는 동안 익힌 지혜로 난주의 앞길에 자그마한 빛이 되어줄 것이었다.

허리를 붙잡고 다리를 절룩거리며 돌아온 나졸은 육모방망이를 흔들며 죄인들을 봉당으로 내쫓았다. 가끔 못마땅한 듯 역한 구역질 소리를 내며 가래침을 뱉었지만 별다른 치근덕거림은 없었다. 사처의 안주인이 나졸의 밥상을 내오며 봉당에도 잔반 부스러기를 주었고, 곧이어 방 안에서 나졸의 코 고는 소리가 들린다. 난주는 그제야 안심하고 아이에게 젖을 물리고 밥을 먹었다. 장교는 모두가 잠든 깊은 밤에야 돌아왔다. 술에 거나하게 취해 노랫가락을 흥얼거린다. 방으로 모시려는 나졸들에게 몇 마디 욕설을 지껄이고 채마밭에 오줌을 한 사발 누더니, 불쑥 봉당으로 얼굴을 들이밀었다.

"며칠 바람을 기다려 떠날 테니 뭍에서의 날들을 알뜰하게 보낼 궁리나 하거라. 살아서는 다시 돌아오지 못할 테니."

그러고는 무엇이 재미있는지 킬킬거리면서 나간다. 난주는 눈을 감으나 뜨나 캄캄한 황토 바닥에 누워서, 그저 세월이 화살촉처럼 빠르게 날아가 모든 고락이 끝난 뒤의 노파였으면 하고 바랄 뿐이었다.

호송 일행은 색주가를 오가며 시간을 죽이고 죄인들은 사처의 주인이 부리는 잡일을 하며 바람을 기다렸다. 마침내 나흘 후 해가 쨍하게 쏟아지는 아침, 선원이 출항을 알려왔다. 그러나 선장은 야소귀신 붙은 기집은 부정 탄다며 연신 불평이었다.

"제주 땅의 관비라면 죽은 목숨이나 다름없소. 거기까지 가서 죽느니 진즉 죽었더라면 우리까지 죽는 일은 없을 것을……. 재수 없게스리 천주쟁이를 태우고 가다 용왕신이 노해 파도라도 일면, 저 기집부터 물속에 처박아버리고 말 거요."

"쯧쯧…… 재수 없는 소리 말고 어서 가기나 하시게. 죽은 용왕신이 산 나라님을 이기려나. 배가 뒤집어져 죽는 것이 앉아 있다 죽는 것보다는 나을 테지."

장교는 그를 달래듯 윽박지르며 공문서를 흔들었다. 난주는 차라리 그가 난주 모자를 끝끝내 내쳐서 뭍에서 버림받기를 바랐지만, 하기는 선장의 말대로 진즉에 죽었으면 모를까 살아 있는 한 고행길이 순조롭게 끝날 턱이 없었다. 아침 내내 관두산 골짜기에서는 풍혈의 온기가 뿜어내는 하얀 김이 피어오르고, 상인과 사공 들이 뒤엉켜 북적이는 포구에는 검은빛의 기묘한 바위들이 이어졌다. 한 사내가 그것이 바로 제주에만 있는 검은 돌이라고 일렀다. 말을 진상하는 배가 무게를 잡기 위해 제주 돌을 그득히 싣고 왔다가 돌아갈 때는 버리고 간단다. 참으로 그 땅엔 돌마저도 예사롭지 않아 보였고, 좋은 징조인지 나쁜 징조인지 알 수 없었다. 그것이 뭍의 마지막이었다.

순풍을 만난 돛배는 연잎처럼 둥실둥실 물 위를 떠간다. 노련한 선장이 때때로 돛 줄을 당기거나 놓으며 바람을 탔다. 미역, 해초, 어물 따위를 내어 팔고 소금이나 곡식을 사들이는 상인들은 짐 곁에 오종종 모여 앉았고, 관리와 죄인 들은 고물 쪽에 끼어 앉아 출렁출렁 하늘이 가까워지고 멀어지는 것을 보고 있다.

바다는 묘한 것이었다. 마치 살아 있는 듯 스스로 움직이고 하늘을 당겼다 놓았다 재주를 부렸다. 해가 뜨면 푸르게 용트림을 하고 해가 질 때면 붉은 피를 토한 듯 온 세상을 극락세계로 물들였다. 뱃멀미를 심하게 하던 경헌은 요란하게 울다가 지쳐 늘어지고, 난주는 아이를 꽁꽁 싸매 안고서 실성한 이처럼 넋이 나간 채 바다를 견뎠다. 겨울 바다는 냉혹하리만큼 매서웠다. 뱃멀미가 잦아지면 추위가 오고, 추위가 꺾이면 죽음 같은 잠이 쏟아졌다. 사람들은 얼어 죽지 않으려고 서로 등을 맞대어 앉은 채 깊은 잠을 경계했고, 큰 기직자리를 둘러쓰고도 칼바람을 맞아 얼굴들이 붉게 부풀어올랐다. 간혹 바닷물이 철썩하고 뱃전을 넘나들 때 난주는 온몸을 둥그렇게 말아 아이를 살폈고, 아이가 먹지도 마시지도 않은 채 풀기가 없을 때 수치심도 잊고 젖가슴을 드러내 마른 젖을 먹였다. 난주에게 그 시간은 고되다기보다 복됐고 짧기에 더 아쉬운 길이었다. 반드시 경헌을 떼어놓을 속셈이었기 때문이다.

딱딱하게 굳어버린 보리주먹밥을 나누어 먹으며 주야로 바다를 헤치던 중 차차로 파도의 오르고 내리는 간격이 좁아졌다. 시커먼 구름 떼가 몰려오는가 싶더니 사방이 어두워지고 금세 빗줄기가 쏟아진다. 선장은 이따금 바다 끝 아득한 수평선을 향해 절을 하고 어육이나 팥 따위를 던졌다. 그러거나 말거나 성난 파도는 하얀 거품을 내뿜으며 자그만 돛배와 사람들을 덮쳐왔다. 하늘과 바다는 마치 싸움이라도 벌이듯 하늘에선 번쩍번쩍 천둥소리가 요란하고 바다는 무시무시하게 포효하며 으르렁거렸다. 사람들은 뱃전을 붙들고 벌벌 떨면서 바다에 빠지지 않으려고 안간힘을 썼고, 선원들은 표류에 이골이 난 듯 빈 표주박을 하나씩 끌어안고 주머니에는 미숫가루를 쑤셔넣었다. 빗방울이 얼음 조각이 되어 뚝뚝 떨어지는 가운데, 사람들은 모두 아드득아드득 이를 부딪치며 추위와 공포에 떨었다.

"태풍은 아닐 게요. 그저 용왕님이 성이 나신 게지. 그러기에 재수 없는 일은 애초에 하는 것이 아니었소."

선장은 꿋꿋이 일행을 위로하면서도 난주에게만은 눈꼬리를 매섭게 떴다. 난주는 잔뜩 얼어붙은 몸을 멍석 속에 파묻고, 차마 그의 눈을 바라볼 용기도 없었다. 얼마나 시간이 흘렀을까. 낮도 밤도 헤아릴 수 없는 중, 자욱한 안개 속으로 섬 하나가 아물아물 드러났다.

추자도(楸子島)다.

난주는 미식거리는 속을 참으며 뱃머리에서 섬을 보았다. 완만하게 치솟은 산등성이들이 넉넉한 부인의 치마폭처럼 펼쳐졌고, 포구 가까이 들어앉은 초가들은 부슬부슬 날리는 빗방울 속에 나지막하게 엎드린 채 고요하다. 맑은 바닷물 사이로 하얀 자갈들이 투명하게 엿보이고, 생선 비린내며 비에 젖은 흙냄새가 정겹게 풍겨왔다. 난주는 저도 모르게 몸을 일으켜 빨려들 듯 섬을 바라보았다.

"여기가 하추자도 예초리요. 비바람이 제법 잦아들었으나 혹 모르니 하루 쉬어 내일 출발할 것이오."

포구에 배를 대며 선장이 외쳤다. 예초(禮草), 난주는 그 이름까지 마음에 들었다. 아이는 결코 죽지 않으리라. 어쩐지 그런 안심이 들었다. 긴 여정과 추위로 지쳐버린 아이는 찍소리도 없이 엎디어 있고, 난주는 아이를 업은 채로 배에서 내렸다. 출렁이는 배에서 익숙하던 걸음이 단단한 땅 위에서 도리어 흔들린다. 비에 젖은 머리칼이 바람에 날려 얼굴에 해초처럼 들러붙었다.

"어딜 가느냐!"

뱃전에서 하품을 늘어지게 하던 장교가 매서운 눈을 치켜떴다.

"며칠간 소피조차 제대로 눌 수가 없었습니다. 뒷간에라도 다녀올 수 있게 해주시오. 아이도 정신을 못 차리니 바람이라도 쐬여 데려오겠습니다."

장교가 난처한 듯 입맛을 다시며 턱 끝으로 늙은 나졸을 가리켰다.

"함께 가거라. 작은 섬이라지만 빠져 죽기라도 하면 큰일 아니냐."

나졸은 가뜩이나 난주가 껄끄러운 데다 뒷간에나 따라가라는 지시가 마뜩잖았으나 장교의 눈빛에 눌려 뒤를 따랐다. 난주는 망설임도 없이 기다랗게 이어진 자갈길을 허위허위 걷다가 해초 가닥 늘어진 언덕을 올라가기 시작했다.

"어딜 가느냐! 뱃전에서도 볼일을 본 년이 이제 와 무슨 체면이 남았다고 꽁꽁 숨어 싸려 드느냐? 종년이 살을 가리니 참으로 벨일이다!"

나졸은 조롱하듯 떠들어댔으나, 난주는 개의치 않고 꿋꿋이 걸었다.

난주가 감추려는 것은 수치가 아니다. 감추려는 것은 오히려 진실한 믿음이요, 신성한 열정이다. 남편이 주교에게 편지를 보내려 한 것은 나라를 팔아먹으려는 매국도 나라를 뒤엎으려는 역심도 아닌, 옳은 것을 옳다 말하고 싶었던 간곡한 바람이었다. 난주는 자신이 지금 하려는 일 또한 불의라고 생각지 않았다. 사사로운 믿음까지 죄가 되는 세상에서 국법 또한 절대선이 될 수 없다. 난주는 스스로를 다독이듯 거듭 되새겼다.

경헌아, 눈을 뜨지 않아도 알 것이다. 네가 살아가게 될 땅이다. 죽어서는 아니 된다. 악착같이 살아남아 언젠가는 꼭 만나자꾸나. 그러니 잘 봐두거라. 저 마을을, 이 포구를, 그리고…… 어미의 타는 가슴을. 너를 버리는 것이 아니다. 너를 지키는 것이다. 나와 함께 제주로 가게 되면 너는 일평생 천한 노비로 살아갈 뿐 아니라 이 어미의 욕된 꼴을 함께 보아야 할 것이다. 또한 언제 어느 때 나라님의 변덕으로 죽음을 당할지 모른다. 나는 네가 황사영, 정난주의 아들이 아닌 경헌 네 자신으로 살아가기를 바란다. 양반도 천출도 아닌 이 땅을 살아가는 보통의 양민이 되어, 때론 주리고 고통받겠으나 강인함으로 살아남아 끝끝내 또 다른 생명을 일구어가는 그러한 사내로 말이다. 아무것에도 얽매이지 말거라. 태생에도, 사상에도, 신앙에도……. 너 된 너로 살아남아 어떤 네가 되든…… 천 일 만 일을 하루같이 그리워하고 애태우며 아끼고 사랑할 것이다……. 아들아…….

말을 속으로 삭이며 난주의 가슴은 수만 갈래로 찢겨지듯 아파왔다. 날카로운 바위에 부딪힌 물보라 같고, 한바탕 쏟아지는 굵은 우박 조각 같은 고통이 온몸을 두들겼다.

"대체 어딜 가는 게냐! 쯧쯧…… 여자가 저리 드세니 서방을 잡아먹고 혼자 살아남은 게 아니냐!"

언덕을 넘어 수풀로 뒤덮인 좁은 길을 지나자 또 다른 갯가가 나타난다. 난주는 손바닥을 보듯 성큼성큼 걸었으나 이곳의 지리를 알 턱이 없다. 다만 무언가에 이끌리듯 운명을 따라 걸었을 뿐이다.

"포구를 피해 숲으로 오더니 이젠 또 툭 트인 갯가냐? 소피 한번 요란하게 누는 년이로다."

나졸은 건들건들 따라오며 연신 투덜거렸다. 갯가엔 모래와 자갈이 뒤섞여 깔렸고, 간혹 초록빛 이끼로 뒤덮인 너른 바위들이 군데군데 펼쳐졌다. 난주는 정신을 일깨우듯 요란하게 밀려오는 파도를 가만히 보고 섰다.

"무엇이냐?"

나졸이 뒤통수를 긁으며 짜증스레 물었다.

"잘 보시오."

난주가 해안이 구부러지는 먼 모래밭을 가리켰다. 낮은 언덕을 등지고 고운 모래가 펼쳐졌는데, 바람을 막기 위한 해송들이 가까워 제법 아늑했다.

"내일 새벽, 배가 뜨기 전에 저곳에 아이를 데려다 놓으시오. 울지도 못한 지 오래되었으니, 울더라도 그저 속으로나 울 것이오. 허나 행여라도 아이가 바다로 빠지는 일이 없도록, 긴 무명 끈을 아이 몸에 묶어 저 소나무에 이어주시오."

나졸이 눈을 까막까막하다가 끝에서야 말뜻을 알아먹고 상을 잔뜩 찡그렸다.

"네가 이제 실성을 한 게로구나. 죄를 받아 관노가 될 녀석을 몰래 두고 떠나겠다? 그게 가능할 성싶으냐?"

난주는 눈을 똑바로 뜨고 말없이 고개만 끄덕였다.

"그걸 도와라? 무엇 때문에? 지난번 일은 내 잠시 실성했다손 치고, 그만한 일 가지고 국법을 어기리라 생각한다면 오산이다. 허참, 보자 보자 하니 보통 계집이 아니로구나."

나졸은 내심 난주의 하는 양에 놀라서 호령할 기운도 없이 허허 웃고 말았다. 난주가 나졸 가까이 얼굴을 들이대며 한결 숨죽은 목소리로 속삭였다.

"그대는 부녀자를 범하려 했을 뿐 아니라 양반을 능욕한 것이오. 내 이미 관비로 떨어졌다 하나 아직까지는 그저 여종은 아니오. 여종이기 전에 남인 명문가의 장녀이며 선왕의 각별한 총애를 입은 다산 대감의 조카요. 하늘 아래 천하고 귀한 것이 따로인 조선이니, 아무리 국법이 지엄하다 한들 핏줄을 끊을 리 있겠소. 허나 이는 그대를 겁박하려는 바가 아니요, 서로에게 좋은 일을 하자는 것이오. 이것을 받으시오. 그대가 이것을 지니고 내 본가에 찾아가면 못해도 열댓 냥은 줄 터이니, 그 돈이면 흰쌀을 서너 가마니는 들여 넉넉히 살림을 꾸리리다."

난주는 은근히 달래듯 이르며 쪽머리에 꽂았던 은비녀를 빼주었다. 계모 김씨가 난주의 혼인날 선물한 것으로, 비녀 끝에 명련이란 아명이 새겨져 있었다. 끝없이 동생들을 낳고, 또 그 아이들을 차례로 하늘로 보내느라 더욱 작아지고 늙어버린 어머니. 나졸들에게 붙들려 마재를 떠날 때, 흰 꽃처럼 흔들리며 멀리서 바라보고 계시던 분이다. 새삼 그 깊은 사랑을 깨닫게 되니, 난주는 저도 모르게 눈물이 맺혔다. 쫑쫑 땋아올렸던 삼단 같은 머리가 허리 끝까지 흐트러지고, 젖은 몸은 파슬파슬 떨려온다. 나졸이 고개를 설레설레 흔들면서 마지못해 비녀를 받았다. 난주가 길바닥에서 길쭉한 나뭇가지를 주워 들어 다시금 쪽머리를 말아올렸다.

"이것은 일단 신발차로 받아두마. 허나 네 청을 들어주어 아이가 죽더라도 나는 모른다. 예 인심이 좋다고 누가 보장하겠느냐."

나졸은 수염을 쓰다듬며 천연스럽게 이야기하고 비녀를 몸에 지녔다.

그럴 리 없소, 이 아이는 죽지 않소.

난주는 속으로만 되뇌었다. 경헌은 죽을 수도, 죽어서도 안 된다. 아이가 죽지 않는다는 난주의 맹목적인 믿음은 천주가 있어 세상을 관장하며 사랑으로 지켜보고 있다는 믿음과 다르지 않았고, 사실이든 아니든 그것은 중요한 문제가 아니었다. 경헌은 반드시 살아야만 하고 그렇지 않으면 어미가 먼저 죽을 일이었기 때문이다.

그날, 추자도의 밤은 몹시 짧았다. 그저 눈만 한 번 깜빡였는데 아침이 밝은 것 같았다. 난주는 한숨도 자지 못했고, 이미 쇠할 대로 쇠하여 잠에만 빠져 있는 아이를 깨워 마지막 젖을 물리기 위해 안간힘을 썼다. 어미의 몸이 더욱 상하여 젖이라 봐야 왈칵 한 번 쏟아지고 말 뿐이다. 허나 그조차 먹지 못할 아이의 앞날을 애통해하며 난주는 한 식경 간격으로 아이를 깨워 젖을 물렸다. 비쩍 마르고 추저분한 어린아이의 모습은 더 이상 양반집 자제가 아니었다. 입술은 마르고 찢어져 낡은 조각보 같고, 초점 없는 시선은 총명기마저 사라진 듯했다. 난주는 아이를 꼬옥 안고서 기도하듯 중얼거렸다.

"좋은 날도 나쁜 날도 종국에는 흘러간다. 그늘도 음지도 해가 들면 다시 꽃을 피운다. 지금 우리가 이러하다고 본래 이렇고 훗날 이렇겠느냐. 어미와 떨어지거든 하늘이 찢어지도록 울어라. 울어서 네가 살아 있음을 알려야 한다. 그래야만 네가 산다. 그 울음을 주께서 들을 것이고 사람의 귀가 들을 것이고 종국에는 인정이 움직일 것이다. 어미는 잊기도 잊으려니와 그리워도 말거라. 사무치는 그리움은 너를 상하게 하니 차라리 그리움을 모르는 것이 나으리라. 극통한 아픔은 이 어미의 가슴에 묻고 피눈물도 어미가 흘릴 것이다. 너는 그저 울고 떼쓰며 입고 먹으며 숱한 세월을 한날같이 아이로 자라거라."

이른 새벽, 사령들은 아직 술에 곯아떨어졌다. 나졸은 슬그머니 방을 빠져나와 난주에게서 아이를 받아 갔다. 몸이 차디찬 아이는 간신히 숨을 뱉고 있을 뿐 살았는지 죽었는지 혹 그 가운데에 있는지 알 수 없었다. 장교의 추궁이 있을까 싶어 나졸은 아이의 포대기에 역한 오물을 적셔 마당가에 내놓았다. 배를 타고 오는 중에 혼절하다시피 한 것은 다들 아는지라, 병에 걸려 열이 오르고 구역질을 하다 죽었다 할 요량이었다. 아이는 나졸에게 안겨 전날 봐두었던 곳에 버려졌다. 난주가 함께 준 기다란 무명 끈을 나무에 묶어주고 나서야, 나졸은 처음으로 아이의 얼굴을 흘낏 들여다보았다. 누렇게 들뜨고 비쩍 마른 것이 오래 살 것 같지 않았다. 아주 거짓은 아니로다. 가는 중 필시 수장시킬 일이 생기지 않겠는가. 나졸은 제가 하는 짓을 스스로 위로하며 서둘러 그곳을 떠났다.

객주로 돌아와 보니 아이 어미라는 자가 흰 끈을 머리에 꽂고 흐느껴 울고 있었다. 나졸은 그 어미가 아이를 살리고자 함인지 죽기를 바람인지 잘 알 수 없었다. 장교는 조반을 먹을 때에야 나졸에게 보고를 받았다. 역질에 걸려 죽은 아이를 그대로 둘 수 없어 급히 매장했다는 말이었다. 그는 상을 찌푸리고 제멋대로 일을 처리한 데 대해 화를 냈으나, 나졸이 가져온 더러운 포대기에 몸을 사리고 구슬프게 울어대는 난주의 꼴에 기가 질려 아이가 병사하였음을 인정했다.

그날 아침 일찍 배가 추자도를 떠났다. 배가 한 치씩 섬에서 멀어질 때마다 난주는 구곡간장이 녹아나는 듯해 이를 악물고 몸부림을 쳤다. 어디선가 발악하듯 울어젖히는 경헌의 비명 소리가 흐린 구름을 뚫고 벼락같이 떨어지는 것 같았다. 고개를 파묻고 앉아 흐느끼던 난주가 별안간 발딱 일어나 경헌아, 경헌아, 하고 외쳤다. 그 바람에 배가 슬쩍 기우뚱하자 선장은 가래침을 내뱉었고, 장교는 못마땅한 듯 고개를 외로 꼬았으며, 늙은 나졸은 혀를 차며 아스라이 멀어지는 갯가를 바라보았다. 전후 사정을 알고 있던 강 노인이 저도 모르게 흐르는 눈물을 훔치며 몇 번이고 난주를 주저앉혔다. 난주는 제 귀에만 들리는 경헌의 울음소리에 창자가 끊기고 뼈를 긁어내는 듯하여 배가 한 마장을 채 가지 못해 실신하였다. 까마귀들이 헛된 기대를 품고 바닷가 이편저편을 방정스럽게 헤매며 깍깍 마음을 더욱 할퀴고 있었다.

2

낡은 휘항을 뒤집어쓰고 볼끼를 단단히 맨 사내가 빠른 걸음으로 눈밭을 헤쳤다. 그는 꽤 지쳐 보였고, 찬바람에 시달린 얼굴은 거무죽죽하고 듬성듬성한 턱수염엔 흰 눈이 들러붙었다. 대설이 내린 마을은 온통 소금을 뒤집어쓴 듯하다. 귤나무며 초가지붕도 죄다 눈 이불 속으로 자취를 감췄다. 사내는 가끔 걸음을 멈추고 먼 산을 보기도 하고 눈 속을 발끝으로 툭툭 헤치기도 하면서 제 갈 길을 찾았다. 마침내 그가 몇 개의 올레를 지나 한 초가로 들어섰을 때, 아침 내내 바깥만 내다보고 있던 난주가 한걸음에 달려 나와 그를 반겼다.

"오느라 애쓰셨네. 얼마나 추웠는가."

난주는 고부라진 등을 다 번쩍 펴고 사내를 얼싸안다시피 하여 방으로 들었다.

"절부터 받읍서."

"오냐, 오냐. 먼 길을 다녀왔으니 절은 받아도 좋겠네."

들러붙은 눈이 녹아 축축해진 행전을 얌전히 벗어두고서, 사내는 지성스럽게 큰절을 올렸다. 대낮에도 컴컴한 자그만 방 안이 두 사람만으로도 꽉 찬다.

"어멍, 별고 없으셨우과?"

"나야 별일 있을 게 뭔가. 자네는 장사 잘 다녀오고? 물길은 잘 만났던가?"

"보름도 별로 없고 물길이 조앙 수월해수다. 다 어멍이 축원해준 덕뿐이우다."

사내는 가까이 붙어 앉으며 싹싹하게 말했다. 난주는 정답게 사내의 등을 토닥이다가 깜빡했다는 듯이 한편에 보아둔 밥상의 보자기를 휙 벗겨냈다. 개다리소반 위에 산디쌀을 섞어 지은 반지기밥 한 양푼과 고동을 듬뿍 넣고 끓인 바르쿡 두 사발이 김치보시기와 함께 놓였다.

"어멍 밥이 먹고 시펑 촘말로 촘기 힘들었수다."

허겁지겁 밥을 퍼먹는 양아들의 얼굴을 난주는 지그시 바라보았다.

"같이 드십서. 안 드시면 저도 안 먹쿠다."

난주는 선선히 숟가락을 들어 장정의 밥을 덜어 삼켰다. 그는 난주가 제주에서 얻은 자식 중 하나였다. 처음에 만날 때 이름도 없는 것을, 아들을 삼고 지어준 이름이 연(淵)이다. 아이는 어려서는 양어미와 할아비 품에서 자라다가 장성해서는 세상을 떠돌며 스스로 뱃일을 배우고 제주의 사내로 성장했다. 사람들은 힘이 센 그를 흔히 무쇠라 불렀지만, 난주는 예나 지금이나 그를 연이라는 고운 이름으로 불렀다.

"연아."

연은 입꼬리를 한껏 끌어올리며 선하게 웃었다. 보기 좋게 살이 오른 둥근 얼굴에 광대는 검붉은 빛으로 반짝인다. 이 사이에 낀 고춧가루가 수더분한 그의 성미를 보여주는 듯해서 난주도 따라 웃었다. 연과 있으면 언제나 근심을 잊는다. 구지레한 머리엔 이가 바글거리고 얼굴은 누렇게 떠서 기다시피 걸어오던 아이. 더러운 얼굴을 씻겨주자 아이는 해사하게 웃었다. 그때를 생각하니 난주는 지금도 가슴이 짜르르 아파온다. 굶주린 유민들이 거리를 헤매다 픽픽 쓰러져 죽고 오름마다 나물 찾는 이들이 새하얀 서캐처럼 들러붙던 시절에, 부모도 없이 버려졌던 아이는 주린 배를 움켜잡고도 그렇게 웃고 있었다. 캄캄한 어둠과 모진 추위가 몰아닥쳤던 그 겨울을 견딜 수 있었던 건 오직 이 아이의 온기와 순전한 생의 의지 덕분이었다.

"어멍, 실은 긴히 드릴 말이 이수다."

밥그릇을 비우고 바르쿡을 시원하게 들이킨 후, 사내는 난주 앞에 바로 앉으며 말했다.

"왜, 무슨 일이 있느냐?"

난주는 서른 줄에 들어선 노총각 연이 마을 처자에 장가들기를 소망하는 걸 알고 있기에, 내심 그러한 상의를 해올 줄로 알고 미소를 지었다. 사실 연이 없는 사이에 매파를 놓아 혼사를 잇고 있는 터였다.

"미리 말씀 못 드린 건 죄송헌디에 이번 물길에 추자도를 며칠간 도라봐수다."

추자, 난주는 그 짧은 말에도 일순간 심장이 멎는 듯해 가슴에 손을 얹었다.

"오래전부터 도련님들과 하영 생각한 일이랏주게마씀. 추자에 황씨로 살아가는 이가 있댄 해영 편지도 보낸 적이 있쥬만 전해지질 못한 것 같앙 이번 참에 직접 가본 거우다."

처음 듣는 이야기였다. 난주가 눈을 동그랗게 뜬 채 숨도 쉬지 못하자 연은 손을 휘휘 내저었다.

"아이고, 진정헙서. 초근초근 얘기나 들구서 놀래도 놀랩서."

그리고 사내는 추자에서 일어난 일들을 상세히 이야기하였다.

그가 가을 말 조천포의 상단에 합류하여 목포 길을 떠날 때, 상윤이 급히 보낸 하인이 이르기를 이번에 반드시 추자에 들러 황씨를 찾아보라 당부하였다. 연도 무시로 황씨의 소식이 궁금했고, 부쩍 기력이 쇠해 가는 어멍을 걱정하였기에 더럭 반가움이 일었다. 혼자서는 엄두가 나지 않아 시작도 못 한 일이었다. 행여 작은 해라도 끼칠세라 추자 쪽 하늘 한번 보지 못하는 어멍이기에 함부로 나서기도 쉽지 않았다. 연은 신바람이 나서 제주를 떠났고, 예정대로 장사를 마친 후 상단 행수에게 잠시 추자도에 머물다 가겠노라 사정하였다. 근간에 출륙금지법이 풀렸다 하나 여전히 관부의 허가 없이 섬을 떠날 수 없었기에 그의 부탁은 쉽지 않은 것이다. 허나 행수에게 무쇠라는 녀석은 필요할 때마다 냉큼 달려오는 가까운 벗과 같아서, 매정하게 거절치 못했다. 지난해 바닷길에 병이 들어 시름시름한 행수를 들쳐 업고 제주 본가에까지 가준 것도 바로 무쇠였다.

"하기는, 제주에 수양어멍도 있고 혼인할 비바리도 있으니 뭍으로 도망가지는 않을 테지?"

행수는 애매하게 말을 흘리면서도 추자에 순순히 내려주었다. 연은 그날을 주막 봉놋방에 묵고, 이튿날 남의 집 행랑방에 신세 지고, 사흘째 되는 날 벌써 황씨를 찾았다. 둘레치가 삼십 리 길뿐인 자그만 섬인 데다 흔한 성씨가 아닌 덕이다.

"황씨는 그이 하나밖에 없수다."

주름이 자글자글한 노파가 손가락질을 하며 일러주었다. 어멍의 소원 성취를 해드린다는 설렘으로 달려온 길이건만, 막상 황씨가 산다는 초가지붕의 머리끝이 아른아른 보일 때는 연의 가슴이 하릴없이 요동치고 떨려왔다. 그가 뉘이던가. 어멍의 하나뿐인 친자식이자 가슴 한복판에 대못으로 박혔던 이름이지 않던가. 어멍의 입으로 들은 바 없었지만, 돌아가신 하르방이 곡주만 들이키면 두 모자의 생이별을 손짓 발짓 그려가며 훌쩍였던 터다. 연은 때론 어멍과 핏줄이라는 천륜으로 엮인 그가 부러웠고, 또 한편으로는 인륜으로나마 곁을 지키는 자신이 다행스럽기도 했다. 이제 그 형제와 같은 이를 찾으매 가슴이 벅차오르지 않을 수 없다.

경헌은 앞마당에 멍석을 깔고 앉아 생선을 다듬던 중이었다. 근래 들어 뜸하게 해풍도 보드랍고 볕이 따사로워 생선살이 쫄깃하게 마를 것이다. 생선 대가리를 자르고 내장을 빼내어 물에 휘휘 젓는 기다란 손끝이 제법 능숙하다.

추자도에 버려졌던 돌쟁이는 기나긴 세월을 지나 초로의 어부가 되었다. 보드랍던 얼굴에는 주름이 팼고 까맣게 반짝이던 머리칼은 희끗희끗한 티가 완연하다. 그의 아내는 며느리와 함께 뒷산 텃밭에 나갔고 아들들은 배를 타고 나가 돌아오지 않았다. 그는 낮은 노랫가락을 흥얼거리며 일감을 치워나간다. 산자락에 자리하여 잡다한 산새 소리를 빼고는 썰렁하기까지 한 집이 오히려 그에게는 편했다. 양부모 밑에 살던 마을은 포구와 가까워 소란하기도 하려니와 한 번씩 마음에 번지는 그늘을 피하기 어려웠다. 그저 이렇게 조용한 어부로 살아가며 끼니라도 꾸준히 이어가는 것에 족할 따름이다. 간혹 황경헌이라는 제 이름을 미워한 때도 있었다. 제 이름 석 자를 알 뿐, 스스로의 뿌리에 대해 알 수

56

없는 까닭이었다.

모진 바닷바람 속에 다 죽어가던 아이를 발견한 것은 지금의 양모였다. 정 많은 양모가 거두지 않았다면 경헌은 이미 까마귀 밥이 되었으리라. 오씨 성을 쓰는 그의 양부는 업둥이를 탐탁지 않게 여겼으나, 아이가 커갈수록 유달리 조숙한 것을 보고는 차차 마음을 주었다. 부부는 아이에게 새로운 이름을 주지 않았으며 성을 물리지도 않았다. 황경헌이란 이름 석 자를 피로 새긴 어미에게 필시 사연이 있으리라 짐작한 탓이다. 그즈음 뭍과 제주로부터 많은 배가 들었고 죄인이나 귀양다리를 싣고 오가는 관선도 많았으니, 그것이 누구든지 간에 자식을 버리고자 한 것은 아니리라 여겼다. 하늘 아래 어느 어미가 자식을 떼어놓고 싶으랴. 부인은 한스러운 그 어미의 마음을 헤아렸고, 어느 때인가 천륜이 다시 이어지기를 기원하던 바다.

경헌은 멀찍한 언덕 아래에서 패랭이가 쑥 올라오는 것을 보고는 미간을 찌푸리며 주의 깊게 보았다. 키가 크고 얼굴이 둥근 떠꺼머리총각이 비탈진 길을 씩씩하게 오르는데, 한겨울에 추운 줄도 모르고 동저고리 옷깃으로 땀을 씻는다. 처음 보는 총각인 데다 동리 사람 같지도 않아서 경헌은 저도 모르게 생선을 쥔 손에 힘이 들어갔다. 총각은 삽작문 가까이 다가와 망설임도 없이 계시우, 하고 소리를 올렸다. 경헌은 웬일인지 대꾸가 잘 나오질 않았다. 아니 계시우? 하고 또다시 삽짝을 흔든다. 그제야 경헌은 나그네가 아님을 확신하고서 뉘시오? 하고 짚신을 끌며 나왔다. 가타부타 말이 없던 총각이 삽짝이 열리자마자 느닷없이 경헌을 얼싸안았다.

"촘말 오래도 걸렸수다!"

눈물이 그렁그렁한 총각을 간신히 떼어내고 보니, 얄은꾀나 수가 아

57

니라 진정으로 감격에 겨운 얼굴이다. 경헌은 불쾌하기보다 당혹스러웠다.

"대체 뉘신데 이러시오?"

총각은 고개를 내저으며 아이처럼 울먹였다.

"내가 찾던 성님이…… 맞수과……. 어멍 얼골이, 그대로…… 똑 닮았단 말이주."

경헌은 성님이라는 말에 한 번 놀라고 어멍이라는 말에는 아예 혈색이 쑥 가셨다.

"어……멍이라니, 어멍이라 하였소?"

경헌의 입에서 나온 어멍이란 말에, 총각은 아예 바닥에 주저앉아 눈물을 비 오듯 쏟았다. 평생을 아프게 살아온 어멍이 가엾고 그런 어멍을 그리워하였을 눈앞의 성님이 가여워서다. 경헌은 총각의 눈물을 기막힌 듯 내려다보다가 말없이 고개를 치켜들었다.

푸른 공단 같은 하늘을 실구름이 갈래갈래 찢는다. 눈이 뿌옇게 시리더니 눈물이 흘러 불끈 솟은 울대까지 젖었다. 간신히 눈물이 진정이 되고서야 눌러쓰고 있던 머릿수건을 끌러 총각의 얼굴과 제 얼굴을 닦았다. 그가 뉘인지 알지 못해도, 듣게 될 이야기가 무엇인지 알지 못해도, 단 한 가지……! 일평생 자신이 기다려온, 바로 그때가 온 것을 알았다.

둘은 손을 맞잡고 마루에 올라앉아 기나긴 세월의 이야기를 풀었다.

연은 비록 학식을 쌓지는 못했어도, 어멍으로부터 언문이며 세상의 이치를 배워 제법 야무진 데가 있었다. 그는 먼저 천주교라는 신앙에서부터 이야기를 시작했고, 집안과 식구들의 이야기까지 아는 대로 일러주었다. 경헌은 떠꺼머리 노총각이 바로 자신의 수양동생이요, 한양할망이라 불리는 어머니에게 숱한 수양자식들이 있음도 알았다. 경헌을 버려야만 했던 연유는, 앞뒤의 사정을 듣고서는 이미 짐작하고도 남았다. 천륜을 끊고서라도 사람답게 살리고픈 어미의 사랑을 어찌 모르겠는가. 비록 근본을 모르고 살아야 했던 한은 뼛속에 박혔으나, 노자(奴子)를 면했으니 원망할 수도 없었다. 경헌은 벌떡 일어나 나무 궤 깊숙이 넣어둔 어린것의 저고리를 가지고 나왔다. 버려질 때에 입고 있던 것이다. 연과 마주 앉아 그것을 내려다보니 다시금 울음이 북받친다. 피로 쓴 이름 석 자는 이미 흐려졌고 저고리 깃은 삭아 바스러질 듯하다. 잊지 않는 것이 더 이상할 만큼 오랜 세월이 흘렀으나, 오히려 이제 막 버려진 것처럼 서러워지는 경헌이었다.

어머니…… 어머니……!

허나 경헌은 오래 울지 않고 얼굴을 씻었다. 늦지는 않았다, 그 생각이 불시로 온몸을 휘감아 슬픔보다 기쁨이, 고통보다 희열이 차올랐다. 그토록 그리던 어머니가 제주에 살아 계시질 않은가. 그는 연의 손을 붙들어 방으로 들였다. 식어가던 아궁이에 솔가지를 밀어넣어 불을 살리고 아껴둔 쌀을 꺼내 밥을 지었다. 그러는 사이 아내와 며느리도 돌아와 반찬을 만든다 밥상을 차린다 분주했고, 경헌은 동생과 마주 앉아 전에 없이 말이 많았다.

그날 밤을 뜬눈으로 지새우다시피 이야기꽃을 피운 둘은, 제주 가는 뱃길이 열리는 날까지 이레 가까이를 살뜰히 챙기며 붙어 지냈다. 서로가 밤낮으로 애틋이 여기는 것을 보다 못한 아내가 내우간이오, 하고 웃고 아들들은 죽은 형제가 살아온 것 같다고 했다.

"떠나는 길에 성님이 얼마나 우는지 차마 발길이 떨어지질 않았수다. 이번에는 간신히 뿌리치고 왔쥬만은 다시 한번 가 뵙고 어멍 답문이라도 전할까 하영."

난주는 처음엔 가슴이 뛰고 온몸이 사시나무 떨듯 하더니 차차 파랑이 가라앉고서는 소리 없이 눈물만 흘릴 뿐이다.

"이게 성님이 적어주신 편지이우다."

연이 품 안의 편지를 꺼내어놓았다. 겉에는 한문으로 '母前上書'라 쓰였고, 봉투를 뜯으니 속은 언문으로 촘촘히 적혔다. 난주는 비늘처럼 얇게 내려앉은 눈꺼풀을 떨며 아들의 목소리를 더듬는다.

애타게 그리던 어머니의 소식에 그저 눈물만 흐릅니다. 먼 땅에서 큰 절을 올리오니 부디 마음으로 받아주소서. 지나간 세월이야 무슨 소용 있으오리까. 피눈물로 그리움을 새기며 그저 살아있었음을 감사합니다. 비록 주인의 후대가 있다하나 늙은 여종으로 여생을 보내시는 어머니를 생각하니 가슴이 미어집니다. 어떻게든 제주에 들어 해후하겠으니 뵈올 날까지 부디 강건하십시오.

추자에서, 아들 경헌

편지를 읽던 난주의 얼굴이 잔뜩 상기되어 붉은 꽃처럼 피어올랐다가 차차 창백해져 나중에는 아예 핏기가 쑥 가셔버렸다. 연은 어멍의 안색이 좋지 않은 것을 의아하게 여겨 편지와 어멍 얼굴을 번갈아 쳐다보며 갸우뚱한다.

"무사 노빛이 더 노래점수꽈?"

편지를 내려놓은 난주는 결기 어린 눈으로 연을 바라보았다.

"어멍……?"

천성이 순하기만 한 연은 어멍 몰래 나쁜 짓이라도 한 것처럼 주춤거렸다.

"연아, 내 말 단단히 들어라. 너나 도련님들이 나를 위한 마음인 것을 어찌 모르겠느냐. 허나 천주께서 허락지 않은 천륜을 억지로 이으려 하면 반드시 화가 미칠 것이다. 나는 아직 죄인의 몸에 묶여 세상의 눈을 받고 있다. 지독했던 수난들이 이미 지난 것인 듯하지만 언제든 다시 닥칠 변덕이며, 만일 경헌이 늙은 어미를 만나러 이 땅에라도 오는 날에는 그간의 고통이 무용지물인 것이다. 너나 도련님들이 그러한 앞날까지 짐작지는 못했으려니와 오랜 세월이 흘러 무뎌지기도 했을 줄 믿겠으나, 그런 것이 아니다. 내가 진실로 바라건대, 다시는 추자를 찾지 말고 답신도 할 일이 없느니."

말을 끝낸 난주는 편지를 착착 접어 밀어놓고 획 돌아앉아 바느질감을 잡았다. 보나 마나 또 구휼소의 일거리를 가져온 것이다. 본가에서 나온 후로는 하루도 빠지지 않고 구휼소를 찾는 줄을 알고 있었다. 그곳에서 온갖 허드렛일이며 아이들 돌보는 일과 환자를 살피는 일까지, 어멍은 평생 일을 손에서 놓지 못했다. 꼿꼿한 그 성미를 모를 리 없지만, 환갑이 넘은 연세에도 고생과 불행을 자청하는 어멍이 안타깝기만 했다.

"경허게만 생각하지 맙서. 세상이 하영 달라져수게. 이 나라 임금부터 바뀌질 않아수꽈? 또 대정마을에서 어멍을 해코지할 사름 한 명도 없수다. 누구 하나 어멍 도움 안 받은 사름이 없고 사또 나리부터 아전 나리들까지 어멍의 일이라면……."

"그만하거라!"

연의 호소를 서릿발같이 자르고 나선 난주의 얼굴에 노기마저 흘렀다.

"내 죄인의 신분으로 분에 넘치는 대접을 받았다만 어찌 오만방자한 말들이 아들의 입에서 나온단 말인고? 다시는 그러한 말을 담지 말라."

연은 이럴 때의 어멍이 문밖의 눈송이보다 차가움을 기억하고 입을 다물었다. 그러나 어찌 속마음을 헤아리지 못할쏘냐. 들끓는 불구덩이처럼 어멍의 가슴은 타오를 것이다. 당장에 바다를 건너 하늘을 날아 아들을 안고 싶을 것이다. 이생에서의 인연을 다시는 놓치지 않으리라 다짐하고 또 할 것이다. 그러나 그중 한 가지도 행하지 못하는 것은 만남이 곧 이별이 되리라는 처절한 운명을 끌어안고 속으로만 통곡하는 까닭이다. 그 눈물이 제주의 많은 아이들에 대한 사랑으로 이어졌음을 모르지 않았다. 연은 말없이 제 밥상을 들고 정지로 내려갔다. 난주는 부질없이 바늘만 들쑤시며 도무지 내다보지 않는다. 더 이상 말을 붙였다가는 어멍의 눈물을 봐야만 하리라. 연은 쪽마루에 나앉아 담뱃대를 입에 문 채 속절없이 쏟아지는 눈발을 지그시 바라보았다.

*

동녘에서 치솟은 붉은 해를 따라 하루가 이어지고 다시 또 서녘으로 하루를 끌고 가며 많은 날들이 흘렀다. 난주는 제주에 도착하여 일 년 만에 뼛속까지 노비가 된 듯했고, 때로는 매를 맞고 때로는 호통을 들었다. 그악스럽게 난주를 노비로 몰아세우는 것은 나라님도 법률도 아니요, 눈을 뜨면 맞이하는 바로 그 현실이었다.

애당초 무슨 근거가 있어 양반이 되고 종이 되랴마는, 난주는 저는 양반으로만 타고난 줄로 믿었음을 제주 땅에 와서야 알았다. 어진 상전이 되어 넉넉한 은혜를 베풀고자 하였다. 천주를 믿고서는 많은 종들에게 자유를 주었고 가산을 꾸릴 수 있도록 돕기도 했다. 그러나 그 자신이 종이 되려는 생각까지 해본 적은 없다. 아무리 측량해보아도 그런 일이 일어날 까닭이 없었다. 자고 나면 달라지는 것이 정계의 권력이라 하나, 애당초 정치에 발도 내딛지 않은 아버지는 문중의 터 안에서 넘치도록 족했다. 먼 임금보다 눈앞의 상전이 곧 하늘이요 법인지라, 아버지는 나라님 못지않은 권력과 숭배를 받았다. 그 장녀로 살아온 난주의 삶 또한 다를 바가 없었으니, 손가락 마디마다 생선 비린내가 배고 허리를 펼 새 없이 부엌일을 거들며 똥거름을 지어다 밭을 매는 노비들의 고생을 알 턱이 없었다.

첫해 겨울, 난주를 맞은 제주목사 정관휘는 매서운 눈으로 죄인을 훑어보다가 죽은 아이의 일을 꼬치꼬치 캐물었고, 조정의 엄한 단속에도 역질마냥 퍼지는 사학의 무리에 진저리를 쳤다. 그러곤 가까이에서 저주의 불벼락이라도 떨어질 듯 당장에 대정현 관비로 호송하라 명했다. 긴 여정에 자식을 잃고 실신을 반복했던 난주는 제주목을 떠나기도 전에 혼절하였다. 죄인이 허망하게 죽었다가는 그 또한 추궁을 받을는지라 목사는 몇몇의 사령을 붙여 수레로 호송케 했다. 이때 강 노인도 대정현에 함께 배속되었는데, 그가 수레 안에 물을 넣어주고 마른풀을 덮어주지 않았다면 난주는 제주 남쪽 끝에 도착하기도 전에 죽었을 것이다.

죄인 일행이 대정으로 향하고 있을 때, 소식을 전해 들은 대정현감 이흡은 깊은 고민에 빠졌다. 그에게도 온 나라의 관심이 쏠려 있는 죄인을 떠맡게 된 처지는 부담스럽지 않을 수 없었다. 더구나 선대 임금의 총애를 한 몸에 받던 삼한갑족 명문가의 여식을 함부로 대할 수만도 없는 것이다.

마침내 정난주가 도착하여 동헌 뜰에 꿇어앉았고, 많은 눈들이 그에게로 쏠리는 것은 당연했다. 현감은 말없이 죄인을 내려 보았다. 하정배(下庭拜)를 하느라 고개를 처박은 죄인의 머리칼은 지저분하게 엉켜 있고 해진 무명옷 사이로 붉게 얼어붙은 살가죽이 훤히 비쳤다. 가끔 오르르 떠는 그 어깻죽지는 차마 보기에도 가여울 만큼 말라붙었다. 누가 이 여인이 세상을 떠들썩하게 한 황사영의 처라 할 것인가. 죽은 황사영은 사학삼흉으로 유명하였으나 그 전에 이미 뛰어난 재능으로 명성을 떨쳤다. 열여섯의 어린 나이로 진사에 급제하였을 때, 임금이 친히 마주 잡았다는 손길을 부러워하지 않은 이가 있던가. 거기까지 생각이 미치자, 현감은 이 관비에 대한 처분을 엄격한 내부의 규율로써 할 것을 결심했다. 숙명과도 같은 충신의 길을 버리고 대역부도한 신앙을 숭배한 죄렷다. 희미한 연민을 떨치며 현감은 입을 열었다.

"여로에 고생이 많았다. 고행길도 네 죗값이니 응당 받으려니와 살든 죽든 그 또한 네 몫이니 그리 알거라."

현감의 말을 받은 급창의 목소리가 동헌 앞마당에 쩌렁쩌렁하게 울렸다. 이어 현감 곁에 엎드려 있던 통인이 아전들에게 몇 마디를 속닥거렸다. 잔뜩 고부리고 있던 아전들이 몸을 세우고 잠시 모의하더니 곧이어 하득인이라는 늘그막한 호장이 앞서 나왔다. 그는 대대로 향리 역을 세습하던 집안의 장자다. 그 아비가 죽고 사위와 숙부에게 나뉘었던 향리직을 되찾아 집안을 다시 일으킨 사내답게 권력에 대한 열망과 오만함이 뒤섞인 이였다.

"마침 세답비가 부족하던 터이니 그 일을 맡기면 어떠하올는지요. 허락하시면 내일부터라도 일을 부리겠습니다."

현감은 말없이 고개를 끄덕이며 산송장같이 고꾸라진 난주를 보고 혀를 찼다.

"저 꼴을 해서 무슨 일을 할꼬. 몸을 먼저 추스를 수 있도록 구완부터 하여라. 뒤로는 알아서들 하고 점고 때나 보게 하라."

그러고는 껄끄러운 일을 처리했다는 듯 홀홀 털고 일어나 내아로 들어가버렸다.

웅긋쭝긋 둘러섰던 구실아치들이며 장교들, 사령들이 흩어지고 관노 두엇이 달려 나와 난주를 관노청 후미진 골방에 들여놓았다.

"하루 자고 나면 일어날 터이지. 내일은 찬물 끝에 손이 얼어붙을 테니 생과부 하룻밤 홀로 단꿈이라도 꾸게 하거라."

호장은 우스갯소리를 떠들고 나서 육방 아전들과 함께 질청으로 몰려가버렸다. 강 노인마저 수노(首奴)의 악다구니에 이끌려 나무하는 초군 무리에 쫓겨 나가고, 홀로 남은 난주는 변변한 이불 한 장, 불기운 한 점도 없이 몸을 달달 떨게 되었다.

그날 저녁부터 난주는 신열이 나고 온몸이 퉁퉁 부어올라 산송장 같던 몰골이 더욱 끔찍하게 되었다. 이튿날 아침 방문을 열었던 관비 여홍개가 그제야 알고 사령들에게 알렸다.

"다 죽게 되었군. 낭패로다."

뒤늦게 호장이 나와 보고 코를 찌르는 환자의 악취에 이맛살을 찌푸렸다.

"죽어서는 아니 될 겔세. 예까지 와서 변을 당했다면 당장에 사또가 곤란해질걸."

큰 책임이 없는 예방이 곁에서 혀를 차며 거들었고,

"어허, 하 호장 큰일일세."

병방은 아예 강 건너 불구경이라도 하듯 조롱하였다.

"여홍개 이년, 같이 세답질할 동무를 밤새 한 번도 들여다보질 않았더냐? 쯧쯧…… 하나에서 열까지 다 일러줘야만 숟가락을 들고 밥 먹을 년이로구나."

호장은 괜한 트집을 잡아 여종에게 신경질을 부린 후 냉큼 의원을 모셔 오게 했다.

제주목 관덕정 부근에는 삼흡회춘국이라는 약국이 있어 진상용 약재나 제주목의 수요를 댔으나, 그 혜택이 시골 마을까지 올 리가 없다. 때문에 변방의 관아에서는 관기들 중 의녀를 선발하여 그 역할을 맡기는 것이 관례였다.

그러나 기생으로서의 재색에 의술까지 갖춘 의녀는 묘하게도 사내들을 더욱 홀려서, 몇은 첩으로 들어가고 또 몇은 제주목 관아로 불려 갔으며 남은 계심이란 늙은 의녀는 병으로 자리보전을 해온 지 오래였다. 결국 뭍에서 건너온 소 첨지라는 자가 의술을 배웠다 하여 의원 노릇을 하고 있는 터다. 붉고 길쭉한 얼굴에 허연 채수염을 드리운 그가 뒷짐을 지고 양반걸음으로 들어서자, 호장은 가벼이 고갯짓으로 인사를 건네며 방문을 가리켰다.

"밤사이 바람이 차더니 송장을 치게 생겼소. 까딱하다간 책망을 받으니 잘 살펴주시오."

소 첨지는 말이 첨지이지 누구도 첨지로 생각하는 이는 없었다. 학식깨나 높다는 의원짜리에 별칭으로 불러주는 터였다. 그 손끝에서 저승길을 돌이킨 이가 몇 있었고, 침을 놓든 약을 내주든 박하게 굴지 않은 덕분이다. 그는 방문을 열어보고 혀부터 찼다.

"먼 길을 온 이를 냉골에 눕혔으니 탈이 난 게 당연하오."

"아따, 그럼 죄인을 옥에 안 처박고 방에 넣은 게 탈이오. 한겨울에 수백 리를 걸어온 사람이 이제 와 찬 이슬을 피하니 외려 병이 된 게지."

호장은 혹여 자신에게 죄가 올까 싶어 앙칼지게 쏘아붙인 후 저년이 죽으면 네 탓이다, 하고 여홍개에게도 으름장을 놓았다.

그사이 환자의 맥을 짚고 이마를 만지던 소 첨지는 손발 끝에서 검은 피를 빼놓고는 청심환을 짓이겨 물에 개어 먹였다. 방에 군불을 때어 덥힌 여홍개가 호장의 명으로 환자의 손발을 한참 주무른 끝에야 혼절해 있던 난주가 어린 새처럼 바르르 온몸을 떨었다.

"살겠소?"

쪽마루에 걸터앉아 안을 힐끗거리던 호장이 담뱃대를 털며 물었다.

"막혔던 혈은 풀린 듯하나, 오랜 추위와 찬 음식으로 한담이 쌓였을 것이오. 약재를 보낼 터이니 잘 달여 먹이고, 불을 넉넉히 지펴 몸을 따뜻하게 해주시오."

호장은 안심하며 질청으로 돌아가고, 소 첨지는 세간은 물론이요 이불 한 채 없는 방을 둘러보고 조용히 혀를 찼다. 환자의 얼굴을 자세히 들여다보니 퉁퉁 부어오른 얼굴에 병색이 완연하고 입술 끝은 갈라져 뜨거운 숨만 내뱉는데, 어딘가 모르게 슬픔이 깃들어 보였다. 둥글게 자리한 귓불이며 단정한 콧날에 귀티가 흐르는 데도 이 지경이 된 것을 보면 필시 사주가 박한 탓이렷다. 소 첨지는 혈혈단신으로 살아온 수년 만에 문득 이 여인을 애처롭게 느꼈다.

"약을 보내시커든 재기재기 나옵서. 아침에 할 일이 하영이신디 비실비실한 것을 보내기엔 나만 폭삭 소감수게."

못마땅한 눈으로 안을 들여다보는 여종의 채근을 받고서 소 첨지가 자리에서 일어나는데, 몸을 뒤척이며 내뱉는 가느다란 소리가 발길을 붙든다. 가까이 귀를 대어보니 주여…… 주여…… 한다. 무엇을 달라는 소린가 하여 물을 줄까? 아픈가? 하고 되물어도 다른 말은 없이 그 소리뿐이다.

"사학쟁이라더니, 주문인가?"

소 첨지는 홀로 중얼거리고 여종은 운수 사납다는 듯 침을 세 번 뱉었다.

"송장은 고사하고 귀신을 치게 생겨수다게."

아침부터 욕을 먹고 달음박질친 것이 억울한지 여홍개가 세모꼴 눈을 해서는 연신 불평이다. 소 첨지가 여홍개를 데리고 돌아와서 조협과 반하를 생강즙에 섞어주고, 유황에 쑥과 당귀 등속을 넣어 약을 지었다. 복용법을 설명하는데, 설렁설렁 고개만 흔드는 여종이 못 미더워 차도가 없거든 다시 부르라고 신신당부하였다.

"양반 아낙이 몸에 들엄수과, 아즈방이 무사 이리 다정하게 해주게?"

여홍개는 혀를 빼물고 돌아서면서 사내깨나 홀리게 생긴 여인에 대해 괜한 질투를 품었다.

관노청에서도 가장 구석진 난주의 방은 여홍개와 동무였던 자근년이가 쓰던 방이다. 하는 짓이 꽤나 귀염성 있던 자근년이 예방의 첩이 되어 사처로 들어앉게 되자 누구보다 배가 아픈 것은 여홍개였다. 천한 관비가 모진 일거리와 하룻밤 노리개에서 벗어나려면 관기가 되는 것이 나았고, 더 좋은 방법은 지방관이나 아전아치의 소실이 되는 것이다. 법대로야 어디 공노비를 사사로이 빼돌릴까마는 수령과 아전들이 눈만 감아준다면 관비 한둘쯤 첩으로 삼기는 어려운 일도 아니었다. 그들이 관청의 일거리 대신 납공을 꼬박꼬박 바치고 그 소생은 다시 관청의 관노비로 입역하게 되니, 관청으로서는 노비를 하나 잃는 것이 아니라 오히려 늘려가는 일이었다. 그러나 제법 반반하거나 재기 있는 여종들은 진작 관기로 뽑혀 나간 터라, 관비들이 눈에 들기란 쉬운 일이 아니었다. 설혹 마음에 둔다 해도 대개 한두 번 수청을 들게 하였다가 막상 자식을 낳으면 관청의 재산으로 삼아 관노비 관안에 올리기나 할 뿐이었다.

여홍개 또한 이미 두 명의 딸을 낳았으나, 아버지가 되는 이를 정확히 집어내기가 어려울뿐더러 알았다손 치더라도 종모법(從母法)에 따라 천한 노비 신세이기는 마찬가지였다. 그런데도 자근년이 사처로까지 나갈 수 있던 것은 오직 예방의 지극한 총애 덕분이니, 시기가 일고 부러움이 차고 애틋한 정 한번 받아보았으면 하는 여홍개였다. 이제 또 그 방에 들어온 새로운 여종이 혹여라도 상전들의 눈에 들어 일거리만 떠넘기는 것이 아닌가 괜스레 부아가 치밀고 화가 나는 것이다.

"퍼뜩 정신 차리고 일어나 밥값을 허라. 종년 주제에 드러누웡 대접받젠 햄시냐?"

방에 돌아온 여홍개는 약재가 담긴 꾸러미를 구석에 내팽개치고서 멍석자리를 획 걷어버렸다. 오랫동안 씻지 못한 난주에게서 시큼한 냄새가 풍겼다.

"가지가지 햄져게. 쯧쯧…… 난 할 일이 하영인디 네년 종살이까지 할 수 없져. 살커든 일어낭 약 데려 먹고, 죽잰 허민 자빠정 자든지 아랑 허라."

여홍개는 아침에 난주에게 맡기려 했던 일거리를 챙겨서는 빨래터로 나가버렸다. 홀로 남은 난주는 정신이 몇 번이고 까물까물해지는 가운데 환영처럼 아장아장 걸어오는 경헌을 보는 것이다. 그런데도 차마 아들의 이름을 부르지 못하고 오직 주여, 소리만 나는 이유를 자신도 알 수 없었다.

처음 천주의 이야기를 들려준 이는 작은 숙부 정약전이었다. 그를 비롯한 숙부 정약종, 정약용, 외숙부 이벽, 고모부 이승훈 모두는 천주교도였다.

조선의 뛰어난 인재로 촉망받던 숙부들이 처음부터 천주교도가 된 것은 아니다. 애당초 실용적인 측면에서 서학에 접근하던 것이, 연구회를 조직하여 부단히 파고드는 과정에서 차차 신앙의 뿌리로 자라나게 되었다.

조정에서는 사대부의 나라에서 천주교도가 늘어가는 것을 근심하였는데, 신앙의 시시비비를 떠나 정쟁의 좋은 먹잇감이 될 것은 분명했다. 난주의 조부는 일찍이 자식들을 다독여 서학과 천주교로부터 멀어질 것을 명하였고, 난주의 아버지이자 그들의 맏형인 정약현이 동생들을 다그치기도 어르기도 하였으니, 숙부들 또한 깊이 고민하며 세상의 영화와 천주교의 삶을 저울질하였음이 분명했다. 난주는 숙부 정약전에게 때때로 가르침을 받으며 자연히 서학과 천주교리에 대하여도 익히게 되었다. 특히 외숙부 이벽은 틈이 날 때마다 죽은 제 누이와 똑 닮은 조카를 두고 많은 이야기를 들려주었는데, 타고난 웅변가이기도 했던 그의 교설에 매료되지 않을 수 없었다. 난주는 꽃밭에서 향기에 취하듯, 새하얀 무명에 쪽빛이 물들 듯 그렇게 천주의 사랑을 익히게 되었다.

난주가 문중의 넉넉한 그늘과 숙부들의 아낌없는 가르침 속에 천진한 신앙을 품어가고 있을 때 나라에서는 이를 빌미로 한 파국이 시작되고 있었다. 선왕이 학문을 형법으로 다스리는 것은 불가하다고 숙부들을 감싸주지 않았더라면 진즉에라도 큰 난리가 났을 것이다. 그러나 애당초 제사를 폐하고 신주를 불태우는 폐제분주(廢祭焚主)의 교칙이 전통적 유교사회의 제례질서와 공존하기란 어려웠다.

난주가 황사영과 혼례를 올린 이듬해, 신해진산사건이 벌어졌다. 당시 경기와 내포 지방, 전주 지방으로 교도가 확산되어 있던 터에 진산에 머물던 진사 윤지충이 모친상을 당하여 신주를 모시지 않음은 물론 제사도 드리지 않았다. 그는 난주에게는 집안의 어른이요, 숙부들에게는 외사촌으로서 함께 신앙을 공부한 교도였다. 북경에 가서 견진성사를 받고 돌아와 신앙을 지키던 그는 이 일로 전주의 형장에서 처형되었다. 이 사건은 한 개인의 집안일이 아니라 강상(綱常)의 윤리를 범한 죄이자 패륜으로 비쳐졌고 천주교에 대한 강경론과 숙청론은 더욱 거세어졌다.

이때, 숙부 정약용과 정약전은 천주교로부터 배교하였으나, 정약종은 흔들림 없이 종교 생활을 이어갔다. 그는 타협을 모르는 강직한 성품이었고, 모르는 것이 있으면 온 마음을 다해 몰두하여 마침내 천주교리와 신앙을 아울러 깨우치게 되었다. 숙부는 조선에 최초로 입국한 주문모 신부님을 보필해 명도회를 조직하고 회장직의 일까지 맡았으며, 처형당하기 마지막 몇 해는 물론 죽은 후에도 온전히 천주에게로 향한 삶을 살았다.

난주와 혼인한 진사 황사영은 신해사건이 있기 전부터 처숙부들에 인도되어 그즈음에는 이미 맑고 정한 눈으로 천주교의 교리를 속속들이 꿰어가고 있었고, 조정의 매서운 회오리바람에도 오히려 처숙부 정약종을 도와 신앙 활동에 매진했다. 난주 역시 어릴 때부터 자연히 익혀온 천주교를 배교할 마음이 없었고, 지아비의 열정과 많은 신앙인들의 독실한 마음에 감동하여 힘껏 도와 실천하던 바였다. 난주가 생각할 때, 아무런 부족함이 없던 처녀 적보다 지아비를 만난 후로 천주에 대한 절실함이 더욱 깊어졌다. 참으로 하늘 아래 무서운 것이 천둥 우레도 아니요, 무시무시한 역병도 아니요, 패가망신하는 것도 아니다. 가장 두려운 것은 누군가를 연모하고 사랑하는 마음이다. 난주는 이제 자신의 절대적인 생사권을 쥔 이가 바로 그 연모하는 사람인 줄을 알았고, 그 앞에 부질없이 작아지는 저의 모습을 보았으며, 자그만 일에도 그의 안위가 걱정되어 도무지 안정할 수 없을 때 오직 매달릴 곳이 천주뿐임을 알았다. 생의 불안을 처음으로 안겨준 것이 바로 남편이었다.

한번은 남편이 아이들을 모아 가르치는 모습을 보았다. 그는 아이보다 더욱 아이 같은 얼굴로 다정스레 말했다.

"어두운 산을 걷다가 등불을 만나면 어떠하겠느냐?"

"반갑겠지요."

"등불이 어둠을 밝혀주면 어떻겠느냐?"

"산을 넘기가 쉽습니다."

"산을 넘으면 무엇이 나오겠느냐?"

"사람이 사는 마을이 나오겠지요."

"그 마을이 바로 천당이다."

천당이라는 말을 할 때, 남편의 눈에 기쁨이 넘쳐흘러 마치 그곳에 서 있는 듯하였다. 난주는 진정으로 그곳에서 지아비와 함께하고 싶었다. 난주에게 그와 함께하는 모든 순간이 천당으로 향하는 길과 같았고, 그의 자식을 온전히 품어 세상 밖에 세울 때는 이미 천당에 있는 것과 마찬가지였다.

"등불은 성경이요 산은 세상이며 천당의 빛은 천주시니라."

어렴풋한 의식 사이로 서방님의 또랑또랑한 말소리가 울리는 듯하다. 새삼 가슴이 미어지고 눈에선 뜨거운 눈물이 흐른다. 그가 잔인하게 도륙되고서도 큰 울음 한 번 내지 못한 난주였다. 이제 자식마저 버리고 홀로 먼 땅에 내던져졌으니, 이미 살아 있음이 지옥과 같았다. 늦게나마 서방님을 쫓아 하늘로 떠난다면 그것이야말로 축복이 아니던가. 난주는 의식의 무게조차 고통스러워 낮게 신음하며 눈물 흘릴 뿐이다.

그때에 붉은 불 한 점이 희미하게 어른거렸다. 천주의 손길인가 하여 눈을 번쩍 뜨고 싶었으나 눈꺼풀을 밀어올릴 힘조차 남아 있지 않다. 불은 화로 위에 내려앉았고 이어서 찬 손끝이 이마를 만지더니 옷자락 같은 것이 어깨를 따뜻하게 감쌌다.

"괜찮으시오?"

사내의 목소리다.

"쯧쯧…… 사람이 죽어가도 들여다보는 이가 없으니…… 어찌 이리 야박한가."

사내는 분주히 바깥을 오가며 굴묵에 불을 지피고 사람들을 불렀다. 목소리와 목소리가 한데로 엉키고 제멋대로 흩어져 누가 누구인지 알 수 없었다. 얼마 지나지 않아 아낙 두엇이 두런거리는 소리가 가깝다. 뜨거운 불기운, 수증기를 내뿜는 탕약관, 약이 끓는 냄새, 입가에 약을 흘려넣어주던 놋수저……. 드문드문 기억의 파편만을 남기고 난주는 사흘 밤낮을 꼬박 앓았다.

며칠간 산에서 유숙했던 강 노인이 나뭇짐을 던지다시피 부려놓고 난주를 살피러 왔을 때, 난주는 열도 말끔하게 내려 있고 붓기도 제법 빠져 헤어질 때보다 훨씬 나아 보였다. 그가 크게 기뻐하며 관주(官廚)에 사정하여 고운 미음 한 그릇을 얻어 와 먹였다. 사정을 알지 못하는 수노라는 놈이 늙은이의 망령이라며 비웃고, 다른 종들 역시 지 계집이 마씸? 하고서 조롱했지만, 강 노인은 같은 천주교도이며 딸과 같은 이로서 이 불쌍한 아낙을 끝까지 살펴주리라 다짐한 터였다.

닷새째 되던 날 호장이 왔는데, 난주가 자리에서 일어나 머리를 빗어 올리고 초라하나마 깨끗한 갈옷을 얻어 입어 제법 사람다워진 모습이 었다. 호장은 곁에 선 여홍개의 덕으로만 여겨 치하하고는, 며칠 더 쉬어 일을 가르치라 명하였다. 여홍개는 얼른 네네 하고 생긋거리더니, 막상 호장이 떠난 뒤에는 난주를 노려보며 입을 삐죽거렸다.

"너랑 날 골탕먹으러 온 게 아니민 오늘이라도 빨래터에 나오랑!"

난주는 더 이상 폐를 끼칠 수가 없어 자리를 정돈하는데, 며칠간 자신이 덮고 있던 중치막이 눈에 띈다. 흰 무명으로 지은 낡고 소박한 것이지만 해진 곳 없이 단정한 것이 꼼꼼한 주인임이 틀림없다.

"혹…… 누가 날 찾아왔소? 돌봐주던 아낙은 어딜 갔소?"

일감을 챙기느라 분주히 오가던 여홍개가 혀를 쩌쩌 찼다.

"종년은 마소보다도 못햄신디 누게가 널 보러 완? 그 아낙은 내아서 침모하는 개금어멍이고 호장 나리나 시켰주게. 쓸데없는 소리랑 그만허고 재기재기 나왕 일거리부터 구덕에 챙기라."

난주는 이마를 짚어주던 찬 손끝을 생각하고, 망설임도 없이 겉옷을 벗어주었던 것을 떠올렸다. 그 사람이 아니었더라면 정녕 죽고 말았으리라. 백골난망한 은혜를 가슴에 새기고 중치막을 깨끗이 손질하여 돌려줄 다짐을 하였다.

문밖을 나서자 천 리 길 매섭던 바람이 어느새 노근노근하게 풀려 있었다. 난주는 오랜만에 가슴을 꼿꼿하게 폈다. 몸서리치게 아프고 난 뒤에 오히려 발걸음을 가볍게 느끼는 것은, 죽음의 경계를 다녀온 자만이 알 수 있는 산 자의 기꺼운 착각이다. 오랜만에 들이마신 겨울의 신선한 냉기와 마른 가지 타오르는 뿌연 연기, 눅눅한 풀 내가 뒤섞인 아침의 냄새까지 모든 것이 처음 대한 듯 낯설고 경이로웠다. 산 사람은 살게 된다. 잔혹한 현실이다. 죽음 끝에 다시 만난 삶은 여전히 매혹적이었다. 천주를 위한 것이든 아들을 위한 것이든, 난주는 자신이 살아 있음을 받아들일 수밖에 없었다.

"또 드러누엉 사름 고생시키지 말고 저걸 뒤집어쓰라."

여홍개가 턱 끝으로 마루를 가리켰다. 거기엔 개가죽을 댄 낡은 조바위며 두루치 따위가 처박혀 있었다. 난주는 행장을 단단히 꾸리고 빨래거리 그득한 함지를 머리에 인 채 여홍개를 따라 빨래터로 나섰다. 발끝에 차이는 흙은 거무튀튀하고, 구멍이 숭숭한 검은 돌 사이에는 알 수 없는 빛깔의 비늘들이 반짝거렸다. 그토록 흔한 것이 뱀이라는 걸 나중에야 알았다.

여홍개는 혹독한 스승이었다. 어느 아낙이 세답질을 모르겠는가. 그러나 평생 난주가 해온 빨래가 아마 이곳의 한 달 거리도 되지 못할 것이다. 내아에서 나오는 것은 물론 관아에 기거하거나 번을 서는 사령 장교 군졸 들의 빨래, 수십 명에 달하는 관기들의 빨래, 살림을 나지 않은 관노비들의 것까지, 온갖 구지레한 빨랫감을 흰 빛으로 되돌리는 일은 결코 쉬운 일이 아니었다. 난주는 고단한 노동 속에 사나워진 여홍개의 성미를 이해할 법도 했고 타고난 성실함으로 그네의 요령을 배우고자 힘을 다할 수밖에 없었다.

그들의 일은 잿물로부터 시작된다고 볼 수 있는데, 각 방과 아궁이로부터 나온 재를 한데 모았다가 그것으로 잿물을 만들었다. 여홍개는 잿물을 쓰는 데 능하여 직물에 따라 짚과 뽕나무 가지, 콩깍지, 메밀짚, 고춧대 등을 태워 세답에 이용하였다. 명주와 비단 등은 팥이나 녹두가루 등을 내어 빨았고, 흰 옷은 토란 삶은 물에 빨아 희게 하였다. 한 관노의 웃옷에는 고약이 들러붙어 빠지지 않았는데, 생무를 댕강 썰어 문질러 빨아 깨끗이 하였다. 가끔 내아의 것이나 구실아치들의 옷자락에 먹이 묻어난 것은 고팡에 넣어둔 우슬 가루를 내어다 물에 개어 발라 마르면 빨았다. 참으로 난주가 보기에 여홍개는 모르는 것이 없었다. 다목 물이 든 것은 유황 내를 쏘이고, 약 물이 든 것은 오매 달인 물에 빨고, 머리때가 번들번들한 것은 소금물에 끓여 빨고, 핏물은 죽을 쑤어 김을 쏘인 후 쇠뼈 태운 재를 놓아 빨고, 담뱃진은 복숭아 잎을 찧어 문지른 후 냉수에 빨면 되었다. 누런 옷은 생강즙을 문질러 빨고 기름이 묻은 옷은 무 삶은 물에 빨았다. 어디 그뿐인가. 푸새를 할 때에도, 무명과 모시는 잇풀을 먹였고 비단은 빛깔별로 아교풀, 생토란즙, 달걀 흰자 등 요령껏 하였다.

"옥색은 풀을 먹이지 않앙. 알아두라."

난주는 여홍개를 따라 세답 일을 배우는 동안 손이 부르트고 간혹 터지기도 하였지만, 솥뚜껑같이 딱딱해진 여홍개의 손을 보고는 다른 말을 할 수 없었다.

여홍개는 열셋부터 관비로 살았다. 본래 양인과 관기 사이의 자식이라 아비를 따라 사처에서 자랐으나 나이가 차자 입역노비로 들어와야 했다. 어미는 퇴기로 늙어 병으로 죽었고 아비는 새장가를 들어 딸을 돌아보지 않았다.

"난 안 해본 일이 어신 사름이라."

여홍개는 난주보다 두어 살 많을 뿐이었지만, 나이 든 사람처럼 말하며 행동했고 그렇지 않을 때는 어린아이처럼 시기했다. 난주는 여홍개의 비위를 거스르지 않고 일하는 법을 익혀야 했다.

세답비들의 일이 단지 세답에만 그치는 것은 아니었다. 본래 관비들의 일이 철저히 나뉘어 있어 물 긷고 나무하는 수급비(水汲婢), 방아 찧고 밥 짓는 취비(炊婢), 반찬 만드는 찬모(饌母), 바느질 침모(針母), 술 빚는 주모(酒母), 밥 차리는 식모(食母), 심부름꾼 등 서로 맡은 일이 달랐으나, 바쁠 때는 부족한 일손을 서로 돕지 않을 수 없었다. 특히 관기들이 맡고 있는 여악(女樂)이나 차 끓이는 다모(茶母), 수청(守廳) 등 갖가지 일거리까지도 함께 도와야 했는데, 간혹 관비들이 관기 대신 방비(房婢)로 지정되어 뭍에서 사또를 따라온 책방과 같은 관리들의 여인이 되기도 했다.

여홍개와 난주 또한 다른 관비들의 일거리를 나누는 것은 물론 다듬이질을 하거나 인두질을 할 때 도움을 받는 일이 왕왕 있었다. 또한 관아의 살림살이뿐 아니라 관리들의 시중을 들고 틈틈이 어물 따위를 다듬고 귤원을 돌보거나 넓은 관둔전까지 가꿔야 하니, 눈을 뜨면 일터요 잠이 들기 전까지 손에서 일거리를 놓지 못했다.

난주가 서투른 일은 여홍개의 부담으로 돌아가니 종종 성질을 부리며 일을 가르쳤고, 다른 관비들 또한 제 일을 먼저 가르쳐 써먹을 요량으로 달려드니, 난주는 다른 이들이 쉴 때도 함께 쉴 수가 없었다. 그중에서도 난주가 가장 어려워하는 것은 길쌈이었다. 여염집 여인들이 밤이 깊도록 베를 짜고 새끼를 꼬아 옷을 짓고 살림을 불리듯 노비들도 마찬가지였다. 베를 짜는 여종들을 지켜본 일은 있어도 직접 해본 적이 없던 난주에게는 실을 잣는 일부터 손마디를 파고드는 고통이었다. 제주 땅에 면화는 매우 귀하여 무명을 짜는 것은 오히려 호사스러운 일이었고, 대개 산간에서 채취해 말려놓은 칡이나 삼으로 베를 짤 뿐이다. 칡이나 삼을 훑고 햇볕에 바래서 째고 씨와 날을 삼고 매어 짜는 데 숱한 날이 걸렸다. 더구나 난주의 무딘 솜씨로 한 필을 완성하는 데 한 계절을 다 보내니 다른 종들의 비웃음을 살 수밖에 없었다. 난주는 제가 아플 때 누군가 덮어주고 간 중치막의 정리(情理)를 잊지 못하여, 언젠가 직접 짠 무명으로 옷을 지어 그 은혜를 갚으리라 희망하며 한 올 한 올 새를 채우며 솜씨를 익혀나갔다.

밤마다 난주는 젖은 솜처럼 무거운 몸을 뉘고 새벽녘이면 관주에 연기가 올라오기도 전에 일어나 일감을 챙겼다. 간혹 강 노인이 들러 손짓으로나마 안부를 묻고, 호장이 번들거리는 눈으로 감시를 하기 위해 들를 뿐, 여홍개 외에는 말을 섞는 이도 거의 없었다. 해야 할 일거리와 일을 부린 이들의 매서운 독촉이 일 년여 만에 난주를 뼛속까지 여종과 같이 만들어놓은 현실이라 할 것이다.

매달 초하루와 보름 때는 점고를 시행하는데, 현감은 유배죄인들과 관속들만 둘러볼 뿐 난주 쪽으로는 시선조차 주지 않았다. 후에 난주가 들은 바, 호장에게 이르기를 편히 살리지도 모질게 죽이지도 말라 하였다 하니, 호의를 베풀기도 박대하기도 어려웠음이 분명하다. 그런 사또의 생각은 은연중에 관아 내로 퍼져나가, 수노를 비롯한 관노비들이 간혹은 난주를 몰아세워 매를 치거나 눈물을 뺐고 때로는 위로하여 다독였으니, 난주 또한 그들을 원망할 수가 없었다. 그렇게 세월은 더딘 미련을 떨치고 바지런하게 흐르고 있었다.

때는 바야흐로 얼어붙은 땅이 녹고 코끝엔 달콤한 봄 내음이 그득하다. 초록빛 생명의 설렘이 땅에서 땅으로 퍼지고 졸졸 흐르는 개울의 물비린내가 미풍과 함께 날아왔다. 마을을 나서서 바다 쪽을 바라보면 하늘 끝은 언제나 희뿌옇고 동녘의 산방산은 차분히 엎디었으며 들에는 노랗게 돋아난 수선화가 지천이었다. 난주는 간혹 꽃에 코를 박고 앉아 살아 있음을 실감했다. 난주가 제주 땅에 와서 사계절을 훌쩍 넘기고 다시금 맞은 봄이었다.

그해 봄은 신임 목사 이연필을 맞이해서 제주 땅 전체가 들썩였다. 수령이 바뀌는 일은 백성들의 살림과 노동력을 쥐어짜는 일이며, 구관의 선정비를 세운다 신관의 마중 행차를 보낸다 사실상 두 해마다 돌아오는 지독한 부역이나 마찬가지다. 또한 지방관은 부임 전 각 인사부서에 예물을 바치는 것이 상례라 자연히 빚을 얻게 되는데, 임기가 끝날 때에 이를 만회할 궁리를 하기 마련이었다. 이것은 십중팔구 가난한 백성들의 주머니에서 나와야 한다. 물론 지방관의 급료는 쌀, 포목, 콩, 명주, 목면 등 종류별로 지급되었고, 지역에 따라 예순 결이 넘는 늠전은 물론 노비와 말까지 따로 챙겨주었으나 이것으로 만족할 리가 없었다. 제주목의 육방 아전과 각 고을에서는 구관을 보내기 위해 챙길 것과 신관을 맞기 위해 장만할 것으로 정신이 없었고, 구실아치, 사령, 관노비들은 물론 어린 동노(童奴)들까지도 동원되어 그야말로 혼이 나갈 정도였다.

이렇게 분주한 일이 끝나자마자 신임 목사의 순력(巡歷)이 시작되었으니, 제주목을 출발해 장장 한 달여에 걸쳐 화북소, 조천관, 별방성을 지나 정의현과 서귀진을 둘러본 후 대정현의 제반 사항을 꼼꼼하게 점검할 예정이었다.

까다롭고 번잡한 귀빈을 맞이하여, 관청에 속한 모든 노비는 물론이거니와 난주에게도 이런저런 잡역이 주어졌다. 점검 중반쯤 펼쳐질 양로잔치 준비를 돕는 일이다. 신임 목사가 선정을 베푸는 의미로 여든 이상의 어르신들을 모시고 흰 쌀밥에 고깃국을 대접하는 날이다.

난주는 세답 일은 세답 일대로 하면서 틈틈이 잔치에 필요한 멍석이니 소반, 그릇 따위를 준비하고 차일을 치기 위해 다른 종들과 둘러앉아 바느질을 했다. 음식은 관주와 반빗간에서 준비하기는 하였으되, 그에 필요한 것들을 심부름하느라 난주는 눈코 뜰 새 없이 바빴다. 간혹 다른 일을 맡고 있던 여홍개가 나타나 세답거리를 내던지거나 해놓은 것들에 잔소리를 해대었고, 관군들의 행장을 손보기 위해 함께 달라붙어 끙끙대기도 했다. 거기에 큰 잔치를 앞둔 관기들이 너나없이 일감을 맡기고 그중에서도 행수인 귀옥이 이런저런 트집을 잡는 바람에 빨래방망이질을 하면서 꾸벅꾸벅 졸거나 제 손등을 찧는 일까지 있었다. 그렇듯 고단한 날들을 보낸 끝에 제주목사의 행렬이 대정현에 들어왔고, 감귤나무 그득한 과원의 연회로부터 대정 순력이 시작되었다.

지휘고하를 막론하고 모든 이들이 행렬맞이에 쫓아 나가고, 텅 빈 관아는 오히려 적막하여 빨랫감을 챙기던 난주는 그제야 한숨을 돌렸다. 양로잔치 준비를 위한 잡일은 거의 끝났고, 순조롭게 순력이 지나기만 하면 마음이 가벼울 듯했다. 난주는 하룻밤 새 쌓인 빨래들을 함지에 담아 여느 날처럼 뒷문을 빠져나갔다. 봄바람이란 곧잘 변덕을 부려 볕이 없는 올레길이 유난히 선득하다. 난주가 초막을 차례차례 지나쳐 올레를 거의 벗어났을 때였다. 어느 초막에선가 신음 소리가 새어 난다. 멀리 울리는 북과 피리 소리에 간간이 묻히기는 하였으나, 분명히 사람의 목소리다. 그곳에 이어진 초막들은 대개 관아의 노비들이 따로 낸 살림집이라 아는 얼굴일지도 몰랐다. 그것이 오히려 난주를 머뭇거리게 했는데, 여홍개를 비롯한 여종들이 대개 난주를 모질게 부리거나 따돌렸으므로 도우려는 것이 도리어 해가 될까 하는 근심이었다. 그러는 사이에 신음 소리는 점점 높아져 거친 숨소리와 섞였고, 가끔 쥐어짜는 비명도 들렸다가 혼절한 듯 잠잠하기도 했다.

마침내 결심이 선 난주가 초막에 다가가 기침 소리를 내었으나 답이 없다. 난주는 정낭도 뒷간도 없이 초라한 집을 슬그머니 들여다보았다. 아니나 다를까 관주에서 주방 일을 하는 여종 아이가 고통으로 뒤채며 누워 있다. 말을 나눈 적은 없었으나 칼자의 심부름 따위를 하던 어린 비바리가 분명하다. 갈옷 사이로 부푼 배가 터질 듯하고 방 안에 깔아 둔 조짚 더미는 축축하게 젖어 양수가 터진 것을 짐작하였다.

"괜찮으시오?"

산모는 대꾸도 못 하고 끙끙거릴 뿐이다. 제법 풀어진 봄날이라 해도 햇빛 한 점 들어오지 않는 초막은 썰렁하기만 했다. 언제부터 진통을 했는지 붉은 얼굴은 땀으로 뒤범벅이요, 수세미같이 엉클어진 머리칼 사이로 지푸라기가 한 무더기다. 방 안을 둘러보니, 흙바닥 위에 차가운 삿자리와 먹물 들인 차렵이불 한 채뿐인 살림살이가 난주보다 나을 것도 없이 궁색했다. 변변한 준비도 하지 못하고 출산을 맞은 모양이다. 인기척을 느꼈는지 산모가 누구에게 하는지도 모를 소리를 웅얼거린다.

"나 좀…… 살려줍서……. 새벽부터 아파신디 아맹 힘을 줘도 애기가 나오질 안 햄수다. 살려줍서예……. 사름 죽엄수다."

애를 낳다 죽는 사람이 수두룩한지라 난주는 저도 모르게 긴장하여 식은땀을 흘렸다. 관아에는 군졸이나 몇 남았을 뿐 모두 과원의 연회로 몰려갔고, 마을의 산파를 찾기란 더욱 어려웠다. 난주가 팔을 걷어붙이고 들어가 산모의 머리를 높여주고 주위를 정돈하여 아기 받을 준비를 하였다. 정지에 나가 보니 다행히 미역 줄기는 구해놓았고 조는 방아를 찧어 짚독에 넣어두었다. 난주가 얼른 솥에 물을 퍼 담고 군불을 지피면서, 뱀장어 칼을 찾아 깨끗이 씻어 둥구미에 담았다. 방 안에서는 다시

81

시작된 진통으로 신음하였고, 애써 참으려는 듯 낮고 굵게 가라앉았으나 고통에 찬 비명을 숨기기 어려웠다. 난주는 산모를 쫓아 들어가 입에 깨끗한 천을 물리고 다리를 펴서 자세를 잡아준 후, 숨을 고르는 것을 자분자분 이르며 부드럽게 다독였다. 경헌을 낳은 것이 벌써 몇 해나 지났으나 자신을 도왔던 산파들의 말과 손길을 기억하는 난주였다. 산모가 조금씩 안정하여 꼿꼿하던 허리를 펴고 경직되었던 다리 힘을 빼자 차차 아기의 검은 머리 꼭대기가 비치기 시작한다. 얼굴을 감싸 쥐고 몸을 뒤틀던 산모가 난주의 격려를 받고서 배에 힘을 주었다. 난주는 그것이 마치 자신의 일인 것처럼 얼굴이 상기되어 산모의 손을 꼭 잡아주었다.

"자자, 조금만 더……. 아기도 나오려고 안간힘을 쓰고 있다오."

몇 차례의 밀어내기에 실패하던 산모가 마지막으로 단마디의 괴성을 내지르며 크게 힘을 주는 순간, 마침내 미끄덩한 갓난것이 다리 사이로 쑥 빠져나온다. 여자아이였다. 피로 범벅이 된 작고 붉은 아기가 컹컹거리며 입안 것을 쏟아내고 울기 시작했다. 그제야 산모는 짚 더미 위로 풀썩 기대어 누웠다. 산모에게서 쏟아진 피가 짚 더미를 붉게 물들였다.

"애쓰셨소. 어여쁜 딸이라, 그대를 꼭 닮았소."

새로운 생명의 탄생에 감탄하고 어린 경헌의 몸짓을 그리워하며 난주는 저도 모르게 눈시울을 붉혔다. 살았는지 죽었는지 생사조차 알 수 없는 아들을 생각할 때마다 숨이 턱턱 막히고 창자가 녹아내렸다. 종이 된들 어찌했을까, 그저 품 안에서 키우며 자라는 모습을 보는 것이 옳았을지도 모른다. 죽더라도 같이 죽고 살더라도 같이 살았다면 하루에도 열두 번씩 가슴을 움켜잡고 그리워하는 일은 없었으리라.

"……날 죽일 딸이우다."

산모는 아기에게 눈길도 주지 않은 채 서까래가 드러난 천장을 노려

보았다. 난주는 얼른 눈물을 훔친 후에 아기의 귀를 부드럽게 막았다.

"그 무슨 험한 말이오. 아기가 듣겠소."

"아방이란 자가 알게 되면 분명 데령가젠 헐 거라 그 사나운 여청이 가만있을 리가 없주게. 머리털이 뜯기고 눈알이 뽑히느니 차라리 지금 죽는 것이 나을지도 모르쿠다."

아비가 누구인지 그 부인은 또 누구인지 알 수 없으나, 처녀가 원치 않던 임신을 한 모양이다. 제주에서 사내들은 변덕스런 바닷길에 죽는 이가 많으니 여인이 사내보다 월등히 많았는데, 그 때문인지 축첩이 더욱 만연해 있었다. 양반뿐 아니라 양민, 천인, 무당까지도 두세 명의 첩을 거느리니 부부간의 얼굴 붉히는 싸움은 물론이거니와 아녀자 간의 다툼도 왕왕 벌어지곤 했다. 난주는 그와 같은 일을 정 많은 이들의 과욕이려니 하였으나, 산모의 참담한 얼굴을 보니 약한 자들의 또 다른 폭력이 바로 그 사랑임을 슬프게 여겼다. 더구나 여종의 처지이고 보면, 양반이 여종을 범하기는 누운 소 타기보다 쉽다는 기막힌 말들이 사실이었다. 대저 종은 사람이 아니요 짐승의 한 종류라 일 인(人)이라 하지 않고 일 구(口)라 하니, 사람의 말을 하는 짐승이란 얼마나 가혹한 일인가.

난주는 종이 되어 사는 동안 사람 위에 군림하는 자들이 얼마나 잔혹하고 이기적일 수 있는지를 보았고, 살을 직접 뜯어가지 않을 뿐 모든 것을 빼앗기고 남은 것이라곤 살아 있다는 비극적인 사실뿐임을 알았다. 호시탐탐 여종을 노리는 추저분한 사내들이 난주를 치근대지 못한 것은 현감의 애매한 처분 때문이었으나, 앞으로도 스스로를 지키며 살아갈 수 있을지 장담할 수 없었다.

난주는 늙은 산파들이 그러했듯이 탯줄을 들고 배꼽과의 사이를 훑어내린 후 실로 동였고, 깨끗한 칼날로 중간을 잘랐다. 어미로부터 완전히 떨어져 나온 아기는 서글피 울며 붉은 잇속을 내보였다. 따뜻한 물에 담가 핏물을 씻어낸 후 눕혀놓으니 막 피어난 꽃처럼 어여쁜 것이 난주의 눈에 애틋하게 박히었다. 아기는 칭얼거리며 몸을 뒤챘는데, 까슬까슬한 갈옷 조각으로 감싸둔 것이 마음에 걸렸다.

"아기를 감쌀 것을 좀 가져오리다."

난주는 제 방의 낡은 고리짝을 뒤져보았으나 쓸 만한 것이라고는 이름 모를 은인의 중치막뿐이다. 깨끗하게 빨아 인두질까지 해두었으나 찾을 도리가 없어 돌려주지 못하던 터다. 잠시 망설이던 난주는 곧 중치막 보따리를 들고 산모에게로 돌아왔다. 보드라운 천에 싸여 구덕에 누운 아이는 그제야 눈물을 그치고 캄캄한 눈을 깜빡거렸다. 기쁨을 모르는 어미가 곁눈질로나마 아기를 보았고, 난주는 그런 산모를 연민하여 메밀가루를 푼 미역국을 끓여 먹이고 이런저런 뒤치다꺼리를 하느라 하루를 다 보냈다.

그날 저녁, 목사 일행을 객사에 모셔두고 물러온 사람들이 여기저기에서 소란했고, 오랜만의 구경에 신이 났던 여종들까지 시끌시끌하였다. 뒤늦은 빨래까지 마친 난주가 돌아오자 여홍개는 동무인 명녹과 함께 못마땅한 얼굴을 한다.

"무사 이제야 왐시니? 종일 놀당 한밤에야 들어오멘?"

윗사람 값을 한답시고 여홍개가 호령이고,

"양반네라 하는 짓이 경 늦은가 보주게."

하고 명녹이 거들어 이죽거렸다. 난주가 묵묵히 젖은 빨래를 널고 마른 빨래는 반듯하게 개는데, 여홍개와 명녹이 하는 말이 은근히 들려온다.

"관주청 설운이가 애를 배지 않아시냐?"

"칭칭 동여매고 감추는 게 틀림어수다."

"여편네가 가만있으쿠과?"

"가만있으크냐. 애 밴 게 분명하다면 아이까지 경을 치려 들걸."

"오늘 뵈지도 않던데."

"게뫼 몸이 무거운가 보지."

"큰일 나서. 서 씨야 핏줄 하나 없는 형편에 핏줄을 챙기겐 들 텐데."

"그것이 챙기는 건가. 아마 지독한 여편네가 어멍이고 아이고 죽이고 말 거라. 예전에도 첩 꼴을 못 방 다리를 분질러 쫓아버리지 않았시냐. 시집오기 전엔 잠녀로 이름을 날렸다는디, 새끼를 줄줄이 잃엉 그추륵 독해졌덴 해라. 아마 설운이를 가만두지는 않을 거라. 부모 없이 고생만 한 것이 부박하기는 여지 어신디."

그제야 난주는 어린 산모의 사연을 알았고, 동정을 하기도 하거니와 아기의 안위를 걱정하여 어떻게든 도울 궁리를 하게 되었다.

칠흑 같은 밤이 깊어져 물것들이 슬금슬금 기어나오고 관아는 쥐 죽은 듯 고요한데, 난주가 살며시 설운의 초막으로 나갔다. 녹초가 되어 잠든 어미 곁에 새빨간 핏덩이가 끙끙댈 뿐 크게 울지도 못하고 뒤척인다. 난주는 태변을 놓은 아기의 뒤를 닦고 설운을 깨워 젖을 물리게 했다. 아기를 덮은 중치막이 변으로 뒤발하여 더러워졌으나 난주는 은인이 설령 알더라도 넉넉히 이해하리라 생각하였다.

"젖이 돌지 않암수다."

설운이 마른 젖을 빠는 아기를 내려놓으며 제 가슴을 만지작거렸다.

"어미가 기운을 내야 젖도 도는 거요. 미역국을 좀 마시고 마음도 다스리시오."

난주가 이런저런 무명 조각들을 챙겨와 기저귀로 만드는 것을 바라
보며 설운은 고개를 갸우뚱하였다.

"무사 날 돕는 거우꽈?"

"남 일 같지 않아 그러오."

"아즈망도 나처럼 혼자 애기를 낳았수꽈?"

푸석푸석 붓기 시작한 제 손과 얼굴을 만지작거리는 것이 영락없이
어린 처자다.

"혼자 낳지는 않았지만, 이제 혼자인 건 마찬가지지."

설운이 지그시 난주를 쳐다보다가 머뭇거리며 말했다.

"아즈망 오는 날 구경 나가 다 봤수다. 그땐 오래 살지 못할 것 같았는
데……. 요사이 사름들이 아즈망 이야기하는 걸 들었수다. 보통내기 아
니라 허영 어떵 사름인고 혜낫주만, 촘말 고맙수다. 나는 어멍도 아방도
없고 사고무탁이라 서방이라도 잘 만나고 싶었주만, 신세가 이 모냥이
라 애기만 또 불쌍하게 되엄수다. 당장 애기를 놓은 걸 사름들이 알게
되믄 고단한 앞날이 뻔한지라……."

난주가 설운의 뜻을 헤아려보느라 생각에 잠겼는데, 문득 얼굴을 붉
히며 말을 접는 것은 설운이다.

"그만 자야쿠다. 들어가 쉽서. 아랫도리가 빠질 것 같아 죽겠수다."

설운이 열기가 있는 얼굴로 다시금 젖을 물리며 휘휘 손을 내저었다.
난주는 젖을 찾는 아기의 자그만 얼굴을 한 번 더 들여다보고, 조를 물
에 씻어 불려둔 후에야 돌아왔다. 포도알 같은 아기의 눈망울 때문일
까, 애틋한 울음소리 때문일까. 아기의 모든 것에서 아들의 모습이 떠오
른다. 난주는 마음이 설레기도 하고 슬프기도 하여 그 밤을 새우다시피
하였다.

다음날에도 순력 행사는 계속되어 관아가 분주했고, 난주는 중문에서 벌어지는 궁술점검 행렬을 배웅하고 남은 치다꺼리를 하느라 여느 때보다 바빴다. 양로잔치에 오실 어르신들 중 환자가 있다 하여 마을로 나가 살피기도 하고, 오는 길에는 저자에 들러 긴급히 필요한 물건이며 부족한 식재료 따위를 심부름하기도 했다. 무엇보다 저녁 연회 때마다 목사가 민가의 오메기술만을 찾으니, 관노비들 여럿과 난주가 함께 마을을 돌며 빼앗다시피 술을 얻느라 곤혹스럽기도 했다.

　그렇게 며칠을 분주히 보내는 동안, 마음은 초막의 어린것에게 가 있었으나 낮에는 관아 일로 바쁘고 밤에는 밀린 세답 일을 하느라 도무지 가볼 틈이 없었다. 더구나 손님에게 방을 내준 여홍개가 난주의 방에 머문 까닭에 마음대로 쏘다니기가 어려웠다.

　마침내 양로잔치까지 치르고 순력도 종반으로 치달아 모두가 한숨 돌리는 가운데, 여홍개가 비좁은 난주의 방 대신 명녹의 방으로 옮겨가면서 비로소 여유가 생기게 되었다. 그동안 몰래 감춰둔 옷감 조각이며 이불보를 싸들고 어두운 도랑길을 따라 설운의 초막으로 향했다. 아기 울음소리가 들릴 법도 하건만 적막한 밤을 깨우는 것은 개구리의 요란한 울음뿐이다. 관아의 재산이 되는 출산을 하였으니 휴가를 얻을 수도 있었지만, 설운은 임신 사실을 숨겼으므로 쉬지도 못했다. 다른 노비들 사이에 설운의 말이 오가지 않으니 들키지는 않은 모양이지만, 낮에는 아기를 어찌하였을까. 새삼 난주의 발걸음이 빨라졌다.

　초막은 고요했다. 툇마루도 없이 토방으로 이어진 뭍동 위에 다듬다가 놓아둔 마른 어물이며 버섯 따위가 얼크러져 있었다. 방 안은 빛도 없이 캄캄하다.

　"애기 어멍 있나?"

난주는 왠지 모르게 마음이 불안하여 설운을 불러보았다.

"아무도 없소?"

거듭되는 부름에 부스럭부스럭 인기척이 들려왔다. 구멍이 숭숭 뚫린 창호 문을 열고 내다보는 것은 설운이다. 자고 있었던지 머리칼이 흐트러지고 옷은 흘러내렸다.

"무사 경 찾암수과?"

출산 후 제대로 쉬지도 못했을 산모의 얼굴이 퉁퉁 부었다.

"아기는 괜찮소? 며칠간 궁금했는데 도통 틈이 나질 않아……."

"없수다."

난주의 말을 끊고 차갑게 대꾸하는 설운이다.

"없다니? 무슨 말이오?"

가슴이 펄떡펄떡 뛰어 차마 다음 말을 물어볼 수도 없다. 갓난아기의 목숨 줄이 바람보다 가벼운 시절이었다. 설운은 더 이상 대꾸하고 싶지 않은 듯 고개를 내젓고 문을 닫으려 했다.

"여보게, 그 아이를 내가 받았네. 무슨 일이 있었는지는 알려줄 수 있지 않은가. 애아버지가 데리고 갔나? 아니면 호장 마님이 다른 곳엘 보냈나? 말을 해보게."

그때만 하여도 난주는 어린 어미를 내모는 척박한 환경을 안타까워할 뿐 다른 악의적인 뜻이 있으리라곤 조금도 짐작치 못했다.

"처음부터 없는 애기라, 살아도 죽은 것이나 마찬가지고 차라리 없는 것이 나은 팔자우다."

"그게 무슨 뜻인가?"

난주는 도통 이해할 수 없어서 설운의 방을 훑어보는데, 깨끗하게 치운 방 안에는 아기의 흔적이 조금도 없다.

"아즈망이 날 도와준 것은 잊지 않주만, 앞으론 생각하지 맙서. 애기는 예서 종년으로 마소처럼 사느니 비구니가 될 것이 나은지라 먼 절에 보내수다."

"절? 어느 절인가? 누구에게 맡겨 보냈나?"

난주가 가슴이 섬찟하고 불안하여 연신 추궁을 하는데, 설운은 귀찮은 기색이 역력하여 잔뜩 볼이 부풀어올랐다.

"남의 새끼 죽든 말든 무슨 상관이꽈? 난 앞으로 할 일이 많고 이렇게는 안 살 거우다. 딸년 이야기는 다시는 꺼내지 맙서. 아무도 아는 사름 없으니 아즈망만 입을 다물어주면 모두 무사할 꺼우다."

애기를 버린 어미의 얼굴이 너무도 담담하고 냉혹하여 난주는 가슴이 선뜩하였다.

"정 아기를 보커들랑 계방촌의 석공 어른 집에 가봅써. 곧 불상을 들고 절에 간덴 허영 맡겨수다."

희미한 미련마저 짐이 된다는 듯, 설운은 차갑게 덧붙였다.

계방촌이라 하면 흔히 관아의 곳간 창고라 일컫는데, 필요한 것은 무엇이든 계방촌에 맡겨둔 것처럼 가져왔다. 덕분에 힘없는 백성들은 된장이나 남초 따위를 수시로 빼앗겼고, 멍석이나 둥구미 같은 것들도 넉넉히 만들어두어야 했다. 그런데도 계방촌이 다른 마을보다 나았던 것은 각종 신역을 면할 수 있기 때문이다. 석공들이 계방촌에 모여 사는 것도 석물로써 국세와 잡역을 면하려는 까닭이리라. 현 계방촌은 동성리로, 어두운 길에도 그리 멀지 않은 곳이다.

난주는 강 노인을 찾아갔다. 강 노인은 처음부터 초군 패에 속하게 되었으니 나이는 들었어도 힘이 세고 덩치가 좋아 초군 패를 이끄는 좌상도 그를 마다하지 않았다. 깊은 산중에 들어가 땔감을 마련해 오는 것이 그 임무였는데, 일은 위험하고 고되었으나 한번 산에서 내려오면 하루 이틀 쉴 틈도 생기고 관아에 매인 것보다는 자유로웠다. 강 노인은 다른 관노의 주선으로 관청 밖에 작은 방을 하나 얻어 따로 살림을 살았다. 쉬는 날엔 고리를 엮거나 부들자리, 짚신 따위를 만들어 아전들에게 뇌물을 넣기도 하고 담뱃값을 하기도 하니 관아의 상전들도 군소리가 없었다. 그는 또한 난주를 종종 찾아와 필요한 물건을 구해주기도 하고 위로해주기도 하였으니 먼 땅의 가속보다도 든든한 수양아비인 셈이었다.

난주가 먼저 강 노인을 귀찮게 하거나 부담을 준 일은 한 번도 없었건만, 이번만은 어린 딸처럼 고집을 부리며 구원해주기를 청하였다.

'아기를 데려와 어쩌시려나.'

강 노인이 손가락을 물에 찍어 흙벽에 썼다.

"키우렵니다."

난주는 대답했다.

'좋은 일이 아니네.'

고개를 흔들며 손끝을 움직이던 강 노인이 난주의 얼굴을 들여다보고는 깊은 한숨을 내쉬었다. 입술을 꼭 다물고 버들잎 같은 눈썹을 슬프게 늘어뜨린 난주의 두 눈엔 이미 눈물이 어리어리하다. 비단 같은 꽃길만을 걸어오다 부지불식간에 나락 끝으로 떨어졌으나, 그 무거운 삶의 무게를 꿋꿋하게 버텨가는 딸이다. 감히 딸이라 부를 수 있다면, 죽은 딸만큼이나 가엽고 애틋한 딸이었다. 아들을 두고 떠나올 때의 모진 마음이나 종들의 멸시에도 단 한 번 굴복하지 않던 강단이 때때로 존경스러웠다. 고단한 삶 앞에 천주의 이름조차 떠올리기 힘들지만, 그럼에도 난주의 얼굴을 보면 천주를 떠올릴 수 있어 감사했다. 그러나 지금 이 순간 난주는, 의연하고 꼿꼿한 여인이 아니다. 자식을 잃고 아파하는 쓸쓸한 어미였다. 그 정을 버릴 수가 없어 갓난것에게 마음 주는 것을 모를 리 없다. 결국 강 노인은 약속했다.

'꼭 데리고 오겠네.'

평생을 농사짓고 땅을 일구며 살아온 그는, 거짓을 말하지 않는 땅의 진실함을 닮았다. 한 번도 난주에게 허튼 약속을 한 적이 없었다.

그렇게 갓난아기는 난주의 품으로 돌아왔다. 이미 설운의 딸은 아니었다. 강 노인이 나무하러 가는 길에 발견한 기아(棄兒)였다. 난주는 모두에게 그렇게 말했다. 눈에 띄지 않고 목숨을 붙이길 바라며 이름은 보말이라 하였다. 보말의 어미는 관아에 업둥이가 들었다 하여 나와보았다가 제 자식인 줄 알았으나 전혀 모른 척하였다. 난주는 그 마음을 알 듯 말 듯하여, 어린것을 더욱 동정했다. 보말이 난주에게 화가 될지 복이 될지 강 노인은 아비의 마음으로 근심했다. 지켜야 할 것이 있는 자는 결코 편치 못한 까닭이다.

보말은 무럭무럭 자라났다. 난주는 아기가 먹을 암죽을 끓이기 위해 이른 더위 속에서도 아궁이에 불을 지폈고, 아기를 업은 채 일을 다니고 아기를 어르며 길쌈을 하였다. 천진한 보말은 둥글납작하고 반들반들한 얼굴로 방긋방긋 웃으며 난주를 위로했고, 어미를 필요로 하는 모든 울음과 몸짓으로 다른 근심과 걱정을 잊게 했다. 난주의 고생은 두 배 세 배로 늘었고 때로 밤을 지새우며 돌봐야 했지만, 잠 못 이루는 지독한 그리움과 악몽보다는 그편이 나았다.

죄인 정난주가 업둥이를 키운다는 소문이 관아는 물론 마을에까지 퍼졌다. 현감은 마뜩잖기는 해도 해를 끼칠 일이 아니요, 자기 신상만

볶을 일이기에 특별한 말을 하지 않았다. 호장은 애당초 업둥이를 들여오려거든 관노비 관안에 올려야 한다고 엄포하였고, 근본을 모르는 자식이니 필시 노비일 게다 하여 기세가 등등하였다. 난주는 죽기 살기로 보말을 관안에 올리지 않겠다고 거부했는데, 노비의 삶을 근심하여 아들을 죽음의 문턱에 내맡긴 마당에 슬하의 또 다른 자식을 순순히 내어줄 수는 없었다. 난주는 아기가 양민들의 마을에서 발견되었으니 양민의 자식이리라 주장했고, 근본을 모른다고 모두 천인이라면 조선 백성 대개가 천인이냐고 되물었다. 더구나 자신은 죗값을 대신하여 인정을 베풀 뿐인데, 종년이 보살핀다 하여 아이도 종이 된다면 천출인 유모 손에 크는 아이들은 어찌 되느냐고도 물었다.

호장은 종년의 또랑진 말대답을 방자하게 여겨 힘으로 다스릴까 생각했는데, 급기야 현감이 일에 관심을 보이고 다른 아전들은 물론 관노비들 모두가 아기를 가여워하니 더 이상 고집을 부릴 수가 없었다. 그리하여 보말은 요행히 양민의 신분으로 관아의 관노청에서 자랄 수 있게 되었다.

그러나 이 일로 호장은 맘이 상하고 체면이 떨어진 듯하여 난주를 밉게 보았다. 가뜩이나 중인 신분의 제 굴레를 저주하는 터에, 천한 죄인이 되었다 해도 양반티가 잘잘 흐르는 난주를 어여삐 볼 리 없었다. 그동안에는 제법 일하는 솜씨가 야물고, 현감의 애매한 태도며 집안의 내력들이 마음에 걸려 제 딴에 너그러이 봐주던 셈이다. 허나 이날로부터 호장이 생각하기를 저년이 자칫하다가는 머리 꼭대기에 올라앉겠다 하여 깊은 앙심으로 남았다. 호장은 툭하면 난주를 가리켜 양반의 딸년이라 되우 드세다고 여기저기 불평을 하였고, 관아의 재산도 아닌 아이를 키운답시고 일을 게을리하면 가만두지 않겠다고 겁박하며 여홍개보다도 혹독한 상관 노릇을 자처했다.

　주인에게 미운털 박힌 종의 신세가 순탄할 리 없다. 얼마 후에 난주는 갯가의 일도 떠맡게 되었다. 보름 간격으로 모슬개 해안에 노역을 나가 밀려온 미역을 줍고 고둥 따위를 잡는 일이었다. 또 관아에서는 잠녀들의 해초나 전복의 수확을 일일이 점검하여 수세(水稅)를 거두고 진상품을 각출했는데, 난주는 다른 대여섯 명의 관노비와 함께 그 일까지 맡아야 했다. 그들이 한번 노역을 나가면 사나흘 정도 인근에서 숙식하였기에, 그사이에 보말은 강 노인이 데려가거나 인정 있는 관비들이 돌아가며 봐줄 수밖에 없었다.

　대관절 뭍에서만 자라온 난주가 천 길 바닷속을 제집 안방처럼 누비며 온갖 토산품을 따내는 잠녀를 보았을 리가 없다. 제주에 닿았을 때부터 잠녀에 대한 이야기는 귀가 따갑도록 들었고, 관비들 중에서도 살림을 난 이들은 간혹 물질을 해서 재산을 불리는 줄 알고 있었다. 그러나 관아에 매인 난주인지라 바다를 보는 일도 드물었던 터에, 도깨비처럼 잠깐 해안에 나타났다가 순식간에 사라지는 그들을 만날 기회는 거의 없었다.

　처음 갯가의 일을 나갔을 때는 옥에 갇힌 듯 답답하던 가슴이 외려 뚫린 듯했고, 때로는 거친 물결 사이로 들려오던 경헌의 울음소리를 떠올리고 한없이 가라앉기도 했다. 또 동틀 녘 일찌감치 당도한 해안가에 뜨문뜨문 떠오른 구름이며 미처 이울지 못한 달의 잔영을 바라볼 때에는, 차라리 이곳이 어느 땅도 아니요 머나먼 천상의 나라이기를 바라기도 했었다. 그러한 감상에 사로잡혀 허리춤에 찬 망태에 하나둘 해초 따위를 채우면서, 떠나온 곳도 돌아가야 할 곳도 없이 데굴데굴 구르는 돌이나 무심히 불어드는 바람처럼 무념무상의 존재이기를 바라기도 하는 것이다.

얼마간 그런 환상에 빠져 있던 난주가 무람없이 들이치는 현실로 되돌아온 것은 잠녀들의 숨비소리 때문이었다. 깊은 바다에 들어가 숨이 울대까지 치밀어오도록 참다가 마침내 호오이, 하고 내뱉는 그들의 호흡은 살아 있다는 각성이요 살고자 하는 비명처럼 들렸다. 숲을 헤매는 굶주린 짐승처럼 정처 없이 바다를 헤맨 그들의 테왁에는 전복이나 소라, 미역, 우뭇가사리 등이 수북하고, 얼굴은 창백한 채 몸을 바르르 떨기 일쑤다.

난주가 처음 그 모습을 보았을 때는 입을 딱 벌리고 말을 잇지 못했다. 하지를 지나는 때라 날은 따뜻하다 못해 더웠어도 바닷속은 얼음장처럼 차가워 뼛속까지 얼어붙었다. 잠녀들은 무명 소중의 차림에 허연 팔다리를 내어놓고 머리는 질끈 묶어 동였는데, 물 밖으로 나올 때는 옷가지가 찰싹 들러붙었다. 난주는 그 모습을 볼 때마다 곧잘 얼굴을 붉혔는데, 상군이라 불리는 이름난 잠녀 용순이, "부끄럼보담 목숨 줄이 질기주" 하고 카랑하게 지적하여 그제야 난주는 제 행동을 부끄러워하였다.

"저 바당이 다 우리 거주. 바당에서 난 것으로 자식 기르고 부모 봉양하고."

그들은 테왁을 끌어안은 채 갯가로 빠져나와 불을 지펴 몸을 말렸다. 나뭇가지가 없으면 말린 모자반을 태워 불을 지폈다. 이른 아침 갯가에 나와 오후까지 잡일을 하는 난주는 그들이 오고 가는 것을 종일토록 보았다. 날이 흐려 바다에 나오지 않으면 밭일을 하고 밭일을 하지 않으면 밀린 집안일을 했다. 그러는 사이 아이들은 저들대로 나고 자라나 대여섯 살만 되어도 벌써 바다에 따라 나왔다. 난주가 잠녀들의 고단한 삶을 보건대, 그들이 채취한 대부분의 물산을 이런저런 공물과 잡역세로 빼앗기고 남는 것은 해초나 척박한 밭의 토산뿐이었다. 어디 잠녀뿐인가. 보고 듣는 것만 헤아려보아도 매년 공마(貢馬)가 수백 필, 전복이 수천여 첩, 그 밖에도 오징어, 산과, 사슴 가죽, 노루 가죽, 사슴 혀, 사슴 꼬리, 표고, 비자, 백랍, 산유자, 심지어 빗, 솔, 적삼, 휘장 따위의 자잘한 잡물들까지, 제주목 만여 호도 되지 못하는 백성들에게 주어진 무게가 너무도 고통스러웠다.

관아 밖에서 실제로 그 공물을 감당해야 하는 백성들의 삶을 지켜보노라니, 어린것에서부터 노인에 이르기까지 찬 바다와 거친 뭍을 오가는 일생이 관노비보다 나을 것도 없었다. 남정네들은 또 그들대로 진상이나 공마를 위한 뱃길에 올랐다가 목숨을 잃기 일쑤이고, 잠녀처럼 바다 밭을 헤매는 남자 포작인(鮑作人)들은 전복 수량을 맞추지 못했다고 곤장에 맞아 죽는 이도 즐비했다. 난주는 혹렬한 삶의 민낯에 몸을 떨었고 천주의 보살핌이 진정 어디에 있는가 스스로 묻지 않을 수 없었다. 그럼에도 그들의 질박한 삶은 계속되고, 사납도록 씩씩한 기운과 존경스러운 용기는 스러질 줄 몰랐다. 그것이야말로 이 탐라 땅의 생득적인 원기와 생명력을 이어가는 근원일 터였다. 난주 또한 바닷가에서는 비린내에 절고, 관아로 돌아와서는 세답 일로, 한밤에는 생선을 다듬거나 보말을 살피느라 온몸이 녹아날 지경이었으나, 백성들의 삶이 그러하듯 견디고 또 견디며 살아 있는 대가를 기꺼이 치렀다.

어느 날 아침, 기어다니기 시작한 아기를 멍석 위에 놀려두고 다듬이질을 하는데 오랜만에 여홍개가 쫓아 나왔다. 그 무렵 여홍개는 기생들의 뒷바라지로 일거리가 바뀌었고, 호장의 수청기생인 귀옥과 친하게 되면서 전보다 기세등등하였다. 항시 보말의 태생을 의심하고 설운과 관련이 없는지 캐묻곤 하였는데, 그날따라 무슨 생각에선지 상글상글 웃음까지 띠고 온다.

"자네가 바당 일에 뭍 일도 하느라 몸이 두 개라도 모자람신디. 거기에 아이까지 거두니 참 대단도 핸신게. 그나저나 저 기집아이 놋이 볼수록 낯익으니 별일이주."

여홍개의 말에 난주는 그저 미소만 짓고 있었는데, 슬그머니 다가와 옆구리를 쿡쿡 찌른다.

"어차피 종년으로 살 바에는 좀 쉽게 살아야 않겠수과? 내 팔자는 못 고쳐도 남의 년 팔자라도 고치면 좋게수다."

그제야 다듬이질을 멈추고 여홍개의 얼굴을 바라보는 난주였다.

"소 첨지가 자네에게 정을 둔 거샤 온 동네가 다 아는 거고, 관노 놈들보다야 낫질 않으크냐? 하기야 아무렴, 혼자 사는 종년에게 그만한 위인도 없으쿠다. 더구나 저 아이까지 거두려면 의지가지가 필요하지 않으쿠과."

난주는 미간을 찌푸리며 다시 다듬이질을 한다. 소 첨지는 난주가 오던 해부터 은근히 관심을 두고 음으로 양으로 이런저런 간섭과 도움을 번갈아 전해왔는데, 그 꼴을 보고 많은 관노비들이 조롱하기도 하고 부추기기도 하여 몹시 곤란하던 차였다.

"이번 중신은 호장 마님이 나선 것이라 더 이상 거절하면 아니 되뫼."

호장이란 말에 깜짝 놀란 난주가 마른침을 삼켰다. 호시탐탐 흠을 찾는 주인의 미움을 알고 있는 탓이다.

관노비들이란 관청에 매여 종살이를 하며, 실질적으로는 호장을 주인으로 섬기는 자다. 자연히 그에 거역하면 고단한 나날이요, 그의 마음에 흡족하면 상팔자였다. 특히나 호장의 수청을 드는 귀옥은 그야말로 내아마님 못지않은 권력을 부렸고, 베갯잇 송사라고 비단금침 위에 온갖 말을 속닥거리니 다들 눈치만 설설 볼 뿐이다. 현감이 큰 까탈을 부리지 않는 위인인지라 호장은 더욱 맘 편히 활개를 쳤는데, 보말의 일이 있고부터는 난주의 일이라면 쌍심지를 켜고 사사건건 트집이었다. 그런 호장이 중신에 나섰다는 것은 난주에게 결코 이로울 리 없다.

"참말로 호장 마님이 나선 일인가요?"

난주가 딱딱하게 굳은 얼굴로 되묻자 여홍개는 중매가 잘되어가기라도 하는 듯 박수를 치며 고개를 끄덕였다.

"그렇구말구. 자네를 그리로 잘 붙여보라구 신신당부허염신디. 소 첨지가 연간에 호장 마님의 뒷일을 봐준 적이 이서신디 빚이 있기도 한 거주게. 자네도 소 첨지와 적당히 살림 차려 살고, 딸년도 품에 끼고 키우면서 신공이나 바치면 죄인 팔자에 그보다 더한 호강이 어디 이시크냐. 옛적에나 양반이지 지금에야 따질 계제도 아니구 서방도 죽은 지 오래라 하니 더 좋은 기회는 없주. 나이도 곧 서른 줄인데, 할망 소리 듣기 전에 새서방을 초자야주."

여홍개는 무엇이 그리 흥이 나는지 새된 목소리로 연신 지껄였다. 난주는 수절을 못 할 바에야 죽고 말지언정 개가를 할 마음이 전혀 없었고, 호장이 간혹 공물 따위를 사사로이 횡령하는 줄 알고 있는 터에 그러한 뒷일을 봐준 대가로 팔려 갈 까닭이 없었다. 난주는 기가 막히기도 하고 두렵기도 하여 입술을 꾹 깨물었다. 소 첨지라는 자가 현감이나 아전들의 약을 지어주느라 관아에 들를 때마다 굳이 관노청에 들러 난주의 안부를 묻고, 내가 자네 목숨을 살렸노라 공치사하는 것을 여러 번 큰절로 화답하였던 바다. 어찌 고마운 마음이 없겠는가. 그러나 한편으로는 의뭉스러운 눈으로 난주를 살피고 거리낌 없이 직신거리는 일을 괴로이 여긴 것이 사실이다. 난주는 여홍개를 겸손한 자세로 섬겨왔고 궂은일이나 변덕스러운 요구에도 늘 순종하여왔으나, 이번 일은 그저 듣고 넘길 수가 없었다.

"아즈망이 날 위해 하는 소리인 줄은 믿고 있습니다. 하지만 세상 사람들에게 좋은 일이 제게도 좋으라는 법이 없고, 몸이 편한 일이 마음 편한 일이라는 법도 없질 않겠어요. 비록 호장 마님의 주선이라고 해도 혼사만큼은 도저히 따를 수가 없으니 잘 좀 이야기해주세요. 다른 일이라면 무엇이든 열심히 하겠습니다."

이러한 난주의 거절을 듣고 여홍개는 대번에 안색이 바뀌어 눈을 매섭게 떴다.

"거참, 양반의 위세 한번 요란햄신게. 마님의 고람신디도 그리 도도히 구는 거라? 시집을 가라는 데도 마다하니, 방비(方婢)가 되어 수청을 들라 하면 은장도라도 꺼내 들큰게."

그러고는 깔깔 쇳소리를 내며 웃기까지 한다.

"곡해하지 마시고, 이쪽의 사정을 조금만 헤아려주세요. 억지로 시집을 가라시면 저는 죽습니다."

난주는 기도라도 드리듯 두 손을 간곡히 맞잡고 여홍개에게 사정을 하는데, 여홍개의 말 한마디에 난주의 신세가 달린 때문이다. 난주의 읍소에도 냉랭한 기색을 풀지 않던 여홍개는 별안간 시선을 보말에게로 바꾸더니 야무지게 팔짱을 끼며 말했다.

"매해 관노비 관안을 조사행 줄고 늘어난 숫자를 나라에 보고하는 줄은 알암지. 어린것을 관안에 올리든지, 시집을 가든지, 자네가 알아서 선택을 하게. 마님은 속이 넓지 못행 두 번을 다 지고 나면 복수가 대단

할 거라."

여홍개가 찬바람을 일으키며 떠난 후, 난주가 얼을 빼놓고 있다가 보말의 악을 쓰며 우는 소리에 비로소 정신을 차렸다. 아기는 멍석에서 벗어나 어미에게로 기어오다가 모난 돌에 이마를 찧고 울음바다다. 소스라치게 놀란 난주가 황급히 아기를 안아 올렸으나 슬근슬근 맺히던 핏방울이 이내 눈 밑까지 흐른다.

"저를 핍박하는 자들에게서 건지소서……. 그들은 저보다 강하나이다……."

놀라고 황망하여 나오는 소리는 천주의 말씀뿐이다. 제주에 와서 지내는 동안, 난주는 질박한 하루의 삶을 열고 닫느라 천주의 고귀한 이름을 잊을 때도 있었다. 산천의 하찮은 풀 한 포기도 일생을 변함없는 고집으로 살아가건만, 사람이란 때때로 나약하고 어지러워 난주의 마음에도 어두운 절망과 회한의 그늘이 얼룩질 때가 있었다. 어쩌면 참혹한 운명에 대한 원망도 조금쯤은 있었으리라. 허나, 다시금 닥쳐온 불안과 무력함에 난주는 마음 깊은 곳으로부터 새삼 간절해진다. 뉘라서 자신을 지켜주겠는가.

세상의 생각으로야 누구에게든 의탁해야 맞을는지 모르지만, 난주는 참으로 그럴 수는 없었다. 간혹 어느 나졸들이 키득거리며 빈정대기를, 강원도 어느 땅에 관비로 떨어진 양반 부인이 관노와 배가 맞았다가 관노의 본처와 큰 싸움이 벌어져 윗전에서 경을 쳤더란다. 양반 부인이 서방을 잃고 실족하니 꽤나 급했던 모양이라고 난주를 앞에 두고도 조롱하는 그들이었다. 그러나 난주는 진실로 생각건대, 참혹한 고난을 겪을지언정 마음을 팔아 일신의 안위를 도모할 의향이 없었고, 설령 마음이 없이 몸만 간다 하면 차라리 혀를 깨물고 죽을 일이라 여겼다.

불행이란 괴수는 먹이를 놓치는 법이 없다. 다음날 정오를 막 지났을 때, 호장이 관노청에 들이닥쳤다. 빨래를 널고 있던 난주가 깜짝 놀라 빨랫감을 흙바닥에 떨어뜨렸다가 얼른 주워 들고 인사부터 올렸다. 들어서면서부터 입맛을 불쾌하게 쩍쩍 다시던 호장은 움푹 들어간 큰 눈을 밉살스럽게 치켜떴다.

"여홍개에게 말은 전해 들었으렷다. 어찌 대답이 없는가?"

주인의 비위를 거스르지 않으면서 거절할 말을 생각하느라 난주의 머릿속은 복잡했으나, 혓바닥은 딱딱하게 굳은 채 어떤 말도 나올 줄을 몰랐다. 하필 그때, 잠들어 있던 보말까지 비척비척 울음소리를 내놓아 마음은 더욱 초조해진다. 아이가 눈에 띄어서는 호장의 사나운 성미만 더욱 일깨우리라. 난주는 아이를 안아 어르며, 이런저런 이유들을 호소하듯이 늘어놓았다.

"마님의 배려와 호의를 어찌 모르겠습니까. 하나 제 처지가 남에게 폐가 되면 되었지 도움이 될 리가 없어 개가는 생각해본 적이 없습니다. 더구나 관아에서 제가 맡은 일이 많고 어린것까지 딸려 있으니, 보시기에 부족하더라도 마님의 은혜 아래 머물기를 바랄 뿐입니다. 앞으로 더욱 성심성의껏……."

"싫다?"

호장은 단칼에 난주의 말을 자르고 나섰다.

"네년이 양반이라 이것이냐?"

호장이 큼직한 얼굴을 난주에게 가까이 들이밀었다. 툭 튀어나온 바위 같은 이마가 난주에게 닿을 듯하고 깊게 눌러쓴 흑립은 파르르 떨렸다. 호장은 욕심이 많은 자였다. 드높은 자존심은 오만함으로 물들었고 유약한 속내는 소심함으로 변질되었다. 난주는 보말의 일로 주인의 미움을 산 일을 후회했으나, 한 번 버려진 아이를 다시 관비로 만들 수는 없었다. 아이에 생각이 미치자, 난주는 잊고 있던 용기가 되살아나서 간신히 태도를 의연히 하였다.

"대역죄인은 살아도 산 것이 아니라 죽은 자가 살아 있는 것이나 마찬가지인데, 제가 어찌 일신의 안일을 좇아가겠습니까. 그저 평생을 관아의 노비로서 죄갚음하기를 바랄 뿐이며, 저를 이곳으로 보낸 조정의 뜻이기도 할 것입니다. 오늘날에야 쉬쉬하겠으나 소문이 바람을 타고 퍼진다면 이년의 편안한 삶을 누가 기뻐하고 반기겠습니까."

난주는 읍소하며 아예 무릎을 꿇고 주저앉았다. 관비의 삶이 아무리 가혹하다 한들 첩으로 팔려 가는 것보다는 나았으며, 그러한 일로 세간의 입에 오르내리기는 죽기보다 싫은 난주였다. 그러나 난주의 사리에 맞는 말이 오히려 이 속 좁은 사내의 마음을 꼬챙이처럼 휘저었다. 아침에도 향청을 오가는 양반으로부터 쌀쌀맞은 꾸지람을 듣고 기분이 상한 터에, 아랫것이 분명한 종년에게서조차 조롱을 받았다 여긴 것이다.

"요망한 년, 터진 입이라고 잘도 나불대는구나. 그래, 내가 지각이 없어 네년을 몰라봤으니 종내에는 내가 죽을 일이란 말이렷다?"

어느새 여홍개와 귀옥이 달려와 팔짱을 끼고 섰고, 지나던 아전 두엇과 여러 종들이 모여들어 쑥덕거렸다.

"마님, 그런 뜻이 아니오라, 제가 바라는 일은 그저 죽은 듯 엎드려 사는 것이온데……."

호장은 입술을 잔뜩 말아 올리며 비웃음을 터트렸다.

"죽은 듯 엎드려 살겠다는 년이 관아의 재산이 마땅한 아이를 빼돌리고, 세 치 혀끝으로는 상전을 농락하는구나. 그래, 한양 땅에 네 소문이 퍼지면 어찌 될는지 나도 궁금하다. 오늘 그 일을 한번 만들어보자꾸나. 복달아! 황복달이 게 없느냐! 여기 네 들고 다니는 주장(朱杖)을 당장 들고 오라!"

말끝이 송곳처럼 사나워지면서, 호장의 얼굴은 붉게 타올랐다. 넓은 이마의 양쪽 관자놀이엔 굵은 핏줄들이 푸르게 불거지고, 불균형하게 좁아지는 턱 끝은 바르르 떨렸다. 난주가 지난 시간 동안 상전의 매질에 익숙해진 바가 있어, 얼른 보말부터 어린 계집종 달래에게 안겨주었다. 아기는 심상치 않은 분위기에 겁을 먹은 데다 갑자기 어미와 떨어지게 되어 바락바락 울부짖기 시작했다. 복달이 미처 도착하지 않아 관노청 앞마당이 살풍경한 침묵에 잠긴 터에, 아기의 신경질적인 울음소리는 호장의 심경을 자극할 뿐이다. 그의 뻣뻣하고 굵은 눈썹이 꿈틀거리고, 등걸같이 크고 두꺼운 손이 당장이라도 아기를 패대기칠 듯 부들거렸다. 그것을 보고 난주는 황급히 아기를 막아섰다.

"아기는 아무 죄가 없습니다. 치려거든 저를 치세요. 제 죄를 빌겠사오니, 제발 어린것에게는 해를 입히지 마세요."

난주가 한편으론 애원하고 한편으론 아기를 받아 든 달래를 등 뒤로 밀어냈다. 눈치 빠른 계집아이는 보말을 안고 서둘러 마당을 떠났다. 그 아이가 내아마님이 아끼는 동비(童婢)가 아니었던들 당장이라도 불러 세웠겠지만, 호장도 차마 내아의 비위를 거스를 수는 없었다.

때마침 복달이 주장을 가져왔기에, 호장은 손가락 끝을 난주에게로 내리꽂으며 매타작을 명한다. 팔척장신에 덩치가 산만 한 젊은 나장 복달은 호장의 패악스런 성미를 잘 알고 있어 매질을 시작하기는 하였으나, 내키지 않는 일이라 매 끝이 야물지 못했다.

"네 이놈, 그것을 매라고 치느냐."

보다 못한 호장이 매를 빼앗아 들더니 복달의 엉덩짝을 사정없이 한

번 내치고는, 돌아서서 난주의 어깨며 등짝을 후려치기 시작한다. 대번에 쓰러지는 난주를 보고 복달은 쓴 입맛을 다시고, 사달을 만들었다고할 만한 여홍개나 귀옥 역시 섬찟하긴 했으나, 누구도 감히 호장을 말릴엄두를 내지 못했다.

난주의 얇은 갈옷 위로 연신 매가 떨어진다. 축축하게 땀에 젖었던살갗이 매에 감겨 들러붙더니 금세 피가 흘렀다. 난주는 뼛속까지 파고드는 고통을 인내하며 첫값을 매로 갚으리라 이를 앙다물고 소리 내지않았다. 신음 한 번 내뱉지 않는 난주에게 약이 올라 호장의 매질은 더욱 거칠어진다. 팔을 크게 휘둘러 내리꽂듯 매를 치는데, 매가 한 번 떨어질 때마다 피가 한 줌씩 터져나갔다. 호장의 부인 노릇을 하고 있는귀옥이 간혹 제게도 떨어지던 그악스런 매질을 떠올리고는 그제야 몇번 말리는 시늉을 하였으나 소용이 없었다.

난주가 더 이상 참지 못하고 낮은 신음 소리와 함께 정신을 놓으려던찰나, 몰려든 사람들 뒤편에서 위엄 있는 호령 소리가 흘러나왔다.

"하 호장, 그쯤 하시오."

호장이 분을 삭이지 못해 시근거리면서 뒤를 휙 돌아보았다. 향청의수별감(首別監), 김석구였다. 별감은 좌수와 더불어 질청을 관리하는 이라, 호장도 매를 거두는 시늉을 할 수밖에 없다. 향청의 권위가 아무리떨어졌다고 해도 그 입김을 모른 체할 수 없는 하리들이다. 더구나 그는동헌 바로 뒤편 얕은 실개천을 사이에 두고 살면서 현감과는 막역한 사이였다. 뒤늦게 김 별감의 등장을 알아챈 사람들이 멀찍이 흩어지자, 그가 가까이에 와서 섰다. 흙바닥에 엎디어 있던 난주의 눈에는 미색의도포자락 밑으로 정성들여 쟁을 친 모시 바지가 먼저 눈에 띄었다.

"무슨 죄를 지었는지 몰라도 그리 모질게 매를 치면 되겠소."

나이는 호장보다 훨씬 젊으나, 태도가 엄장하고 기품이 흘러서 묻는 말에도 힘이 실렸다.

"모르시는 말씀입니다. 이년의 방자하기가 오래전부터 계속되었는데, 아이를 멋대로 데려와 키우질 않나, 오늘은 감히 상전을 능멸하기에 매를 놓은 것입니다. 더구나 사학죄인이 아니외까. 밤마다 이년 방에서 주문을 외는 소리가 들린다고들 합디다."

호장은 있는 죄 없는 죄를 되는대로 지껄이며, 양반네들이 가장 뜨끔해하는 사학의 이야기를 갖다 붙여 더 이상 저를 탓하지 못하게 하였다. 별감의 곧게 뻗은 눈썹이 가벼이 찌푸려졌다가 다시 반듯해졌다.

"그래, 그 일은 차후 따지기로 하고, 오늘 호장에게는 무슨 능멸을 하였단 말이오?"

관비를 양인과 혼인시켜 관아의 노비를 늘리는 것은 수령부터 장려하는 일이라, 호장은 당당하게 소 첨지와의 혼사 이야기를 꺼냈다.

"의원 노릇을 하는 소 첨지가 첩을 얻어주기를 여러 번 청원하기에, 저년에게 아이와 함께 살림을 나라 하였더니 대번에 정색을 하질 않겠습니까. 일부종사의 도리를 제깟 년이 지킬 계제도 아니고, 아직도 양반인 줄 아는지 한껏 우쭐해서는 저에게 일장 연설까지 하지요. 새끼를 낳아 관아의 재산을 늘리고 제게도 일신의 평안을 도모하라는 말이 어디 틀린 데가 있습니까? 순순하지 못한 종년은 매를 맞아야 정신을 차리는 법입니다."

묵묵히 말을 듣던 별감이 짧은 숨을 내쉬었다.

"호장의 생각을 현감께서도 알고 계시오?"

호장은 현감의 말이 나오자 끙, 하고 못마땅한 기침을 하더니, 오히려 낮게 웃었다.

"종년의 시시콜콜한 밤일까지 상의드릴 필요 있나요."

별감은 호장의 얼굴을 잠자코 응시했다. 계급이 뚜렷한 세상은 마치 먹이사슬 같아서 서로 끝없이 먹고 먹힌다. 양반도 백성도 아닌 아전들은 누구의 편도 아닌 채 사실상 양쪽 모두의 위에 군림하려 들기 마련이었다. 그는 그들의 비열함을 경멸해왔으나, 한편으로 아전들 또한 위로는 상전들에게 침학받고 아래로는 원성을 들으니 그들만이 가해자라고 할 수도 없었다. 누군들 고통받기를 즐기겠는가. 그가 생각할 때 분노하는 자와 그것을 받는 자, 매를 치는 자나 맞는 자 모두 상처 입기는 마찬가지였다.

"내 호장의 일을 훼방하는 것은 아니네만 지나친 폭압은 그만두시오. 죄인을 죄인으로 종을 종으로 다스림이 틀리지 않소. 하나 저 여인의 일은 그대로 놔두는 게 좋을 터. 현감이 내게 따로 이른 말이 있어 충고하는 것이니 깊이 새겨두시오."

그러고는 한쪽에 서 있던 개금에게 손짓했다.

"이 종을 방으로 데려가 쉬게 하고 약을 붙여주어라."

개금은 내아에 속한 침모의 딸로 진작부터 난주를 동정하고 있던 터라 얼른 부축하러 나섰다. 복달이 곁에서 거들어 난주가 방으로 드는데, 감사의 말도 제대로 전하지 못한 은인의 얼굴이 궁금하여 슬그머니 돌아보았다. 키가 크고 훤칠한 사내가 고고하게 서서 이쪽을 바라보고 있다. 얼굴의 선은 매끄럽고 이목구비가 또렷한 젊은 선비였다. 온화함과 신중함이 깃든 그 눈빛이 어딘가 아버지를 닮은 듯도 하여, 난주는 마음 한편이 시큰하게 아파온다. 아버지에게서 혹여 소식이 오지 않을까 했으나 단 한 번도 그런 일은 없었다. 그럴 수밖에 없을 줄 알면서도, 세상에 이어진 유일한 끈마저 영영 잃어버린 것 같아 난주의 마음은 늘 쓸쓸했다. 개금이 방문을 닫자, 밖에서는 선비와 호장의 짧은 대화가 지나가고 사람들의 발자국 소리도 흩어진다.

개금이 난주의 옷을 벗기고 피를 닦아주며 별감에 대해 이야기를 늘어놓았다. 평소에는 조용한 성품이지만, 천성이 곧아 불의한 일을 보고는 참지 못한단다. 백성들은 물론 봉변을 당하는 종들을 구해주는 일도 드문 일은 아니었던 모양이다.

"사또 나리와 친분이 두터워 내아에도 자주 오시지요. 호장 마님 성미가 변덕스러우니 간혹 이런 일이 벌어지면 말려주신답니다. 그래서 간혹 매를 맞다가 아이고 별감 나리, 하고 어멍을 찾는 것처럼 우는 사람도 있어요. 우습지요? 참, 그러고 보니 지난번에도 울 어멍에게 이곳을 돌봐주라 하신 적이 있지요."

잠자코 듣고 있던 난주가 별안간 몸을 돌리는 바람에 피 묻은 물수건이 바닥에 떨어졌다.

"아이쿠, 놀래라. 왜 그러세요?"

"이곳을 돌봐주라 하셨다니, 언제 말이야?"

개금은 소녀티를 벗지 못한 발그스레한 양 볼에 보조개가 패도록 싱긋 웃었다.

"아즈망이 이곳에 처음 왔을 때 말예요. 아픈 것 같으니 관노청에 가보라고 어멍을 보내셨지요. 죄인이라고 일부러라도 외면하는 터에 별감 나리가 아니면 나설 위인도 없었을 겝니다."

난주는 놀라 개금의 손을 와락 붙들었다.

"나리께서 관노청엘 오셨던가?"

"그건 모르겠어요. 사학죄인이 정배된다는 소식을 듣고 진작부터 마음을 쓰고 계셨지요. 나리의 처가댁 친척분도 지난 난리에 큰 봉변을 당했다는 소문이 있답니다. 그래서 그런지 사또 나리와 술을 드실 때면, 사학쟁이들에게 너무 잔인한 일이었다고 곧잘 이야기하시더군요. 아즈망에게 호되게는 하지 말라고 넌지시 이르는 것도 그분이지요."

난주는 몇 번이나 자신을 구원해준 은혜를 생각하고 감사하기도 하려니와 기쁘지 않을 수 없다. 전에야 세상의 어진 인정을 의심해본 적 없건만, 이렇게 되고 보니 믿을 수 있는 것이라고는 힘을 가진 이가 곧 세상의 법이란 것뿐이다. 그럼에도 아버지의 눈빛을 닮고 천주의 자애로움을 닮은 이가 있다는 것은 작은 희망이나 마찬가지다. 언제부터인가 난주는 자신이 누렸던 모든 권력과 부유함조차 큰 죄처럼 느껴졌다. 모든 힘은 죄악이었다. 양반들은 태어나는 순간부터 사람 위에 군림했다. 그 생각을 할 때마다 마음이 괴로웠다. 하지만 별감과 같이 압제의 탈을 벗어던지고 진정으로 위민(爲民)하는 양반들이 나올 때, 아버지가 꿈꾸던 성리학의 이상향도 조금은 가까워질 것이다.

"헌데 아즈망은 아직도 사학쟁이예요? 저도 나리들 뵈시면서 이야기는 건너 들었는데, 참 나쁜 말은 하나도 없대요."

"나중에 이야기 들려줄까?"

사투리가 거의 없는 개금의 청량한 목소리와 다정한 말투에 마음이 쏠려 난주가 슬그머니 물어보았다.

"저야 좋지만, 남들에게는 조심하세요. 사학쟁이라고 호장 마님에게 이를 테니. 더구나 이곳 사람들은 나무, 돌, 못, 언덕, 바다 모든 곳에 신이 있다고 하여 굿을 많이 지내고, 신당도 하도 많지요. 사또께서 음사(淫祀)라고 엄금하시고 단속을 하시지만 소용없답니다. 또 남자 무당들이 참말로 많아요. 무시무시하게 노려보면서 방울을 흔들고 가끔은 저주를 내리니, 저는 무서워서 오금이 저려요."

"그래, 조심하마."

난주는 개금의 쫑쫑 땋아 내린 머리며 흰 무명옷을 깨끗하게 빨아 입은 모습이 예쁘고 귀여워서 저도 모르게 미소를 머금었다.

"터진 곳이 아프지 않으세요?"

"그래, 아프지 않다. 좋은 동무가 생기니 마음이 편하다."

"제가 동무예요?"

"그럼 좋겠구나."

개금은 생글생글 웃으며 무명천으로 상처를 감싸고, 갈옷을 꺼내 입혀주었다.

"아즈망은 어마어마한 대감 댁 따님이라던데."

"난 그런 딸이 아니라, 그냥 천주님 딸이다."

난주의 말에 개금이 눈을 빛냈다. 달래가 잠든 보말을 들쳐 업고 돌아올 때까지, 난주는 오랜만에 개금과 함께 천주의 이야기를 나눴다. 올해로 열넷이라는 개금은 양반이나 종이나 모두가 천주의 자식이라는 것에 깊이 감명하였고, 사람이 죽은 후에 영혼이 있어 상과 벌을 받는다는 말에 과히 기뻐하였다.

"내 어릴 적 주인집 도련님이 퍽 못되게 굴었어요. 매를 치고 넘어뜨리고 머리털을 뽑고, 물에 빠져 죽을 뻔도 했지요. 한 동무는 정말로 매를 맞아 죽었답니다. 다행히 주인이 어멍과 나를 이곳 제주 땅에 넘기는 바람에 살아남았으니 팔려 오며 웃는 종들은 우리뿐이었을 거예요."

개금은 난주의 말에 끼어들어 제멋대로 지껄이면서도 재미나게 이야기를 들었고, 그 뒤로도 자주 난주를 찾아왔다. 보말에게는 좋은 언니요, 난주에게도 좋은 동생인 셈이었다. 호장의 패악이 도리어 은인을 만나게 하고 제주 땅에 첫 포교를 할 수 있었으니, 난주는 그 매를 달게 맞았음을 기뻐하고, 등 한복판에 흉이 크게 남았으나 오히려 자랑스럽게 여겼다.

　그날의 일은 난주와 보말의 일신에 큰 변화를 가져왔다. 김석구는 평소에도 호장의 행실이 지나치다고 생각했던 데다 난주에게 가해질 보복을 근심하여 현감에게 몇 가지 조언을 하였다. 현감은 호장의 사사로운 축첩이나 패악은 묵인해왔으나, 최근에 이르러서는 진상품에 손을 대고 징세를 유용하는 등 도를 넘었다고 느끼던 터였다. 그러나 아전들의 인사는 현감의 손에만 달린 것이 아니라, 일방적으로 몰아붙여서는 안 될 일이었다. 그는 고심한 끝에 이영돌이라는 병방을 호장으로 올리고 하득인은 병방으로 좌천하였다. 이영돌의 증조부와 조부가 연이어 호장을 지냈고 죽은 아비 또한 전임 이방이라 아전들 사이에서 평이 좋았다. 하득인은 자신의 횡령과 부정 징수의 증좌들이 속속 드러나니 자칫 더 큰 화를 입을까 싶어 병방의 자리를 받아들였다. 그러나 모든 사달이 난주에게 있노라 이를 바드득 갈며, 겉으로만 근신하는 체 고개를 숙이고 속내를 감췄다.

　개금이 난주와 친밀히 지내는 중에 내아마님 고 씨에게 난주의 이야기를 자세히 들려주니, 여인의 마음에 그 삶을 가련히 여겼다. 고 씨는 난주를 불러들여 이런저런 말을 붙여보고는 세상의 이치에 밝고 성품이 고매하여 썩 좋아하게 되었다. 현감에게 난주를 내아의 종으로 들여줄 것을 청했고, 현감은 관아 내에서 분란을 일으키는 바에야 숨겨두는 편이 나을 듯하여 원하는 대로 해주었다.

　이로써 난주는 보말과 더불어 내아에 머물며 마님의 시중을 들게 되었다. 개금어멈이 하는 침모의 일을 도우며 내아에 딸린 부엌일도 하였고, 청소니 불 때기니 잡스러운 일들을 두루 하였다. 현감 부부에게는 아이가 하나뿐이요, 손님이 자주 든다 해도 큰 행사는 바깥 관주에서 도맡아 했으므로 내아의 살림은 조촐하다 할 만했다. 관아 식구의 빨래와 갯가 일까지 책임지던 난주로서는 훨씬 수월하고 조용한 일거리였다. 간혹 보말이 어린 울음으로 고요한 내아의 적막을 깨는 일이 있었으나, 현감의 댓살 먹은 딸아이가 어린 아기를 귀여워하여 함께 놀기를 즐기고, 달래나 개금과 같은 아이들이 보말을 잘 돌봐주어 큰 어려움은 없었다.

언젠가 부인 고 씨가 난주에게 보말을 키우는 까닭을 물었는데, 난주가 죽은 아들을 대신하여 품고자 한다 하니 그 마음이 애달파 더욱 살펴주었다.

난주는 보말을 통해 제주 땅에 가느다란 뿌리 하나를 내린 듯했고, 아이가 짐이 아니요 축복이었기에 할 수만 있다면 더 많은 복을 나누리라 결심하였다. 눈으로 보고 들은 것 이상으로 제주 사람들은 힘들게 살았고, 유리걸식하는 아이들이 떠돌다 죽는 일도 허다한 때문이었다.

"아가야, 너는 천주님의 선물이다. 그리고 나를 다시 살라 하시는 천주님의 뜻이다. 어서어서 크거라. 네가 이 땅의 또 다른 빛이 될 게야."

보말은 어미가 말을 건넬 때마다 천진한 목소리로 옹알이를 하였다. 살이 올라 오동통한 볼에는 빛이 흘렀고, 귀 끝을 덮기 시작한 머리칼은 새카맣고 부드러웠다. 난주는 아들 경헌이 어디에선가 이러한 사랑과 보살핌 속에 자라나고 있기를 간곡히 바랐다. 그렇게 한양에서 내려온 여종은 점차 제주 사람이 되어가고 입술에서 떨어지는 마님, 아씨와 같은 말들이 조금도 어색하지 않게 되었을 때, 난주는 자신이 관비임을 비로소 실감하였다.

3

"할망, 할망, 있나?"

어린 계집아이가 외치는 소리에 깊은 잠에 빠졌던 난주가 퍼뜩 눈을 떴다.

"분이 아씨가 왔소?"

여덟 살 먹은 작은 애기씨의 목소리가 반가워 얼른 문을 밀었다. 일평생 낮잠이라고는 모르던 난주였지만, 이제는 한낮의 해가 슬근슬근 기울 때가 되면 저도 모르게 잠에 빠지곤 했다. 바느질을 하다가도 다듬이질을 하다가도 깜빡깜빡하는 것을 보면 영육 간의 이별이 멀지 않은 모양이었다. 오늘도 이런저런 집안일을 마치고 소일 삼아 쌈지를 하나 만들다가 그만 잠에 빠져버린 터다.

"할망 주무셨소? 분이 기다리지 않구."

"그래요, 그래. 애기씨만 기다리다 잠이 들었다오. 어서 들어오세요."

아이는 남색 치마 위에 흰 솜을 두른 배자를 입고, 팔에는 토끼 털을 댄 토시를 했다. 큰주인인 상집의 막내딸로서, 사랑을 받는 티가 넘쳐흘러 보기만 해도 마음이 흡족했다.

"아니 그 길을 혼자 오셨어요?"

"나두 다 컸는걸, 뭐."

분이는 손에 든 보따리를 자랑스럽게 내놓았다. 펼쳐보니 상전들이 신경 써서 챙겨주었을 마른 어물과 된장, 젓갈 등속이 다양하게 들었다.

"무겁지 않아요? 이런 걸 애기씨에게 보내시고. 누굴 같이 보내지 않고서."

"나 혼자 와야 할망이랑 재밌게 놀지. 그리구 아버지가 요사이 할망 걱정을 많이 하셨다오. 그래 날이 풀리자마자 오는 길이지."

야무지고 당찬 분이를 보며 난주는 저절로 미소를 지었다.

"나는 우리 애기씨 보고 싶은 것 빼고는 잘 있었어요."

"그르믄 할망이 날 보러 오지 그랬우?"

난주는 쪼그라든 입을 벌리고 웃었다.

"참말 그럴 걸 그랬어요. 주인집을 떠나니 이 몸의 신세가 이리도 외롭답니다."

"그럴 줄 알고 내가 왔잖우."

분이는 애교 있게 볼을 부비며 난주의 품을 파고들었다. 아이는 어릴 때부터 각별히도 난주를 좋아하여 한양할망 소리를 입에 달고 살았다. 더구나 위로는 오라비들뿐 놀아줄 동무도 없으니 누옥에 건너오기를 마다하지 않는다. 조막만 한 애기 주인에게서 자신의 어린 모습을 보는 듯하여 난주에게도 큰 기쁨이었다. 더구나 경헌의 일로 산란한 난주의 마음을 헤아려 막내를 보낸 상집의 배려를 모를 리가 없다. 참으로 과분한 대접이었다.

"에구 참, 애기씨 좋아하는 간식을 드려야지."

난주는 아이를 방 안에 두고 정지로 나가 고구마를 솥에 얹어두고 돌아왔다.

"할망, 할망, 한양 이야기 들려주어."

아이는 뭍으로 나가는 것이 꿈이었다. 제주 땅도 다 밟아보지 못한 어린 녀석이 더 넓은 뭍을 꿈꾸는 것은 제 아버지의 탓이다. 상집은 일찍이 한양을 오가며 수학하였고 마재 땅까지 다녀온 바 있으니 딸에게도 이런저런 이야기를 들려준 것이다. 한번 고집을 피우면 좀처럼 꺾지 않는 성미를 아는 터라, 난주는 두런두런 이야기를 늘어놓았다.

"한양은 참으로 큰 곳이우. 마님 댁 같은 기와집이 거리마다 가득하고, 현청보다도 큰 집이 수두룩하답니다. 여기는 시장이랄 것도 없이 물물교환이나 하는 정도지만, 한양의 장에는 세상에 없는 것이 없고 사람들은 바다의 고기처럼 넘실거리지요. 이른 아침이면 이 집 저 집으로 물을 팔러 다니는 장수들이 오가고, 채소를 사러 다니는 여종이며 대갓집 영감들의 위풍당당한 행차며……."

매번 같은 이야기였지만, 분이는 할망의 무릎을 베고 누워 눈을 반짝였다. 난주는 어린 상전에게서 전해지는 따뜻한 온기를 느끼며 수십 년 전의 기억을 더듬었다. 순덕어멈의 품속에서 아무런 두려움도 없던 어린 나날들……. 설사 닥쳐올 불행을 엿볼 수 있었다 해도, 결코 믿지 않았을 것이다.

분이가 슬그머니 낮잠에 빠져들자, 난주는 오히려 정신이 또렷해졌다. 며칠 동안 거듭 다녀간 연을 생각한다. 경헌……. 가슴에 사무쳐 차마 부를 수도 없던 그 이름이 낯선 쇠스랑처럼 난주의 마른 가슴을 긁었다. 두려워할 필요가 없다던 연의 말이 맞을지도 모른다. 숙부 정약용이 해배되어 고향으로 돌아간 지 벌써 이십여 년이고, 셋째 동생인 난수와 제부가 사면을 받아 전라도 광주 땅에 터를 잡은 것이 벌써 오래전이다. 동생은 간혹 상인들 틈에 소식을 보내왔다. 요행히 부부가 함께하였기에 아들 봉주를 낳아 이미 장성하였다. 자매로서는 참으로 기쁘고, 같은 여인으로서는 퍽 부러운 일이다. 서방님에게 덧씌워진 대역죄인의 굴레만 아니었어도 난주와 경헌 또한 맞이했을 자유지만, 신앙을 떠나서 반역이란 죄는 이씨(李氏)들의 세상에서 결코 도려낼 수 없는 영원한 화인(火印)이다. 그럭저럭 한세상을 살아내어 더 바랄 것도 없었다.

이제는 모든 고난이 끝난 것일까.

신유년 이후로 안동 김씨의 세도정치는 하나의 풍토로 자리 잡았고, 조정의 무능함은 극에 달했다. 효명세자의 이른 죽음으로 늙은 군왕은 허울만 남아, 세상을 고쳐 바꾸기에 그들의 그릇이 너무 작았다. 거듭되는 가뭄과 홍수, 역병의 범람으로 나라는 황폐해지고, 백성의 삶에는 무심한 관리들의 세금 수탈이 계속되었다. 들리는 풍문으로만 해도, 숱한 민란이 불붙듯 일어나고 온갖 요언이 판치며 세상은 더욱 아수라장이었다. 이런 풍랑 속에서 오히려 천주교도의 신앙은 요요히 퍼져나가, 그들이 밟아 끄려 하면 할수록 바람을 타고 퍼지는 불씨와 같았다. 이곳 제주 땅만 하여도, 난주가 처음 왔을 때와는 딴판으로 바뀌어 사학쟁이라는 욕설이 쏙 들어간 것은 사실이었다. 죄인의 처지가 오늘날처럼 편안해진 데는 그러한 변화의 바람이 큰 몫을 했다.

그래도 난주는 평화라는 말을 믿지 못했다. 평화를 믿지 못한다기보다 권력이라는 이름을 믿지 못했다. 횡포와 억압으로 백성을 다스리려는 나라에서 권력이란 소수의 무뢰한 힘이요 강자들의 예의 없는 놀음

일 뿐이었다. 그들의 마음은 바다보다도 변덕스러워서 자신들에게 유리한 대로 세상의 법을 펼쳤다. 울타리 밖으로 뛰쳐나간 말을 언제까지고 놔둘 주인들이 아니다. 포승줄을 던져 꽁꽁 묶어 내키는 대로 도살하는 것이 바로 그들이었다. 그 죽음이 오늘인지 내일인지 알 수 없다는 것이 부초 같은 백성들의 운명이고 난주 자신의 운명이었다.

제주에 들어와 몇 해가 지났을 때, 경헌이 살아 있다는 것을 알았다. 강 노인이 백방으로 알아봐준 덕분이었다. 시모 이윤혜가 이태를 넘기지 못하고 하늘로 떠났다는 사실도 강 노인에게서 들었다. 난주는 흰끈을 머리에 달고 시모를 추모했고, 영영 아들을 찾지 않으리라 결심했다. 대역죄인의 연좌를 받은 가족의 삶은 언제나 죽음과 맞닿아 있다. 더구나 난주는 이제 다시는 배교할 마음이 없었기 때문에, 그 미련한 삶의 그물 속에 아들을 가두고 싶지 않았다. 천주가 그를 버려둘 리는 없다고 믿었다. 어떤 식으로든 아들은 천주를 만나게 될 것이다. 속세의 어미와 아들의 인연까지 욕심낼 수는 없었다.

이제 연을 통해 소식을 듣기로 촌로의 어부가 되어 물처럼 바람처럼 조선의 백성으로 살아간다 하니, 그 아들이 가엽고도 대견했다. 그저 온전한 삶을 살기가 영웅이나 군자 되기보다 어려운 법이다. 일을 하고 밥을 짓고 자식을 낳고 키우는 무탈한 삶을 살아가기를 바란다면, 자신은 결코 그 아들을 만나서는 안 될 일이다.

그러나 늘 담담히 되뇌던 그와 같은 생각이 이제 와 가슴 한구석을 바스러뜨리는 이유를 알 수 없었다. 아들이 직접 써내려간 편지 때문인가, 아니면 이름조차 모르는 며느리, 손자들에 대한 비환 때문인가. 난주는 풀기 없이 메마른 제 손등의 살가죽을 내려다본다. 지금 당장 가루가 된다 해도 하나 이상할 것 없이 푸석푸석한 먹빛이다. 늙은 여인은 알고 있었다. 세상 속에서의 칼날이 다가오지 않더라도, 이미 이생의 끝은 가까워져 있었다.

난주는 늘 맑지 못했던 제 눈에서 눈물이 흐르는 것을 느끼고 깜짝 놀랐다. 나이가 들고서는 좀처럼 울지 않던 난주다. 이미 슬픔이 너무 오래되었다. 삼킨 그리움은 소금 산처럼 쌓였다. 이제 와 눈물을 흘리는 자신이 놀랍고 또 가엽다.

마지막……. 이것이 마지막 기회였다. 죽고 난 뒤 부고가 날아가면 아들의 간장이 녹아질 것은 당연하거니와 어미의 존재를 모르느니만 못했을 것이다. 난주는 잠든 분이의 이마에 젖은 볼을 대었다. 아주 오래전 차디찬 옥에서 끌어안았던 경헌처럼, 아이의 몸은 따뜻한 피가 흐르고 가슴은 고동쳤으며 살아 있음을 온몸으로 드러내며 뒤척였다. 그런 경헌을…… 다시 한번 만나보고 싶다. 안아보고 싶다. 그리웠노라 말해주고 싶다. 밥 한 술, 국 한 그릇에 서른일곱 해의 못다 한 사랑을 담아 먹이고 싶다. 소리 내지 않으려 애쓰면서, 난주는 오열했다. 목이 잘리고 그 혼마저 난도질당한 서방님의 죽음보다도, 평생을 외딴 섬의 노비로 살아야 했던 지난날의 회한보다도, 오직 이 고통 하나가 가시 박힌 채찍처럼 온몸을 두들겨댄다. 지척에 새끼를 두고도 만날 수 없다는 것. 이제는 영영 헤어져 육신의 죽음을 맞으리라는 것. 추자와 제주의 거리보다도 더욱 멀어질 것은, 이생과 저승 그 극간의 거리였다.

연은 찾아올 때마다 말했다.

"어멍만 좋다면 편지 하나 전하는 게 무사 어려우꽈."

"편지를 전하면 무엇하나."

"답답한 소리 그만허게마씀. 평생을 그리워한 어멍의 소식 한 점 받는 게 성님 소원인데, 무사 경허게 냉정하우꽈? 눈으로는 온갖 것에서 성님을 찾으면서 입으로는 아닌 척하는 것도 이제는 보기 싫으다. 우리게는 항시 진실하라 헤노코는, 인자 보니 어멍이야말로 속 다르고 겉 다른 거 아니고 뭐우꽈? 어멍이 편지 한 장 못 적어준덴 허도, 나 혼자라도 찾아가서 성님으로 뫼시며 펭생을 살 테니 경 아십서."

연이 그토록 강하게 이야기하는 것을 본 적이 없다. 늘 어머니로 지극히 모시던 아이다. 여북하면 그렇게까지 할꼬. 난주는 그의 마음을 모르지 않는다. 그리고 그렇게까지 떠밀어주기를 바라는 것은 바로 자신이었다.

*

1805년 을축년 가을은, 늦장마로 시작되었다. 봄부터 여름을 지나는 동안 하늘은 뿌옇고 무더운 열기만 내뿜으며 시원스런 빗줄기 한 번 내리지 않았는데, 가물다 못해 제주의 온 땅이 모래처럼 풀풀 날리고 작물은 바짝 말라 타들어갔다. 땅에서 솟는 물은 해안 쪽의 용천수뿐이라, 중산간 마을 사람들은 배겨낼 도리가 없어 살림 도구만 챙겨서 어촌 마을로 나앉았다. 농사를 아예 포기하고 산을 헤매며 먹거리를 구하는 이들도 헤아릴 수 없었다. 더구나 몇 해간 선정을 베풀던 현감 이흡이 떠난 뒤 후임 현감 김필룡이 한 해 만에 파직되었는데, 여름에야 새로운 현감 이택관이 부임하였던 터다. 구관을 보내고 신관을 맞느라 고되고, 신임 현감들의 비위를 맞추느라 백성들은 이유도 가지각색인 부역과 징세로 시달렸다. 윗자리가 방만하여 가뭄이 오래간다며 말들은 많았으나 어느 양반 하나 나서서 읍소하는 자가 없었다. 다만 김석구만이 간혹 향청의 말을 끌어올려 간언하였으므로, 현감이 종내에는 그를 보려 하지 않았다. 사정이 이렇다 보니 백성들의 고초가 이루 말할 수 없다. 긴 가뭄이 지나고 그해 팔월이 지나서야 비로소 빗방울이 떨어지기 시작했다. 너도 나도 허벅을 내어놓고 빗물을 받고, 뒤늦게나마 밭을 돌본다 담을 손본다 도롱이를 둘러쓴 사람들이 분주히 돌아다녔다. 허나 이 비가 지나치게 드센 데다 구월이 지나도록 계속되자 이제는 홍수를 걱정해야 했다. 불어난 개천에 쓸려 밭이 유실되고 낮은 지대의 초가들이 무너졌다. 바다는 사납기 그지없어 들어가지 못하니, 백성들이 하늘을 보고 울고 관아에 손가락질할 뿐이다. 간혹 비가 갠 날에는 돌담을 다시 쌓고 밭을 밟아 흙을 다지고 개천 주변을 손보는 자잘한 공사가 계속되었다. 또한 가을보리와 조를 뿌리지 못하면 겨울부터 굶어 죽기 십상이라, 땅을 돌보랴 도토리 같은 산열매를 수집하랴 없는 자들의 마음은 더욱 바쁠 수밖에 없었다.

관아 또한 민심을 외면할 수 없어, 공방이며 관노들이 마을의 피해를 살피고 이를 복구하는 시늉을 하였다. 특히 오랜 가뭄으로 식량이 바닥난 백성들에게 환곡을 내어주는 일이 급선무였는데, 사창이 넉넉지 못하여 모래나 겨가 섞인 질 나쁜 곡식을 내어주는 바람에 싸움이 나기 일쑤였다. 관아의 서리들은 물론 관노비들까지 나서서 쥐똥을 골라내랴 싸움을 말리랴 이래저래 번잡하였다. 또한 과원의 귤나무가 썩지 않도록 살피고 거둬둔 진상품들이 탕 나지 않도록 관리하며, 무너진 흙다리를 복원하거나 사사로이 말을 잡아먹는 자를 적발하는 등 갖가지 잡무까지 담당하느라 볼살이 쏙 파이도록 노역에 시달렸다.

난주는 신임 사또를 연달아 맞이해서도 내아의 종으로 머물렀는데,

늙은 종들이 손에 익은 자가 편리하다고 말을 넣어준 덕분이었다. 그러나 살림을 돌보는 동시에 바쁜 바깥일을 도와야 하는 고달픈 신세긴 마찬가지다. 요사이는 특히 관청 전체가 바쁜 만큼 익숙한 세답의 일을 살피고 관주의 일을 돕는 등 온갖 허드렛일을 해내야 했다. 세답을 도맡은 관비 무년이가 도무지 마르지 않는 빨래를 크게 근심하여, 난주는 꾀를 내어 아궁이에 장작을 몰아넣고 방 안을 후끈후끈 덥힌 후에 축축한 옷가지를 댓가지에 하나씩 걸어두었다. 젖은 빨래가 하루 만에 마른다고 무년이가 제일 좋아라 했고, 난주의 부지런하고 지혜로운 일솜씨를 칭찬하는 관노들이 많았다. 특히 내아에 남는 음식이 있으면 새로 끓이고 데쳐 관노청에 내어주고, 버릴 것은 이리저리 뜯어고쳐 다시 나눠 주니 좋지 않을 수가 없다.

이처럼 일을 스스로 찾아서 하는 사이 난주의 손마디는 여홍개처럼 굵어지고 딱딱해져, 뜨거운 것을 집어들어도 요란을 떨지 않고 골무 없이도 바늘 머리를 아파하지 않게 되었다. 세 살이 넘은 보말은 어미를 세상의 시작과 끝으로 아는지라, 늘 따라붙어 보고 배우며 어미의 일을 훼방하거나 돕기도 했고, 어린애다운 짜증과 설움에 잠길 때에도 난주가 얼러주면 금세 웃는 순한 아이였다. 남들은 보말을 작은 종년이라 부르며 반쯤은 관비로 반쯤은 양인으로 대했는데, 노비안에 적을 두지 않은 이상 기회만 되면 바깥으로 내보낼 요량을 하고 있었다.

어느 저녁 비가 잠시 그쳤을 때, 강 노인이 뛰어들다시피 난주를 찾아왔다. 몇 해 사이 흰 머리칼이 부쩍 늘어난 늙은 노비는 새카맣게 탄 얼굴에 큰 웃음을 띠고 있다.

"무슨 일이세요?"

'한양에서 손님이 왔어.'

웬만한 뜻은 손짓으로 통하는데, 한양의 손님이라는 말에 난주는 그만 얼어붙어버렸다.

"누구? 누가……?"

난주는 얼마나 놀랐는지 들고 있던 물그릇을 그대로 떨어뜨렸다. 숱한 계절이 지나도록 한양 땅의 소식을 듣지 못했다. 대정에서의 세월만 흐를 뿐, 그들은 그들대로 마지막 모습으로만 남았다. 아아, 아버지, 어머니…… 동생들과 숙부님들…… 행여 이름을 입에 올렸다가 괜한 경을 칠까 풍문조차 듣기 어렵던 모든 이들의 안위와 근황이 애타게 궁금하다. 누가 나를 찾아왔을까, 난주는 마음이 급했다. 강 노인에게 보말을 맡겨 내보내고 개금을 슬쩍 불러 외출을 일렀다. 새로 오신 안방마님은 개금을 끔찍이 아껴서 늘 곁에 두고 있었다.

"걱정 마세요. 마님이 찾거든 둘러댈게요."

어느새 처녀가 다 된 개금이 어른스럽게 말했다. 난주는 허둥지둥 일을 정리하고 옷소매를 내리며 뒷문을 나섰다. 고샅길엔 저녁녘 젖은 솔가지 타는 냄새가 가득하고, 검은 돌이 지천인 길엔 축축한 진흙이 발끝마다 뭉그러진다. 길이 험하거나 말거나 가슴이 하릴없이 뛰어 비가 다시 내리는 것도 몰랐다.

"아씨!"

강 노인 초막의 정낭을 넘기도 전에 익숙한 목소리가 튀어나왔다. 난주의 시간을 순식간에 어린 소녀 시절로 앞당기는 목소리. 죽은 유모의 딸, 순덕이었다. 유모는 난주를 맡을 때 어린 젖먹이를 키우고 있었다. 유모로 발탁되면 그 아이는 다른 종들이 키워주기 마련이었으나, 정 많은 아버지는 아이도 함께 안채로 들게 해주었다. 어린 난주의 곁엔 언제나 유모와 순덕이 함께였다. 순덕은 좋은 동무이자 착실한 종이었고, 제 어미를 지극히 섬기는 딸이기도 했다. 난주는 그 아이를 정말로 좋아했었다. 난주가 친모를 그리워하고 시름할 때 순덕은 어린 주인의 온갖 변덕과 슬픔을 받아주었고, 밤을 새워 자수를 놓거나 책을 읽을 때 순덕은 문간에 앉아 꾸벅꾸벅 졸면서도 방을 지켰다. 집안 어른들 몰래 단오 구경을 갈 때에도 순덕이 함께였고, 답답한 규방살이에 지친 난주에게 바깥소식을 들여오는 것도 순덕이었다. 언제부터 순덕을 잊고 있었던가. 난주는 순덕어멈이 죽은 후로 모든 종들을 가까이하지 않았고, 특히나 유모를 떠올리게 하는 순덕을 마주하기가 힘들었다. 순덕은 안채를 떠나 바깥일을 하게 되었다. 난주가 남편과 마재를 떠날 무렵, 순덕은 이미 어느 사노에게 시집을 가 외거노비가 된 후였다.

그리고 얼마의 세월이 흘렀던가. 난주는 순덕을 눈앞에 두고도 믿기지 않아 어리둥절했다.

"순덕이……?"

"네, 접니다. 순덕이예요."

오동통한 볼에 보조개 깊게 파이던 어린 소녀는 어느새 참한 아낙이 되어 있었다. 자그마한 몸집에 까만 머리를 단정히 빗어 붙이고, 흰 저고리에 감색 치마를 입은 모습은 세월이 흘렀어도 예전과 여지없다. 난주는 놀라움을 감추지 못한 채 저도 모르게 오른손을 입에 대었다.

"아씨, 꼭 귀신이라도 본 사람 같네요. 아니, 제가 죽은 줄이라도 아셨나요?"

다정하게 말을 건네며 순덕은 가까이 다가와 난주의 손을 붙잡았다.

"에그머니, 아씨의 손이…… 그 곱던 손이…….'"

깜짝 놀란 순덕이 난주의 손을 이리저리 돌려 보고는 눈꼬리에 금세 눈물이 맺힌다.

"나는 괜찮아……."

난주가 손을 감추려 했지만 순덕은 놔주질 않았다.

"마님께서 이걸 아시면……."

마님이라는 말에 가슴이 내려앉아 난주가 순덕의 손을 다시 맞잡았다.

"무슨 뜻이야? 집안에 무슨 일이 있는 거야?"

두 사람의 머리 위로 보슬보슬 나리던 빗방울이 조금씩 굵어졌으므로, 강 노인은 둘을 방으로 밀어넣고 군불을 때어 몸을 말리도록 했다. 보말이 턱을 괸 채 한양 손님을 구경하다가 얼른 어미의 곁에 찰싹 달라붙었다.

"어서 말을 해봐. 집에는 별고 없는 게지?"

순덕은 눈물을 찍으며 코를 풀고는 고개를 이리저리 흔들었다.

"별고 없으세요. 그저 아씨가 고생하시는 걸 아시면 얼마나 상심하실까 해서."

그제야 난주는 마음을 놓았다.

"그럼 되었어. 어른들이 무탈하시다니. 그간 연락이 없어서 애가 닳았던 참이야. 그나저나 내가 어릴 적처럼 말을 놓았네. 자네도 내게 말을 높이지 말어. 나도 이제는 종살이를 하는데, 뭘."

난주의 말에 순덕은 더욱 슬픈 눈으로 고개를 저었다.

"그런 말은 일절 하지도 마세요. 저와 아씨가 어찌 똑같답니까. 구질구질한 종년의 삶이라도 위아래의 질서는 있답니다."

순덕의 단호한 말은 결연했고, 삶을 통해 지배되어온 관습에서 벗어나지 못했다. 난주는 열없이 웃었다.

"그 종년의 삶이 이제 낼세. 내 세상이 달라져서가 아니라 세상의 질서가 달라져야 하는 법이니, 자네는 걱정 말고 내게 말을 놓게."

"자꾸만 그런 말씀을 하시면 저는 당장 돌아가겠어요."

거듭된 청에도 순덕은 고집을 꺾지 않았고, 그 또한 인력으로는 할 수 없는 일이라 난주는 천천히 설득하기로 맘을 먹었다.

"장마철에 여긴 어쩐 일이야. 대체 어찌 온 게야?"

홀로 제주를 찾아온 순덕의 용기에 놀라면서, 또 한편으로는 별일이 없고서는 혈혈단신 먼 땅으로 떠나올 수가 없는지라 불길한 마음을 누를 수 없었다. 순덕은 다짜고짜 눈물부터 쏟으며 난주의 치마폭에 엎어졌다. 바깥에서 강 노인이 문짝을 열어 살피고, 곁에 앉았던 보말도 깜짝 놀라 제 어미의 얼굴을 올려다본다. 순덕은 고개를 숙인 채로 눈물을 삼키며 말을 하느라 목소리가 낮고 축축했다.

백성 하나하나의 삶마다 구구한 사연이 없겠는가. 순덕의 애달픈 이야기 또한 불운하고 처량해서 난주와 강 노인은 함께 눈물을 흘렸다.

순덕이 열여섯에 참봉 댁의 종과 혼인을 하여 살림을 나게 되었는데, 남편 장대라는 자는 스물여덟의 노총각이다. 어린 시절의 요강담살이로부터 시작하여 평생 종살이에 이골이 난 성실하고 조용한 이였다. 그는 늙은 주인이 앓아누웠을 때 대소변을 직접 받아내고 아침저녁으로 지극히 모셨던 공을 인정받아 외거노비로 놓이게 되었다. 두 내외가 가진 것은 없었으나, 주인의 땅을 부치면서 화전을 일구고 틈나는 대로 민물게를 잡아 내다 파는 등 엉덩이 한번 붙일 틈 없이 일을 하여 몇 해 뒤에는 제법 살림이 불어났다. 그사이 아들 둘을 낳은 순덕은 틈틈이 길쌈을 하여 신공을 바지런히 바쳤고, 때때로 과일이며 고기 등속을 상전들의 집에 바치며 지극히 모시기를 게을리하지 않았다. 그러나 종모 법에 따라 아이들이 정씨 집안의 종이 됨은 당연한지라, 뒤늦게야 이득 도 없이 혼사를 치렀다고 참봉 댁 안주인은 심통이 났다. 더구나 양가 의 중요한 제삿날이 겹쳐 일손을 거들어야 할 순덕이 제 주인댁을 찾아 가니, 그때부터 안마님은 대놓고 싸늘해졌다. 정약현이 참봉 댁의 서운 함을 모를 리 없어서 순덕을 통해 콩이며 수수 가마니를 보내기도 했 지만, 참봉 댁의 안주인은 여전히 매운 눈을 치켜떴다. 특히 순덕 내외 가 보리쌀로 장리를 놓기 시작하면서 가산이 급속도로 불어나자, 이 핑 계 저 핑계로 재물을 탐하기가 한두 번이 아니다. 순덕이 처음에는 안 주인의 비위를 맞추어 곡식이며 값진 물건을 갖다 대었으나, 도리어 순 덕 내외가 가져온 물건마다 퇴짜를 놓고 성을 내기 일쑤였다. 그러다가 는 갑작스레 남편 장대를 다시 솔거노비로 들이겠단다. 둘을 떼어놓았 다가 훗날에 양인 여자를 다시 얻어 그 자식을 자신들의 종으로 삼으려 는 속셈이었다. 내외는 금슬이 좋았으나 순덕이 참봉 댁에 따라 들어갔 다가는 고초를 겪을 게 뻔한지라 달리 방법이 없었다. 가족은 생이별을 하였다. 아이들은 아홉 살, 네 살이 되었는데, 그해부터 큰아이가 해소 병을 앓았다.

하루는 장대가 몰래 집을 빠져나왔다가, 아이가 아비를 놓아주질 않 으니 얼결에 하루를 묵게 되었다. 그것이 화근이었다. 안주인은 곧장 사 람들을 시켜 장대를 붙들어 가더니, 종의 도리를 모른다 하여 멍석말이 를 놓았다. 멍석을 말아 매를 치는 것은 날로 맞는 것보다는 나아서 사 람이 죽어나는 일은 별로 없었다. 하지만 불행히도 장대는 그렇지 못했 다. 비껴나간 몽둥이가 장대의 허리를 내질렀는지 사지를 옴짝달싹하지 못하게 된 것이다. 백방으로 약을 쓰고 침을 놓아도 손가락 하나 움직이질 못했다. 장대는 그해 겨울을 넘기지 못하고 죽었다. 나중엔 물 한 모금 넘기지 않으려 했으니 한편으로는 자초한 죽음이었다.

불행이 어디 외로이 오는 법이 있던가. 올봄에는 큰아이의 병이 심해져 남편을 따라갔고, 작은아이마저 열병에 걸려 죽었다. 순덕은 순식간에 온 가족을 잃고 기가 막히고 허망하여 마른 소나무 가지에 목을 맸다. 때마침 정씨 집안의 수노가 찾아오지 않았더라면 참말로 죽었을 것이다.

다시 정신이 들었을 때, 약현은 순덕을 불러 앉히고 한참을 내려다보았다. 그가 내민 것은 뜻밖에도 노비 문서다.

"죽을 용기가 있으면 살 수도 있다. 이전의 너는 죽었으니, 어디에서든 독하게 살아남아라."

약현은 노비 문서를 화로에 던져 넣었다. 순덕과 그 어미와 아비, 또 그들의 어미의 어미와 아비의 아비……. 질긴 노비의 운명이 한 점의 불길로 일순간에 사라졌다. 감히 생각조차 해보지 못한 일이다. 그러나 순덕에게는 가고 싶은 곳도, 가야 할 곳도 없었다. 떠오르는 얼굴이 있다면, 죽은 어머니와 난주뿐이다.

"마님께서만 허락하시면 아씨를 찾아가렵니다."

약현의 흰 눈썹이 꿈틀거렸다. 집안의 온갖 풍파를 겪으며 주인은 몇 해 만에 늙어버렸다. 그는 한참 고개를 숙이고 생각에 잠겼다.

"내 허락이 필요할 리 없다. 네 뜻대로 하라."

마침내 약현이 이르고는, 편지 두 통을 써서 내밀었다. 하나는 해남에 있는 벗에게 순덕의 배편을 알아봐달라는 부탁이었고, 다른 하나는 난주에게 전하는 편지였다.

그 길로 순덕은 천 리 길을 떠나 제주로 향한 것이다. 제주목에 들어

온 것이 벌써 한 달이나 되었으나 뜻밖의 장마를 만나 이제야 대정현에 들었노라 하였다. 난주는 일변 눈물을 닦고 일변 순덕의 등을 토닥였다.

"애썼네, 애썼어. 그 고초를 겪고 또 먼 길을 걸어 예까지 와주다니."

간신히 눈물을 그치고 고개를 든 순덕이 치마폭에 숨겨두었던 편지를 꺼냈다.

"마님께서 보내신 거예요. 안방마님께서 이런저런 것들을 챙기셨으나, 마님께서 뒤탈이 날까 봐 말리셨답니다. 빈손으로 아씨를 뵈려니……."

"그런 소리일랑 하지도 마시게. 아버님 말씀이 백번 옳네."

난주는 순덕에게서 편지를 받아 들고도 한참을 펼치지 못했다.

아버지……. 그 크고 당당하던 아버지의 그늘 아래 난주의 어린 날들은 얼마나 따뜻했던가. 위엄 있고 추상같은 호령 속에 집 안의 작은 먼지 한 점조차 흐트러짐이 없었다. 입술을 꾹 다문 채 그리움을 삼키는 난주의 얼굴이 울 듯 말 듯 결연하기까지 하다.

"어멍, 어멍……."

눈치 빠른 보말이 난주의 팔에 안기어 위로하듯 머리를 기대었다. 아이의 근심스런 얼굴을 쓸어주고서야 봉투를 열었다. 백지로 놓인 편지 속에는 밀봉된 또 하나의 편지가 들었다.

> 하늘이 멀다 하나 어디서나 흰빛은 내리고
> 그 땅이 멀다 하나 마음까지 멀겠느냐.
> 너는 어디서나 반듯하게 이름을 지키고 몸을 세우며
> 함부로 울지도 엎드리지도 말라.

함부로 울지도 말라……. 난주는 숨이 턱턱 막혀오는 서러움에 아이처럼 울고 싶었다. 아버지의 옷자락에 매달려 희미한 바람 냄새에 코를 박고 그저 아버지만 부르면 모든 일이 가능하던 그날들이 꿈결처럼 그리웠다. 슬픔으로 가쁜 숨을 들이키는 난주를, 어린 보말이 끌어안았다. 순덕이 눈물을 찍으며 대신 울었다. 난주는 꼿꼿하게 울음을 참아냈다.

그 밖에도 순덕은 여러 가지 소식을 가지고 왔다. 난주가 떠나고 어머니는 동생을 또 낳았다. 아들이었다. 아명을 칠복이라 하였는데, 죽거나 떠나간 형제들의 모든 복을 축원하는 이름이라 했다. 아주 다부지고 영리한 도련님이라고, 순덕은 제 일처럼 자랑스러워했다. 아버지는 사방의 교류가 막히고 길이 닫혀 적막한 생활 중에 오직 그 아들의 성장으로 기뻐하였단다. 그것만으로도 칠복은 난주에게 애틋했고, 환란 속에서도 집안을 축복해주신 천주님께 감사했다. 무엇보다 화를 당한 집안의 가속들이 아직도 신앙을 지켜가고 있다는 소식은 난주에게 큰 놀라움을 주었다. 부인네들부터 어린아이들까지 남몰래 기도하며 모임을 이어가고 있다는 것이다. 순덕 자신도 몇 번 나가본 적은 있었지만 사는 게 바빠 미처 깨닫지는 못했다고 괜스레 면구스러워했다. 한참을 이야기 나누다 강 노인이 손수 차려준 저녁상을 받고 한 가족처럼 밥을 먹었다. 순덕은 언제 울었냐는 듯 밥을 달게 먹었고, 그런 활기야말로 순덕이 지닌 밝은 성품다웠다.

"제주를 떠나면 또 어디로 가나? 마재로 돌아가나?"

"그곳은 다시 안 가렵니다."

"그러면?"

"여기에 살지요."

이번에야말로 깜짝 놀라 난주가 토끼 눈을 떴다.

"여기 살려고 왔어요. 이제 아씨 곁을 안 떠나렵니다. 다른 말씀은 마세요. 마음 붙일 데라고는 이제 아씨뿐이에요. 아씨가 이번에도 저를 내치시면 살 수가 없습니다."

순덕은 아예 눈물까지 그렁거리며, 제 어미가 죽었을 때 난주가 소원했던 이야기까지 꺼내들었다. 그러고는 뒤를 돌아서 꿈지럭꿈지럭 무얼 꺼내놓는데, 한 살림 나기에 족한 은덩이가 몇 개 들었다.

"서방님이랑 모은 전 재산이에요. 제주목에 머무는 동안 여럿에게 듣자 하니 제주 땅에 장사로 흥한 여장부들이 많다던데, 저도 다른 건 못해도 음식은 자신 있으니 객주라도 하나 열까 합니다. 멀지 않은 곳에 차린다면 아씨께서 가끔 오가며 지내실 수 있지 않겠어요. 저도 일에 파묻혀 지내면 이런저런 시름을 조금 잊겠지요."

강 노인은 외로운 난주의 처지를 생각하여 입을 방그레 벌리고 찬성하였고, 보말은 영문도 모르고 한양 삼촌이 생겼다며 좋아했다. 난주는 여인 홀로 이 강퍅한 땅에서 살아갈 일이 쉬운 일이 아니라 근심했지만, 순덕의 쓸쓸한 기대를 저버릴 수가 없어 마지못해 승낙했다. 참으로 홀로 살림을 일으킨 사람답게 순덕은 그다음 날로 바로 이곳저곳을 들쑤시며 소식을 모았고, 보름이 채 지나지 않아 모슬개 근처에 자그만 객주를 하나 차렸다. 대개 장삿배가 제주목에 몰리는지라, 남단의 촌구석 포구는 장사하기에 불리할 게 뻔하다. 그래도 순덕은 난주가 있는 곳에서 멀리 떠나기가 싫어 모슬개를 고집했다.

"걱정 마세요. 마라도니 가파도니 오가는 배들이 있는 데다 중문과 서귀포 쪽에서 나는 배들이 들러서 머물곤 한답니다. 또 모슬진이 있질 않나요. 군졸들이 곧잘 나다니니 밥장사든 술장사든 먹고살 만큼은 될 거예요."

순덕은 자신에 찼고, 새로운 땅에서의 생활이 오히려 지난 시름을 잊게 하는 모양이었다. 난주는 처음의 우려와 달리 씩씩하게 적응해가는 순덕을 보고는 든든한 마음이 더 커지게 되었다. 그리하여, 늦은 장마와 식량난으로 고을의 근심이 깊고 난주의 이런저런 일거리가 많아지긴 했어도 그 가을이 참으로 빠르고 기쁘게 지났다.

가을이 거진 이울고, 축축한 낙엽과 이끼가 뒤섞인 새파란 초겨울의 민낯에 문득문득 발걸음을 멈춰 세우게 되었다. 긴 비는 끝이 났으나 파종했던 가을보리가 싹을 틔우지 못하고 썩어버린 밭이 많아 백성들의 얼굴은 어두웠다. 더구나 긴 비로 헐벗고 굶주린 백성들에게 어찌 돌림병이 없으랴. 대정읍을 덮친 것은 우는 아이도 눈물을 뚝 그친다는 호환마마 중에서도 마마님이다. 일평생을 살면서 홍역과 두창을 앓지 않고서는 어른이 되는 법이 없으니, 두 가지 질병을 치르지 않은 이들은 늘 마음 한 귀퉁이에 두려움을 안고 살았다. 대신에 한 번 찾아오면 다시 걸리지 않는 병이니만큼, 삶의 통과의례로 여기며 마마님이라 깍듯이 모시고 감히 그를 저주하거나 진저리치지는 못했다.

난주는 일찍이 동생들과 여러 사촌들을 두창으로 잃었고 가까이는 정약용 숙부가 종두법 연구에 몰두했던 만큼, 마마에 대해 두려움과 경계심을 동시에 지니고 있었다. 사람들이 쉬이 믿는 귀신의 소행이나 저주가 아니요, 질병의 요인이 사람에서 사람으로 전해지는 것이다. 그것이 헐벗고 굶주린 사람들의 몸에 떨어지면 마른 덤불에 떨어진 작은 불씨처럼 더 크게 번지고 커져서 종내는 맥없는 목숨들을 줄줄이 걷어간다.

처음 보말에게서 미열을 느꼈을 때, 난주는 고뿔이라도 들었거니 했다. 아이는 잘 놀고 잘 먹었으므로 마른 대추를 끓여 몇 잔 먹였을 뿐이다. 때마침 순덕이 찾아와 아이를 데려갔고 며칠이 지나서야 일 부리는 중노미에게 업혀 보냈다. 난주의 바쁜 사정을 아는 터에 아이라도 봐주려는 생각에서다. 그런데 돌아온 아이가 심상치 않다. 뒤집어씌웠던 장옷을 벗겨보니 양 볼은 붉었고 안겨 오는 몸에도 열기가 뜨끈뜨끈했다.

"언제부터 이러했나?"

"낮부터 칭얼거려 아즈망이 걱정허당 보내는 길이우다."

중노미가 근심스럽게 말했다.

"보통 열이 아닌데?"

"듣기로 어느 집에 열병 환자가 있덴 헌게, 그게 아닌지 모르쿠다."

중노미가 온 길을 되짚어 떠나고, 난주는 아이의 옷을 벗겨 눕히는데 증상이 예사스럽지 않다.

"어멍…… 무……울…… 무울……."

"오냐, 아가야. 정신을 차려라."

난주가 찬물을 가져오려다 찬 것은 열병에 해한지라 미지근한 물을 떠다 주었다. 아이는 물을 몇 모금 마시다 말고는 구토가 오르는 듯 몸을 떨고 고개를 처박았다. 깜짝 놀라 아이의 등을 쓸어주고 몇 방울 토해놓은 물을 닦은 후 자리에 눕혔다. 열은 차차 더 오르고 있었다. 조바심이 나고 불안한 마음이 들어, 일단 아이를 들쳐 업고는 강 노인 집으로 향했다. 만일 아이가 열병이라도 난다면 큰일이다. 아이의 안위는 물론이거니와 내아에 불길한 병을 옮겼다고 모두에게 호령이 떨어질 판이다. 사또의 막내아들이 아직 돌을 넘기지 않았고, 큰아이도 어린 나이다. 위의 아이들을 줄줄이 잃어 부부는 질병에 예민했다. 이미 어두운 밤이었다. 캄캄한 십일월의 밤길을 더듬어 가노라니 뾰족한 달 끝이 사르르 떨리며 앞길을 비춘다. 등 뒤에 업힌 작은 것의 열기를 느끼며, 난주는 천주께 빌고 또 빌었다. 그저 가벼이 앓고 나을 병이기를, 별 탈이 아니기를, 떠올리기도 무서운 마마님이 아니기를.

이튿날 아이의 몸에는 발진이 나기 시작했다. 처음 얼굴에 한두 개씩 돋아나더니, 반나절 만에 온몸을 뒤덮었다. 의심할 여지없이 두창이다. 난주는 곧바로 강 노인의 집에 금줄을 치고 정낭을 닫았다. 강 노인은 난주를 도와 보말을 돌보기로 하였고, 난주는 개금을 만나 마님께 사정을 전했다. 두창은 어린것이 있는 곳에서는 벌벌 떠는 역병이라, 사또 내외는 당장에 난주의 관아 출입을 금했다. 관청 내의 많은 노비들이 대개는 마마를 앓았으나, 젊은 처자들이나 어린 노비들은 두려워하는 자가 많아 대정현 내는 하루 만에 쥐 죽은 듯 조용해졌다. 마마님이 한번 오시면 그 비위를 상하게 하면 안 된다는 믿음은 조선 땅에 오래되었다. 반찬 숫자부터 줄어들고 밥상을 받는 일조차 근신하여 아예 정지에 모여 밥을 떠먹었으며, 마마신께 올리는 상을 따로 차리는 등 온갖 지성을 다했다. 또한 내아에서는 어린 도령의 안위를 걱정하여 특별하게 단속하기를, 술과 생선, 고기를 금하고 수선스럽게 청소를 하거나 새 옷을 짓거나 떠들지 말도록 하였다. 그런 와중에도 여홍개며 명녹 같은 이들은 "재수 읎는 년이 마마신을 불러왔다"며 수군대었고, 마을의 유일한 의원인 소 첨지는 점잔을 빼고 앉아서 "내게 와 빌지 않으나 보자" 하고 과거의 수치를 되갚을 꾀를 부렸다.

보말의 발진은 날로 심해져서 툭툭 불거지고 열은 더욱 심해졌다. 아이는 난주 곁에 달라붙어 칭얼댔고, 울다 지쳐 기진하거나 잠이 들었다. 발진이야 그렇다 쳐도 고열은 아이에게 혹독한 시련이다. 자다가 간혹 눈이 돌아가며 경기를 일으켰고, 난주는 아이의 머리에 수건을 얹거

나 온몸을 미지근한 물로 닦아주며 열을 잡느라 밤잠을 설쳤다. 두창에
는 쓸 약도 변변치 않았다. 열을 내려주는 승마갈근탕이라도 먹이면 좋
으련만, 약재를 구하자니 소 첨지가 문을 걸어 잠그고 내다보지 않는다.
난주는 체면도 잊고 문을 두드리며 마당에 엎드려 사정도 해보았지만,
소 첨지가 얻었다는 안장이라는 첩이 뽀로로 달려 나와 서방질을 하러
왔느냐고 패악을 부려 더 이상 찾아가지 못했다.

그렇게 며칠이 지났을 때, 장옷을 뒤집어쓴 개금이 입을 명주 수건으
로 가리고 두 눈만 내놓은 채 난주를 찾아왔다. 사달이 났다는 것이다.
사또의 큰아이 대복이 어제부터 앓아누웠는데 두창이 틀림없단다. 난
주는 가슴이 덜컥 내려앉았다. 대복이 앓고 보말이 앓았다면 죄가 아니
지만, 보말이 앓고 대복이 앓았다면 마마를 불러왔다고 화살받이가 되
기 십상이다. 무격이 성행하는 제주인지라 무당 입에서 괜한 소리라도
나왔다가는 큰일이었다. 더구나 개금이 덧붙인 말은 더 큰 근심을 얹
었다.

"실은 김 별감 나리 댁에도 마마가 들었답니다. 큰아들이 앓는다지요."

난주는 아예 두 눈을 찔끔 감고 어지러운 머리를 감싸 쥐었다. 돌림
병이 누구의 탓은 아니련만, 괜한 죄의식으로 난주는 마음을 잡을 수가
없다. 김석구의 집은 관청 바로 뒤에 붙었는지라 난주 또한 그 댁의 종
들과 오가며 지냈고, 별감과 마주치는 일도 자주 있었다. 특별한 말이
오가지는 않았어도 정중한 태도로 난주를 위하고 두루 살펴주는 마음
을 모를 리가 없다. 그런 댁에 조금이라도 불길한 기운을 끼쳤다는 것이
못내 마음 아프다.

"괜찮으세요?"

"그래, 괜찮아. 너는 마마를 앓지 않았으니 어서 다른 곳으로 떠나

야지."

개금은 연신 뒤를 돌아보며 사처를 떠났다. 아마 내아를 떠나 다른 관노비들과 지내게 될 것이다. 내아의 어린 병자를 격리시켜 간호해야 할 터인데, 늙은 노비들은 기력이 없고 안방마님은 몸이 약하니 요령이 있을지 걱정이다. 더구나 김 별감 댁의 아이 일까지 근심하느라 그날을 간신히 보냈다. 이튿날 아침 산에 들어갔던 강 노인이 돌아와 조반을 먹는 둥 마는 둥 하고는 바깥소식을 들려주는데, 모슬개 쪽 아이들은 대부분이 앓아누웠고 대정마을도 이곳저곳 늘어나고 있단다. 그는 이 같은 이야기를 전한 뒤에 조금 망설였다.

"왜요? 다른 일이 있습니까?"

강 노인은 헛기침을 하며 눈을 돌렸다.

'소 첨지가 약방 문을 닫고 제주목으로 떠났다네.'

난주는 대번에 그 뜻을 알아들었다. 사내의 치졸한 보복이 난주에게로만 향한 것이 아니라 온 마을을 향했으며, 그것은 또한 난주에게로 향할 더 큰 원망과 비난의 칼날이기도 했다. 약이 있다 해서 큰 효험이 있을 것도 아니지만, 사람의 마음이란 그렇지가 않다. 설사 필요가 없더라도 눈앞에 기댈 거리가 있어야 안돈이 되는 법이다. 하다못해 의원을 붙들고 살려달라고 울부짖기라도 할 수 있지 않던가. 그동안 소 첨지가 이 마을에서 해온 역할은 기술적인 의료 행위뿐만 아니라 언제든 부를 수 있다는 믿음에서 오는 인술이기도 했다. 그 또한 그러한 마음을 읽고 다정한 말로 환자들을 위로해왔기에 그만큼 대접을 받은 것이다. 그가 이제 와 병자들을 뒤로하고 제주목으로 내뺀 것은 난주와 관련한 억심이라고밖에 볼 수 없었다.

이 생각을 두 사람만 할 것인가. 병자의 가족들이 먼저 원망할 것이

고, 마을 백성들이 비난할 것이고, 나아가 현감 내외 또한 대로하고 말
리라.

난주는 졸지에 큰 죄인이 되어버려 당혹스럽고 앞날이 깜깜했다. 보
말 어린것의 한 생명을 지키는 일도 황망한 터에 자칫 곤경에나 처하지
않을런가. 열에 들뜬 보말이 쉰 목소리로 엄마를 찾았다.

"오냐, 여기 있다. 어멍 여기 있어."

"어멍, 뭐이야? 저기 저기……."

보말이 바라보는 곳엔 강 노인의 낡은 양태가 걸렸을 뿐이다.

"할아방 양태다."

"아니, 아니…… 저기 아즈방……."

아이의 이마는 타오를 대로 타올라 불이 붙은 듯하고, 발진은 이제
진주알처럼 솟아나 자꾸만 부풀고 있었다. 난주는 더 이상 다른 생각을
할 겨를도 없어서 아이가 먹을 녹두죽을 끓이고 미지근한 수건을 갖다
대느라 잠시 근심을 잊었다. 오후가 넘어 열이 조금 가라앉았을 때에야
강 노인을 불러서 고수나 유채를 얻어달라고 부탁하였다.

'무엇에 쓰게?'

"숙부께서 그 달인 물이 두창에 좋다 하여 쓰셨답니다."

강 노인이 두말없이 집을 나서고, 난주는 혼이 들었다 나갔다 하는
어린것 옆에서 숨을 돌리는데, 마당에 인기척이 있다. 관아에서 나온 관
노들이다. 얼굴이 해쓱하고 까칠한 것이 기색이 영 좋지 못했다.

"무슨 일이오? 댁들도 아픈 거요?"

"우리야 어릴 때 마마신을 보아신디 괜찮으과. 아즈망이 걱정되크라."

영문을 몰라 눈만 끔뻑이는데, 한 사람이 다른 사람을 찌르고 다른
사람이 또 이 사람을 찌르며 말을 미룬다.

"마님의 호령이 떨어졌소?"

그들이 마지못해 고개를 끄덕였다.

"비슷헛과."

"말씀이나 시원하게 해보시오. 대체 무슨 영이요?"

텁석부리의 말손이란 자가 나서서 대답을 해준다.

"두창이 너무 퍼져부난…… 아즈망보고 따로 피병을 허랜 헙수다."

"피병이라니요?"

유공이라는 늙은 관노가 곁에서 콜록콜록 기침을 뱉어놓고는 낮게 혀를 찼다.

"원흉이 자네에게 이시난 책임을 지라는 거지. 소 첨지마저 내빼고 나니 다들 벌벌 떨엄신게. 사또 나리의 큰아드님뿐만 아니라 병방 나리의 어린것도 앓아누웠다는데, 어찌나 원통하다고 눈물을 짜는지 사또 나리와 마님도 마음이 홀린 게지."

병방이라면 오래도록 난주를 미워한 하득이다. 첩 귀옥이 아이를 낳아 이제 두 살이 되었는데 그 아이도 마마가 든 것이다. 보나 마나 이를 갈며 난주를 원망할 것이 뻔했다.

"제가 돌보는 어려움은 둘째 치고, 저를 믿고 환자들을 맡기겠소?"

그들은 더욱 가련한 눈으로 고개를 흔들었다.

"경허난 문제주게. 아즈망에게 책임을 물리지 않허쿠다. 나쁜 일이 생기면 말이우다."

"저 하나를 괴롭히려고 아이들을 볼모 삼는 법이 있소? 말도 아니 되오."

"아즈망의 숙부가 두창에 대행 책을 써수과? 누구 입에서 그 말이 퍼졌는지 다들 아즈망이 살릴 수 있덴 믿는 것 같수다. 특히나 병방 나리는 아즈망을 못 괴롭혀 안달인 주제에 작금에 와서는 아즈망이 아니면 살릴 수 없던 허난 별일이우다."

말손의 말에 유공이 못마땅한 듯 혀를 쩌쩌 찬다.

"그것이 아즈망을 믿어선가, 그 박수무당 놈의 말 때문인 거주."

"박수무당이라니요?"

유공이 캭, 하고 가래침을 내뱉고는 주위를 살폈다.

"자단리 사는 이성두라는 무당인디, 큰무당으로 소문이 자자한 놈이주. 마을의 본향당 제사는 물론이거니와 온갖 굿거리가 다 그치의 몫이주. 아즈망들은 물론 소나이들까지도 그 무당 말에는 벌벌 떨엄시난. 병방이야말로 손이 발이 되도록 매달리는 이들 중 호나주. 이번에도 애기가 마마로 아팡누웡 점을 쳤신디, 그자가 아즈망이 악신과 고리를 잡고 이성 마마신이 들었던 허명 그 연을 풀잰 허민 아즈망 손에 달렸던 햄수다. 굿을 해도 낫지 못할 게 뻔하니 발뺌한 거주게."

가뜩이나 기운이 없던 난주가 일시에 다리 힘이 풀려 주저앉았다.

"어린것을 생각해서 힘을 냅서게. 쯧쯧. 양반이고 아전이고 간에 구즌 일만 생기면 탓하기 급급하지 책임을 질 요량들이 없으니……."

간신히 마음을 추슬러 곧 관아로 들겠노라 약조를 하고 혼자서 방으로 들었다. 환자를 감싸는 고통과 신음의 열기가 구들보다도 뜨겁다. 난주는 막막하기도 하고 두렵기도 하여 흙벽에 몸을 기대고 풀기 없이 앉았다. 피병이야 성한 사람이 떠나기도 하고 아픈 사람이 떠나기도 하는 것이지만, 구태여 환자를 모아 피병소를 차리는 것은 드문 일이다. 더구나 의원도 없는 마당에 희미한 기억과 요령으로 어찌 그들을 살릴 것인가. 이제는 무당들의 말 한마디에도 생사가 오가게 생겼으니, 참으로 천주교도로 살아감이 기막힐 노릇이다.

천주교는 유교보다도 더 완고하게 미신을 배격했고 천지간에 한 임자가 계실 뿐 부처도 잡귀신도 섬기지 말라 이르는 터다. 또한 미신에 의지하여 복을 빌고 화를 면하고자 하는 사람은 큰 죄를 받는다 하였던바, 온 나라의 무당들이 천주교라면 치를 떨고 경계하며 야소귀신이 씌었다 진저리를 치는 줄 알고 있었다. 특히 제주 땅에 와서 그 어느 곳보다도 많은 무당들을 보았고, 온 집안에 모시지 않는 신이 없이 나무마다 뱃길마다 제사며 굿을 아낌없이 드리는 백성들을 숱하게 보았다. 의탁하지 않을 수 없는 고단한 삶을 아는 까닭에 감히 다른 말을 꺼내지 못했던 바다. 그런데도 무당이 난주를 거론한 것은 병방이 미워함을 아는 까닭이요, 자신의 면피와 더불어 천주교도를 내쫓을 궁리인 셈이니, 도망갈 수도 피할 수도 없는 노릇이었다. 더구나 현감의 말이 곧 나라님 말씀이 아니던가.

난주는 입술을 깨물며 마마신을 거역할 궁리를 하게 되었다. 마마를 노하게 하면 반드시 화를 입는다는 믿음이 조선 땅에 팽배했고, 숙부가 쓴 《마과회통》에 대해서도 그로 인해 마마의 진노를 사서 자식을 잃었다고 혀를 차니, 적극적인 치료마저도 부정 탈 일로 여기고 있었다. 그러나 난주는 그러한 미신을 두려워하지 않았고 질병의 근간이 불운이 아니라 원인에 의한 결과임을 믿고 있으니, 사또나 병방이 적임자를 찾은 것인지도 모를 일이다.

난주는 강 노인이 돌아오기를 기다렸다가 보말을 맡기고서 내아에 들었다. 막둥이는 제주목으로 몸을 피하고 큰아이는 앓아누웠으니, 내아는 물론 관청 전체가 고요하다. 아이 걱정으로 파리해진 안주인 국씨가 난주를 달갑지 않게 맞았다.

"자네 아이는 어떠한가."

"돋기가 부푸는 기창(起瘡)의 단계올습니다."

"심하지 않은가?"

"심하기는 하온데, 그럭저럭 견뎌주고 있습니다."

국 씨가 근심 어린 얼굴로 고개를 기울였다가, 이내 마음을 굳힌 듯 말문을 열었다.

"사또 마님의 영을 들었을 것이네. 의원도 아닌 자네에게 그와 같은 일을 맡기는 것이 마땅치 않네만…… 보고 들은 것이 이곳 사람들보다야 나을 테지. 다른 건 말하지 않겠네. 우리 아이를 살려내게. 위로 두 아이를 잃고 얻은 아이야. 원하는 게 있으면 들어줄 테니 오늘부터라도 돌봐주게."

난주는 잠시 틈을 두었다가, 생각해온 것을 차분히 이야기했다.

"사람이 죽고 사는 일을 감히 자신할 수는 없지만, 제 여식을 살피듯 온 마음을 다해 간호할 것입니다. 다만 근심되는 일은, 마을에서 약재를 구하기가 어려우니 제주목에 사람을 보내어 탕약재를 얻어 오고 싶습니다. 항간에는 약을 써도 소용이 없다 하여 치성만 드릴 뿐 아무것도 먹이질 않사온데, 열을 내리고 몸을 보전하는 탕약은 반드시 도움이 될 것입니다."

"지당한 말이다. 그리해줄 것이다."

"또 한 가지 청은, 마을의 의원이 부재하여 백성들 모두가 불안에 떠는 것을 알고 있사오니, 그들이 믿는 대로 제게 병을 돌볼 수 있는 소양이 있다고 생각하신다면 환자 모두를 같이 돌볼 수 있게 해주십시오."

국 씨의 눈썹이 뾰족하게 치켜올랐다. 하관이 좁은 얼굴에 콧날이 날카로운 여인이다. 지아비인 사또에 비하면 사리가 분명한 사람이기도

했다.

"그건 왜인가? 사또께서 말한 것은 몇몇의 양반집 자제들과 자네 여식 정도네."

"질병이란 함께 오고 더불어 떠나는 것이라 두루 살피는 것이 좋을 것입니다. 또한 이미 소문이 퍼져서 제게 그 능력이 있다고 믿사온데, 만일 관청에 틀어박혀 몇몇만 보살핀다면 큰 소란이 벌어질 것입니다. 다들 몰려와 자식을 살려달라고 할 것이 아닙니까. 살릴 자신이 있어 맡겨달라는 것이 아니라, 그들의 마음에 기댈 곳이 필요하다면 그리하겠다는 것입니다."

국 씨는 얇은 입술을 다물고서 생각에 잠겼다. 한 고을을 다스리는 일은 길흉화복 모두를 아우르는 일이라 백성들의 죽음은 사또의 부덕이 될 것이다. 또 실제로 백성들이 매달릴 곳이라고는 무당뿐인데, 그들의 신통력이라는 것을 국 씨도 믿지 않았다. 사또의 의견에 따른 것은 무당의 말 때문이 아니라 이 여인이 조선 최고의 학자들 사이에서 자라났기 때문이다. 그들이 공부했다는 서학을 통해 먼 땅의 새로운 학문이며 기술이 들어오지 않았겠는가. 사실 국 씨는 난주의 청은 모두 들어줄 작정이었다. 많은 환자를 돌보게 될 줄은 짐작 못 했으나, 대복이가 나을 수만 있다면 거절할 이유가 없다. 마침내 승낙이 떨어졌다.

"알아서 하시게. 필요한 장소와 사람은 따로 말을 넣고, 탕약에 관한 것은 급히 사람을 보낼 것이야."

"최선을 다하겠습니다."

난주가 돌보는 피병소가 설치된다는 소문이 금세 퍼졌다. 강 노인의 사처를 정리하고 보말을 옮길 준비를 하는 사이에 벌써 몇몇이 정낭을 건너왔다.

"아즈망, 우리 아이도 살펴줍서. 어디로 데령오면 되쿠강."

"막둥이의 낯빛이 검어져수다. 너무 늦은 건 아니우꽈."

그들은 아이를 업고 오기도 하고 혼자 와서 매달리기도 했으나, 간혹은 할망들이 찾아와 마마신을 노하게 하지 말라고 호통을 치는 일도 있었다.

이튿날 이른 아침에 강 노인의 도움을 받아 보말과 함께 내아로 돌아왔다. 아이는 밤새 신음하고 뒤채다 새벽녘에야 간신히 잠이 들어 업혀 가는 줄도 몰랐다. 난주는 제 방에 아이를 눕혀두고서 사또 부부를 먼저 뵈었고, 다음으로 대복 도령을 살폈다. 대복은 이제 막 고열이 시작된 참이다. 마른기침을 하고 양 볼은 붉었다. 간혹 묽은 똥을 지렸는데, 여덟 살 먹은 아이는 아픈 중에도 그것을 부끄러워했다. 난주는 먼저 뜨겁게 달아오른 구들을 식혔고, 아이가 찾을 때마다 내주던 찬물도 금했다. 고열이 시작될 때는 따뜻하게 몸을 살피되 찬 것을 피하는 것이 도리였다. 보말은 난주 방에 따로 있는지라 반나절을 안채와 행랑을 오가는데, 피병소를 어디에 둘 것인지가 문제가 되었다. 때마침 아이를 맡기고자 현감을 찾았던 별감 김석구가 자신의 별채를 내어주겠노라 제안하였다. 오랜 세월 대정현에 뿌리박고 살아온 김석구의 집은 현청보다도 크고 번듯해서 많은 이들이 한꺼번에 묵기는 훨씬 나았다. 난주는 별감 댁이 번잡해짐을 우려하면서도 은인의 아들을 가까이 살필 수 있음을 다행스럽게 여겼다. 현감은 별채를 치우고 이불을 옮기는 일에 관노비들을 보냈고, 그날이 지나지 않아 임시 피병소가 완성되었다.

많은 이들이 열에 들떠 신음하는 아이들을 안거나 업고 왔다. 스무 명 남짓이었다. 마을의 환자 수는 더 많았지만, 대개는 와흘 본향당이라는 마을 신당을 찾아 치성을 드리며 치료를 거부했다. 그들은 백토를 손바닥에 발라 벽에 찍으면 낫는다거나 소를 잡아 피를 뿌려야 한다는 속설을 믿으면 믿었지, 천주쟁이 여인이 마마를 고칠 수 있다는 것은 결코 믿지 못했다.

난주는 현감과 양반들의 체면을 생각하여 도령들의 방을 따로 두었고, 나머지 아이들은 발병 단계로 나누어 차례로 눕혔다. 마마를 치른 이들 중에서 일손을 거들 자를 골랐는데 어리거나 늙은 자를 빼고 일이 바쁜 자들 또한 제하고 나니, 곡간이, 노적, 수청이, 사공이뿐이다. 난주와 친밀한 사이는 아니었으나 일손이 야문 여종들이라 그런대로 편리하였다. 또한, 김 별감 댁의 종인 일례, 이례, 삼례, 끝례, 개똥이의 다섯 자매가 차례로 돌아가며 난주의 곁을 도왔다. 뜻밖인 것은, 보말의 친어미인 설운이 스스로 피병소에 온 일이다. 설운은 내아마님에게 직접 청하여 오게 되었는데, 놀란 난주를 마주하고는 시큰둥하게 말했다.

"경허게 보지 맙서. 나랑 사또 나리의 아들을 솔펴 눈에 들려는 것뿐이우다."

하지만 설운이 누구를 가장 근심하는지는 뻔한 일이었다. 그동안 보말에게 따뜻한 눈길 한번 주지 않던 냉정함을 원망도 했었다. 그러나 어느 어미가 사랑을 모르랴. 난주는 보말이 자신뿐 아니라 친모의 사랑을 받게 됨이 기뻤다. 덕분에 난주가 제 자식에게만 치우치지 않고 모두를 두루 살필 수 있는 여유가 생겼다.

사또의 아들 대복과 김석구의 장자 상집, 최 좌수의 막내 유인이 한 방에 들었는데, 셋의 상태는 고만고만했다. 고열이 계속되는 상태이니 앞으로 수월하게 지날 수 있도록 전복죽을 먹여 원기를 돋우고 제주목에서 공수해 온 승마갈근탕으로 열을 다스렸다. 다른 방의 아이들은 상태에 따라 열을 잡기도 하고 이것이 맞지 않는 자는 화독탕을 주기도 하였다. 그중 병방의 아이 태선은 이미 돌기가 솟는 출두(出痘)가 시작되었으나 시원스레 돋지 않아 우려스러웠다. 곪은 것은 무르익어 터져야 좋은 것이니, 돌기가 돋지 못하거나 고름이 터지지 않거나 딱지가 앉지 않은 것은 위험하다. 난주는 병방의 후환도 두렵거니와 어린아이의 신음이 가여워서 몇 번이나 아이를 들여다보고 땀을 씻겼다. 다행히 별감댁에 저미고 남은 것이 있어서, 난주가 그와 같이 시원하지 못한 증세가 있는 아이마다 저미고를 주어 출두를 도왔다. 그렇게 사흘 밤낮이 지나자 하나둘 증상을 달리했는데, 가장 빠르게 진행되었던 보말이 이미 고름이 맺히기 시작했다. 돌기의 색이나 광택이 좋았으므로 한시름 놓았고, 다른 아이들도 간혹 구토하거나 고열이 올랐다 내리는 것을 빼고는 아직까지는 큰 걱정이 없었다.

밤낮없이 아이들에게 붙어 있던 난주가 점심으로 아이들에게 밤죽을 나누어 주고는 간신히 틈을 내어 마루 끝에 쪼그려 앉았다. 비에 함빡 젖은 가을을 보내고서 다가온 겨울은 습하고 춥다. 뱀은 물론이거니와 사방에 지네가 흔했다. 난주의 몸이 저절로 떨렸다. 빈 그릇을 들고 나오던 곡간이가 고뿔 든다며 난주를 걱정하고 지났다. 난주는 그저 고개만 끄덕였다. 돕는 일손이 많아 몸은 고되지 않았으나 지난 며칠이 몇 주와 같이 느껴졌고, 숙부의 책이나 《두창경험방》《동의보감》과 같은 책이 있었으면 하고 얼마나 바랐는지 모른다. 오직 곁에서 보고 들은 것만을 떠올리자니 깊이 피로할 뿐이다. 또한 저 아이들 중 누가 살고 누가 죽을는지 앞날을 생각하면 늘 마음이 조마조마했다. 그런데도 머리는 재바르게 돌아가고 여러 가지 생각이 머릿속을 헤집어 더욱 근심스러운 난주였다. 필요한 일들은 분명하고 닿기는 쉽지 않다. 때마침 김석구가 별채에 들었다.

"몸이 안 좋으시오? 안색이 나쁘오."

퍼뜩 놀란 난주가 얼굴을 붉혔다.

"아닙니다."

"어찌 근심에 빠져 있소? 상태가 나쁜 것이오?"

"아직은 모두 괜찮습니다. 상집 도련님도 잘 견디고 계십니다."

별감은 난주가 피병을 맡은 후로 말을 하대하지 않았다. 난주는 그러한 기대를 어떻게 보답할 수 있을지 막막할 따름이다. 마음을 읽기라도 한 것처럼 그가 나직이 말했다.

"인명은 재천이니 어찌 그대의 손에만 달려 있겠소. 그저 최선을 다해준다면 그것만으로도 감사하리다."

'세상사가 달면 삼키고 쓰면 뱉노라니 두렵지 않을 수 있으리까.'

난주는 고개를 숙인 채로 생각했으나 입 밖으로 내지는 않았다.

"필요한 것은 없소?"

"어르신에게 부탁하여 마른 유채꽃을 모았습니다. 그것을 달여 아이들을 씻기고자 합니다."

본래의 풍토가 두창을 앓는 동안에는 머리칼을 빗는 일조차 금하였으니, 목욕을 하는 일은 논쟁거리가 될 수도 있었다. 그러나 별감은 선선히 고개를 끄덕였다.

"여종들에게 일러 준비토록 하겠소. 그저 남들의 눈만 조심해주오."

"네, 그리고 한 가지 더 있습니다."

"말해보오."

"아이들이 잘 먹어야 병을 이깁니다. 아플 때 입맛이 없는 것은 당연한 일이고 구토나 설사를 하는 경우가 많지만, 그럴수록 잘 먹여야 합니다. 항간에는 어차피 쏟을 것이니 안 먹이는 게 낫다지만, 쏟고 쏟더라도 남는 것이 있어야 몸을 지킬 것입니다."

"그건 그렇소만…… 귀한 전복으로도 부족하오?"

피병소의 아이들은 현감과 별감의 배려로 하루에 한 끼니씩 전복죽을 먹는 터다.

"이곳의 아이들만 환자가 아니오니, 마을의 아이들에게도 죽을 나누어 줄 수 있도록 도와주십시오."

"마을에……?"

"전복으로는 수효를 감당치 못할 것입니다. 다행히 바다에 흔한 것이 어물이오니, 어죽을 끓여 나누고자 합니다."

"어죽이라."

별감은 수염이 까칠하게 돋아난 턱을 여러 번 쓸었다.

"힘들 것이오. 이곳은 의술이 널리 퍼지지 못하여 마마신을 여간 두려워하지 않소. 이미 사또의 명으로 술, 생선, 고기, 모든 것을 금했음을 알지 않소. 행여 어죽을 먹인다면 훗날에 또 무슨 화를 당할지 모르오. 그 때문에 마마신이 노했다 한들 무엇으로 변을 하겠소."

"그러니 부탁드리지 않습니까. 돌림병을 물리고자 하면, 마을 안에서 같은 처방을 하여 전염과 죽음을 막아야 합니다. 또한 환자든 아니든 모두 잘 먹여 몸을 강건히 해야 할 것입니다. 근래 가뭄과 장마로 식량이 부족하여 가뜩이나 허약한 중에 질병이 도는 것입니다. 어죽을 나누어 기아도 면하고 환자도 살리게 하소서. 설사 환자를 먹이지 않더라도 식구들이 요기를 할 수 있다면 힘을 내어 간호할 수 있을 것입니다. 또한, 앞으로 별채의 아이들에게도 생선과 고기를 꾸준히 먹이고자 합니다. 숙종께서 두창에 걸리셨을 적에 명의 유상께서 닭죽을 올려 구한 것은 익히 알려진 바입니다. 당시에도 많은 반대가 있었으나 유상 대감의 고집으로 임금을 구했나이다. 관례가 사람을 살리지는 못합니다. 사람을 살리는 것은 행동입니다. 부디 별채의 아이들과 함께 마을 사람들을 도울 수 있게 하소서."

난주는 며칠간 생각했던 것을 차근차근 읍소하며 간곡히 고개를 숙였다. 별감은 난주의 말은 물론이요 그 큰 그릇에 깜짝 놀라 그만 입을 다물었다. 담 너머로 엿보이는 안채의 높다란 망와가 푸른 하늘을 날카롭게 찌르고 있었다. 낭중지추(囊中之錐). 별감은 난주가 지닌 명석함과 혜안에 감탄하였고, 그것은 숨길 수도 감출 수도 없는 것이다. 그리고 그 말은 조금도 틀리지 않았다. 저 보잘것없는 옷차림을 하고 선 대정현의 여종은 그 말이 가져올 위험에 대해 조금도 두려워하지 않았다. 어리석은 짓이든 무모한 짓이든, 김석구는 이미 저항할 의지가 없었다.

김석구는 향청을 움직여 방법을 강구했다. 현감은 사창을 헐어내는 일이 마뜩잖았으나, 자식의 목숨이 오가는 일에 아까울 것이 있냐는 아내의 말에 마지못해 응했다. 기아 구휼은 장계를 올릴 만한 선정인 데다 김석구를 비롯한 지역 토호들이 십시일반하여 구제곡을 내었으니 손해될 일만도 아니었다. 현청에서 어죽을 나누어 주리라는 소문이 금세 돌았다. 두창에 걸린 자식에게 생선을 먹이는 일은 대개 꺼리었으나, 부모들이 먼저 배가 고프고 허기졌기에 먹을 것을 마다할 수가 없다. 아전들과 관노들이 현청 앞에 초막을 치고 큰 솥을 걸었고, 먼 마을들은 풍헌들의 주재로 제공할 수 있도록 잡곡과 어물을 보냈다.

그러는 며칠 사이에 보말은 한 고비를 넘겨 딱지가 앉았고, 몇몇 아이는 고름이 맺혔다. 난주가 아이들을 유채 달인 물로 부지런히 씻기고, 닭죽과 전복죽, 고등어죽 따위를 돌아가며 먹인 결과였다. 마을에서도 급속히 퍼지던 속도가 점점 줄어, 간혹 불행한 죽음이 없지는 않았으나 처음의 기세에 비하면 뒤끝이 무른 편이다. 생선과 고기를 먹여야 한다는 난주의 주장을 많은 이들이 의심했으나, 자신들의 허기를 면하게 해준 데다 마을의 마마가 약해진 것을 보고 경계심은 점차 칭송으로 바뀌었다. 난주는 그런 이야기가 들려올 때마다 오히려 불안하여 아이들을 한 번 더 살피고 지켜보기를 게을리하지 않았다.

아니나 다를까, 며칠 후 서너 명의 아이가 고름에 피가 묻어나기 시작했다. 눈썰미 좋은 수청이가 번을 설 때 이것을 발견하고는 즉시 난주를 깨웠다. 신음하는 아이들을 살펴보니 피고름이 나면서 발진이 검게 주저앉았다. 흑함(黑陷)이 분명하다. 독이 시원스레 흐르지 못하고 안으로 파고든다. 난주가 은연중에 불안해하던 바로 그것이다. 두창으로 죽는 이들은 대개 흑함이 나타난다. 이 증세를 보이는 아이는 별감의 장자 상집과 병방의 아들 태선, 동성리에서 온 여은이라는 여자아이 셋이었다. 일단 격리하여 옮기고 난주가 아예 그 방에 머무르며 살피기로 했다.

"우리 아이가 죽어간다는 게 사실인가? 대체 무슨 짓을 한 게야!"

아침부터 소식을 듣고 달려온 병방 하득인이 난주에게로 따지며 덤벼들었다.

"진정하시오. 아이마다 증상이 다른 건 어쩔 수 없는 일이 아니겠소."

곁에서 김석구가 자분자분 일렀으나 소용없는 일이다. 그는 길게 자라난 콧수염이 제 침으로 범벅이 되도록 씩씩대며 분을 터뜨렸다.

"큰무당의 점괘가 아니었더라면 저런 무람없는 종년에게 아이를 맡겼을 리 없습니다. 이제 지난날의 원한으로 내 자식을 죽게 하니 이대로 지켜볼 수만 없는 노릇이오. 마을을 들쑤시며 사창을 비우질 않나, 마마신이 든 아이들에게 생선과 고기를 금함은 오래된 전통이온데 이를 방자하게 맞선 것은 또 어땠습니까. 아이들을 볼모로 제 년이 온갖 권력을 부리더니 이제 와 우리 태선이를……."

"그만하시오! 아이의 위독함을 알고도 침착하기를 바라지는 않지만, 그대가 억지를 쓴다 해서 아이의 숨을 돌릴 수 있겠소? 누구보다 이 일을 맡기도록 한 것이 그대였으니 잠자코 기다리시오. 내 속이라고 좋겠소. 아이들이 이겨내기를 바란다면 우리부터 자중해야 할 게요."

김석구가 병방의 말을 무지르고는 뒷말로 달래었다. 병방은 차마 김석구의 말을 더 거스르지 못했으나, 그의 뒤에 선 난주를 매섭게 노려보았다. 밤을 꼬박 새워 지친 데다 죽음에 대한 무거운 책임감으로 난주의 얼굴은 파리하기 그지없다. 김석구가 난주를 안채로 들여 쉬게 하려 했으나, 난주는 고개를 내젓고 아이들에게로 돌아가버렸다. 병방은 여전히 씨근거리며 내 자식을 살려내지 못하면 첫값을 치르리라 저주를 퍼부었다. 병방의 탁하고 가래 낀 목소리는 김석구의 별채는 물론 올레까지 쩌렁쩌렁 울렸다. 더 많은 이들이 불안해하고 또 몰려들 것이다. 김석구는 병방의 어리석음을 탓하지 않았다. 두창에 걸린 아이들이 모두 살기는 모조리 죽기보다 어려운 일이다. 그 사신의 손을 맞잡은 아이가 제발 내 아이만은 아니기를 바라는 것은 모든 부모의 똑같은 소망이었다. 자신 또한 상집만은 살아주기를 내내 바라질 않았던가. 하필 불길한 흑함의 증상이 제 자식에게 나타났다 했을 때, 천둥 번개가 떨어진 듯 황망하고 억울했던 게 사실이다. 자신이 직접 보고 듣는 모든 것으로 난주가 최선을 다하고 있음을 알면서도, 간혹 김석구의 마음에도 불안이 머물 때가 있었다. 금기했던 음식들을 먹이고 부정 타는 일도 마다하지 않으며 약을 달이고 먹일 때에 혹여 부작용은 없을지 의심했던 것이다.

그런 복잡한 김석구의 마음을 알아챈 것은 부인 안 씨였다. 안 씨는 어릴 때부터 지켜봐온 서방님에 대해서라면 모르는 게 없다. 마른 턱 위로 머리칼을 단정히 빗어 넘기고, 길게 뻗은 콧날 위로 선한 두 눈은 맑았다. 안 씨는 별감이 멀리 유배 온 사학죄인을 특별히 살피는 것도 알고 있었고, 그러한 연유에 자신의 친척 어른들이 천주교도인 때문인 것도 짐작하고 있었다. 안 씨의 친정어머니에게 사촌 되는 어른 둘이 신유박해 때에 순교했다. 친정어머니는 뭍과 섬으로 갈라져 살아온 그들의 죽음을 슬퍼하며 박해를 원망했으므로, 안 씨 또한 그들을 동정하던 바다. 특히나 이곳 대정마을로 정배된 정난주라는 여인은 눈물로 밤을 지새우기는커녕 묵묵히 자신의 운명에 순응한다 하니 더욱 놀라울 뿐이다. 아들을 난주에게 맡기게 된 뒤로 조석으로 별채를 찾아 지켜보노라니, 의원도 아니요 어미도 아닌 자가 얼마나 정성으로 살피는지 오히려 안 씨가 부끄러웠다. 툭툭 돋아나 보기만 해도 참담한 발진을 어르고 만지며 마치 보배 다루듯 한다. 끙끙 앓던 아이가 자신의 옷자락에 토사물을 쏟아도 눈썹 한 번 찡그리지 않았고, 설사를 하거나 땀에 젖은 아이들의 더러운 옷도 직접 빨았다. 말로는 피병소의 책임자라 하나 노비의 생활과 조금도 다르지 않았는데, 그 얼굴은 늘 담담하여 조금도 흔들림이 없었다. 안 씨 또한 아들의 경과를 근심했으나, 그 여종의 지극정성으로도 구하지 못한다면 설령 박수무당의 큰굿 서너 마당을 하더라도 별수 없으리라 생각하게 되었다. 안 씨가 서방님을 붙들고서 그러한 생각을 들려주었기에 별감 또한 마음을 다스릴 수 있었다.

부부는 이제 아들의 목숨을 온전히 내맡기며, 정난주의 정성이든 의술이든 그도 아니라면 천주의 은혜라도 부디 상집을 구해주기를 간절히 바랐다.

얼마 지나지 않아 난주가 다시 문을 열고 나왔다. 우뚝우뚝 서 있는 여럿 가운데 김석구를 찾아내더니 곧바로 다가왔다.

"제주목에 사람을 보내십시오. 서둘러야 합니다. 흑함에 쓰이는 약은 조금 다릅니다. 마황이 들어야 합니다. 의생님들이 알 것입니다. 또 흑함이 질 때에 반드시 인후가 붓고 목이 막히니 침술을 놓을 수 있는 이를 수소문해주세요. 소 첨지 나리를 찾으시면 더욱 좋지만, 아직까지 제주목에 계실 리 없겠지요. 의원을 찾을 수 없다면 의녀라도, 의녀가 어렵다면 인후침이라도 구해주세요."

"침을 놓을 자가 없는데 침이 무슨 소용인가?"

예후에 대해 듣노라니 마음이 조이는 듯해서 김석구의 목소리가 절로 가라앉는다.

"소용이 없게 되더라도 해볼 수 있는 건 해봐야지요. 소 첨지의 집을 뒤져 침구 책을 함께 가져오라 하십시오."

맹랑한 청을 하면서도 조금도 흐트러짐 없이 단호한 난주를 보고서, 김석구는 간신히 마음을 추슬렀다. 하인을 불러 가장 빠른 말을 내오도록 하고 특별히 말을 잘 타는 영덕이란 놈을 보냈다. 영덕이 주인의 명을 좇아 급히 제주목을 향하고, 김석구의 별채를 중심으로 대정현청은 경각에 달린 아이들의 목숨 앞에 칼끝 같은 침묵에 휩싸였다.

난주는 아이들 곁에 홀로 앉아 화로에 주전자를 올리고 생강과 파를 넣어 달인다. 쓰고 매운 냄새가 코끝을 찌르는 가운데 난주는 눈물도 홀리지 않고 그 독한 연기를 다 마시고 있었다. 보말은 전날부터 차도를 보여서 낙관하고 있으나 아이들이 살지 못하고서는 보말의 쾌차도 곡해될 것이다. 그 생각을 하면 모든 것을 잘 참던 난주의 눈에도 눈물이 고이고야 만다. 목숨의 무게에 차이가 있을 수 없거늘 양반의 자식과 상놈의 자식은 죽고 사는 일도 차별이 있었다. 난주는 집안의 종들이 간혹 병으로 죽었던 일들을 생각한다. 아버지는 약도 쓰고 의원도 불러주었으나, 종 하나의 죽음을 온 집안이 애도하는 일은 드물었다. 죽고 나면 누군가 멍석을 말아 지게에 짊어지고 뒷문으로 나선다. 제대로 장례를 치르는 일은 없었다. 난주 또한 유모의 죽음 외에는 오래 애통해한 적이 없었다. 그들은 그들의 세상 속에서 쉽게 나고 쉽게 죽었다. 이제 그 천한 생의 한가운데에 바로 자신이 있었다.

"아즈망…… 아즈망……."

상집이 허공에 뻗은 손을 휘저었다. 손등까지 돋아난 검붉은 수포들이 아이의 손을 흉측하게 만들었다. 난주는 그 손을 따뜻하게 맞잡았다.

"여기 있습니다. 아픈가요, 도련님?"

"배가…… 온 살 속이 다 아파……."

두창의 물집은 보이는 곳보다 보이지 않는 곳에 더욱 화려하게 피어난다. 아마 아이들의 몸속은 곳곳이 터지고 짓물러 염증과 열기로 가득할 것이다. 난주가 아이의 얼굴에 검게 주저앉은 고름을 바라보며 애써 눈물을 참았다.

"이걸 좀 마셔봐요."

난주가 생강 달인 물을 그릇에 따라 후후 불었다.

"아즈망, 아버님 좀 불러줘……. 아버지는 날 살릴 수 있을 거야."

"아버님도 밖에 계셔요. 자, 아 해보세요. 약을 먹어야 낫습니다."

숟가락으로 흘려넣는 약을 아이는 반쯤 삼켰다. 몇 번 더 아버지를 찾다가 아이는 다시 잠이 든다. 혼절하다시피 한 다른 아이들에게도 약을 흘려넣고, 난주는 목숨의 귀천이야 어떻겠느냐 마음에서부터 훌훌 털어버렸다. 다만 그게 누구든 눈앞에서 죽어가게 할 순 없었다.

주님, 저의 주님,
온 땅의 생명을 뿌리고 거두시는 주님이시여,
어린이 젖먹이들의 몸에서 악신의 저주를 거두고
그들의 입으로 살아 있음을 기뻐하게 하시고
오직 성령의 기적으로 보호하여 주소서.
하늘 위 전능하신 당신의 손길로 이들을 만드셨사오니
이 땅의 숱한 죄악을 너그러이 용서하시고
기꺼이 그들의 생명을 축복하소서.
주님, 저의 주님,
간절히 원하고 바라나이다.
어린이 젖먹이들의 악질을 뽑으소서.

난주의 기도는 밤이 깊도록 계속되었다. 사실상 해줄 수 있는 것도 그뿐이었다.

이튿날 이른 아침에, 강 노인이 순덕과 함께 난주를 찾아왔다. 순덕의 뒤에는 처음 보는 사내가 서 있었는데, 중노미도 아니요 군졸도 아니고 패랭이를 눌러쓴 상인이었다.

"의원이 없어 고생하신다기에 백방에 수소문을 하였더니, 이 나리께서 침을 놓을 줄 아신답니다. 그래 사정사정하여 뫼셔 오는 길입니다."

뒷짐을 진 채로 별채를 둘러보는 사내는 육 척 장신에 새카만 눈썹이 두툼한 범 같은 인상이다. 옷차림은 보부상처럼 단출하게 꾸렸으나, 주위의 눈치를 보지 않는 것이 본디부터 상인은 아닌 것 같았다.

"침을 놓으실 줄 아십니까?"

"그렇소."

굵고 낮은 음색이다. 말이란 불필요한 허식이라는 듯 탁 하고 내뱉고는 입을 꾹 다문다.

"흑함이 깊습니다. 당장은 어떻게 해야 할 줄 모르겠어요. 의술을 배우신 바가 있으신가요?"

"외조부께서 약방을 오래 하셨소."

그가 장삿길을 포기하고 온 선의를 완전히 믿을 수는 없었지만 달리 매달릴 곳도 없었다. 난주는 그를 방으로 인도했다. 사내가 천천히 아이들을 살피고는 말이 없다.

"심하지요?"

"부인이 의술을 배운 바 없다고 들었는데, 그 때문에 심해진 것은 아니오?"

그가 뱉은 말은 난주의 불안을 찌르는 비수였다. 그런 줄을 알면서도 그의 크고 검은 눈은 흔들림이 없다. 길고 날카로운 상처가 검게 그을린 그의 얼굴 한구석에 숨어 있었다.

"그런지도 모르지요."

"그렇다면 뻔뻔한 일이 아니오?"

그의 입가에는 심술궂게 보이는 주름이 나타났고, 두 눈에는 묘한 호기심이 어리었다. 난주는 그가 환자를 두고서 얄궂은 말장난을 하는 까닭을 알 수 없었다.

"속죄는 따로 하겠으니 아이들이나 보아주오. 마황이 든 약재와 침을 구하러 떠났으니 오늘 도착할 것입니다."

"끓고 있는 차는 생강과 파를 다린 것이로군. 염증을 삭이고 오한을 잡는 데 나쁘지 않소. 한 녀석은 흑함이 심하지만 다른 둘은 그럭저럭 괜찮을 듯하구료. 내 집에 쇠비름을 태워 얻은 수은이 있소. 그것을 가져와 써보도록 합시다."

"진사(辰砂) 말씀입니까?"

"광물에서 얻은 수은은 독성이 크오. 쇠비름의 수은은 악창에 좋으니 훨씬 낫소."

그가 자리에서 일어났다. 가까이에서 본 그는 얼굴도 덩치도 대단히 크다. 눈을 한 번 끔뻑할 때마다 쏘는 듯한 안광이 날아온다. 바닷바람을 오래 맞았는지 양 볼엔 붉은 핏줄이 뻗쳤고, 메마른 입술은 움직일 때마다 버석버석 부서지는 듯하다.

"어찌 그리 뚫어지게 보시오?"

난주는 사내를 빤히 보았던 무례를 깨닫고 얼굴을 붉혔다.

"……성함을 여쭤도 되겠습니까?"

"그렇게까지 말을 높이지 마시오. 난 그저 천한 상인이오. 듣자 하니 그대는 지체 높은 양반집의 여식이라 하던데, 지금 처한 상황이 이러하나 타고난 핏줄이야 더러워지겠소이까."

사내는 마치 난주를 조롱하듯 비웃고는 낮게 덧붙였다.

"난 갓 장수, 정방호요."

정방호는 약을 가지러 서둘러 길을 떠났다. 그사이 이슬비라도 내렸는지 마당이 눅눅한 습기로 뒤덮였다. 문지방에 선 순덕에게 그에 대해

물어보았으나, 아는 게 있을 리 없다. 두세 번 주막에 들렀던 갓 장수란다. 수완이 꽤나 좋아서 한 번 뭍으로 들고 날 때마다 주머니 두둑하게 돌아온다고 했다. 난주는 그가 정말로 침술에 능한지는 알 수 없지만, 적어도 아이들을 위하는 호의 정도는 의심치 않기로 했다.

그날 정오가 못 되어 제주목에 갔던 영덕이 도착했다. 그는 무명 보자기에 싼 약재와 침을 내려놓았고, 다른 하인 몇이서 침술 책도 구해 왔다. 정방호는 아직 돌아오지 않았다. 약재를 모두 탕약관에 올리고 달이기 시작한다. 몇몇 마을 사람들이 별채로 찾아와 약을 얻어 갔다. 마을 밖에는 죽은 자들의 시체가 쌓이기 시작했다. 두창으로 죽은 이들은 땅에 묻히지도 못한다. 재수를 따르는 질병이라 믿어 그저 버려두었던 것이다. 난주는 김석구에게 그들을 반드시 매장하기를 권하였다. 사체에서 퍼지는 병의 종자들이 어디로 뻗칠지 모르고, 풍장을 한다 해서 나쁜 기운이 물러가겠느냐고 설득했다.

김석구는 하인들을 데리고 직접 산으로 나가 시신들을 화장하거나 땅에 묻었다. 그사이에 난주는 새로 달인 약을 먹이고 닭죽을 몇 술 떠 먹였다. 중간에 병방이 쫓아와 거듭 악다구니를 썼고, 그 소리에 놀란 아이가 죽을 게워놓자 닭죽을 먹였으니 죽지 않고 배기냐며 흙바닥을 쳤다. 해쓱해진 귀옥이 와서 그를 달래어 나간 뒤에야 정방호가 도착하였는데, 이미 세 아이 모두 인후가 잔뜩 붓고 눈이 붉어지며 숨을 내쉬는 것조차 힘겨운 상태였다.

정방호가 아이들의 입을 억지로 벌리자 창증으로 가득한 입안이 어디 한 군데 성한 곳이 없다. 그는 큼직한 침을 집어들고서 입속에 머리를 집어넣다시피 하더니 이내 망설이지 않고 목젖의 아래를 찔렀다. 반쯤 혼절해 있던 상집이 눈을 번쩍 뜨고 흐느껴 운다. 이미 기운이 빠질

154

대로 빠져 기세라고는 없는 울음이다. 염증에서 터져나온 고름과 진물을 깨끗한 무명에 뱉어내도록 하면서 난주는 아이의 몸을 꼭 안아주었다. 더러운 구토물이 난주의 옷에도 흘러내렸다. 정방호는 아이들 모두를 신중하게 다루었으나, 병방의 아들 태선은 여전히 염증이 시원치 못하다.

"진사는 오늘 저녁부터 쓰겠소. 열기를 계속해서 잡아야 하니 곁에서 떨어지지 마시오."

난주는 그의 당부가 아니더라도 제 몸을 살피거나 끼니를 먹을 틈도 없이 아이들 곁에 붙어 잠깐 사이에라도 혼이 떠나지 못하도록 애처로울 만큼 매달렸다. 그렇게 이틀을 꼬박 앓고 사흘째 되는 아침에 드디어 상집과 여은이 차도를 보이기 시작했다. 난주는 한편으로 안도하면서도 태선의 상증이 심해짐을 더욱 염려했다. 정방호가 다시 들러 태선의 낯빛과 입속을 차근차근 살펴보았다.

"어떻습니까?"

"좋지 않소."

"방법이 없습니까?"

난주는 아이의 얼굴에서 병방의 모습보다는 귀옥의 흔적을 더듬었다. 병방으로서는 장성한 자식들이 또 있었으나 귀옥에게는 유일한 아들이었다. 입이 가볍고 독살스러운 면이 없지 않았으나 속까지 검은 이는 아니었다. 노래 잘하고 춤을 잘 췄고 특유의 말재주로 관기청에서 가장 사랑받는 기생 중 하나였다. 병방이 오래도록 탐을 내었는데, 스물다섯이 넘어 퇴기가 되기 전에 안착할 요량으로 그의 소실이 되었다. 태선을 낳고 어찌나 방그레 웃고 다니는지, 툭하면 난주에게 시비를 걸곤 하던 드센 성미가 어디로 갔는지 찾을 수가 없었다. 그런 아낙의 마음을

155

같은 여인으로서 어찌 모르랴. 난주는 참으로 그 자식을 구하고 싶었고, 그럴 요량이나 신통력이 없는 자신이 원망스러울 뿐이다. 그런 마음도 모르고서 정방호는 고개를 절레절레 흔들었다.

"이런 경우를 많이 보았소."

"어찌 되었습니까?"

난주는 자신도 알고 있는 답을 그에게서 구했다.

"죽었소."

조금의 미련도 없이 정방호는 차갑게 답했다. 난주의 가슴이 거듭해 무너진다.

"어멍…… 어멍……."

어린 태선이 꿈을 헤매듯 낮게 중얼거렸다. 이미 고통도 아픔도 잊어버린 모양이었다. 아이는 그저 어미의 품이 그리울 뿐이다. 난주가 아이를 안았다. 터지고 곪아 차마 들여다보기도 가여운 아이의 얼굴이 난주의 흰 두루치 자락에 폭 싸여 왔다.

"아가, 괜찮다. 괜찮을 거야."

난주는 흐르는 눈물을 닦으며 아이를 달랬다.

"어미에게 데려다주시오. 그게 좋지 않겠소? 마지막 가는 길이라도……."

"마지막이 아닙니다. 무엇이든 해보렵니다. 제발 도와주세요."

정방호는 여인의 고집스러운 눈을 한참 바라보았다. 피로감으로 충혈되기는 하였으나 윤기 흐르는 총명한 눈이다. 양반집의 귀한 여식이라 들었다. 천주쟁이며 보통내기가 아니라고도 들었다. 풍문이라는 것은 사람의 발보다 빠르고 파도보다도 빨라서, 먼 길을 떠나는 장삿배에까지 닿았다. 언젠가 관아에 갓을 공납하러 갔을 때 여인을 본 적이 있었다. 여인은 죽어가고 있었고 아마도 죽었을지 모른다. 조선에서 신분은 타고나는 얼굴 모양이나 머리칼처럼 개인의 견고한 굴레라, 신분을 벗어나 사는 일은 흔치 않았다. 양반에서 관비가 된 여인은 아마 한 번이 아니라 몇 번이나 죽고 다시 태어나는 것과 마찬가지리라. 정방호는 간혹 여인을 생각했고, 어떤 얼굴을 하고 있을지 한 번쯤 보고 싶기도 했다. 여인에 대한 호기심은 아니었다. 끝없이 추락하는 삶의 불행이 여인을 어떻게 변모시켰을지 궁금했던 것이다.

허나 별채에 들어서 난주를 마주했을 때부터 정방호는 알고 있었다. 여인은 아무것도 버리거나 포기하지 않았다. 모든 것을 잃고도 아무것도 잃지 않은 까닭을 그는 알 수 없었다. 부처님이고 서낭당이고 유학자들의 어떤 말로도 이 사내의 마음을 움직이는 법은 없었다. 바다를 오가는 뱃사람들의 하잘것없는 미신까지도 면박 주고 욕을 뱉어 내쫓던 사내다. 한 번도 그 영험한 기운이라는 것이 자신을 도운 적이 없었기 때문이다. 야소를 좇는 천주쟁인들 다를 이유가 있던가. 요언을 일삼는 무리 중 하나로, 또다시 백성들의 목숨만 값없이 사라질 일이라 여겼다.

"뭘 해보려 해도 해볼 것이 없소. 보시다시피 아이는 죽어가고 있고, 고이 보내주는 것이 우리의 할 일이오."

정방호는 부러 쌀쌀맞게 난주의 눈을 외면했다. 이제 와 이 여인이 자신의 생각을 뿌리째 흔들고 있음을 불쾌히 여겼다. 여인은 냉혹한 현실을 모른다. 천것들의 세상에도 인간다운 도리가 남아 있고, 양반들과 상것들 사이에 윤리가 존재하며, 한번 세워진 믿음이 뒤집히지 않으리라는 순전한 바람을 꿈꾼다. 그것이야말로 결국 자신을 파멸시키고 말 위험한 희망이었다.

"……어멍."

아이는 또다시 어미를 찾았다. 귀옥 또한 한시도 마음을 놓지 못하고 두려움에 떨고 있을 것이다. 난주는 정방호의 말이 옳다는 것을 안다. 아이의 숨은 더욱 가빠지고 염증은 다시금 부풀어오르고 있었다. 돌기가 없는 살갗마저 거무튀튀하게 타들어간다. 두 눈은 들러붙은 채 벌어질 줄 몰랐다. 이제는 눈물도 흘리지 않는다. 보채지도 않는다. 다만 끊어져가는 삶의 연줄처럼 희미한 신음과 마른 눈물자국만이 산란하게 흩어져 있다.

"아이를…… 다른 방으로 옮기겠습니다. 나리께서 두 아이를 살펴주세요. 차도가 있는 아이들을 그 어미에게 보이는 일도 못 할 짓이오……"

정방호는 다른 두 아이를 내려다보았다. 숨소리부터 달라졌다. 약과 침이 효과를 보고 있는 것이다. 사소한 부분까지 마음을 둘 수 있는 것은, 이 일을 남의 일로만 생각지 않는 때문이리라.

"이제 남은 것은 하늘의 운이니 괴로워하지 마시오."

난주가 고개를 반듯하게 숙였다. 난주가 생각하기에 이 막막한 어려움을 누군가와 나눈 것만으로도 천주의 복이다. 정방호가 말없이 아이를 번쩍 들어 난주의 뒤를 따랐다. 아이는 다른 방으로 옮겨졌다.

그날 오후, 귀옥이 소식을 듣고 울며불며 달려왔다.

"우리 태선이, 태선이가 어찌 되었단 말이오."

머리채가 부스스하게 일어나고 흰 얼굴은 잔뜩 상기되어 귀옥의 몰골이 신산하다. 이미 대세를 돌이키기는 힘들었다. 아이는 기운마저 시진하여 초점 없는 눈이 흐릿해졌다.

"아가, 태선아? 어멍 왔다. 어멍 왔어."

난주는 태선의 손을 쥔 채 말이 없고, 귀옥은 일이 단단히 잘못되었음을 알았다. 지아비처럼 땅을 치며 난주라도 탓하고 싶지만, 어린 자식의 목숨이 떠나가는 중에 화가 나기보다는 가슴이 미어졌고 슬프기보다 하염없이 먹먹하고 막연했다. 귀옥은 앓기 전의 발그레하고 복성스럽던 아이의 얼굴이 온데간데없이 새카맣게 타들어간 것을 보고 소리 없이 눈물만 흘린다. 별성마마와 더불어 떠나고 나면 저승에서나 다시 볼 얼굴이었다. 귀옥은 전에 자식을 낳아본 바가 없었고 잃어본 바는 더욱 없어서 하늘이 태선을 앗아갈 것을 조금도 생각지 못했다. 마마가 들었을 때도, 다른 자식들이 죽어가도 내 자식만은 살아나리라 거듭 믿었다. 박수무당 이성두가 호언하질 않았던가. 그치에게 지아비가 바친 돈만 수십 냥이요, 난주라는 계집까지 끌어들여 일을 벌일 때에 그만한 확신이 없었겠는가. 그러나 하필 왜 내 자식이던가. 다른 자식들도 많은데, 왜 내 자식이던가. 귀옥은 기막히고 원통하여 하늘에 대고 소리 없는 삿대질을 해대고 제 앙가슴을 주먹으로 내리치기도 하면서 아이의 배에 엎디어 통곡했다.

"……어멍."

사위어가는 불씨처럼 가녀린 목소리가 어미를 불렀다.

"오냐, 오냐. 내 새끼, 어멍 여기 있다."

흐르는 눈물 콧물을 닦지도 못한 채 귀옥은 꺽꺽 울며 답했다.

"아가? 태선아……."

아이는 답하지 못했다. 입을 그대로 벌린 채로 꽃 한 송이 툭 꺾이듯 고개를 떨군다. 귀옥이 영문을 묻듯이 퀭한 눈을 들었다. 난주가 손가락을 아이 코끝에 대어보았다. 병마와 함께 고통도 슬픔도 일시에 빠져나가 그곳에는 아무것도 남아 있지 않았다.

귀옥이 크게 울부짖으며 곡을 터트렸다. 병방이 달려오고, 몇몇 종들이 코를 풀며 함께 울었다. 지칠 대로 지친 난주가 비슬비슬 걸어 나가는데, 아이 잃은 병방의 뒤틀린 억지와 저주가 그 뒤를 따라왔다. 증오의 창날은 후의로 된 갑옷보다 날카로워서 맹렬한 기세로 난주를 괴롭혔다. 난주는 마음이 너무도 괴로워 모든 비난과 고통으로부터 영영 헤어나고 싶은 생각까지 들었다. 곡간이가 따라 나와 붙드는 것을, 고개만 가로젓고서 혼자서 거진 보름 만에 별채를 나섰다.

해는 아직 등성에 걸리었고, 찬바람은 얇은 홑옷을 파고든다. 쌀쌀할 법도 하건만 난주에게는 그편이 오히려 신선하다. 정처 없이 걸었다. 현청과 별감 댁의 기다란 올레를 벗어나 남의 밭을 살금살금 가로지르기도 하고 퍼석퍼석한 흙길을 걷느라 짚신 한 짝을 버리기도 했다. 낮은 돌담을 따라 걷거나 버려진 헛간을 기웃거리기도 하면서, 난주는 남문을 벗어났다. 남문을 지키고 선 돌하르방이 온화한 눈으로 난주를 배웅한다. 성 밖을 나서자 띄엄띄엄한 초가 너머로 누런 초지와 오름이 한가득이다. 시들부들 지쳤던 난주는 외려 기운이 나는 듯해서 조금 더 걸었다. 검은 자갈과 풀 따위가 뒤덮인 적막한 소로를 따라 한 식경을 착실히 걷자 곧 나풀나풀 흐드러진 억새밭이 나타난다. 뜻밖의 절경을 만났기에 난주는 그대로 멈춰 섰다. 얼굴은 불그레한 홍조에 물들었고 대지는 점차 저녁놀 속에 갇힌다. 뒷걸음질을 치듯 서성이다 낮은 죽담을 발견하고는 털푸덕 주저앉았다. 갈옷보다 나을 것도 없는 승새 굵은 무명 치마가 아이들의 땀과 고름으로 잔뜩 얼룩져 있었다. 손끝으로 그 흔적들을 매만지며 오래도록 시달렸던 신음과 열기를 되새김질하였다. 깜냥으로 할 수 있는 일은 다 하였다. 그것만은 부끄럽지 않다. 그래도 마음이 가라앉지 않았다. 습기를 머금은 매운바람이 불어와 난주의 머리채를 흐트러뜨렸다. 말라비틀어져 바사삭 부서질 것 같은 가슴에도

160

늑늑한 슬픔이 번진다. 현실을 회피하고 싶은 간악한 마음이란, 결국엔 연약함과 다름 아닐 것이다. 난주는 눈물을 흘리기도 하고 씻기도 하면서 붉던 놀이 까맣게 사위도록 그대로 머물러 있었다.

"여기서 무얼 하는 거요?"

난데없는 목소리에 난주가 화들짝 놀랐다. 외진 곳에서는 귀신보다 사람이 무서운 법이다. 난주는 괜스레 몸을 떨며 뒤를 돌아보았다. 흰 수건을 동여매고 패랭이를 눌러쓴 정방호였다. 그는 자못 유쾌한 듯 너털웃음을 터트렸다.

"하하, 아니 부인이 벌벌 떠는 일도 있소이까?"

황망한 중에 놀라고 찬바람마저 거세져 난주는 더욱 몸을 움츠렸다.

"나리께서 웬일이십니까?"

"나리 소리는 제발 집어치우시오. 경황이 없을 때는 그렇다 치고, 이제는 정 서방이라 부르시오. 부인이 그렇게 달음질을 치고 혼자 남아 원망을 듣자니 그도 못 할 일입디다. 자칫하다가는 치하는커녕 몰매를 맞겠다 싶어 훌훌 털고 나오는 길이오. 남은 아이들도 그만하면 살 놈들은 살 것 같으니."

난주는 소복이 내려앉는 어둠을 둘러보며 근심스레 고개를 기울였다.

"다들 저를 찾고 있지요?"

"찾는 이유는 제각각이지만, 돌아오기를 기다리고 있소이다. 왜, 혼이 날까 겁이 나시오?"

정방호가 조롱하듯이 말끝을 올리는데, 여인의 울적한 눈에는 또 눈물이 고였다. 그제야 사내가 얼굴빛을 고치며 웃음을 거두었다.

"걱정일랑 마시오. 댁의 수고를 누군들 모르겠소. 염치없는 이들이나 되바라진 원망을 하는 것이지. 사람 되기는 글러먹은 잡종들이오."

그는 영 못마땅한 듯 침을 모아 내뱉었다. 그러고는 작은 바위에 발을 올려 감발을 쟁여 매며 말했다.

"부인이 의원이나 의녀도 아니고 그저 어깨너머로 배운 것뿐인데도, 그만하면 처치를 잘하였소. 더구나 마을 사람들의 허기를 면하게 돕질 않았소. 아이는 주어진 대로 살다 간 것이니, 그 이상은 마음에 두지 마시오."

난주가 입을 함봉한 채 들판에 내려앉는 어둠을 노려보는데, 사내는 거듭 타이르듯 한 마디 한 마디 힘주어 말했다.

"천것들의 세상은 그리 호락호락하지 않소. 떵떵거리며 살 때야 바라는 것도 애틋한 것도 많을 테지만, 그런 천진한 마음부터 버리는 것이 상책이오. 윗전들의 기분이 늘 같을 리 없으며, 오늘의 상급과 책망이 내일까지 이어지지 아니하니, 그들의 꿀 바른 말이든 간악한 저주든 아무것도 믿지 말고 오직 자신만을 믿으시오. 또 너무 움츠릴 것도 없지만 괜스레 나서며 우쭐대지도 마시오. 부인의 선의를 그대로 받기에 세상은 퍽 얄궂다오."

말을 마치고는 봇짐을 추켜올려 단단히 잡아매더니 길을 떠나려 한다. 난주는 그의 조언에 순순히 동의할 수는 없었으나 위해서 해주는 말인 줄을 알아 공손하게 작별 인사를 했다.

"신세가 많았습니다. 이제 어디로 가십니까?"

그 또한 예를 갖추어 인사를 건넸다.

"장사꾼이니 장삿길을 떠납니다. 그간 무례한 것이 있다면 용서하시오."

"은혜를 갚을 날이 있겠지요."

정이 돋는 난주의 말에 그는 한 번 싱긋 웃고서 총총히 떠나갔다. 어둠이 내렸으나 새파란 달이 떠올라 길은 밝힐 만하였다. 난주는 잠시 시름을 잊고서 사라져가는 사내의 흰 옷을 오래 바라보았다. 그렇게 떠날 수 있는 것만으로도 부러운데, 마치 세상사에서 비껴난 것 같은 자유로움이 더욱 부럽다. 자신만을 믿는 것은 신을 믿는 것보다도 어려운 일이다. 하지만 그라면 충분히 그러할 것이다 생각하고는 전도할 생각도 아니 들고 혼자서 고개까지 끄덕였다.

한참을 다시 걸어 돌아왔다. 나갈 때에는 황황하고 비참한 마음이 가득하더니 돌아올 때는 깨끗하게 씻긴 듯 말갛게 비었다.

"어딜 갔다 이제 오시우!"

별채 뒷문에 들어서자 곳간이며 노적이가 깜짝 반색을 하며 달려 나오고, 난주를 찾아 종종댔던 강 노인이 지친 눈으로 난주를 나무랐다.

"어르신, 괜한 심려를 끼쳤습니다. 저는 괜찮습니다."

강 노인이 고개를 끄덕이며 투박한 손으로 난주의 등을 토닥였다. 참말로 앞으로는 죽이든 살리든 겁내지 않으리라 작정하고서 보말의 환후부터 물었다.

"보말은 이제 말도 제법 하고 운신을 하오. 걱정 맙서. 그것보다도 지금 관아로 들어야 하오. 내아마님이 찾으신답디다."

곁에 선 노적이가 대신 대답을 한다. 난주가 별채를 둘러보니 사위는 괴괴하고 간혹 아이들과 여종들의 말소리만 낮게 들린다.

"다들 거기 계시오?"

"병방 나리는 장례를 꾸리느라 아니 계시고, 사또 나리와 별감 나리 모두 계신 줄 아오."

난주가 내아로 들 때, 마루에서 달을 보고 섰던 국 씨 부인이 먼저 알아채고 반갑게 맞았다.

"사또께서 사람을 풀어 찾으려는 것을 내가 말렸지. 자네 마음이 편치 않으니 바람이나 쏘인 줄 알았네."

난주는 머리를 조아리고 사죄부터 올렸다.

"송구합니다."

"됐네. 사랑에 어른들이 계시니 어서 가보게."

관솔불을 환히 밝힌 사랑채에는 사또와 별감, 좌수를 비롯해 몇몇의 양반들이 모여 이야기 중이었다. 난주는 사랑채 마루 아래에서 고개를 숙였다.

"어딜 그리 오래 나갔다 오느냐."

사또의 말투가 전에 없이 부드럽고,

"그래, 저 의녀가 오는구료. 우리 아들들을 살린 이가 저 여인이니 앉아서 맞는 것도 미안한 일이로다."

하는 좌수의 말에 일동은 즐겁게 웃기까지 하였다. 죄를 받을 줄로 알았다가 뜻밖의 환대에 난주가 더욱 고개를 들지 못했다. 사또가 한 번 웃고 잠시 침묵하다가 부드럽게 말했다.

"내일이면 제주목에 내보냈던 소월이가 돌아온다 하고 의생도 늦게나마 보내준다 하니 이제는 마음 놓아도 될 것이다. 허나 이제껏 지켜보던 이의 손길도 필요할 것이니 끝까지 도와주면 좋겠구나."

"네, 소임을 다하겠나이다."

사또는 주위를 한 번 둘러보고는 논의된 것이나 있는 것처럼 목소리를 달리했다.

"다만, 병방의 아들이 화를 면치 못했으니 함께 슬퍼하는 바다. 지금 심사가 좋지 못해 네게 악담을 퍼부을 것이나, 일부러 그런 것도 아니고 운명이 그러한 것을 어찌할꼬. 그러나 너는 앞으로 관아에 남아서는 그의 구박을 피할 길이 없게 생겼으니 걱정이로다."

난주가 상전의 그러한 걱정을 민망히 생각하여 부끄러이 고개를 숙이니, 사또는 다시 웃음기를 띠고서 말을 이었다.

"네게 상급을 주려 하기도 했고, 공교로이 일이 그리되었으니 어디로든 관아 밖으로 보내줄까 한다. 내 말을 듣고서 여기 있는 별감께서 거두기를 청하시니, 너는 일이 끝나고도 그곳에 머물러 별감 댁 일을 거들도록 하여라."

난주가 뜻밖의 명을 듣고 황망하여 얼굴을 들어 사랑을 올려 보았다. 흐뭇해하는 사또보다도 곁에 앉은 별감이 눈에 띄었다. 명주 도포에 반짝이는 갓을 쓰고 앉은 점잖은 선비의 흰 얼굴에 정다운 빛이 담겼다. 난주는 별감의 마음 씀에 감사하고 또 그동안 그에게서 여러 번 은덕을 입은 것을 생각하고는 넉넉한 상전의 그늘 아래서 은혜 갚을 작정을 했다. 난주는 흙 마당에 엎드려 공손히 절하였다.

"감읍할 따름올습니다. 분부대로 하겠나이다."

사랑채에 다시 웃음소리가 퍼졌고, 죽은 줄 알았던 자식을 다시 얻은 아버지들은 곧 노비의 일을 잊고 제 앞날과 정치 이야기로 시끄러웠다. 난주는 뒤로 물러나 그대로 관아를 빠져나왔다. 강 노인과 함께 보말을 찾아가니, 하르방, 어멍 하며 검은 딱지가 반쯤 떨어진 얼굴을 부비었다. 얼굴이 해쓱해지도록 보말을 살피고 또 별채의 일을 도와준 설운이 이것을 망연히 보고 있다가 별안간 정신이 난 듯 일어섰다.

"칼자 어른에게 여러 번 독촉이 있었으니 그만 가봐야쿠다. 나랑 할만큼 해시난 행여 속으로라도 저주를 하지 맙서."

난주가 무슨 말을 더 하려 했지만 설운은 더러워진 두루치 자락을 홀홀 벗어놓고서 방을 떠났다. 설운이 시집을 간 것은 그로부터 이태 후다. 사령 복달의 처가 죽었기로 그의 처가 되어 살림을 난 것이다. 설운이 보말과 난주에게 가졌던 마음의 빚을 내려놓은 까닭에, 제법 아내노릇을 잘하고 아이들을 키워 과거의 일을 덮어둘 만하게 되었다.

　며칠 후, 별채에서 앓았던 아이들 중 두어 명을 빼고는 쾌차했다. 병방이 장례를 조촐히 치르고 나서 난주를 잡아 죽일 듯 별렀지만, 사또의 허락으로 남의 집 가노가 된 것을 되돌릴 수 없고 양반을 능멸할 핑계가 없어 앙심으로만 남기게 되었다.
　난주는 그때부터 별감 댁의 유모가 되었는데, 아플 때 난주를 의지했던 상집은 물론이요 어린 아우 상윤 또한 어미보다 정답게 따르고 좋아하여 부인 안 씨가 크게 안심했다. 또한 상집은 이미 아이티를 벗은지라 책방을 모시고 있었는데, 김석구는 난주의 학식과 안목이 제주 땅의 스승보다 낫다 하여 아들에게 난주를 스승처럼 모시기를 당부하였다. 난주는 보말과 더불어 든든한 두 어린 상전을 살피며, 신유년 이래 처음으로 몸과 마음이 안온한 날들을 보내게 되었다.

4

난주가 아들과의 연을 끊으려던 고집스러운 마음을 돌린 것은 한 통의 편지 때문만은 아니었다. 순덕의 아들 취성이 일부러 찾아온 일이 크게 작용했다. 그는 모슬개 수전소(水戰所)의 사수(射手)인 동시에 제주 땅의 누구보다 신실한 천주교도였다. 특히 바다를 오가는 소식에 빠르고 정확해서 뭍의 일은 대개 취성에게서 들었다. 그는 일부러 시간을 내어 찾아와서 난주의 밥 한 그릇을 얻어먹고는 한양과 조정의 소식 등을 두루 전했다. 전국적인 흉년과 기아, 관료의 탐학이야 익숙한 일이었고, 역시 가장 궁금한 것은 천주교의 소식이다. 신유년에 참형당한 숙부 정약종의 아들이자 난주의 사촌인 정하상이 오래전 북경에 건너갔던 이야기도 그에게서 들었다. 정하상은 북경에서 주교를 만나 사제 파송을 요청했다고 한다. 부친의 죽음과 온 집안의 몰락에도 그의 신앙은 더욱 굳었고, 멀리에서도 난주는 그것이 오직 천주의 축복이라고 감격했다. 그 아이야말로 조선 땅에 떨어진 천주의 소중한 밀알이었다. 오늘 취성이 전해온 소식은 프랑스인 신부 모방이 의주를 거쳐 밀입국하였다는 소식이었다. 그가 이미 병신년에 삿갓에 상복 차림을 하고 압록강을 건넜고, 경기도와 충청도 교우촌을 오가며 영세를 주었다고 한다. 지난 한 해만 해도 숱한 이들이 세례를 받아 천주교 신자가 수천 이상 증가하였다고 하니, 참으로 놀라운 일이다.

"보통 일이 아닙니다. 신부님이 오셨으니 천지의 해방이 눈앞인 듯합니다."

그는 들떠 있었다. 어미를 닮아 작고 오종종한 이목구비에 곰살스러운 사내다. 순덕은 제주에서 늦게야 그 아들을 얻었다. 난주는 그의 설렘이 오히려 우려스러웠다. 믿음의 기쁨이 클수록 바깥으로 드러나게 된다. 조정이 언제까지나 그 빛을 방관하지는 않을 터였다.

"삼촌은 또 걱정스러운 얼굴입니다. 언제나 좀 환하게 웃으시렵니까?"

순덕이 죽고서도 취성은 난주를 어미처럼 따랐다. 제주 땅에서 가까운 친인척을 두루 삼촌이라 부르기에 그 또한 난주를 그렇게 칭했다.

"근심이 아니 될 수 있나. 신부님이 이 땅에 오신 것은 감격스럽지만, 조카와 가족들이 걱정되지 않을 수 없으니. 또 그렇게 부쩍 늘어난 신도 모두가 무사할 것인지 두렵지 않은가? 연간에는 천주교에 후하였던 안동 김씨가 비호해주었다지만, 이제는 풍양 조씨가 득세할 것이라고 자네가 그러질 않았나. 그들은 안동 김씨를 찍어내기 위해서라도 박해를 이용할 게야. 순조 원년의 일처럼 말이야."

"하하, 걱정도 너무 깊으면 병이 됩니다. 김씨든 조씨든, 이미 백성들의 마음은 하늘의 임금에 있으니 그들이 어쩌렵니까. 삼촌도 왜 그들이 천주님을 그토록 경외하는지 잘 알질 않습니까. 우리와 같이 근본 없는 천출에 서얼, 중인, 온갖 잡인 들은 그저 천주님이 사랑으로 지으신 피조물이라는 것만으로도 감격하는 것입니다. 개소만 못한 삶을 살던 이들에게 천주님의 가르침은 생명 그 자체입니다. 그러니 그 줄을 놓을 수 없지요. 더욱 퍼지게 될 것입니다. 아무도 뿌리지 않아도 바람에 날려 뻗어가는 들꽃처럼 말입니다. 곧 이 땅은 백성의 나라, 천주의 나라가 될 겁니다. 몇 개의 문중과 왕족을 위한 나라가 아니라요."

"말을 조심하시게. 듣는 귀들이 많으니."

"삼촌 집 같은 외진 곳에 듣는 귀가 다 무업니까."

"하늘이 있고 바람이 있네."

"예에, 그런 거라면 백번이고 조심하겠습니다."

취성은 낮게 웃었다. 가르치지 않아도 저절로 천주를 깨친 아이다. 순덕이 마지막 순간까지 기도를 놓지 않았기에 깊은 사모의 정을 가진 것이다.

취성이 해가 지기 전 길을 되짚어 떠나고, 홀로 남은 난주는 성경을 가슴에 안고서 기도에 잠겼다. 신부님이 오셨으니 참으로 많은 백성들에게 어둠 속의 등불이요 빛이 되어 주리라. 지아비의 소원이 다시금 이루어지는 것을 보게 되니 그의 죽음이 헛된 것만도 아닌 모양이었다. 그러면서 다시 생각하기를, 만일 지금처럼 호시절이 아니고서는 이생에서 아들을 만날 수 없을 것이다. 설사 아들의 생사가 탄로 나더라도 이제와 단죄할 수 있을 것인가. 바라고 원하는 것은 언제나 달콤한 귓속말로 다른 걱정을 밀어놓는 법이다. 난주의 약해졌던 마음이 더욱 흔들려, 종국에는 아들의 상심까지 걱정했다. 늙은이의 남은 생이야 오늘내일이지만, 새로운 일가를 이루어 아비가 되고 할아비가 되는 아들의 상심은 예사로운 것이 아니다.

그러한 생각으로 며칠을 뒤채는 사이, 황소와 같이 덤벼드는 연이 거

듭 찾아와 말하기를,

"성님이 앓아누웠던 햄수다. 어멍 때문에 가슴이 아주 잿더미처럼 타들어가실 거우다."

"그 무슨 소린가?"

"엊그제 상선이 돌아와신다. 친한 곁꾼 하나에게 말을 에둘러 추자 소식을 부탁하여신디, 제게 말하기를 황 씨라는 이는 앓아누운 지가 꽤 되었던 햄고 만나지도 못하고 그냥 돌아왔던 햄수다."

난주는 이제는 더 이상 버티고 고집을 부릴 기운도 없어서 손을 휘휘 내젓고 눈물을 쏟았다.

"내가 아들을 두 번 죽이고 싶었겠느냐. 더 큰 재앙을 근심하였더니, 이제는 내 품에 안아보지도 못하고 죽게 생겼구나. 안 되겠다. 그래, 연이 네가 추자에를 좀 다녀오너라. 안 된다면 다른 이들에게 청을 해다오. 약을 지어서 보내야겠다."

그제야 연은 어멍을 겁주다시피 했던 압박감을 내려놓고 슬픔을 위로했다.

"너무 걱정 맙서. 제가 곧 떠낭 어멍의 약재와 편지를 전해젠 햄수다."

"갈 수가 있겠느냐."

"장삿배가 떠나젠 햄시니 머지않아 갈 수 있을 거우다."

"그사이에 큰일이 나면 어쩌누."

꼿꼿하고 대쪽 같던 난주가 순식간에 늙은 할망이요 나약한 어미가 되는 것을 보고는 연의 마음까지 눅눅해졌다.

"걱정 맙서. 성님은 잘 버티실 거우다. 어멍과 만나기 전에 어디 억울행 눈을 감우쿠광?"

"그래그래. 내가 갈수만 있다면…… 갈 수만 있다면, 기어서라도 날아

170

서라도 가겠구나. 그 어디라도…… 내가, 이 내가 가고 싶구나."

난주는 연의 넓은 가슴에 안겨서 아이처럼 울었다. 연은 작고 볼품없는 늙은 어멍의 어깨를 꼭 끌어안고서 거칠어 터진 손등으로 눈물을 씻었다. 어멍이야말로 천주님과 삶의 큰 무게를 이제는 내려놓아야 할 때였다. 그러지 않고서는 어멍 또한 눈을 감지 못할 것이다. 그 무슨 천주의 징벌이던가. 연은 결코 제 어멍을 그렇게 보낼 수는 없었다.

*

1813년 계유년은 제주 땅의 모든 이들에게 참으로 혹독한 해였다. 임신년에 제주목사가 갈리어 신임 목사 김수기가 부임해 왔는데, 그는 탐욕스럽고 무뢰하여 백성들의 고혈을 뜯는 일에 목사의 인장(印章)과 양심을 거리낌 없이 내놓았다. 이에 앞장선 것은 주로 하급 서리들과 아전들로 이루어진 상찬계였다. 그들은 서로의 곳간을 채우고 감추는 데 급급하여 백성들의 솥뚜껑, 놋숟가락 하나까지도 휩쓸어가는 메뚜기 떼와 다름없었다. 탐욕의 대상과 이유에는 차등이 없어서, 양민이고 천민이고 모두가 그들의 사냥감이다. 미역세, 벌금, 소송세, 군역 징집에 관련한 뇌물이며 테우리의 역을 뽑고 각종 공사 진행, 선박의 검열에 이르기까지 상찬계의 입김이 작용하지 않는 데가 없고 돈을 받지 않는 일이 없었다. 상찬계는 제주의 일만이 아니라 전국에 퍼진 지방관청의 폐해로서, 당시 삼정의 문란이 사실상 이로부터 시작된 것이나 다름없었다. 목사 김수기는 이러한 상찬계의 오만한 권력 남용을 눈감아주고 그들의 곳간을 마치 제 곳간처럼 여기니, 백성들의 신음이 날로 늘어갈 뿐이었다.

더 큰 고통은 정조 치세에서 나타나기 시작한 기상이변이 순조 원년으로부터 가속화되어 극한 가뭄과 홍수, 역병의 혼란이 반복된 것이다. 큰불이 번져 수천의 가호가 불타거나 홍수에 휩쓸려 죽는 백성이 천지요, 세금을 못 내 맞아 죽거나 쫄쫄 굶어 죽거나 서럽기는 매한가지였다. 암행어사가 전국을 시찰하러 떠났다가 주막에 기어드는 거지 떼의 참상에 당황하기 일쑤요, 조정으로 올라오는 장계마다 구호를 요청하니, 지각 있는 이들은 전쟁보다도 참혹한 기아라고 조선의 앞날을 근심하였다. 온 땅을 둘러보건대, 메마른 땅이 갈라지고 산과 들은 누렇게 말랐으며, 풀뿌리로 연명한 백성들의 몸은 퉁퉁 부어올라 떠돌거나 죽거나 도적이 되었다. 그러다 또 홍수라도 들이닥치면, 황톳물이 빈 땅과 백성을 집어삼키고 집을 부수었으며 큰 질병을 일으켜 그저 하늘을 원망할 뿐 달리 대응할 도리도 없었다. 그나마 임금과 조정에서는 구휼곡을 보내고 세금을 낮추는 등 백성의 앞날을 근심하였지만, 지방에서는 관직을 사고파는 무능한 관리가 많은 탓에 제 곳간만 근심하며 늘상 천하태평이었다.

그해의 제주 또한 마찬가지라 봄에는 가물고 여름에는 홍수가 졌으며 가을에는 수확이 없으니 갯가에 매달려 간신히 연명했다. 상찬계에 속하거나 그렇지 않거나 제주 땅의 많은 아전들은 세금이 부족하다 하여 백성들의 고혈을 쥐어짰다. 나올 것이 없으면 몸으로라도 때우라 부역을 시키고, 쓰러져 죽어가는 이들을 보고도 다음 부역자를 색출했다. 목사는 물론이요, 판관, 양 현의 원님들 또한 그러한 탐학을 금하지 못하고서 눈을 뜬 듯 감은 듯 은근히 안겨 오는 뇌물을 마다하지 않았다.

그러나 계유년은 몇 해간 조선 땅을 발칵 뒤집어놓았던 홍경래의 난의 여파가 미처 꺼지지 못한 때라, 미련하게 살기보다 떳떳하게 죽기를 바라는 의기(意氣)가 여기저기 남아 있었다. 그와 같이 큰 민란이 억압받던 민중의 힘을 보여주고 직시했던 기회가 되었던 까닭이다. 이 때문에 조정이든 군신이든 백성의 눈치를 예민하게 보던 시기다. 먼 서북의 이야기가 아니더라도, 남녘의 제주 땅에서도 농민이며 향인 들이 부당한 관권에 대하여 의견을 모으고 이를 주장하기 위한 움직임이 제법 활발해졌다.

계유년 십이월에, 제주읍 중면에 거하는 풍헌 양제해는 마을 사람들과 함께 모여 작금의 사태와 어려움에 대해 기탄없는 이야기를 나누었는데, 이 자리에서 가장 큰 성토의 대상은 다름 아닌 상찬계였다. 상찬계는 조정을 속이고 원님의 눈을 가리며 무소불위의 권력을 행사하고 있었는데, 간혹 소신이 뚜렷한 목사나 현감이 부임하면 꼬리를 내렸다가 욕심 있는 자가 올라치면 옳다구나 물 만난 고기였다. 지금의 목사 김수기가 그러한 인물로서 상찬계의 횡행이 더욱 거세져 가뜩이나 힘든 백성들의 입에선 살기보다 죽기가 쉽노라는 말이 매일같이 흘러나왔다. 자연히 많은 이들의 입에서 불평불만이 쏟아지고 그대로 좌시할 수만은 없다는 의견도 팽배했다. 양제해는 여러 벗들과 주민의 뜻을 모아서 관청에 등소하기로 결심하고, 내용의 경중에 따라 자칫하면 그 목숨까지도 내놓아야 하는 장두(狀頭)로 나설 것을 약속했다.

그러나 이 결연한 약속은 양제해의 벗이었던 윤광중이 상찬계의 핵심 인물 중 하나인 김재검에게 밀고함으로서 와해되고 만다. 더 큰 문제는 상찬계가 이로 인해 자신들의 비리와 부정 축적이 주목받을 것을 우려하여 그들을 역적으로 몰아붙인 데 있었다.

마을 향감을 네 번이나 역임할 만큼 주민들의 존경을 한 몸에 받았고 정의감과 애민심이 강했던 양제해는 하루아침에 역도가 되었다. 상

173

찬계의 김재겸을 비롯한 중수부들은 이들이 역심을 품고서 영문과 삼읍 관장 넷을 제거하고 제주 땅을 차지할 모략을 꾸몄다고 보고했다. 목사 김수기가 각종 이유를 핑계 삼아 그들의 주변인들까지 줄줄이 추포하니, 그 수가 도합 예순이 넘었다. 죄인들의 죄가 문제가 아니라 죄인으로 잡혀 온 것이 죄인지라, 밤낮으로 심문하여 억지 자백을 짜내다시피 했다. 이러한 역모반란의 소식이 대정 땅은 물론 조정에까지 이르지 않을 리가 없다.

난주는 바느질을 하는 동안 부인 안 씨에게 이와 같은 사정을 전해 들었다. 가뜩이나 향리, 서리 등 아전들이 한통속이 되어 사또의 눈을 가리고 가렴주구를 서슴지 않는 현실을 개탄하는 터에 의로운 백성들이 억지 누명을 쓰게 된 것을 짐작하고 혼자서 속이 퍽 상했다.

"그들이 과연 역심을 품을 만한 그릇이겠소? 기껏해야 미역세나 줄여 달란 것이지."

안 씨가 두런거리며 자수 실을 팽팽히 당겼다. 안 씨는 종종 난주를 불러들여 바느질을 하거나 서책을 보았고, 별일이 없을 때에도 함께 있기를 즐겼는데, 특히 이렇게 추운 겨울날에는 화롯불을 가운데 두고 오후 내내 안채에서 함께했다. 연상약한 두 사람이 나란히 앉아 자매처럼 바느질을 하는 모습이 보기에도 좋았는데, 다만 한쪽은 환자와 같이 안색이 좋지 못하고 한쪽은 불혹에 이른 나이에도 여전히 고왔다. 두 사람의 처지를 생각하면 전자가 난주여야 하지만, 실상은 안 씨가 병을 오래도록 앓아 볼살이 쏙 파이고 눈가의 그늘이 까맣게 이울었다. 세월이 흐른 만큼 난주도 나이를 먹기는 했으나, 타고난 살결이 곱고 까맣게 올려붙인 머리채가 단정하여 십 년 전과 크게 달라 보이지 않았다. 안 씨

174

는 본인의 몸이 허약한 것을 탄식하면서도 난주의 강건함을 다행스럽게 여겼으니, 혹여 자신에게 변고가 생기더라도 아이들을 어미처럼 살펴줄 수 있기 때문이었다. 난주 또한 안 씨의 마음 씀을 감사히 여겨 두 아들들을 제 아들처럼 여기고 머리끝에서부터 발끝까지 어미의 마음으로 돌아보지 않는 데가 없었다.

그때, 외출했던 김석구가 돌아와 안방에 들고, 난주는 자리를 비켜주느라 안잠자기가 묵는 아랫방에 들어앉아 바느질을 계속했다. 열린 장지문 사이로 담뱃대를 입에 문 김석구의 얼굴이 시무룩하고, 곧이어 따라 들어온 상집이 잔뜩 상기된 얼굴로 아버지와 마주 앉았다.

"할 말이라도 있느냐."

"저간의 사정을 듣고 싶습니다."

이듬해 혼례를 앞두고 있는 상집은 어느새 청년이 다 되었다. 마마를 심하게 앓았던 흔적이 몇 군데 남았기는 해도 제법 사내다운 선비의 얼굴이다. 이제는 유모가 필요 없을 때이지만 그래도 난주를 곧잘 찾는 것은 난주에게서 서학과 천주의 이야기 듣기를 즐기는 까닭이다. 난주는 상집의 목소리에 귀를 기울인다.

"너도 이미 들었을 터."

상집은 참을 수 없다는 듯 깊은 숨을 몰아쉬었다.

"화가 나느냐?"

김석구가 타이르듯 조심히 물었는데, 돌아오는 대답이 제법 매섭다.

"손바닥으로 하늘을 가릴 수는 없지 않습니까. 서른 명 남짓의 백성들이 모여 역모를 꾀했다면 어린아이도 웃을 일입니다. 줄줄이 잡혀 들어간 죄인들 중에는 서로 생면부지인 자들도 많으니, 애당초 사리에도 맞지가 않습니다."

175

평소 조용하다가도 도리에 맞지 않거나 신념에 어긋난 일에는 야생마처럼 달려드는 성미를 모를 리 없어, 상집의 말 한마디에 난주는 어미처럼 마음이 두근거렸다. 행여 분에 넘치게 방자하여 아버지의 노여움 살까, 이치에 맞지 않는 이야기를 하지는 않을까, 어린 자식을 세상 밖에 내놓을 때에 모든 어미들처럼 난주의 속내도 꼭 그러했다. 바느질을 멈춘 채로 고개를 기울이고 주인의 기색을 살핀다.

"너는 말을 삼가라. 왜 그리 가벼이 구느냐."

아들의 성미를 지그시 누르면서도 그 말에는 다정함이 묻어났다.

"그들 모두 무고히 희생될 것입니다. 막아야 합니다."

"역모죄를 무엇으로 막을 수 있다더냐."

"누명입니다."

"누명이라도 역모에 털끝 하나라도 관계된 것은 모조리 뿌리를 뽑으려 드는 것이 조정이다. 서북의 일로 인해 그들은 날카로워질 대로 날카로워졌고, 장계가 올라갔을 터이니 이미 무고하기만은 어려운 일이다. 소문 하나도 죄가 되는 세상임을 모르느냐. 섣부르게 나서는 이 또한 그 희생양이 될 것인즉."

다시금 상집의 답답한 한숨이 내려앉는데, 눈에는 열기가 어리고 얼굴엔 낙망하는 빛이 가득하다. 난주에게 짐작되는 바가 있었다. 상집이 제주목의 향교를 자주 오가며 지우들을 많이 사귀었고, 성정이 사내답고 소탈하여 서얼이나 중인의 벗들 또한 많은 터였다. 그중 몇몇이 필시 이번 역모와 엮여 있는 게다. 또한 상집이 오래전부터 소화라는 처자를 마음에 두었는데, 혹여 그 여인의 집안이 관계되었다면 더 말할 것도 없다. 중인과의 혼사를 입 밖으로 꺼내보지도 못하고 애만 태우다가 집안끼리의 약조대로 장가를 가게 된 상집이다. 여인을 위해 아무것도 할 수 없는 처지에, 행여 큰일이 벌어질까 애간장만 녹아드는 것이다.

"자중하거라. 인륜지대사를 앞두고 경거망동해서는 아니 된다."

근심하는 아비의 타이름도 어린 아들은 못마땅할 뿐이다.

"네, 꼭꼭 숨어 있겠습니다. 벗들이 다 죽어가도 두 눈 찔끔 감고 있겠습니다."

"아버지 앞에서 어찌 그리도 무례하느냐."

안 씨가 나서서 아들을 나무랐다. 그러나 김석구는 아들의 심경이 곧 자신의 심경이라 아무 말도 없이 담배 연기만 내뿜을 뿐이다.

최근 상찬계를 휘어잡은 몇몇의 인물들 중에서도 이방 하득인은 가장 위험한 인물이었다. 그는 몇 해 전부터 이방 자리를 차지하고 앉아 대정읍민들을 마치 제 가속 부리듯 했고, 향청은 물론 향촌의 어른들을 능멸하고 사또의 눈과 귀를 가리는 가장 큰 원흉이었다. 다행히 찬찬한 인물들이 부임해 올 때는 그도 주제를 넘지 않으나, 지금과 같이 꼼꼼치 못한 위인이 있을 때에는 뻔뻔스럽고 그악스럽기가 이루 말할 수 없다. 바로 얼마 전만 해도 그가 향청을 찾아와 양반네들이 관노비를 사사로이 부리는 일이 있다 하니 특별히 단속이 필요하겠노라고 능청을 떨면서 김석구의 얼굴을 뜨겁게 한 바 있었다. 그를 생각하면 김석구의 이맛살은 저절로 찌푸려지고 골치가 아파온다. 그가 악한 위인임을 뉘가 모르겠는가. 하지만 한 마을에서 대대로 향리직을 이어오며 권세를 쥐어온 아전을 죄주기는 나라님을 바꾸는 것만큼 어렵다. 그들은 집안끼리 직역끼리 얽힐 대로 얽혀서 서로의 뒤를 봐주고 악행을 눈감았다. 그들의 기세에 눌려 벼슬 없고 돈 없는 양반은 오히려 눈치를 봐야 할 처지다. 다행히 김 씨 집안의 풍족한 가산과 권세는 감히 사또라 해도 함부로 할 수 없었으나, 작은 결점이나 핑계거리라도 잡힌다면 그들에게

승냥이처럼 물어뜯길 일이다. 무엇보다 그가 가장 원하는 제물은 언제나 김씨 집안의 유모, 정난주다. 유모는 이곳에 정착해 사는 동안 두 아들의 양육과 교육에 모자라거나 넘치는 적이 한 번도 없었고, 숱한 가노와 관노비는 물론 백성들 사이에서도 두루 인품을 인정받고 궂은일도 마다하지 않았다. 또한 동리에서 곡경에 처한 아낙들이나 아이들이 있을 때에는 무슨 수를 써서라도 그들을 도왔으니, 난주 스스로 인덕을 쌓고 있는 셈이다. 하 이방도 두 귀가 열려 있는지라 함부로 민심을 이반할 수 없으니 까닭 없이 트집 잡지는 못했다. 그러나 성난 짐승이 아가리를 벌리고서 노상 바라보고 있는 꼴이니, 행여 흠을 잡힐까 행동거지 하나에도 조심스러운 것이다. 만일 이번 일에 자신이 나서서 한마디라도 거든다면, 이방은 물론이요 상찬계의 계원들 모두를 적(敵)으로 두는 일이었다. 상집이 작은 사랑으로 나간 후에도, 김석구는 근심에 파묻혀 있다가 종내에는 술상을 들여와 혼자서 속을 달랬다.

부인 안 씨가 주인의 시중을 드는 사이에 난주는 곁문으로 빠져나와 상집을 찾았다.

"도련님, 속이 많이 상하시지요?"

상집은 사랑방에 벌러덩 드러누웠다가 간신히 일어나 앉았다.

"화병이 날 지경이오."

엄동설한에도 그의 얼굴은 불그죽죽 달아올랐고 난주를 올려 보는 눈꼬리엔 분노가 가득하다.

"내일모레 혼례를 올리실 분이 아이처럼 그러시면 아니 되오."

"혼례가 다 무어요? 나는 싫소. 정인이 죽는 꼴을 보고서 장가를 어찌 가오."

몸은 다 커서 어른이 되었어도 마음은 아직도 어린 상집을 보며 난주는 애잔하기도 하고 안타깝기도 하다. 죽은 서방님이 혼례를 치렀을 때 상집의 나이였으나, 어린 난주가 보았던 그는 훨씬 어른스럽고 진중하여 감히 올려다보는 일도 어려웠었다. 한 번은 따끔하게 이야기하는 편이 나으리라 생각하고 난주가 입을 열었다.

"그렇게 투덜댄다고 해결되겠어요? 그리 억울하다면 지금 당장이라도 흰 깃발을 내걸고 제주목으로 달려드세요. 그리고 그들을 놓아달라 간청해보세요. 누명을 쓴 것이다 가슴을 치고 땅을 치며 울어보셔도 좋고요. 혹시 압니까? 목사께서 네 말이 옳다 하고 그들을 놓아주실지 말예요."

부드러운 듯하면서도 매서운 난주의 말에, 상집은 쭈뼛쭈뼛 고개를 돌렸다.

"정인을 지키는 일이 이리도 어린아이 같은 투정이어서야 안 될 것입니다. 설사 덫에 빠졌다 하여도 그들을 역도로 벌하기 전 필히 임금께서 조사할 인물을 보낼 것이니, 그분을 통해 진실을 규명할 궁리를 하셔야지요. 주인 나리께서는 절대로 나서서는 아니 되며 또 도련님도 나서서는 곤란해질 겝니다. 그렇게 나서는 양반들 또한 그들의 먹잇감이 될 것을 아시겠지요? 그리고 이 늙은 유모는 사내대장부가 방구석에 앉아 징징거리는 일이 영 마음에 들지 않으니 한 말씀만 더 드리겠어요. 마을의 아무리 천한 집 어린 자식이라도 억울한 일이 있다고 우는 일은 없습니다. 그들은 배곯아 죽을 지경에서도 제 몫의 죽을 할망이나 아우에게 양보하면서 눈물 한 방울 내놓지 않는다오. 어르신과 도련님들 덕분에 일신을 편하게 살아가는 제가 할 말은 아니지만, 벗들의 죽음을 걱정하기도 하려니와 어찌하여 그와 같은 등소(等訴)를 꾸리게 되었는지 그러한 전후 사정을 먼저 생각하십시오. 지난 가뭄과 물난리에 대정현에서만 수십 가호가 몰살을 당했어요. 도련님께서는 부디 오늘 하루의 슬픔만을 새기지 마시고 어제에 지나간 아픔과 닥쳐올 내일을 근심하셔야 할 것입니다."

난주는 상집의 대답을 기다리지 않고 작은 사랑을 벗어났다. 성미가 급하기는 해도 난주의 말뜻을 알아듣지 못할 상집이 아니다. 그날 오후 곧바로 아버지를 찾아 무람없음을 사죄했으며, 조정에서 내려오게 될 찰리사(察理使)를 기다려 그들의 무고를 풀어낼 궁리를 하게 되었다.

그로부터 며칠 지나지 않은 저녁, 보말은 밥상을 치우고 난주는 괜스레 산란한 마음에 뒷마당을 서성인다. 겨울이 물러갈 때보다 들이칠 때가 매운 법이라, 땅은 이미 얼어붙고 칼바람이 야무지게 불어왔다. 서둘러 떨어진 해는 종적이 없고 이른 달이 떠오르는데, 어디선가 발자국 소리가 자박자박 들려왔다. 그 무렵 난주는 주인집과 이어 붙은 초막을 쓰고 있었는데, 입구는 정낭도 없이 올레로 바로 났고 뒷마당 돌담은 인적 드문 들녘으로 이어졌다. 발자국 소리는 그쪽으로부터 다가오고 있었다. 난주가 정지의 쪽문을 열고는 보말에게 고팡에 숨도록 하고, 자신은 안방으로 들어가 문을 잠그고 앉았다. 시절이 수상하니 무슨 변고가 생겨도 이상한 일이 아니었다.

"유모……."

문고리 너머로 들려온 목소리는 상집이다.

"도련님이시오?"

난주가 미심쩍어하면서도 슬그머니 문을 여는데, 쑥 들어오는 얼굴은 갓 장수 정방호다. 상집은 그의 곁에 찰싹 달라붙어서 얼굴을 찌푸리고 섰다. 정방호는 예사스러운 옷차림이었으나, 상집은 창의도 입지 아니하고 방령 깃의 답호 하나만을 걸쳤으며 그 자락마다 흙투성이요 갓도 없는 망건의 띠는 피에 젖었다. 난주는 두 사람을 방으로 들이고는 도로 달려 나가 주위에 다른 인기척이 없는 것을 확인했다.

"대체 이게 웬일이오?"

난주가 상집의 상처를 등잔불에 비춰 보았다. 갓 띠 밑으로 상처가 한 치 정도다. 보말이 흰 수건을 대고, 난주는 얼른 상처에 좋은 도깨비 바늘 잎을 따뜻한 물에 짓찧는다.

"어른들께는 비밀로 해주시오."

상집이 조심스레 말했다. 난주는 상집의 말에는 대꾸도 없이 정방호를 흘겨보았다.

"나리가 말해보시오. 어찌 된 일이오?"

그간 정방호는 강 노인이나 순덕의 부탁을 핑계로 난주에게 약재나 서책 등을 가져다주는 일이 왕왕 있었고, 그런 용무가 아니더라도 자주 들러 보말을 챙기고 난주의 안위를 살피곤 했다. 특히 난주와 함께 빈자들의 자립을 돕기 위한 양태나 말총 등의 공동 작업을 주도하며 마을과 긴밀한 연을 이어오고 있는 터였다. 최근에는 강 노인이 예순을 지나 관노의 역을 내려놓게 되자 자신의 가솔로 청하여 대정현청과 멀지 않은 곳에 가옥을 사서 함께 자리를 잡았다. 장사로 벌어들인 돈이 제법이었으나 한곳에 정착하여 산 것은 그때가 처음이었다.

"정 서방은 우리 일을 도왔을 뿐이오."

상집은 난주를 말리며 미안한 얼굴을 했다.

"도련님은 아직 어리오. 험한 일이라면 돕기보다 말리셨어야 맞지 않소?"

난주는 또다시 상집의 말을 듣는 둥 마는 둥 정방호만 다그치는데,

정작 그는 입술을 씰룩거리며 웃을 뿐이다.

"어찌 웃기만 하시오. 이게 웃을 일이오? 무슨 사고를 치신 게요?"

"여보시오. 도령은 어린아이가 아니오. 다 큰 청년이오."

정방호는 희끗한 수염이 잔뜩 돋아난 턱을 긁적이며 대수롭지 않게 말했다.

"그래, 무슨 일을 하시었소? 관아에 쳐들어가 그들을 구출하셨소?"

보말이 곁에서 어미의 옆구리를 쿡쿡 찔렀다. 보말은 제 어미가 다른 이들에게는 그렇지 않으면서 삼촌에게만은 유독 쌀쌀맞게 구는 까닭을 알 수 없었다. 정방호가 보말을 향해 뱅긋이 웃어주고는 난주에게 말했다.

"도령은 도령의 할 일을 하였고, 나는 또 나로서 할 일을 하였을 뿐이오. 내 보아하니 예나 지금이나 부인께서는 그 알량한 정의라는 것을 믿는 듯하지만, 찰리사가 내려와 누명을 벗겨주기를 기다리다가는 그들이 죽는 것은 물론이요 우리까지 답답해 죽을 것이오. 설사 그들이 저절로 죽지 않더라도 죽을 것이니, 손아귀의 미물을 으스러뜨리면 끝인 것처럼 그들 또한 옥사할 거란 말이오. 그들이 폭도로 죽어야만 자신들이 사는 길이니 기를 쓰고 죽이지 않는다면 그것이 더 이상한 일이오. 그것이 부인이 믿고 있는 이 땅의 정의요."

난주는 정방호의 말에 귀를 기울이고 있다가 새삼 몰강스러운 현실을 깨닫고는 몸서리를 치며 한숨을 폭 내쉬었다. 하기는 거짓 공조가 낱낱이 밝혀지도록 두 손을 놓고 있을 그들이 아니다. 그렇게 믿고 싶었을 뿐이다. 한참 만에야 난주가 간신히 목소리를 내었다.

"그래도 도련님은……"

"왜, 너무 어리고 귀하고 존엄한 분이시오?"

정방호는 심술궂은 눈으로 조롱하듯 말했지만 입가에는 미소가 보일 듯 말 듯 떠돈다.

"어리거나 늙었거나 무모하거나 마땅하건 간에, 누구든 스스로가 시키는 일을 주저할 수는 없을 것이오. 부인 또한 세상이 손가락질하는 천주인이 되기를 원했으니, 부인 보기에 어리석을지언정 무턱대고 나무라지 마시오. 또 도령의 계획이 성공했더라면 혹여 그들이 살았을는지 누가 알겠소. 시도조차 하지 않는 것이 두려울 뿐이지."

난주는 그 이상 따지지 못하고 말없이 천장을 올려다보았다.

"나는 장삿길을 다니며 상찬계의 패악을 수도 없이 보았소. 자신들의 세금을 뜯기 위해 뱃길을 바꾸는 것은 물론이요, 이문의 절반 이상을 떼어가는 일도 숱하였지. 돈 많은 선주들은 그렇다 치고 가여운 고깃배 어부까지도 몇 마리 되지도 않는 소출을 빼앗기거나 여인들을 위협하는 꼴은 차마 못 보겠습디다. 심지어 백성들의 술주정에도 세금을 붙여 돈을 받고 툭하면 마을의 청년들을 불효자랍시고 테우리로 쫓아내니 그 또한 돈이나 벌어볼 요량 아니겠소. 나 같은 위인이야 속되고 비루하여 그러한 정의로운 일에 나서지 못하고 나설 이유도 없지마는, 장두로 나서려던 양제해의 뜻에 틀린 바가 없소. 이제 그들을 모조리 죽이고 나면 상찬계의 위인들이 더 날뛰며 백성들의 목을 조를 것이니 천민이든 유자이든 다 함께 근심할 일이오. 더구나 사내로 태어나 정인을 지키려는 데에야 무슨 명분으로 주저앉힌단 말이오?"

정방호는 낯을 흐리지도 않고 언짢은 빛도 나타내지 않은 채 말했다. 난주가 상집을 돌아보았다. 상처를 싸매고 누운 상집의 얼굴에는 슬픔이 어리었다.

"소화의 아비가 붙들려 갔소. 그 오라비인 내 벗도 함께 옥에 있는데,

아버님은 이미 반송장이 되었다오. 오늘 우리는 상찬계의 주동자 중 하나를 잡아내어 협박을 해보려는 것이었는데, 그들이 마을 곳곳에 사람을 세워 경계하였는지 졸지에 팔매질을 당하였소."

"그들이 얼굴을 보았소?"

"모두가 두건을 썼소."

"당분간은 출입을 삼가세요. 나리도 마찬가지예요. 장사를 떠나지 않으시려거든 마을 쪽으로는 발길을 하지 마세요. 이 일과 관계된 자들을 찾으려 혈안이 될 게요."

"나는 상관치 마시오. 할 일이 있으니."

정방호는 손짓을 하여 난주의 말소리를 줄이고는 바깥쪽에 가만히 귀를 기울였다. 바람에 나뒹구는 함지 소리 따위에도 그는 몹시 긴장되어 보였다.

"나리도 이 일에 끼어들 셈이오?"

못마땅한 난주의 말에 정방호는 도리어 웃었다.

"나를 걱정하는 게요, 그대의 귀여운 도령을 걱정하는 것이오?"

정방호의 조롱에 난주의 얼굴이 붉어졌다.

"삼촌, 조심하세요. 혹여 도망하시게 되면 이리로 오시구요. 고팡 밑에 굴이라도 파두겠어요. 쪼그리고 앉아 이엉을 뒤집어쓰면 감쪽같을 걸요."

보말의 깜찍한 말에 정방호는 금세 얼굴빛을 바꾸어 다정히 웃었다.

"걱정 말아라. 내가 목숨을 내놓는 일을 하겠느냐. 나는 사는 게 중한 사람이다. 죽고서야 아무짝에도 쓸모없으니. 너야말로 어멍과 조심하여라. 함부로 나다니지 말고, 오름이나 갯가에도 가지 말거라. 군졸들이 모이는 곳마다 공연히 화가 미칠 게다."

정방호는 마치 난주에게 이르듯이 당부하고는 모두를 한 번 돌아본 후 초막을 빠져나갔다.

"어멍, 걱정 마세요. 삼촌은 무사하실 거예요."

턱을 괴고 앉은 난주를 보말이 위로하고, 상집은 간신히 몸을 일으키고 앉았다.

"정 서방이 나선 것은 유모 때문이오. 너무 나무라지 마시오."

"저 때문이라니요?"

난주가 깜짝 놀라 고개를 드니, 상집이 어렵사리 말했다.

"그들의 기세를 꺾어놓지 않고서는 훗날 이방의 횡행을 막을 수 없기 때문 아니겠소."

"나를 관비 삼는 일은 두렵지 않습니다."

자신으로 인해 모두가 애쓰는 것이 안타까워 난주는 머리를 흔들었다.

"유모는 두렵지 않을지라도 우리들은 두렵소. 유모를 능멸하는 것은 우리를 능멸하는 것이며, 유모를 아프게 하는 일은 또 우리를 아프게 하는 일이오. 정 서방도 우리보다 더하면 더했지 덜하지 않은 마음이오."

난주는 이미 한 식구로 살아온 그들의 깊은 마음을 짐작하여 더 이상 말을 하지 못했다.

상집은 본채로 돌아가 얼마간 바깥 거동을 하지 아니하였고, 열병이나 누웠노라는 소문을 퍼뜨려 의심을 피했다. 난주가 의녀와 같음은 오래된 일이라, 의원을 부르지 않아도 특별한 눈길을 받지 않았다. 그사이에 한 가지 다행스러운 소식은 한양에서 찰리사를 파견하리라는 것이었고, 불행한 소식은 붙들려 간 이들 중 장허식이란 자가 고초를 이기지 못하여 죽었다는 것이었다. 목사와 판관이 역모 인정을 종용하며 매일같이 매를 치고 있으니 나머지도 살아남기가 쉽지 않을 일이다. 모두가 일각이 여삼추같이 찰리사의 도착을 손꼽아 기다렸지만, 그가 도착하려거든 느긋하게 뭍을 건너오고도 바람을 기다려 배를 타야 하니 몇 달이 걸릴지 알 수 없었다.

마을이 안팎으로 시끄럽고 걱정스러운 와중에, 난주는 도련님을 단속하랴 정방호를 근심하랴 연일 속이 편치 못했다.

그날도 일찍부터 깨어나 슬깃슬깃 떠오르는 아침 해를 바라보는데, 아이쿠야 외마디로 들이치는 개금의 호들갑에 가슴부터 내려앉았다.

"삼촌 계세요? 계시지요?"

군불을 때러 나갔던 보말이 영문을 몰라 고개를 빼고, 난주 또한 문을 열며 타박부터 하였다.

"어찌 그리 성미가 급하여졌누? 우물가에서 숭늉 찾겠네. 사람부터 찾고 소리를 쳐야지."

"삼촌 생각해서 달려오는 길이니 군소릴랑 마세요."

"글쎄, 무슨 일인데 그래."

개금이 마을로 살림을 난 지 오래라 그 소식통을 별반 믿지 아니하여 궁금한 기색도 없다. 한껏 반겨 할 줄로 알았다가 기운이 빠져버린 개금은 정지로 내려가 보말에게 손을 흔들었다.

"애, 나 물 한 바가지 주. 내처 달려왔더니 목이 칵칵 막히네."

보말에게서 물을 받아 벌컥벌컥 달게 마시더니, 뒤늦게 오금을 떨며 추위를 느낀 모양이다. 두 손을 불가에 쪼이면서 띄엄띄엄 말을 늘어놓았다.

"글쎄, 사달이 날 줄 알았지요. 하늘 아래 정의가 있다면 억울한 옥살이를 그저 지켜만 봐서는 안 되는 게지요. 보말아, 네 어린 깜냥에도 그 어른들이 역모라니 당치 않은 소리지? 눈이 있고 귀가 있는 사람이라면 윗전들이 잘했다 할 사람 하나도 없을 게다."

"어린것에게 무슨 푸념인가. 내게 하려던 이야기나 마저 하게. 무슨 사달이 났다는 게야?"

난주는 보말을 붙드는 개금의 주책을 지적하고, 야무진 개금이 아이들 여럿을 낳고 느물대어진 것을 우습게 생각했다.

"삼촌, 놀라지 마세요. 글쎄, 그들이 모두 탈옥을 했답디다."

난주가 얼핏 다른 생각에 잠겼다가 개금이 던진 한마디에 끽경하여 입을 쩍 벌리고 말을 잇지 못했다.

"그봐요, 경천동지할 일은 아니어도 기절초풍은 할 일이지요?"

개금이 잔뜩 생색을 내고서, 지난 저녁에 수십 명의 복면 쓴 사내들이 옥에 쳐들어왔다는 이야기, 죄수들의 오라를 풀고는 흰 종이 위에 무고라는 두 글자를 남겼다는 이야기, 그들을 뒤쫓아 포졸들이 산이며 들로 횃불을 들고 뒤진다는 이야기를 하였다.

"즈이 서방이 어제 일찍이 공방 나리의 심부름으로 제주목을 들었다가 변고 난 일들을 소상히 본 후에야 출발했답니다. 삼촌이 그 일을 궁금해하시기에 해가 뜨자마자 부리나케 달려온 거예요."

"……큰일이로군."

난주가 간신히 한마디를 내놓고는 창백한 얼굴을 보말 쪽으로 기울였다.

"다행 아니여요? 도망이라도 하기를 바랐더니 소원대로 되었어요."

보말은 어린 소견으로 웃음기까지 띠고 말하자, 난주의 미간이 찌푸려졌다.

"지각없다. 배 한 척이라도 남몰래 섬을 떠나기 어렵거늘, 누명을 벗지 못한 죄수들이 어디로 숨는단 게냐."

"산도 깊고 갯가가 천지인데 죽기야 하겠세요?"

개금이 말을 치자, 난주는 아예 혀를 끌끌 찼다.

"목숨만 구한들 산목숨인가. 이제 두고 보게. 도망을 핑계로 그들을 더 큰 역당으로 몰아갈 게야. 몇몇 사내들이 의기로 그들을 구했다지만, 그들 또한 역당의 무리로 낙인찍혀 쫓길 게 분명해."

난주는 기껏 와준 개금을 그냥 보낼 수는 없어 아침을 차려 먹이고, 개금이 가는 길에 보말을 딸려 보냈다.

"순덕 삼촌에게 가서 하르방과 그 집안일을 알아보거라. 소식을 전할 때는 중노미만 보내고, 너는 그곳에 당분간 머무르도록 해."

"어찌 그러세요? 별감 댁이 더 안전하지 않나요?"

개금이 갸우뚱하였고 보말도 어미 곁을 떨어지기는 싫었지만, 난주는 근심하는 바가 따로 있어 두말하지 않았다.

그들이 모두 떠나고서야 난주는 안채로 들어 안마님을 먼저 찾아 소식을 전하고, 마님은 또 주인어른에게 이와 같은 사실을 고했다. 황황히 향청으로 나서는 주인을 배웅한 난주가 뒤늦게 작은 사랑채를 찾으니, 서책을 보고 있던 상윤이 반기며 일어선다. 해사한 얼굴에 검은 눈망울이 맑은 소년이다. 품 안의 자식티를 제법 벗어 어린아이가 아니건만, 난주는 언제나 그 아이를 천진하게 느꼈다.

"작은도련님을 오랜만에 뵙소."

"유모야말로 어찌 그리 바쁘오? 듣고 싶은 이야기가 많았는데."

상윤은 난주를 며칠 만에 만난 것이 여간 좋지 않은지 뱅싯뱅싯 웃었다. 늘 다정하고 사분사분한 태도가 난주의 마음에도 퍽 기쁘다.

"걱정 마세요. 오늘 밤에라도 도련님을 다시 찾아오리다. 어릴 때처럼 자장가라도 불러드리면 더욱 좋으려나요."

"아이쿠, 그런 소릴랑 마오. 남들이 들으면 흉을 본다오."

설이 지나면 열넷이 되는 상윤은 목을 가다듬으며 의젓한 체를 했지만 살가운 애교가 묻어 있어 여간 사랑스럽지 않다.

"큰도련님은 어딜 가셨나요?"

그제야 난주가 찾아온 이유를 물으니, 상집이 사랑에 나오지 않았으며 아침상도 따로 받았다는 것이다.

"그래, 지금 어디 계시오?"

"별채에 있는데, 방에 틀어박혀 나오지 않소. 얼마 전 아프신 이후로 형님께서는 말씀도 없으시고 늘 풀이 죽어 계시니 어른들께서 걱정이 많으시다오."

"네, 제가 찾아가보지요."

상윤은 유모와 헤어지는 게 아쉬워 함께 나서려 하나 난주가 극구 그를 떼어두고 홀로 별채를 찾았다. 집안의 큰일이 있을 때나 쓰는 별채에 홀로 처박혀 있는 것부터 수상쩍다. 담을 둘러싼 감나무가 발가벗고 선 채 흰 얼음이 얼었는데, 산새 몇 마리가 울 뿐 인기척도 없었다.

아주 오래된 어느 때, 그곳에서 마마를 앓던 상집과 아이들을 보살폈던 기억을 떠올리고는 난주의 마음이 오히려 불안하다. 때로는 축복과 악운이 한데로 온다. 상집을 살리지 못했더라면 오늘날의 따뜻한 배려와 축복이 있을지 알 수 없으며, 이방의 아들이 죽지만 않았더라도 악연의 실타래를 잘라냈을 것이다. 인력으로만 안 되는 것이 생사의 일뿐만 아니라 살아 숨 쉬는 모든 순간이 또한 그러했다. 허나 모든 것을 하늘의 뜻에만 맡기는 일 또한 무책임한 회피가 아닐는지, 난주는 간혹 혼란스러웠다. 그 번민의 한가운데는 언제나 아들 경헌이 있다. 관노와 죽음의 저주를 피하려던 선택이 결국엔 아들을 운명에 내맡기는 꼴이 되어버렸다. 요행히 천주의 은총으로 살아남아 역적의 자식과 관노의 역을 피하기는 했으되, 어미의 품과 근본 뿌리를 잃었으니 무엇이 더 큰 고통인지 알 수 없었다. 다시는 만나지도 듣지도 못할 그 어린 낯이며 목소리가 이루 말할 수 없이 궁금하고 또 괴롭다. 그리하여 난주는 생각하건대, 모든 축복과 악운이 하나이며 고결한 천주의 뜻과 비루한 인간의 속내가 하늘과 땅의 차이가 아니라 실은 하나인 것 같기도 했다. 고락(苦樂)이 손바닥 뒤집듯 하나이고, 행불행(幸不幸) 또한 그렇지 아니할까. 그렇게 별채 마루를 멀거니 바라보며 섰을 때, 마침 상집이 세숫물이 담긴 놋대야를 들고 나오다가 난주를 보고는 소스라치게 놀랐다.

"유모가 웬일이오."

난주는 그제야 정신이 난 사람처럼 머리를 설설 흔들고는, 눈앞의 상집을 살폈다. 상처는 이제 아물었고 깃으로 가려져 자취가 없었으나, 긴장감이 맴도는 얼굴빛이며 주위를 살피는 불안한 두 눈이 예사롭지 않다.

"도련님, 절 좀 보시지요."

난주가 상집을 지그시 부르는데 오히려 그것이 더 매서운지라 상집은 벌써 눈을 피했다.

"오늘은 일이 있으니 나중에 보오."

"지금 좀 보세요."

난주는 기어코 상집을 마루 끝에 주저앉히고는 어린 날 그랬던 것처럼 그 얼굴을 한참 바라보았다. 아비를 닮기는 하였어도 사내다운 기골이 더욱 뚜렷하여 굵직굵직한 이목구비며 야무진 입매에 도령만의 의기와 고집이 드러났다. 이제 열일곱, 아직은 서투르지만 곧 주인처럼 한 고을의 일을 보살필 도량으로 자라날 터였다.

"누구를 숨기셨나요?"

난주가 짐작되는 바를 묻자, 상집은 고개를 흔들었다.

"당치 않소."

"찾으러 올 것이오."

"누구도 숨기지 않았소."

"그 낭자의 아비요?"

"유모……!"

"아비와 오라비 둘 다는 아니겠지요?"

그렇게 숨바꼭질하듯 실랑이를 하고서야 상집이 한숨을 폭 내쉬었다. 그가 말없이 마루 끝의 방을 바라보았다. 난주가 일어나 살그머니 다가가 귀를 대어보고는 도령과 마찬가지로 쓴 숨을 내쉬었다.

"그럴 수밖에 없었소."

상집이 발명하고,

"큰 화를 불러오시었소."

난주는 나무랐다.

"그른 것을 보고도 눈을 감으면 군자가 아니라 하였소."

"정 서방의 말을 못 들으셨소. 정의라는 것은 그들의 눈과 판단에만 있습니다. 우리의 측량이나 믿음과는 관계가 없어요. 당장 관졸이 들이닥친다면 도련님은 물론 집안 가속 모두가 역도가 되는 것이오."

그러나 상집은 정 서방의 이야기가 나오자 오히려 득의양양하여 고개를 가로저었다.

"이를 주도한 것은 정 서방이오. 그가 이들을 탈옥시켰단 말이야."

이번에는 난주가 말문이 막혀 두 눈을 동그랗게 치켜떴다.

"때마침 소화 낭자가 가노들을 옥전에 대고 있었는데, 아비와 오라비가 절뚝거리며 나오는 것을 보고는 말을 빌려 이곳까지 도망시켰소. 내가 그들을 어디로 내쫓겠소. 설사 이것으로 화를 입는다 해도 내 운이 그뿐이요, 요행히 목숨이나마 구할 수 있다면 찰리사가 온 후에 누명은 벗을 수 있을 게요."

상집은 결연한 눈으로 입술을 꽉 깨물었다. 난주는 정방호가 일에 끼어든 것도 모자라 위험천만한 일을 자행한 것에 기가 질렸고, 이미 숨겨준 죄인들을 어찌할 수도 없어서 머리를 감싸 쥐었다. 그렇게 얼마간 시간이 지나고서야 결심이 선 난주가 자리에서 일어났다.

상집은 유모가 순순히 일을 덮어줄 것으로 여겼으나 그럴 수는 없었다. 난주는 상집을 달래고 설득하여 그날 해가 지기 전에 죄인 둘을 모두 초막으로 옮겼고, 땅거미가 내려앉은 후에는 그들을 변복시켜 마을 밖 외거노비 개석의 집으로 데려갔다. 개석은 상처하고 홀로 사는 중늙은이였는데 젊어서 시력을 잃고 새끼를 꼬아 신공을 바쳤다. 그가 자식도 이웃도 없는 까닭에 남의 눈에 띌 염려가 없었고, 본인 또한 눈을 잃고 바깥 거동을 안 하니 쓸데없는 소문이 날 이유가 없다. 난주는 때마침 순덕이 보내온 중노미를 얼러서 이러한 일들을 대신해 시키고는, 잡곡과 말린 생선을 함께 보내어 먹을 수 있도록 했다. 두 사람을 근심한 상집이 밤을 틈타 찾아가 위로하고, 난주 또한 남몰래 오가며 먹을 것이며 입을 것을 챙겼다. 늙은 아비는 신세를 한탄하느라 눈물바람이었고, 소화의 오라비 성중은 며칠간의 옥살이와 도망으로 세궁역진하여 말도 없이 고개만 숙였다.

그러나 대역죄인들이 탈옥을 한 마당에 제주 땅 어디라도 잠잠할 리가 없다. 이튿날 벌써 제주목에서 내려온 관군이 대정현을 뒤지기 시작했다. 설마 이 멀리까지 도망을 왔겠느냐고 되물었던 현감 백사건은 군졸을 이끌고 온 제주목의 중군 우현에게서 시골 양반들은 쥐새끼가 들고 나는 것도 제대로 알지 못한다는 방자한 말대답이나 듣고 입을 다물었고, 상찬계의 수뇌부인 하 이방은 그들보다 앞장서서 마을을 들쑤시느라 분주했다.

난주는 일부러 평소와 같은 기색을 꾸미며 조용히 바느질을 하거나 상윤과 마주 앉아 서책을 보기도 했는데, 하 이방은 무슨 낌새라도 챈 것처럼 종종 별감을 찾아와 쓸데없는 말을 늘어놓으며 주위를 살피는 것이다. 상집은 종내 불안해하여 그들을 다른 곳으로 도피시킬 궁리도 하였다. 양제해와 다른 무리들이 이미 하나둘 붙들려 갔다는 소문이 도는 까닭이었다.

"그들을 먼 섬으로 보낼 수 없겠소?"

"뱃길이 막혀 죄 없는 자도 갈 수가 없는데 저들을 어느 길로 보낸단 말이오? 작은 주낙선 하나도 맘대로 띄우지 못하는 땅이 아닙니까."

"정 서방의 소식은 어떻소? 붙들려 간 이들이 실토하게 되면 그들도 위험해질 텐데요."

난주는 미간을 찌푸리고 입술을 꽉 다물었다. 하 이방이며 관군들의 눈을 피하느라 정방호와 강 노인은 물론 보말의 소식도 듣지 못하였다. 모슬개의 선장 권용철이 순덕을 각별히 아끼는지라 그곳에 있는 딸의 안위는 근심치 않았으나, 한바탕 일을 꾸미고 사라져버린 정방호는 걱정이 한이 없었다. 행여 붙들리는 날에는 양 풍헌이 아니라 그가 먼저 죽을 것이다.

그들이 하루하루 무사함을 기도하며 간신히 며칠을 보내고서 사달이 생겼다. 옥살이로 몸이 약해진 데다 장독이 덧난 소화의 아비가 앓아누운 것이다. 앓아도 보통 앓은 것이 아니라 물똥을 연신 지리고 고열에 시달리며 한밤에도 광증이 난 사람처럼 소리를 질러댔다. 개석 혼자 살던 초막에서 전에 없던 인기척이 느껴지니, 멀리 떨어진 마을 사람들도 차차 이를 눈치채게 되었다. 상집이 이것까지는 모르고서 그저 병중만을 염려하여 어린 계집종 언년에게 전복죽 한 그릇을 들려 보냈는데, 아이가 들고 가는 밥상에 의심을 품고 군졸 하나가 따라붙었다. 그는 잘하면 죄인의 끄나풀이나마 잡을 것이요, 그게 아니라도 어린 계집이 제법 어여쁘므로 다른 속셈을 채우리라 희희낙락하였다. 언년이 개석의 초막에 미처 못 가서 수풀 사이를 헤칠 때에, 군졸이 순간의 생각을 참지 못하여 그 손목을 성급히 낚아챘다.

"무사 이럼수강?"

깜짝 놀란 언년이 손목을 빼려고 몸을 비틀고,

"네년이 어딜 몰래 감시냐? 이방 어른의 고람신디 네 가속이 음흉허덴 허난. 일단은 내 볼일을 먼저 보잰 험져."

군졸은 계집아이를 풀 위에 눕히려고 어깨를 떠다밀었다. 어린 종년이 제법 똑똑한지라 죽 그릇을 군졸의 면상에 던져놓고는 초막과 반대 방향으로 도망치는데, 그가 괴성을 빽빽 지르며 얼굴의 죽을 닦아내고 눈을 부라리며 계집아이를 쫓는다. 아비의 이마를 닦아주던 성중이 요란한 소리에 놀라 뛰쳐나와 보니, 짐승 같은 군졸이 한 손으로는 언년의 머리채를 붙잡고 다른 손으로 육모방망이를 쳐들었다.

"내가 싫어 도망감시냐, 지은 죄가 탄로 날까 도망감시냐. 어느 쪽이든 네년을 가만두지 않으크메 각오행 이시라."

이를 지켜보던 성중이 차마 모른 척할 수가 없어서 제 처지를 생각지 못하고 수풀 사이로 나섰다.

"죄 없는 부녀를 희롱하니 그 무슨 추태냐."

군졸이 휙 뒤를 돌아보는데, 관아 밥을 오래 먹은 이라 금세 정체를 눈치챘다.

"낄낄, 오늘은 어쩐지 소망일어덴 허라마는. 네가 도망질한 죄인 중 하나렷다. 꽃향기를 좇아오니 돈 냄새도 남시난. 상급 탈 일만 남았단 소리다."

성중이 도망치려 해도 앓아누운 아비가 걱정이요, 나졸의 손에 붙들린 어린것이 안쓰러워 되는대로 돌멩이를 집어들었다.

"나와 쌈잰 험시냐. 괜스레 방망이 맛이나 보고 머리통 깨지잰 허지 말구……."

말이 미처 끝나기도 전에 성중이 돌을 들고 덤벼들었다. 쥐도 몰리면 고양이를 무는 법이다. 유약한 서생이나마 죽기 살기로 엉겨 붙으니 군졸도 쉽게 제압하지 못했다. 어이쿠 어이쿠 둘이서 한참 몸싸움을 한 뒤에 성중이 홀로 일어나는데 얼굴과 어깻죽지는 찢어져 피가 흘렀고, 포졸은 입을 헤 벌린 채로 뒤로 자빠져 누웠다. 그가 쓰러진 곳에 붉으죽죽한 피 못이 둥그렇게 퍼져나간다. 머리통이 바윗부리에 단단히 부딪힌 모양이었다. 한편에 엎디어 울고 있던 언년이가 발딱 일어나서 성중에게로 다가왔다. 불과 며칠 전만 하여도 동무들과 어우러져 한세상을 품을 것 같던 젊은 도령은 할 말을 잃고서 주저앉는다. 실제로 역모도 꾀하지 않았을뿐더러 누구를 상하게 한 일도, 죽인 일은 더더구나 없었다. 성중은 그저 모든 것이 잘못되었다고 생각할 수밖에 없었다.

"이젠 끝이다."

"숨어 계셔요. 제가 시체를 감추겠어요."

어린 계집종 언년이 맹랑하게 말했지만, 성중은 고개를 가로저었다.

"관군들이 곧 올 게야. 당장 떠나야겠다. 너도 얼른 여기를 벗어나라."

그러나 아버지를 업은 성중이 그 골짜기를 벗어나기도 전에 관군 서넛이서 올라오는 것이 보였다. 근심이 되어 뒤를 쫓던 언년이 성중의 옷깃을 잡아끌었다. 성중은 더 생각할 겨를도 없이 언년을 따라 숨는데, 그곳이 하필 또 별감 댁의 창궤다. 보리밭 끝에 수수대로 허름하게 이어놓은 창궤인지라 농기구나 넣어둘 뿐 겨울에는 사람이 얼씬대지 않았다. 그러나 찬바람이 숭숭 들고 꽝꽝 얼어붙은 흙바닥에 환자를 눕혔으니 무사할 리가 없다. 얼마 지나지 않아 아비는 창백해져 숨이 간당간당하고, 도사리고 앉아 밖을 살피던 성중은 벌써 낯빛이 죽어간다. 언년이 상집에게로 달려가 이런 상황을 전했는데, 상집이 나오려는 것을 난주가 말리고는 혼자서 나와보았다. 보아하니 죽은 관군을 발견한 이들이 이미 떠들썩하게 돌아오고, 개석은 오랏줄에 묶여 개처럼 끌려오고 있다. 난주는 몸을 감추고 그들이 지나는 것을 보는데, 앞도 보지 못하는 개석이 비틀거리다 넘어지기를 여러 번이다. 그들의 발길질과 욕설이 죄 없는 이에게 가는 것이 참담하여 고개를 돌리고 눈물을 삼켰다. 난주가 부지런히 창궤로 나아가 성중을 만났는데, 그 아비는 열이 팔팔 끓고 숨이 거의 돌아갔다. 성중은 눈물을 씻으며 난주를 올려 보았다.

"아버님이 위독하시오."

난주는 그를 위로하고 싶었지만, 아비만이 문제가 아니라 지금으로서는 너나없이 목숨이 위태롭기는 마찬가지다. 더구나 병세가 이미 생의 끝에 이르렀음이라.

"도련님이라도 도망을 가세요. 제가 아버님의 곁을 지키리다."

"위중한 아버님을 두고 어딜 가겠소. 유모는 또 어쩌시려오. 이래 죽으나 저래 죽으나 매한가지요."

"지금 도련님이 사라지시면 저 또한 그 행방을 모르니 실토할 일도 없지요. 제가 바란 바는 아니었으나 어차피 이리되었으니 할 수 있는 데까지 해보십시다. 도련님 말씀대로 이래 죽으나 저래 죽으나 매한가지 아니오."

성중은 난주의 말을 들으려 하지 않았지만, 이대로 붙들리면 기왕 탈옥을 도운 이들의 공도 없을 것이요 죽고 나면 집안의 대도 끊기는 일이라 결국에는 난주의 말을 좇기로 하였다. 다 큰 사내가 왕방울만 한 눈에서 눈물을 툭툭 떨어뜨리며 큰절을 올리는데, 그 아비는 죽을 때가 다 되었기로 혀끝이 잘 돌아가지 않아 그저 숨죽여 울 뿐이다. 난주가 보다 못하여 성중을 얼른 내보내고서 열에 들뜬 노인의 마지막 길을 수발했다.

그사이에 별감 댁은 쑥대밭이 되었으니, 언년은 주리를 틀리고 뺨을 서너 대나 맞고서도 입을 열지 않았으나 심약한 개석은 매를 몇 대 얻어맞지 아니하여 곧바로 실토했다. 관군들이 출두하여 상집을 주모자로 끌고 가고, 아들의 일을 모르고 있던 김석구와 부인 안 씨 또한 공모라 하여 줄줄이 잡혀 나갔다. 일이 그렇게 되자 하 이방이 먼저 게거품을 물고 달려듦은 물론이요, 백 현감 또한 고개를 외로 치고 나 몰라라 하였다.

"저 양반네들이 무도한 이들입니다. 아니 역도를 숨기다니요. 그들의 탈옥까지 도모했을지 모를 일입니다."

하 이방이 큰 소리를 딱딱 치며 동헌 마당을 오가는데, 붉은 철릭을 차려입은 중군 우현이 동헌 마루에서 이리 같은 눈을 부릅떴다.

"그렇지, 모두가 다 한통속이렷다."

"억울하오."

김 별감이 입을 열자 대번에 하 이방의 호령이 날아왔다.

"네 이놈, 어디라고 하오를 하느냐. 이날부터 네가 역도임을 모르느냐?"

김 별감뿐만 아니라 주변에 늘어선 아전들이며 관노들이 하 이방의 검은 속내를 모를 리 없어 고개를 살살 내저었다. 중군이 별감 내외와 상집을 옥에 가둘 것을 명하고 죄인 정난주를 찾아 나서는데, 멀리 갈 것도 없이 처음 도망한 창궤에 그대로 있다. 노인은 이미 숨을 거두었고 난주가 그 머리맡에 음전히 앉아 눈을 감고 있으니, 몰려간 관군 무리와 하 이방이 도리어 당황했다.

"저년입니다. 천주쟁이라 요망하기 그지없더니 이제는 역도를 두둔하느라 저럽지요. 야소인지 야수를 부르느라 저러고 있는지도 모릅니다."

우뚝 서 있는 중군에게 간살을 떨며 냉큼 죄인을 끌어내길 독촉하니, 무뢰한 군졸들이 사나운 이방의 말을 좇아 난주의 머리채를 잡아채었다.

"노인의 아들놈은 어디에 있느냐?"

중군이 난주에게 캐묻고, 성질 급한 이방이 벌써 포졸의 방망이를 빼앗아 들었다.

"도령의 행방은 모릅니다. 제가 어르신을 살피는 동안 혼자서 도망했사옵니다."

"그 말을 믿으랴?"

"아는 것이 곧 죽을 일이라, 제가 살고 싶었다면 어떻게든 모르지, 구태여 알았겠습니까?"

"네 이년! 한 번만 더 주둥이를 그딴 식으로 놀리거라. 하늘이 뱅뱅 돌 것이다."

곁에 선 하 이방이 방망이를 껀덕껀덕대며 눈을 부라렸다. 중군이 몇 마디를 더 묻다가 관아에서 문초하리라 하여 일행이 모두 자리를 옮기게 되었다. 개석을 오랏줄로 끌고 가던 것과 다를 바가 없어서 난주가 제주로 올 때 이후로 처음으로 다시금 죄인 신세가 되었는데, 머리는 풀어지고 치맛자락은 흙투성이라 짧은 거리에도 온 마을 사람들이 죄 몰려나왔다. 난주의 마음에 치욕스럽기는 하였으나, 죄를 뒤집어쓸 생각에 이만한 것은 아무것도 아니라 마음을 다잡았다.

별감 댁의 변고가 순식간에 마을에 퍼지고 또 모슬개까지 닿아 순덕과 보말의 걱정이 한이 없는 가운데, 강 노인을 통해 정방호의 귀에까지 들렸다. 그가 한동안 몸을 숨기느라 포구 이곳저곳을 떠돌며 장삿거리를 알아보는 체하였는데, 난주에게까지 화가 미친 것을 알고서야 그대로 있을 수가 없어 곧바로 대정을 향해 길을 떠났다.

한편 난주는 동헌에 당도하자마자 마음먹은 것을 결연히 실행하였는데, 자신이 죄인들을 숨기었노라 자복한 것이다.

"그들이 도망하여 마을까지 왔는데, 지각없는 종년의 인정으로 남몰래 숨기었나이다. 도련님은 제가 숨긴 것을 알게 된 후 당장에 발고하리라 말씀하셨고, 그들을 만나러 간 것은 떠나라 엄포하기 위해서였을 뿐입니다."

"말 같지도 않은 말을 하는구나. 감히 종년이 그만한 일을 꾸밀라고."

중군이 먼저 코웃음을 치고,

"관아를 능멸하고 있소이다."

하고 하 이방이 도리질을 쳤다.

"어리석은 종년의 생각으로 일을 크게 벌였으니, 속히 죄를 주시옵고 죄 없는 자들은 방면하여 주십시오."

"네 이년! 어디서 거짓으로 발명을 하느냐. 네가 정녕 죽고 싶은 것이냐."

키는 자그마하지만 어깨가 딱 바라진 중군이 흰자위가 드러나도록 눈을 부릅뜨고 위갈하는데, 서슬 퍼런 기세에 눌려 모두들 눈을 피하건만 난주는 조금도 기죽지 않고 거듭 고하였다.

"제가 죄인이로소이다. 저로 인해 주인댁에 큰 폐를 끼쳤으니 그것만으로도 죽을죄입니다."

그때에 현감 백사건이 쓴 입맛을 다시며 한편에 앉았다가 중군을 조근조근 타일러 말하기를, 그들의 치죄를 이곳에서 할 일이 아니요 관덕정 마당에 꿇어앉혀야 하지 않겠느냐 한다. 그로서는 대정현이 시끄러운 일에 휘말려서 좋을 것이 없고, 백성들에 신임이 좋은 별감과 원한을 남길 까닭이 없었다. 더군다나 정난주가 본래 대정현의 관비였던 바, 자칫 현청까지 문책을 당할까 싶어 두려운 것이다.

"그 말이 옳소."

중군이 선뜻 나서서 그들 모두를 제주목으로 데려갈 요량을 하고, 하 이방은 직접 치도곤을 내리지 못해 아쉬워하는데, 난주가 바닥에 엎디어 간절히 읍소하였다.

"나리들, 부디 제 말을 들으소서. 별감 댁 어른들은 이 일과 무관하며 저 혼자서 꾸민 일이니 절만 데려가줍서."

"예끼, 시끄럽다!"

기다렸다는 듯 이방이 나서더니 큼직한 손바닥을 들어 난주의 양 뺨을 두어 번 내리쳤다.

"주둥이를 다물지 않으면 뺨이 아니라 볼기를 칠 테다."

백 현감이 못마땅한 듯 혀를 차고 중군은 별말이 없이 관군들을 시켜 난주를 끌어냈다.

난주가 그대로 옥에 갇히고, 장교 몇과 관군들이 도망한 성중을 찾아 나섰다. 난주가 갇힌 여옥에는 부인 안 씨와 언년도 있었는데, 난주를 본 안 씨는 그저 눈물만 흘릴 뿐이다. 안 씨는 아들의 죄가 비록 크나 그 뜻마저 죄가 있는 것은 아니었으므로 아들을 탓할 마음이 없었고, 앞으로 한양에서 내려올 찰리사를 믿는 마음이 없지 않아 그런대로 담대하였는데, 난주의 양 볼이 부풀어오르고 옷가지가 험하게 더러워진 것을 보고는 눈물이 쏟아진 것이다.

"왜 그러셨나. 뱉은 말은 주워 담을 수도 없거늘 그게 유모의 발목을 잡을 걸세."

난주는 동기와 같은 상전의 손을 다정히 한 번 잡을 뿐이다. 그날 저녁을 옥에서 보내는 동안 까다로운 중군의 엄명으로 끼니까지 쫄쫄 거르고서 셋의 몰골이 말이 아니다. 찬바람이 성난 파도처럼 몰아치는 캄캄한 옥에서 셋이서 등을 기대고 몸을 떨다가 언년의 신음 소리가 예사롭지 않기로 난주가 어둔 눈을 비비어 언년을 살폈다. 어차피 탈이 날 일이었으니 매질이라도 면했어야 하건만 기특한 신의를 지키느라 이곳저곳이 심하게 상했다. 매질당한 허벅지며 정강이가 새파랗게 멍들고 오른 발목은 아예 부러진 듯 건덩건덩하다. 함께 살피던 부인 안 씨가 참혹하여 눈을 돌리고, 난주는 그 애를 살릴 궁리를 하여 옥졸을 불러 세웠다. 대정의 옥졸들 중에 난주의 도움을 받지 않은 자가 없어서, 그는 순순히 다가와 말을 들었다.

"나리, 이러다 옥에서 송장을 치겠습니다. 중군께서 제주목까지 끌고 갈 요량이시니 임시로라도 치료를 할 수 있게 깨끗한 천과 얇고 단단한 나뭇가지 몇 개만 가져다주세요."

"게매, 몰래 헐 수 있신지. 그쪽 치들도 꽤나 까다롭던디."

난주의 곁에 있던 부인 안 씨가 옷 춤을 뒤적이더니 삼작노리개 하나를 불쑥 내밀었다.

"부탁하네. 이 아이야 무슨 죄가 있나. 은혜는 잊지 않으리."

옥졸이 힐끔 노리개를 보더니 귀신같이 낚아채어 품속으로 집어넣었다.

"아이가 딱하니 찾아보쿠다. 조용히들 기다립서."

그가 자리를 떠나고서 채 일각이 지나지 않아 버스럭버스럭 인기척이 났다. 옥졸이 벌써 돌아올 리가 없어 모두가 긴장하고 앉았는데, 홀연 낯익은 얼굴 하나가 옥문에 다가왔다.

"안녕들 하시오."

윤기 나는 갓에 명주 창의를 차려입은 양반이다. 누가 이곳까지 위험한 걸음을 하였을까 하여 난주가 가까이 다가가 앉으니, 그는 다름 아닌 정방호다. 난주가 아연실색하여 주위를 둘러보고 목소리를 낮추었다.

"여긴 어인 일이시오. 자칫하다 나리까지 곤욕을 치르게 될 게요."

난주의 질겁한 모습이 재밌기라도 한 것처럼 그는 빙글빙글 웃었다. 부인 안 씨가 나서서 바깥의 좋은 기별이라도 있는 것인지 묻는다. 혹여 찰리사라도 당도하여 세상의 판도가 달라졌을까 한 것이다.

"아직은 아닙니다. 하지만 걱정 마십시오. 곧 나오게 될 것입니다."

난주는 자신만만한 정방호의 태도를 미심쩍어하고 부인 안 씨 또한 근심 어린 눈초리를 하였으나, 정방호는 가볍게 웃고 있을 뿐이다.

"대체 무슨 속셈이오? 더 큰 우환을 만들지 말고 어서 도망하시오."

난주가 바깥 눈치를 살피며 조급하게 달랬는데, 이것이 정방호의 마음에 슬프고도 우스워서 옥문을 사이에 두고 난주에게 바짝 다가와 앉았다.

"살고자 하면 죽을 것이요, 죽고자 하면 산다지요. 부인이 스스로 죄를 짊어졌으니 죽으려 한 것이고 나는 늘 여기저기 도망하며 살고자 안간힘을 썼으니, 부인은 살고 나는 죽을지도 모르겠소."

죽는다는 말 한마디에 난주의 기색이 확연히 달라져서 저도 모르게 소리를 높였다.

"여기에서 농이 나오시오? 못생긴 소리나 하려거든 얼른 돌아가시우."

정방호가 싫은 소리를 듣고도 껄껄 웃었다.

"못생긴 자가 못생긴 소리나 하지 별수 있소. 그래도 정다운 얼굴을 한 번이라도 보고 싶어 온 것이니 너무 박대 마오."

"애초에 이 일에 끼어들어서는 아니 되었소. 이제부터 발을 빼고 장사라도 길게 다녀오면 큰 화는 면할 것이오."

그제야 정방호가 웃음기를 거두고 눈썹을 찌푸렸다.

"부인이야말로 천주님 흉내 좀 그만두시오. 그대가 말하는 신앙이라는 게 목숨을 아무 때나 내던지는 거요? 일단은 살고 보는 게 이 땅의 순리요. 효도 중 제일이 부모가 주신 몸을 해하지 않는 것이라는데, 하늘의 천주 앞에 자신을 지키는 일도 큰 보답일 거요. 그러니 함부로 나서지 말고 가만히 좀 있으시오. 나 또한 값없는 죽음을 치를 위인이 아니거늘, 모두가 다 살게 될 거요."

난주는 그의 말뜻을 전부 알 수 없었지만, 난주와 식구들을 생각하는 마음을 알고 있어 고개만 끄덕였다.

"나중에 보오."

정방호가 예사롭게 인사할 때, 난주가 까닭 없이 슬픔이 차올라 차마 인사하지 못하고 그 얼굴을 물끄러미 바라보았다. 차려입은 옷이 낯설기는 하나, 눈매며 콧날까지 정들지 않은 곳이 없다. 처음 볼 때 잔뜩 날이 서 있던 사내는 어디 있던가 하고 난주가 생각할 때에, 정방호도 난주의 정이 담긴 얼굴을 보고서 눈을 한 번 찡긋했다. 그러고는,

"다시 못 볼 것처럼 왜 이러시오."

하며 부러 밝게 웃었다. 실없는 체하는 말이 실없이 들리지 않았으나, 더 긴말을 하지 못하고 어서 가오, 어서 가오 하며 그를 떠나보냈다.

한참이 지나 옥졸이 돌아왔다. 언년의 상처를 급한 대로 처치하고서 오지 않는 잠을 억지로 청했는데, 아무리 끌어당겨도 아침은 오지 않고 긴긴밤만 계속되어 난주의 마음은 잡다한 상념으로 불안했다.

마침내 게으른 해가 떠올라 옥 안이 어슬어슬 밝을 때, 몇몇의 옥졸들이 기세 좋게 걸어 들어왔다. 그들은 마치 자신들의 덕으로 이루어진 일처럼 모두가 방면될 것이라 으스댔다. 이는 부인 안 씨의 또 다른 뇌물을 기대하는 것이라, 못 이기는 체 후사를 약속하였다.

그들에게 이끌려 다시 동헌 마당에 꿇어앉았다. 간밤에 더욱 매서워진 바람이 온 마당을 가득 메우고, 물먹은 종잇장처럼 퉁퉁 불어난 먹구름이 금방이라도 눈을 뚝뚝 떨어뜨릴 것 같다. 밤새 얼어붙었던 죄인들의 몸은 한 군데도 성한 곳이 없는데, 댓돌 위 빙긋이 웃고 선 중군의 얼굴은 하룻밤 만에 환해졌다. 반면 곁에 선 하 이방은 희끗하던 얼굴이 외려 잿빛으로 바뀌어 못마땅한 기침을 연신 내뱉는다. 김 별감과 상집, 개석까지 모두 끌려 나온 후에야 백 현감이 동헌 마루 높은 의자에 올라앉았다.

"지난밤 추포대에 큰 공이 있었고, 별감에게 죄가 없으므로 그 가속을 방면한다. 하지만 그 집의 여종으로 속해온 정난주가 제 죄를 스스로 실토하였기에 그대로 돌려보낼 수는 없다. 정난주는 본래 관비로 정배되어 온 죄인으로 사사로운 노비가 됨은 그릇된지라, 오늘로부터 다시 대정현의 관비로 명한다."

죄인들이 모두 깜짝 놀라 고개를 치켜들었으나 말문이 터지질 않는다. 병방이 군졸을 시켜 오랏줄을 풀어주어도 정작 기뻐하는 이는 하나도 없었다.

"이런 법이 어디에 있습니까?"

별감이 따져 묻고 부인 안 씨가 제 친동기간을 빼앗기는 것처럼 질겁하여 곁에 있는 난주를 끌어안았다.

"사또인 내가 한번 내린 결정을 뉘라서 이러쿵저러쿵한단 말인가. 아니면 모두가 중군과 함께 관덕정으로 끌려가봐야 기뻐들 하겠는가. 썩 물러들 가시게. 두 번 말하지 않겠네."

백 현감이 중군의 힘을 등에 업고 노기를 띠고 말했으니, 사또의 말을 면전에서 거역할 수는 없다. 난주는 그대로 남고 식구들이 동헌 마당을 나오는데, 바로 뒷담 하나 사이로 헤어지는 것이거늘 천리만리 떨어지듯 울컥울컥했다. 정작 난주는 오히려 일이 그만하기를 천만다행으로 여겨 눈으로는 울면서 손으로 상전들을 내쫓다시피 흔들었다.

"이 무슨 변고인가."

김 별감이 하늘을 올려다보며 혀를 차고,

"이럴 수는 없습니다."

철이 난 후로 유모와 떨어져본 적 없는 상집의 눈이 그렁그렁하였고,

"하 이방의 짓이 분명하오이다."

부인 안 씨가 고름 끝을 붙들고 눈물을 씻으며 연신 뒤를 돌아보았다. 초조하게 동헌 바깥을 오가던 가노들이 몰려와 상전들을 부축하고 또 다친 언년과 개석을 들쳐 업고 나왔다. 식구들 모두의 마음이 난주에게서 한 걸음도 벗어나지 못한 채 발로는 땅을 헤집으며 먼 하늘만 바라보았다. 종들의 입에서는 도망했던 역도가 붙잡혔다느니 모종의 거래가 있었다느니 각가지 소문이 흘러나왔으나 정확한 것은 하나도 없었다. 안 씨는 물론이요 별감 또한 내막을 알고 싶었으나, 집안이 시끄러운 중에 사람들을 만나기가 조심스러워 일을 미루어두었다.

이튿날 아침이 밝기도 전에 별감이 몸종 하나를 이리저리 보내어 사정을 알아보니, 도망했던 도령 최성중이 제 발로 찾아와 자수를 하였단다. 또한 역도 무리 중 하나가 은밀한 거래를 하였는데 중군과 사또의 주머니가 두둑해져 돌아가는 것이라고 수군수군하였다. 최성중의 자수는 그렇다 치더라도, 은밀한 거래라는 건 내용을 알 수가 없었다.

한편, 난주는 그날 밤을 창고나 다름없는 빈방에서 보내고서 날이 밝자마자 다른 이들의 일을 도우려 나섰다. 사노비이든 공노비이든 종노릇은 마찬가지이니 재빠른 눈치만큼 필요한 것도 없었다. 난주는 아침부터 이런저런 잡일들을 거들고 짐짓 능청스럽게 인사를 건네며 돌아가는 상황을 보았다. 관아는 중군 일행의 배웅을 준비하느라 바빴는데 수군수군 오가는 말들이 심상치 않다. 젊은 도령이 제 발로 걸어 들어와 죄를 청했다 하나 취조가 없음은 물론이요 일절 면회를 금하고 있다는 것이다. 더구나 중군이 내려올 때 단출했던 살림이 몇 배로 불어나 등짐을 지운 부담마가 여럿이요, 짐바리마다 구하기 힘든 해산물이며 마른고기 등 출처를 알 수 없는 귀물들이 허다하니 그 또한 이상한 일이었다. 난주는 앞으로 제 일신의 걱정보다 도령의 일이 더욱 근심되어

성중이 갇힌 옥을 기웃거렸다. 마침 전날에 노리개를 받았던 옥졸이 시원하게 오줌을 내지르고 들어가던 중에 난주를 보고는 말을 걸어왔다.

"한번 나간 옥을 무사 들랑거렴수강? 다시 들어가고 싶우우꽈?"

"나리, 나 좀 보시우."

난주가 그의 옷소매를 정답게 잡고서 나긋나긋하게 물었다.

"그래, 도망한 도령이 제 발로 왔소?"

"아는 바와 같지."

"한번 만나볼 순 없겠소?"

"예끼, 허튼소리랑 허지 말라. 아무도 만나지 못하게 허라는 엄명이 있었져. 자네가 저들을 숨겨준 죄를 받았던 주제에 아직까지 관심을 두엄서, 주책도 분수가 있주게. 어서 갑서."

"제가 이제까지도 나리들의 어려움을 모른 척한 일이 있었소? 다시 돌아와 관아 안팎의 살림을 보게 되었으니, 앞으로 서로 돕고 살 일이 더욱 많겠지요. 관아의 남은 고기반찬이며 푸성귀이며 버릴 바에야 나눠 먹는 게 인지상정 아니오?"

옥졸이 솔깃하여 듣는 것은, 계집종들의 후한 쏨쏨이가 때로는 여러 종들의 입을 거리, 먹거리를 돕기 때문이었다.

"원하는 게 무시거냐. 또 탈옥이라도 시키잰 험시냐?"

옥졸이 슬그머니 웃으며 묻는데, 난주가 은근히 눈을 끔뻑였다.

"얼굴만 보고 오겠소. 못 들은 말이 있어 그러오."

그가 주위를 둘러보고 마침 다른 옥졸들이 없는 틈을 타서 난주를 살짝 들여보내주었다. 난주가 밝은 빛 속에 서 있다가 껌껌한 옥 속으로 들어가니 눈이 어두워 간신히 옥문을 찾아냈다. 칼을 쓰고 차꼬를 채운 성중은 어둠 속에서 흰자위만 번득인다.

"뉘시……오?"

잔뜩 가라앉은 목소리가 절망으로 쇠하여 이미 전날의 것이 아니었다.

"어찌하여 제 발로 찾아왔단 말이오?"

난주의 물음에, 그제야 상대를 알아보고는 쓰게 웃었다.

"한번 죄인이 스스로 벗어날 길 있으리까. 세상이 죄인이라 하면 죄인인 게요."

"모두의 노력을 허사로 돌리셨소."

난주가 별감 댁의 방면은 기쁘게 생각하지마는, 그 아비의 죽음과 모두의 노력이 허망하였음을 책망하여 가벼이 나무랐다. 성중이 깊은 한숨을 내쉬며 그저 천장을 한 번 바라보았다. 그의 입술이 벌어질 듯 말 듯하고 침울한 눈에는 눈물이 어리어 하고픈 말이 있는 어린아이 같다.

"대관절 무슨 일이오? 다른 일이 있었소?"

계속되는 부드러운 물음에 그가 간신히 입을 떼어 몇 마디를 하였는데, 난주가 귀를 기울이고 앉아 있다가 몸을 움찔하고 하마터면 넘어질 뻔했다.

"다시 말해보오. 그게 무슨 말이오?"

난주의 눈이 놀라 토끼처럼 벌어지고 얼굴빛은 새파란데, 성중은 침통하게 앉아 고개만 흔들었다.

그때 밖에 나갔던 다른 옥졸이 들어오더니 제 동무의 꿍꿍이를 알아채고 고래고래 소리를 질렀다.

"죽잰 허거든 혼자나 죽지! 옛끼 놈아! 나까지 같이 죽이잰 셈시냐?"

그러고는 난주를 옥 밖으로 잡아끌었다.

"네가 관아의 명을 쥐똥으로 안다더니 그 말이 사실인개."

옥졸이 누런 가래침을 퉤퉤 내뱉고 재수 없다는 듯 땅을 세 번 밟았다.

정작 난주는 옥졸의 호령은 들리지도 않는 듯 생각에 잠기어, 얼굴은 창백하고 입가에는 에후 하고 한숨 소리가 절로 붙었다. 그러나 곧 악착스러운 수노며 행수가 온갖 일거리마다 난주를 불러대니, 처음 대정에 내려왔을 때보다도 자질구레한 일거리가 더 많았다. 난주가 정신없이 한나절을 보내고 나서 중군 일행과 떠나는 도령을 배웅하는데, 말이 배웅이지 황천길을 지키는 것이나 다름없다. 성중이 역도로 몰린 것도 모자라 탈옥을 하였고, 더구나 관군을 죽이지 않았던가. 다른 이들은 그와 관계될 것이 하나 없어서 눈물 한 방울 흘리지 않는데, 오직 난주만은 성중의 앞날을 슬퍼하며 눈이슬이 맺혔다.

그들이 떠나고 얼마 지나지 않아 하 이방이 난주를 불러들여 되지도 않는 호령과 비난을 늘어놓더니, 조만간 다른 곳으로 정배될 날을 기다리라는 말까지 덧붙였다.

"그간 네 신세가 양반 못지않았거늘, 이제야말로 종년이 될 때이다."

두꺼운 입술을 쌜쭉대는 하 이방은 자못 유쾌해 보였다. 본래도 나이가 지긋하던 이가 그간의 세월 동안 늙은이가 다 되어 흰 머리가 성성하고 얼굴의 주름도 깊이 패었는데, 심술궂은 성미가 그대로 박히어 입가는 여덟 팔(八) 자요, 미간은 내 천(川) 자가 선명했다. 부인 귀옥은 오래전 야반도주하여 뭍으로 떠나버렸고, 그 후에 장가 든 꽃다운 처녀 영월은 삼 년 만에 급사하였다. 이태 전부터는 홀어미인 여홍개가 그의 곁에 붙어 살림도 해주고 옷도 짓고 하였으나 아내라는 호칭은 받지 못하고 그저 천역을 면한 것으로 만족하였다. 그가 여홍개와 함께 산 이후로 더욱 재물에 탐닉하니, 아낙의 욕심도 욕심이려니와 그들이 인근의 무당들과 가까이 지내는 까닭이다. 무당이란 신의 말을 받아 세상에 없는 일을 이야기하는 자들이니, 그 역(役)이 악한 게 아니라 그 말에 기대는 이들의 나약함이 악하다. 무당의 쓴 말에 발발 떨고 단 말에 휘어잡혀 하루도 마음 편할 날이 없었다. 그 부부 또한 두려움을 기대는 값이 수백 냥이요, 입맛에 맞는 점괘를 얻는 데 수백 냥이라, 그 돈을 뜯기 위해 종작없이 나대며 백성들을 못살게 구는 것이다.

대정에서 가장 큰 무당은 십여 년 전부터 인근의 온 마을을 휘어잡아온 이성두라는 자였는데, 을축년에 정난주가 마마에 걸린 아이들을 도맡도록 부추겼던 바로 그자이다. 이성두가 굿도 잘하고 점도 잘 쳤을 뿐더러, 살기(殺氣)에 가까운 요사스러운 기운이 가득해서 사람들이 그 위세에 먼저 눌렸다. 얼굴은 넓적하게 크고 둥글었으며 흑우와 같이 새카맸는데, 주름진 입매와 턱밑에 먹으로 그린 것처럼 검은 점이 서너 개씩 박혔다. 자기 입으로 떠든 것인지 주위에서 지어낸 것인지 큰 귀신을 만날 때마다 점이 늘었다는데, 그 말을 믿는 자가 태반이라는 게 또 우스운 일이다. 목소리는 또 어찌나 큰지 오 리 밖까지 떵떵 울려, 지각 있는 자들은 그 말소리만 들어도 눈살을 찌푸리고 고개를 외로 쳤다.

그자의 욕심이 한이 없어 대정마을은 물론 제주 땅 전체를 제 손에 넣고 주무르고자 하였으니, 양반이든 상민이든 그 위에 진실로 군림하는 건 자신이라 여겼다. 그가 열두 살에 신을 받아 무당이 되었는데, 조모와 백부 모두가 큰무당이라 어릴 때부터 배운 게 많았다. 점괘를 잘 치는 데는 그의 신기가 좋은 것도 있었고 환경에서 배어든 재빠른 눈치 덕분이기도 했다. 누가 찾아오든지 하인 놈을 먼저 살살 구슬려 앞뒤 상황을 알고 나면, 손님이 원하는 답이 무엇인지는 뻔한 법이다. 그를 찾아오지 않기는 쉬워도 한 번만 찾아오기는 어려웠으니, 그를 한 번 만나 보면 천지의 이치를 꿰뚫고 있는 도사로 오해하는 때문이다. 그때로부터는 모든 일 하나하나를 그의 말에 따르게 된다. 말만 따르면 다행이겠지만 그들 중 대개는 살림을 말아먹고 패가망신하기 십상이었다. 그가 점괘만큼 잘하는 것이 부적이었는데, 도사린 뱀의 눈과 붉은 혓바닥이 선명히 찍힌 누런 부적을 열 냥이 아니라 백 냥에도 팔아먹는 것이다. 부적이 없으면 자다가도 급살을 맞게 된다 하니 심약한 이들은 이마를 땅에 찧고 사정사정하여 종잇장을 사들였다. 이러한 이야기를 남의 말로 건너듣기만 해서는 한심한 놈이라고 콧방귀를 뀌겠지만, 한 번이라도 엮인 이들은 여간해서 발을 빼기가 쉽지 않다. 하 이방 또한 그의 꼭두각시가 된 지 오래였다. 다른 일에는 뱀같이 교활하고 야차같이 흉포하여 두려워할 만한 자가 없었으나, 실상 그 혼백의 주인장은 따로 있는 셈이다.

그렇게 빠져들게 된 데는 하 이방의 살아온 이력과 관계가 있었다. 하 이방의 아비가 쉰을 못 넘겨 갑작스레 죽었는데, 얼굴과 손끝에 청색증이 심하고 피를 토한 흔적이 있었다. 동리에서는 수군수군 말들이 많았다. 생전에 아내를 모질게 학대하였고 줄줄이 들인 첩들 또한 본처를 멸시하였으므로, 하 이방의 어미 되는 부인 성 씨가 지아비를 독살한 것이 아니냐는 것이 중론이었다. 어미는 이 소문이 억울하였든지 아니면 스스로 자책하였든지 초종(初終)이 지나기도 전에 목을 매달았다. 하 이방이 어미의 시체를 대들보에서 끌어내린 당사자였으므로 오래도록 악몽에 시달렸다. 꿈속에서 어미는 아비의 목을 조르고 자신은 어미의 목을 졸랐다. 마침내 두 노인네가 혀를 빼물고 죽고 나면 자신이 대들보에 대롱대롱 매달리는 것이다. 악몽에 시달리던 몇 해간, 하 이방의 몸은 꼬챙이처럼 마르고 두 눈은 움푹 패어 새카맣게 그늘졌다. 살아도 산 것이 아니라 언젠가는 제 꿈속에처럼 목을 매달고 말지도 모른다 생각되었다. 가속을 들들 볶고 아랫것들을 괴롭히고 백성들의 고통을 자신의 즐거움으로 삼아 얼마 남지 않은 생을 조금씩 연장시키고 있었던 셈이다. 그러던 것이 신기하게도 무당 이성두를 만난 후에는 일절 끊기었다. 신기가 정확히 들어맞았는지, 부적이 용하였는지, 아니면 마음의 위안이 되었는지는 알 수 없다. 악몽은 그쳤고 한번 잠이 들면 해가 뜰 때까지 뺨을 때려도 알지 못하게 되었다. 하 이방은 크게 기뻐하며 이성두를 숭배하게 되었으니, 본래도 악한 성품이 그때부터 더하여져 이성두와 더불어 죄짓는 것을 꺼리지 않았다.

어디 하 이방뿐이랴. 이름 있는 양반들, 한양서 내려온 관리들, 근심 어린 부인네들, 바닷가의 비바리들, 많은 이들이 스스로 그의 종복이 되기를 원하였다. 이러한 상황이니 이성두가 두려워할 자가 누구랴. 사또든 목사든 그에게서 형식적인 하정배는 받을 수 있으되 감히 능멸할 수는 없었다. 그는 이 작은 땅의 또 하나의 왕이었다. 양반이나 고관대작은 되지 못해도 원하는 것은 대개 가질 수 있었다. 돈, 여자, 권력, 사람들 마음속 두려움의 크기만큼 그가 가질 수 있는 것도 다양해졌다.

딱 한 가지 그에게도 마음에 꺼림칙한 것이 있었다. 빗물이 스미듯 차차로 조선 땅에 젖어드는 서양귀신이라는 새로운 종교다. 부처도 미륵도 무격과 어우를 수 있는 종교여서 어려울 것이 없었는데, 야소라 불리는 그들의 귀신이 무격을 철저히 배척하니 굴러온 돌이 박힌 돌을 빼는 형국이다. 기막히게도 야소에 한번 물든 자들은 형문이든 죽음이든 두려움이 없다 하니, 그 기세가 퍽 대단했다. 이미 조선의 많은 곳에서 피비린내가 진동하였음에도 그들은 죽음을 죽음으로 맞섰다. 살고자 하는 것은 본능 중에서도 으뜸이라 그 본능마저 내놓은 자를 굴복시키기란 쉽지 않다. 이성두는 행여 제주 땅에 야소가 들어오지 않기를 바랐다. 야소는 제 백성들을 앗아갈 수 있는 가장 위험한 적이었다. 야소가 사람들의 마음을 뒤흔들고 천당이니 사랑이니 새로운 세상을 이야기할 때마다 사람들은 더 강해져서, 무당의 저주도 권력의 매질도 아무런 위협이 되지 못했다.

그런 연유로 이성두는 정난주가 대정으로 정배되어 올 때 은근히 불안해하였다. 사학의 수괴 황사영의 부인이며 천주교를 수호한 정씨 가문의 장녀이고, 배교를 가장한 사학쟁이임이 분명하지 않던가. 정난주가 비록 지금은 초라하고 비참한 종년의 신세라지만, 언제 뒤바뀔지 모르는 신분 따위는 중요하지 않았다. 때문에 이성두는 하 이방을 채근하여 핍박하기를 종용하였으니, 이번 일과 같은 좋은 기회를 놓칠 리가 없다. 정난주가 대정을 떠나 멀리 가버린다면 성난 종기처럼 불편하던 근심을 뿌리 뽑을 수 있을 것이다.

마침내 하 이방은 현감 백사건을 부채질하여 정난주를 삼십 리 밖 차귀진의 관비로 쫓아내게 되었다. 작금의 차귀진은 살기보다 죽기가 쉽고, 살아도 산 것이 아니라는 악명이 자자한 곳이다. 본래도 궁핍하고 조악한 진(鎭)의 살림에 군졸들은 집을 떠나 지내느라 곤궁함이 일상이었는데, 더욱 심해진 것은 경오년부터다.

그해에 차귀진의 조방장 황림이 부임해 왔다. 포악하고 예민한 조방장 밑에 수하의 구종은 사흘이 멀다 하고 내쫓기고, 군졸들은 매를 맞거나 벌을 받거나 하루도 편할 날이 없었다. 한 번 떨어진 영이 즉효하지 못하면 발길질에 가슴뼈가 상하고, 두 번 떨어진 영이 즉효하지 못하면 아예 목이 달아난다. 그가 나타나면 모두들 고개를 숙여 눈을 피했고, 혹 눈이 마주치면 반드시 책을 잡혔다. 말을 특히 애착하여 서너 마리의 준마를 가까이 두고 기르는데, 사랑하는 애마는 물론 목장의 말이 한 마리라도 동티 나는 날에는 온 군사가 벌벌 떨도록 진노했다. 본래 목자들이 말을 돌보다가 병이 들거나 죽으면 그 가죽으로 변상하게 하는 것이 전례였으나, 황림이 온 후로는 말의 가죽 또한 본래 나라의 것이라 하여 목자 스스로 부담케 하였다. 하루 한 끼 먹기가 어렵고 걸칠 것 두를 것도 없는 빈궁한 살림에 말 값을 감당할 수 있을 리가 없다. 목자는 아내나 부모를 팔고 동생과 자식까지 파니, 나중에는 스스로 종이 되는 자도 있었다. 가까운 촌마을의 백성 또한 재물을 빼앗기고 조공을 바치느라 날로 곤궁해지고, 군사들이 덩달아 횡행하여 말만한 계집아이는 아예 들녘에 내어놓지를 못했다. 어떤 이는 작금의 차귀진을 일러 무법천지라 하고, 또 다른 이는 차귀(蛇鬼), 즉 뱀 귀신이 노했다 하니, 즐거이 사는 이가 하나도 없었다.

살 만한 자들의 신세가 그 지경이거늘 종들의 신세가 편안할 리 없다. 웃것은 아랫것에 매정하고 아랫것은 또 그 아랫것에 냉혹하여, 남종은 개돼지나 같고 여종은 군졸들을 위안하는 창부나 다름없었으니, 차귀진에 든 노비들은 갖은 잡일과 토색질에 시달리느라 수년 만 지내고 나면 폭삭 늙어빠지거나 병들어 죽었다.

대정현에서도 차귀진은 골칫거리이자 조롱거리였고, 군법이 다스리는 별세계였다. 정난주는 사또의 명을 받기 전에 개금에게서 차귀진의 정배 소식을 전해 들었다.

"차귀진이라 하였나?"

"이 일을 어쩌면 좋아요. 바깥양반이 그 소식을 전해주며 제게 다 미안해하더구먼요."

개금은 아주 눈물을 쪽쪽 흘렸다. 난주도 두 눈을 지그시 감았다. 처음 제주 땅에 왔을 때의 막막하고 괴롭던 심정이 되살아나는 듯하다. 십여 년의 세월 동안 별감 댁의 그늘에 있으며 너무도 편하였던 죗값일까. 아니면 이제까지의 고통으로 부족하여 더 큰 고통을 주시려는 것일까. 피붙이를 모두 잃은 뒤 식구처럼 의지해왔던 대정 사람들과 헤어져야 함은 가혹한 일이다. 그러나 곧 난주는 경헌을 생각했고, 흰 꽃 같은 계모와 태산 같은 아비를 생각했으며, 깊은 한숨과 눈물로 어미를 근심할 어린 딸 보말을 생각했다. 때로는 누군가를 위해서라도 악착스레 살아남아야 할 때가 있다. 그제야 마음을 추스르고 당사자보다도 더 구슬피 우는 개금을 달랬다.

"걱정 마시게. 거기는 사람 사는 곳 아니라던가. 제주목에 끌려갔더라면 살아 있지도 못했을 일, 목숨이라도 건졌으니 감사해야겠네."

"그런 소리 마세요. 굶주리고 성난 군사들로 가득한 차귀진은 지옥이나 다름없어요. 별감 나리께 사정하여 일을 변통하여 보세요. 아니면 무슨 다른 방법을……."

"걱정은 고맙지만 그 댁도 지금 쑥대밭이 되었는데 무슨 부탁을 하겠나. 그동안 돌봐주신 은혜가 클 뿐이지. 자네에게도 빚만 지고 떠나게 되니 미안할 뿐이야. 아무쪼록 날 위해 기도나 해주면 고맙겠구먼. 사람의 힘으로 지킬 수 있겠는가. 그저 모든 것이 주의 뜻이니……."

개금이 눈물을 씻으며 집으로 돌아가고, 난주는 들창 사이로 저녁달이 기우는 것을 멍하니 바라보았다. 별감 댁을 떠난 지 이제 겨우 닷새째였건만 세상으로부터 비켜나 시간의 흐름마저 멈춰진 듯하다. 보말은 순덕의 집에서 돌아오지 못했고, 강 노인은 늙어 등허리까지 쪼그라진 몸을 이끌고 찾아와 눈물을 훔쳤다. 그는 그간 모아놓은 엽전 꾸러미를 기어코 쥐어 주며 차귀진에서의 일들을 걱정하였다. 안씨 부인은 사람을 보내어 몇 번이나 난주를 불렀는데, 집을 지척에 두고도 보는 눈들이 많아 갈 수가 없었다. 두어 번 상윤이 직접 찾아와 난주를 붙들고 우니, 어미와 떨어진 병아리 새끼 같았다.

더욱 난주의 마음이 산란한 것은 행방이 묘연한 정방호 때문이다.

성중에게서 들은 기막힌 이야기인즉, 별감 댁이 쑥대밭이 된 그날 저녁 정방호가 산속에 숨은 성중을 찾아와 자수를 종용하였단다.

"그가 우리를 방면시킬 때, 다시 붙들릴 것을 알았다고 하오. 이 조그만 땅에서 도망할 곳도 떠날 곳도 없으며, 죄를 벗지 않고서는 살 수 없다는 말이오. 그러나 사람들이 불 속에 들어앉아 그저 죽는 것을 보고만 있을 수 없어 설령 같이 타 죽더라도 불길로 뛰어들었다는 것이오. 그 불티가 엉뚱하게 여러 댁에 폐를 끼쳤으니 차라리 자수하여 한 가솔을 구하고 스스로 죄의 무게를 감당하라 하더이다. 본인 또한 스스로 탈옥시킨 죄를 자복하겠노라는 말에 더 이상 도망을 칠 수가 없었소. 내가 결심을 하고 관아를 찾아오기 전, 정 서방이 중군을 찾아가 막대한 뇌물을 바치고 무고한 이들을 풀어주도록 했는데, 무슨 거래를 어떻게 하는지는 몰라도 이번 사태와 아무런 연고도 없는 그가 모든 것을 내려놓았는데 낸들 무슨 수로 도망을 하겠소."

난주는 정방호가 애당초 일에 연루된 것이 자신 때문임을 알고 있었다. 난주가 아들처럼 여기는 상집의 안위를 근심함에 그 또한 상집을 돕기 위해 나선 것이며, 결국 스스로 죄인임을 자백하게 된 것도 자신을 구하기 위함이나 마찬가지다.

그의 대가 없는 호의와 배려가 크나큰 은혜임은 두말할 나위 없지만, 또 한편 생각해보면 무안하도록 얼굴이 화끈거리고 가슴이 철렁 내려앉는 또 다른 의미의 애착이다. 그간 정방호가 난주를 돕기 위해 애써온 것은 모두가 아는 일이었다. 난주 또한 어려운 일이 생길 때마다 그가 도와준 것을 우연이라고 생각지는 않았다. 다만, 그것을 안씨 부인이나 별감 나리와 같은 특별한 정리(情理)의 하나라고 애써 여겨왔던 것이다.

흰 달빛이 분분이 떨어져 찬바람과 함께 코끝에 얼어붙는데, 흙벽에 기대앉은 난주의 얼굴은 어둠 속에서도 붉었다. 불기 없이 차가운 삿자리에 이름 모를 벌레가 스멀스멀 기어가는 것을 멀거니 바라만 보면서 잡거나 죽일 생각도 하지 못했다. 난주는 그저 까끌까끌한 이불을 끌어당겨 몸을 감쌌다. 그가 지금 어디에 있는지, 옥에 있는지 고초를 겪는지, 살았는지 죽었는지 난주는 알 수 없었다. 무슨 생각을 하는지, 울고 있는지 웃고 있는지도 알지 못한다.

그런데도 마치 정방호가 곁에 있는 것처럼 느꼈다. 그의 속마음이 하나하나 읽어지는 것 같았다. 지난날의 숱한 일들이 어제인 듯 생생하게 되살아났다. 난주는 숨고 싶었고 부끄러웠다. 정체를 알 수 없는 가슴의 떨림을 정당치 못하다고 여겼다. 차라리 그에게 닿을 수 없다는 것에 안도한다. 만일 지금 그를 만날 수 있다면, 그것이야말로 두 사람에게 더욱 나쁜 일이었다. 난주는 이 순간만큼은 두 사람 사이를 갈라두는 군졸들이, 상전들이, 죄 아닌 죄와 억지가 오히려 다행스러웠다.

난주는 그 밤을 새우도록 어지러운 생각에 뒤척이다가 어스레한 새벽이 밝아올 무렵에야 간신히 눈을 감았다. 그리고 잠이 깊이 들기 전, 차귀진으로의 배정을 기꺼이 받아들이기로 한다. 싫다고 한들 거부할

재간이 있겠냐마는, 마음으로써 순응하는 것과 억지스러운 것은 분명 다를 것이다. 자신이 떠나는 것이 모두를 위한 길이란 생각에서였다.

하 이방이나 여홍개나 미움과 증오로 괴로운 누구든 마음의 지옥에서 벗어나기를 바랐다. 부질없는 열정이나 바람 또한 훌훌 털어버릴 수 있기를 바랐다. 그들을 위해서가 아니라 난주 자신을 위한 기도였다.

떠나는 길은 소박했다. 별감 댁에 들러 큰절로 작별 인사를 드리고 작은 보퉁이 하나를 쥔 채 길을 나선다. 보말은 어미의 길을 배웅하느라 모슬개에서 올라와 같이 걷고, 상집 또한 저의 지은 죄라 잔뜩 낙심하여 유모의 길을 따라나섰다. 안씨 부인은 슬픔을 이기지 못해 몸져누웠고, 별감은 먼 하늘만 볼 뿐이요 상윤은 창피함도 잊고 꺽꺽 운다. 정붙었던 다른 이들은 그저 멀리에서 손을 흔들며 다시 만날 날을 기대할 뿐이었다.

5

연의 혼삿날이 급하게 잡혔다. 오래도록 마음에만 두었던 하모리의 처자, 윤옥과의 혼사다. 그 아비는 소문난 약초꾼으로 난주도 몇 차례 약재를 사들인 바 있다. 그가 오래전 상처한 후 산으로만 떠돌았는데, 딸 윤옥은 억척스러운 외할망 밑에서 야무지게 자라났다. 연은 장사에 쓰일 어물을 사들이려 바닷가 마을을 돌다가 윤옥을 알았다. 자맥질을 마치고 돌아오던 열여덟 꽃 같은 비바리는 세상 사람 같지 않았다. 양 볼은 복사꽃처럼 붉었고 까만 눈은 총명이 가득했다. 햇살 아래 드러난 젖은 머리칼이 한 걸음 걸을 때마다 호수처럼 반짝거렸다. 연은 윤옥에게 한눈에 반해서 다른 잠녀들과 이야기를 나누는 동안에도 머릿속이 새하얬다. 윤옥은 자신에게 직진하는 사내의 눈빛이 부끄러웠지만, 자주 오가며 마주치는 사이 저도 모르게 정이 들었다. 그러나 늙은 외할망의 마음에 나이 차가 많은 데다 배를 타고 뭍을 떠도는 일을 하는 사내가 마땅할 리 없다. 혼자서 키운 외손녀였으니 앞으로도 가까이 살며

밭일이며 궂은일을 도와줄 손녀사위를 원했던 것이다. 다행히도 윤옥의 아비가 한양할망 정난주의 덕망을 높이 보아, 그만한 시댁이 없다 하며 외할망의 마음을 돌려놓았다.

난주는 추자의 경헌에게 약재와 편지를 보내놓고서 무슨 생각에선지 연의 혼사를 서둘렀다. 전에 없이 상집의 도움까지 청하여 윤옥의 외가 가까운 곳에 작은 초막을 빌리고, 가지고 있던 옷감이며 솜이불을 틀어 살림을 챙겼다. 연은 난주를 어머니로 섬기기는 하였어도 이러한 사랑을 과분히 여겨 몇 차례나 만류했지만, 고집 센 어멍의 정성을 받지 않을 도리가 없었다.

무술년 정월, 여전히 차디찬 북풍이 몰아치는 겨울이었다.

난주는 혼례를 성대히 치르는 제주의 풍토를 따라 빠짐없이 준비하였는데, 그 규모가 양반 댁의 혼례보다 더하면 더했지 덜하지 아니하다. 몇 해간 정성으로 키웠던 암말을 이때 남에게로 보냈다. 추자의 아들에게 보낼 수는 없지만, 제주 아들의 혼사를 위해 쓰이니 난주의 마음에 더 이상 아쉬울 것 없었다. 보말이 큰딸과 함께 도우러 오고 상집의 처는 여종을 두 명이나 보냈으며 춰성이 그 처와 처제를 함께 보냈다. 그밖에도 마을의 솜씨 있다는 부인네들과 꼬부랑거리는 할망들도 여럿 모였는데, 난주 또한 그들의 혼사며 장례에 함께하며 세월을 보내온 터다. 이부자리를 만들고 돼지를 잡고 음식을 준비하면서 끝없이 이야기가 오갔다. 누구 집 시어머니의 병환이며 누구 집 아들의 노름질이며 사또의 칭찬 소리, 다가올 보릿고개 걱정, 시시콜콜 오가지 않는 것이 없었다. 난주는 간혹 일을 멈추고 그들의 말소리에 귀 기울이며 웃기도 하고 고개를 끄덕이기도 하였다.

마침내 혼례를 하루 앞두고 친족들이 모이는 가문잔치가 벌어지는

데, 피를 나눈 친족이 있을 리 없으나 별감 댁의 도령들이 이끌고 온 식구들과 취성의 식구, 구휼소에서 자라 성혼한 이들까지 모이니 제법 떠들썩한 잔치가 되었다. 이날은 반드시 잡곡밥을 짓는데, 이것을 초불밥이라고 하였다. 오랜 세월 연을 맺어온 이들이 한데 모여 즐겁게 먹으니, 비록 나이 들어 얼굴이나 행색은 변하였어도 그들과의 일들 모두가 하나하나 생생했다.

드디어 혼삿날이 되어 대례상에 쌀과 팥, 밤과 대추, 수탉과 암탉을 올려두고 색을 맞추어 푸른 초와 붉은 초를 켰다. 닭고기, 돼지고기, 오색시루떡 등 일평생 받는 상 중 가장 화려한 상을 받으니, 신랑 신부의 얼굴은 저녁놀처럼 붉고 하객들의 청량한 웃음소리는 멀리까지 퍼져나갔다.

신부 집으로 몰려가 한바탕 잔치를 치르고, 다시 또 몰려와 거듭 잔칫상을 치르고서야 설거지를 마치는 날이 되었다. 난주는 저녁 일을 도와주러 왔던 이들을 모두 배웅하고서야 비로소 자리에 누웠다. 보름간을 꼬박 혼사 준비로 보내고서 기운이 쑥 빠졌다.

늦장가에 신이 나서 싱글벙글하던 연의 우스꽝스런 얼굴이며, 연지를 찍은 신부의 두 볼이며, 구경하느라 또 일을 돕느라 정신없던 아낙들의 정 넘치는 얼굴들이 순서 없이 오갔다. 그러자니 저절로 어린 신랑의 초행날이 어제 일처럼 떠오른다.

마당에 펼쳐진 열 폭 병풍 앞으로 어른들은 근엄한 얼굴로 서 있고, 화려한 초례청을 둘러싼 사람들의 속삭임과 웃음소리는 아름다운 선율처럼 부드러웠다. 난주가 다홍색 치마에 활옷을 차려입고 떨리는 마음으로 걸음을 떼었을 때, 제 앞에 마주하고 선 소년의 긴장된 얼굴이 환하게 빛났다. 정갈하고 맑은 그 얼굴은 캄캄한 밤을 빛내는 우아한

별처럼 단숨에 난주를 사로잡았다. 옥처럼 희고 순결한 기대가 버선발마다 바삭거렸고, 가슴 깊은 곳에서 터지는 떨림이 온몸에 퍼졌다. 다가올 재앙은 조금도 직감할 수 없었다. 어린 부부는 떨어지는 햇살이었고 부서지는 빛이었다. 그와 함께했던 짧은 세월은 한결같이 그랬다.

난주는 그날들이 무려 반세기 전의 일이라는 것을 믿을 수 없었다. 기억이라는 것은 조금도 시간이 흐르지 않는다. 기쁨과 고통의 얼룩조차 마찬가지였다. 서방님의 모습은 여전히 그대로였고 그리움과 아픔도 변하지 않았다.

다만 달라진 것은, 어린 난주에게 서방님이 전부였다면, 예순여섯의 난주에게는 수없이 만나고 헤어진 소중한 인연들이 비슷한 무게로 함께하고 있다는 사실이었다. 난주는 열여섯의 나이로 남아 있는 어린 신랑을 향해 미소 지었다.

"여보오, 서방님. 그곳에서 편안하시오? 오늘 나는 제주 땅의 아들을 장가보냈소."

난주는 제주 땅에서 해야 할 일을 모두 마친 것처럼 홀가분했다. 마음 한편 허우룩하고 쓸쓸한 감도 없지 않았지만, 모든 일의 끝을 맺을 때는 늘 그러한 법이다. 그러고는 누구에게랄 것도 없이 혼자서 고개를 끄덕끄덕하였다. 모든 것을 마치고 돌아갈 곳이 있다는 것은 큰 축복이다. 난주에게 있어서 그곳은, 살아서는 갈 수 없는 곳이었다.

*

차귀진의 주인, 조방장 황림에겐 예사스럽지 않은 성미 몇 가지가 있었다. 첫째로는 요란한 변덕이다. 변덕이 변덕으로만 끝나면 좋으련만 남들에게 해를 끼치는 심술보나 마찬가지다. 사람들이 좋다 하는 일에는 꼭 싫다 하고, 맛있다 하는 음식은 퇴짜를 놓았으며, 간청하는 이에게는 무자비하고 냉담한 수하에게는 자상하다. 청개구리 같은 성미를 반대로 이용해보려는 사람도 간혹 있었으나 그 또한 종잡을 수 없어서 어느 때 웃을지 성낼지 아는 자가 없었다.

또 한 가지는 사소한 일에도 내기를 즐겨 하는 것이다. 작게는 놀이에 그치거나 약한 상벌로 그쳤으나, 흥이 났거나 노하였다면 내기 한 번에도 사람이 상하거나 죽는 일도 없지 않았다.

이러한 일도 있었다. 어느 가을날에, 제주성에서 내려온 양반이 조방장과 술자리를 함께 하게 되었다. 무관들과 인연이 깊은 손님인 까닭에 황림이 친히 주연을 열고 군사들의 격구까지 볼거리를 마련하였는데, 두 사람은 은연중 패가 나뉘어 응원하였다. 내기 좋아하는 황림이 양반을 놀리느라 상투 걸기를 권했고 양반은 또 이것을 무례하게 여겨 도리어 황림의 수염을 걸도록 독촉했다. 황림은 자신이 응원한 자가 공을 넣자 미처 말리기도 전에 양반의 상투 끝을 잘라버렸고, 기가 막힌 양반 또한 제 편이 공을 넣자 황급히 황림의 아랫수염을 한 움큼 뽑아버렸다. 한껏 분이 오른 두 사람은 격구의 승부는 둘째 치고 다시 한번 호패를 걸어 내기하였는데, 군졸 하나씩을 뽑아 차례로 공을 치되 작은 둥구미 속에 넣어야 하는 승부다. 처음 두세 경기는 팽팽하게 이어졌으나 결국엔 황림이 지고 말았다. 호패를 빼앗기고 잔뜩 화가 난 황림은 군졸의 팔과 다리를 부러뜨려 옥에 가두었고, 이튿날에는 양반을 불러다 놓은 채 군졸의 목을 베려고 들었다. 내기 한 번에 사람이 죽게 생겼으니 양반이 마지못해 호패를 돌려주었는데, 그 고약스러운 심보를 못마땅히 여겨 한 번은 이기어 놓으리라 작정을 했다. 그가 차귀진에 나

흙을 묵었는데, 그들의 내기가 밤낮으로 이어져 아랫것들의 맘과 몸이 줄줄이 상하고, 그들의 입과 손으로 오간 재물과 땅이 한 고을의 규모만 하였다. 지금도 우스갯말로 조방장은 뒷간에서도 똥돼지와 내기한다 하는 말이 파다한 것은 그러한 일이 한두 번이 아닌 까닭이었다. 이런 조방장의 성미를 아는 이들이 웬만하면 가까이 모시기를 꺼렸고 가까이 모시더라도 말을 삼갔으며 차라리 가벼운 죄를 얻어 내쳐지기를 바라는 것도 무리는 아니었다.

대정 땅에서 유명짜한 사학쟁이가 정배된다는 소식이 돌자마자 차귀진 내의 많은 이들이 황림의 반응을 궁금해하고 또 어떤 이들은 기대도 하면서 다가올 일에 대해 수군수군 말들이 하도 많았다.

한편 난주는 중간에 간단히 참을 대고서 해가 지기 전에 차귀진에 당도했다. 보말은 어미와 헤어지지 않으려 고집을 부리고, 난주는 그런 딸을 기어코 모슬개로 쫓아 보냈다. 상집이 유모의 청을 받들어 그 딸을 순덕에게로 데려다주기로 약조하였다. 사령과 단둘이 남은 난주는 멀어지는 딸의 뒷모습에 한 번 울고 잔뜩 풀 죽은 상집의 어깨에 또 한 번 울었다. 허나 이제부터 닥쳐올 고난이 오롯이 혼자의 것임에 적이 안심한다. 혼자만 아는 고통은 비록 상처는 깊더라도 얼굴을 마주할 때마다 되새기지 않아서 좋다.

관비 하나 들이는 일에 조방장이 나설 리 만무하건만, 이번만큼은 그가 직접 나서서 점고하였다. 천주쟁이들이 어떤 치인가 궁금도 하려니와 며칠 전부터 아랫것들이 험담을 속살거리는 것이 괴이쩍은 까닭이다. 그는 평상에 올라앉아 바둑판을 들여다보고 있었다. 쭉 찢어진 눈매는 날카롭고 너부데데한 얼굴 속에는 큼직한 매부리코가 앉았다. 귀

밑으로부터 턱까지 돼지털같이 뻣뻣한 수염이 무성하였는데, 가뭄 든 풀밭처럼 윤기가 없이 푸석하고 빛깔은 검지도 희지도 않은 잿빛이었다. 꾹 다문 입술이 뒤틀려져 한쪽은 들리고 다른 쪽은 내려앉았으니, 전체적으로 바라보면 묘하게 불쾌하고 은근히 두렵다.

난주는 고개를 숙인 채로 그를 보고, 눈을 감은 채로 그의 기운을 느꼈다. 과연 차귀진을 귀꿈스럽게 만들 만한 풍모다. 황림은 황림대로 곁눈으로 죄인을 보는데, 몸이 호리호리하고 머리칼이 새카만 여인네가 머리를 땅에 박은 채 하정배를 올린다. 그는 일부러 알은체하지 않았다. 여인 또한 얼굴을 들지 않는다. 그가 차게 얼어붙은 바둑알을 하나하나 옮기는 동안 기다리는 사람들이 점점 지쳐가고 언 발을 동동 구른다. 그래도 그는 꿈쩍하지 않았다. 보다 못한 서리가 넌지시 주인의 심기를 살펴보았으나, 콧김만 허옇게 뿜어낼 뿐 도통 움직이지 않는다. 난주가 더욱 고개를 숙였는데, 매서운 추위 속에도 자세의 흐트러짐이 없었다. 한참 만에야 혼자 두는 승부를 끝내고서, 황림이 고개를 들었다.

"기자쟁선(棄子爭先)이라는 말이 있지. 그 뜻을 아느냐?"

난주가 섣불리 대답하기를 주저하여 아무 말도 하지 않았는데, 바람에 귀밑머리만 흔들리지 않았다면 그 모양새가 그린 듯 고요하다.

"살 가망이 없는 돌을 버리고 선수를 잡아야 한다는 것이다. 보아하니 네가 가진 패는 이미 끝난 듯하고 가망 없는 돌을 붙들고 추락하는 꼴이니, 정신을 똑바로 차려야 할 것이다."

황림의 말끝에 가시가 돋아 있으니, 난주는 잠자코 있기가 어려워 고개를 한 번 숙여 순종의 뜻을 비치었다.

"사학원흉, 그것이 네 또 다른 이름이라지?"

이번에는 말을 에두르지 않고 매섭게 쏘아붙이는 황림이었다. 난주는 고개를 들지 않은 채로 나지막하게 대답하였다.

"……그렇게 불린 적도 있었습니다."

난주의 답을 듣고 황림이 짧게 웃었다.

"그래, 네 답이 좋다. 그때는 그러했고 지금은 아닐 수 있을 테지. 헌데 듣자 하니 너는 여전히 천주쟁이라고들 하던데. 아니라고 할 수 있느냐? 한번 말해 보거라. 그것들은 혀끝이 독하기가 이를 데 없어 결단코 배반하는 말을 하지 못한다 하니."

난주는 오래도록 숙이고 있던 흰 이마를 조금 들었다. 그의 말이 악한 것은 아니다. 또한 그의 말이 새삼 난주와 천주를 모욕할 수도 없었다. 다만 말로써 믿음과 배신을 가늠할 수 있는 것인지 난주는 알 수 없었다. 조선의 많은 천주교인들이 잠시라도 천주를 부정할까 두려워하였으나, 난주는 천주께서 과연 외식된 말과 진실의 마음을 헤아리지 못하실는지 궁금했다. 난주는 생각에 잠겨 제 처지와 두려움도 잊은 채 황림을 똑바로 올려다보았다. 황림의 눈이 사납다. 노기가 어린 듯 붉은 흰자위 가운데 작고 까만 눈동자가 날카롭게 쏘아본다. 난주가 목소리를 낮추고 차분히 말했다.

"네, 아닙니다."

"아니다?"

"철없던 시절의 죄야 이제 와 어찌하겠나이까. 그저 죄를 갚으며 하루를 살 뿐입니다."

황림이 웃는 듯 마는 듯 콧등을 찡그렸다.

"그래?"

그의 크고 거친 손아귀에서 바둑돌이 이리저리 구르며 자갈 소리를 냈다. 여인의 머리며 옷매무새는 초라하고 눈 밑에는 삶의 고단함이 신산하게 내려앉았으나, 눈빛만은 제법 맹랑했다. 황림은 그것이 마음에 들었다.

"명심하여라. 나는 말을 어기는 자를 용납지 못한다. 혓바닥을 뽑고 귀를 자르고 등짝이 다 갈라지도록 매질을 하여 말먹이로 던져버리지. 그런 잔혹한 짓을 수도 없이 한다는 차귀진의 조방장 소문을 너도 익히 듣지 않았느냐."

난주가 눈을 내리깐 채 바닥에 다시 머리를 조아리자, 황림은 제 수염을 만지작거리며 덧붙였다.

"바둑으로 치면 이것은 꽃놀이패나 다름없다. 나로서는 잃을 것이 없지만, 너로서는 생사가 오가는 일이렷다. 천주니 야소니 내 땅에서 들리는 때에는 네 죄를 먼저 물을 것이다. 가라. 일손이 부족하니 네 일이나 하거라."

그는 다시 바둑판에 얼굴을 묻고 손을 휘휘 내저었다. 그의 시야에서 멀리 벗어나서야 난주가 처음으로 깊은 숨을 내쉬었다. 삶과 죽음이 늘 혀끝에 있다. 그러나 사람의 세 치 혀만큼 간사한 것이 또 있으랴. 그의 말마따나 오늘 난주를 살린 말이 내일 난주를 죽일지 알 수 없었다.

난주는 잡스러운 일들을 두루두루 하게 되었다. 관노들이 지어다놓은 땔나무를 쓰임에 따라 분류하기도 하고 진사(鎭舍) 안의 물걸레질이며 너저분한 사령방의 세답거리를 수거하고 부엌일의 보조며 설거지, 말먹이를 주는 일까지, 해가 뜨기 전부터 온 하늘이 까맣게 물들 때까지 잠시도 쉴 틈이 없었다. 성안에 우물이 하나 있어 그 물이 달았는데, 조방장이 언제나 동틀 무렵의 정화수(井華水) 한 그릇을 원하였으므로 그 일까지도 새로 온 난주의 몫이 되었다.

난주는 아이 둘과 한방을 쓰는데, 옥란과 단지라는 계집종이다. 열두 살의 예쁘장한 옥란은 똘똘하기는 다시없고 눈치까지 빨라서 조방장의 내실을 오가며 심부름을 하였고, 열넷의 단지는 관비로 잔뼈가 굵은 일꾼이라 성 밖의 밭일까지 도맡고 있었다. 두 아이 다 난주에게 친절하지도 차갑지도 아니했지만, 각자 할 일이 많고 분주해서 하루해를 다 보내고 잠자리에 들 때만 얼굴을 보는 일이 태반이었다. 다만 난주가 정화수를 떠올 때 직접 들이는 일은 옥란이 대신 하였는데, 새벽잠을 설쳐서 늘 졸린 얼굴이었다.

"아즈망이 들어가시민 조케수다마는."

어느 아침에 옥란이 뾰로통하여 말하기에, 다음날에는 난주가 혼자서 내실을 찾았다. 조방장이 머무는 침방은 윗간과 아랫간을 열어놓고 넓게 쓰고 있었는데, 이부자리가 널찍하여 대여섯은 누울 만하였다. 역시나 관기가 두어 명 엉키어 있는데, 옷을 입은 듯 만 듯하여 난주는 낯이 화끈거리고 두 다리가 떨렸다. 조심히 그릇을 놓고 나가려 하자, 황림이 이미 깨어 있었던지 손짓을 하여 가까이 불렀다. 단술 냄새가 풀풀 나는 상전은 부끄러움도 없이 앞섶을 풀어헤치고 털이 무성한 다리짝을 이불 밖으로 그대로 드러낸 채로 그릇을 받았다.

"남사스러운가?"

입가의 물을 손등으로 휙 닦으면서, 황림은 비웃듯 말했다.

"종살이 십 년이면 볼 장 다 본 게 아닌가. 아직도 남은 부끄럼이 있는 것이 용하군."

주인의 목소리에 눈을 뜬 기생들이 그의 옆구리를 파고들었다.

"이것 보아라. 체면이니 수치니 던져버리면 그만 아니냐."

황림은 여전히 술에 잠긴 목소리로 킬킬 웃으며 곁의 여인들을 한 팔씩 끌어안았다. 얇은 명주 이불이 그녀들의 몸에서 떨어져 나와 흰 속살이 그대로 드러난다. 여인들은 주인을 따라 웃었다. 체면과 수치를 버리지 않으면 목숨을 버려야 하는 것이 종년들의 삶이 아니더이까, 난주는 차마 뱉을 수 없는 말을 되뇌며 한숨을 내쉬었다. 난주가 슬며시 내실을 빠져나가려 할 때, 황림이 다시금 난주를 불러 세웠다.

"네가 의술에 제법 밝다지?"

"약재 몇 가지를 알 뿐, 밝지는 못하오이다."

"의서를 읽었느냐?"

"책 몇 가지를 얻어 읽었으나 많지 않습니다."

"내가 요사이 뒤가 시원치 못하니, 까닭이 왜일꼬?"

"일을 보는 것이 어렵단 말씀인지요."

"그게 아니라도 시원치가 않아. 벌레가 기어가는 것처럼 간지럽단 말이지."

아무리 야차 같은 이라도 제 몸의 수치를 말하려니 조금은 겸연쩍은 모양이다. 제법 목소리가 누그러졌다.

"충치(蟲痔)가 있을 때에 가려운 줄로 압니다. 괴백피나 오가피를 진하게 달여 찜질을 하면 효과를 보실 것입니다. 또 마른 쑥이나 생강을 달여서 마시는 것도 좋습니다."

"그럼 나을 수가 있느냐?"

"모든 피부 질환의 원인은 몸속에 있으니, 과식과 방사, 과음 모두를 금하시면 차차 좋아지실 것입니다."

난주의 말에 그가 거침없이 웃었다.

"다른 건 그럴 듯한데, 방사를 금하라니……. 옛끼! 나더러 죽으란 소리냐. 안 그러오, 선녀님들이 말씀을 해보시우."

황림이 곁의 기생들을 돌아보고 눙치니 까르르 웃음소리가 어지럽다.

"그 뒷물은 네가 매일 준비해오거라. 또한 성안에 몸이 성치 않은 의원이 하나 있으니 지금까지 해오던 일들은 버려두고 오늘부터 그를 도와라."

난주가 말뜻을 헤아리느라 머뭇거리는데, 그가 어느새 기생들과 몸을 뒤채며 손을 흔들었다.

"난 정화수의 힘이 뻗쳐 볼일이 있으니 네게 관음증이 없거들랑 그만 나가보라."

그의 조롱을 듣고서야 서둘러 나오느라 문지방에 걸릴 뻔하였다. 간신히 몸을 세우고 마루에 내려서는데 그의 웃음소리가 문밖까지 호탕하게 울렸다. 참으로 짐작하기 어려운 성미다. 난주는 새벽빛을 파고드는 찬바람에 붉은 얼굴을 달래며 고개를 가로저었다. 무례하고 직설적인 모습이 어딘가 정방호를 닮은 듯도 했지만, 그 속은 전혀 다르다. 겉으로는 툭툭 내뱉으며 가시 섞인 말을 하여도 늘 사람들의 속내를 읽어주는 정방호가 아니던가.

난주가 문득 정방호를 생각하고는 깊은 한숨을 내쉬었다. 차귀진으로 온 지 한 달여가 지나는 동안 강 노인과 별감 댁의 상노 아이가 번갈아가며 소식을 보내와 제주목의 사정을 대략 전해 들었다.

정방호는 난주가 대정을 떠난 그날 스스로 죄인이라 자복하여 옥에 갇혔고, 양제해를 비롯해 주동자로 꼽힌 몇이 목사 김수기의 명 아래 결국 죽음을 면치 못했다. 정방호가 탈옥을 주도하고서도 참수를 면한 것은 다른 탈옥인들을 은밀히 고변한 덕분이라고 소문이 흘렀으나, 실상은 그의 막대한 뇌물이 그 자신의 죄를 구하고 다른 죄인들의 탈옥죄 또한 탕감한 것이다. 강 노인은 정방호를 아들같이 여기어 매일같이 옥을 쫓아다니는데, 옥리들이 보기에 정방호가 죄인이라기보다는 뇌물을 준 협력자라 아주 괴로운 일은 없는 듯했다.

난주는 그가 자신을 위해 벌인 일인 줄을 알면서도 도의적으로 온당치 못한 일들을 행하게 되니 안타까움과 속상함이 번번이 마음을 괴롭혔다. 눈속임을 위해서라지만 잠시라도 그들과 한패가 되어 백성들의 손가락질을 받는 것이 첫 번째 속상함이요, 목숨을 내놓고 뛰어든 이 일로 인해 그가 많은 것을 잃었음이 두 번째 속상함이다. 가장 마음 아픈 것은 모두의 노력으로도 갇힌 자들의 역모죄를 벗을 수 없다는 사실이다. 난주는 정방호에게 하고 싶은 말이 하도 많지만, 그를 만날 수도 없거니와 감히 편지를 보낼 생각은 할 수도 없어서, 그저 소리 없는 기도가 그의 갑옷이 되고 보이지 않는 눈물이 그의 지혜가 되어 무사히 살아남기를 바랄 뿐이다.

조방장의 명이 떨어진 날, 난주는 조반을 먹자마자 의원을 찾아 나섰다. 백 가지 일에 아무리 애를 써도 종살이로 뼈가 굵은 아이들만 못하여 차라리 잘할 수 있는 일 한 가지가 낫다. 약방을 물어물어 한 식경쯤 걷다 보니 동문 근처 두서너 집이 붙어 자리한 끝에 작은 초막이 나온다. 삼간도 되지 못할 허름한 초막 안에서 노인의 기침 소리가 요란하고, 이엉지붕 끝에 매단 약재는 탕이 난 것, 뜯긴 것, 낡은 것 등 사람의 손길이 닿지 못한 티가 역력했다. 난주는 주인이 깰세라 살금살금 마당에 비질하고 빈 도가지에 물을 채웠으며 아궁이의 잦아드는 불씨에 마른 가지를 던져 넣었다. 드디어는 주인이 바깥의 기척을 느끼고 빠끔히 문을 열었다. 주름이 자글자글한 얼굴 끝에 채수염을 허옇게 늘어뜨린 노인이 바깥을 제대로 내다보지도 않은 채 시큰둥하게 말하였다.

"뉘요? 환자를 보지 않은 지 여러 달 되었소."

"조방장 나리께서 보내셨습니다. 의원님을 도우라 하시더이다."

"의원이란 말도 마시우. 다 죽어가는 노인 초상 수발들 것 있겠소. 그냥 돌아가시오."

겨울 아침의 샛바람보다도 차가운 목소리는 오랜 절망으로 녹진하다. 노인의 사연이야 알 턱이 없지만, 난주는 서운함보다 불쌍한 마음이 먼저 들어 슬깃 얼굴을 쳐다보다가 그제야 노인의 신원을 알아보고서 깜짝 놀랐다. 이미 오래전 제주 땅을 떠난 줄로만 알았던 소 첨지가 아니던가. 매정한 세월 앞에 그의 육신은 바짝 마르고 시들어 간신히 사람 꼴만 남은 듯했다. 난주가 마루 끝에 가까이 다가앉았다.

"제가 누구인지 모르시겠습니까?"

소 첨지가 고개를 기울이며 문밖으로 얼굴을 빼 드는데, 두 눈이 하얗게 백태가 끼어 동자 속이 희미한 내장안(內障眼)이 틀림없다. 난주가 속으로 혀를 차고서 예를 갖추어 인사했다.

"오랜만에 뵙습니다. 대정 안에 살던 정난주입니다. 다시 만나기는 천만 뜻밖입니다."

그가 깜짝 놀라 눈을 부릅뜨고 몇 번 부비더니, 가까이 들여다보고 서야 난주를 알아보았다. 그러고는 부끄러운 생각이 떠올랐는지 고개를 외로 치고 숨어 다시 나오려 하지 않는다.

"돌아가시게. 의원이라 부르는 것도 조방장 나리뿐입지, 나는 이제 일을 하지 않으이."

난주가 고집 센 소 첨지를 극구 설득하여 약방을 다시 열게 되기까지 꽤 여러 날이 걸렸다. 소 첨지가 과거 난주의 일로 해서 망신을 사고

우셋거리가 된 후로 대정에 정이 떨어졌는데, 별성마마가 극심할 당시 마을을 돌아보지 않고 떠나버린 까닭에 마을로 돌아가려야 돌아갈 수가 없었다. 제주목에 자리 잡고 다시 약방을 열었으나 인술이 의술보다 먼저라 하여 사람들이 찾지 않았다. 함께 살던 첩이 먼저 도망하고 세들었던 집에서 쫓겨나니, 본인 생각에는 잘되어가던 일이 꼬여 별안간에 패가망신한 셈이다. 그 이유가 정난주라는 기집에게 마음을 주었던 데 있노라 혼자서 분해하였던 것이 수년간이다. 이쪽 편으로는 오줌도 누지 않겠노라 벼르던 그가 차귀진에 몸을 붙인 것은 오직 황림 때문이다. 수년 전 애월읍을 지나던 조방장이 우연히 소 첨지에게 종기를 치료받았던 일이 인연이 되었다. 그 주인의 성미야 소문과 다르지 않았으나, 폐인이나 다름없는 소 첨지를 대접해주니 나쁠 것이 없다.

근래 약방 문을 닫으려 한 것은 조방장이 아니라 김문덕이라는 치총과의 문제 때문이었다. 안질환으로 눈과 손이 모두 둔해진 중에, 치총의 첩 애향과 엮인 일이 있었다. 애향이 오래도록 미워해온 종달이라는 다른 첩이 하나 있어 은밀히 비상을 요구했는데, 죽은 듯 살아가고자 한 소 첨지가 남을 죽일 만한 약재를 내줄 마음이 없었고 자칫하다가는 화가 미칠 것이라 좋은 말로 타일러 보냈다. 애향은 소견이 좁고 성미가 급해서 치총의 첩이 되기 전부터 말썽을 일으키곤 했는데, 이번에도 소 첨지를 괘씸히 여겨 음해하니 하루아침에 아낙을 범하려 한 죄인이 되었다. 황림이 두둔하고 말려보았지만, 치총은 애첩의 말만 믿고 등시포착이나 한 것처럼 날뛰었다. 그가 멍석말이로 생을 마감하게 될 위기에서 간신히 살아남은 것은 종달이 자세한 정황을 조방장에게 아뢴 까닭이다. 애향이 황림의 명으로 물볼기를 맞다 죽고 치총은 성에서 쫓겨났으며 종달이는 짐을 싸서 제집으로 돌아갔다. 졸지에 황망한 송사에 휘말렸던 소 첨지는 몸은 몸대로 축나고 마음은 마음대로 지쳐서 방 안에 돌아앉아 세상 밖을 내다보지 않았던 것이다.

난주의 말이라고 해서 들을 리 없지만, 조방장이 여러 번 강권하고 눈을 부라리기까지 하며 윽박질러 결국에는 문을 열게 되었다. 의원이라고 해도 실은 허수아비 주인이요, 난주 혼자서 약방 살림을 하고 환자를 보며 약을 달였다. 소 첨지가 난주를 오래도록 미워하기는 했어도 처음 품었던 마음이 아주 없지는 않아서 함께 하는 일에 차차로 익숙해졌고, 난주는 난주대로 환자의 고름을 만지고 땀을 닦는 일이 여느 관비의 일보다는 나아서 하루가 더 편안해진 것이 사실이었다. 다만 저녁마다 황림의 뒷물을 들여가는 일이 멋쩍고 부끄러웠으나, 그 또한 환자라 생각하면 못 견딜 일만도 아니었다.

그렇게 차귀에 들어와 보름이 여러 번 지나고 난 후에야 대정에서 반가운 편지가 닿았다. 한양으로부터 찰리사 이재수가 도착했다는 소식이었다. 변란이 생기고 꼭 백여 일이 지났다. 이미 죽은 사람이야 원통해할 넋도 없지마는, 살아서 갇힌 자들의 고통은 이루 말할 수 없다. 듣자하니 차차로 뇌물의 효력이 떨어져 정방호의 신세 또한 고달파졌으니, 강 노인이 때때로 들여 넣어주는 무명이며 보리쌀이 아니었다면 옥졸들의 고신이 호되었을 것이다. 난주가 찰리사의 도착 소식을 편지로 알고 또 조방장이 때때로 떠드는 소리로 알았으니, 얼굴빛이 하루에도 서너 번씩 바뀔 정도로 근심하였다. 난주의 초조함을 짐작하는 이가 차귀 땅에 있을 리가 없건만, 황림은 눈치가 귀신같은 자라 이튿날 벌써 연유를 캐물었다.

"네가 어제부터 혼이 쑥 빠진 이유를 모르겠구나."

난주가 괴백피 달인 물이 담긴 대야를 내려놓으려다 흠칫 놀라 물을 조금 흘렸다. 황림은 재밌는 일이라도 생긴 것처럼 후후 웃는다.

"초연하기가 이를 데 없는 송장 같은 사람이 이만한 말에도 바르르 떨다니."

난주가 얼굴을 붉히고는 입을 꾹 다문 채 눈을 내리깔았다. 황림이 둔부를 뒷물에 담근 채로 눈알을 굴리며 툭툭 말을 내뱉는데, 의외로 난주의 일을 샅샅이 알고 있어 가슴이 철렁 내려앉았다.

"네가 지금도 대정이며 제주로 연통을 놓고 있다지? 그래, 그중에 하나가 돈깨나 두둑한 상인이라던데. 정방호……라던가?"

난주의 낯빛이 금세 바뀌어 창백해졌다. 황림이 빙글빙글 웃었다.

"오라, 갓 장수 놈을 걱정하는 게로구나. 연정이라도 품은 것이냐? 말해보아라. 비밀이라도 지켜주랴?"

황림의 얄궂은 추궁이 계속되자 난주는 간신히 천연덕스러운 얼굴을 꾸미고 쌀쌀맞게 대꾸하였다.

"갓 장수를 알기는 하여도 아는 사람이 모두 연정이오리까."

얼빠진 사람 같던 눈 속에 다시금 열기가 어리었다. 황림은 난주의 재주나 총명함만큼이나 그 고고한 자존심을 기꺼워하였으므로 이러한 쪽이 더 마음에 든다.

"아무려면 조선 땅 최고의 명문가 여식이라는 년이 그깟 갓 장수에게 마음을 주었겠느냐. 양반의 과부라면 혀를 깨물더라도 지조는 지켜야 하거늘."

황림은 툽상스러운 입술을 크게 벌리고 껄껄 웃었다. 난주가 이맛살을 찌푸리고 흰 수건을 받쳐올렸다.

"그자가 음흉한 자다."

수건을 건네받던 황림이 속삭이듯 말했다. 다른 모함이야 한 귀로 들고 흘리겠으나, 세상이 말하듯 정방호를 변절자나 협잡꾼으로 보는 것만은 못 견딜 일이다. 그러나 난주는 입술을 깨물고 말을 삼켰다. 그가 이어 말했다.

"네 정인인지 벗인지 모르겠다만, 근심이 큰 것 같으니 한번 묻자. 그자가 왜 그런 일을 벌인 것 같으냐?"

난주는 쭉 찢어져 갈고리같이 휘어진 그의 눈을 말없이 바라보았다.

"시간을 벌려는 거야. 그놈들이 하루라도 더 살 수 있도록 혼란을 만드는 거지. 별수 없이 몇이 죽었다지만 그 때문에 발목을 잡혀 나머지는 손도 못 대지 않았느냐. 이러한 속내를 모르고 휘둘린 어리석은 위인들이 많았으니 역도들을 한칼에 치지 못하고 지지부진한 게 아니겠는가."

난주는 얹혔던 떡이라도 내려간 듯 속이 시원해져 눈이 일시에 반짝거렸다. 정방호가 벌인 일을 탓할 마음은 없었지만, 연유라도 묻고 싶은 난주였다. 이제 조방장의 입을 빌어 그 답을 들으니 어찌 시원하지 않겠는가. 난주는 행여 기색을 들킬세라 고개를 바닥에 처박고 들지 않았다.

"배포 하나는 큰 놈이야."

황림이 바지를 추켜 입으면서 흘깃 난주를 보았는데, 난주가 더욱 조심하여 속내를 읽히지 않았다.

"그래서 말인데, 한 번 더 일러두마. 내 땅에서 지저분한 일을 만들어선 안 될 것이야. 네가 차귀에 들어온 이상 차귀의 귀신이니 내 한마디 말로 살고 죽음을 잊지 말라."

난주가 대야를 양손으로 쥔 채 구부슴하게 허리를 조아리며 순종의 뜻을 보였다. 내실을 나오는 난주의 발걸음은 가볍고 매초롬한 입술에는 웃음기까지 머물렀다. 정방호가 실없이 사람들의 목숨 값을 버리지 않았음이 다행스럽고, 그의 노력이 좋은 결실을 맺게 되리라는 기대가 컸다. 찰리사가 도착했으니 모든 것을 명백히 풀어내고 억울한 죄를 토해내게 할 것이다.

찰리사의 추핵(推覈)을 기다리며, 또 차귀의 여종으로 견디어가는 중에 조방장이 약방 근처의 초막 하나를 내려주어 살림을 나게 되었다. 그가 난주에게 너그러운 것은 음흉한 마음을 품은 바는 아니었고, 난주의 재주가 기특할뿐더러 남들이 원하는 바대로 하기를 꺼리는 그의 성미 때문이었다. 관비들이 하나같이 난주를 시기하여 미워하고 또 대정읍의 천박한 아전들도 난주가 들들 볶여 죽어 나가기라도 바라고 있었는데, 그들이 원하는 것을 제 손으로 해줄 까닭이 없고 오히려 딴죽을 걸면 시원할 판이라 거꾸로 하는 셈이다.

난주는 초라하나마 살림을 나게 되자 조방장의 허락을 얻어 보말을 불러왔다. 한 치 앞을 모를 때에야 딸을 떼어놓았으나 죽지 않을 만큼 살게 되면 자식은 품어야 마땅하다. 근심되는 바가 없지 않았으나 경헌의 일을 돌이켜 보말에게만은 이별의 고통을 주고 싶지 않은 난주였다. 보말이 크고 작은 보따리를 머리에 이고 지고 차귀진에 들어왔는데, 순덕이 챙긴 살림도 있었으나 대개는 별감 댁에서 보내온 것이다. 보자기를 끌러 내려놓으니 귀한 상목 두 필과 보리쌀 한 말, 말린 고등어 한 접과 소금 등속이다. 또한 청피와 향부자, 대모와 같은 구하기 어려운 약재가 약간씩 들어 있어 세심한 마음 씀씀이를 짐작할 수 있었다. 오랜만에 마주한 보말은 방긋방긋 웃으며 어미의 품에 안기고 때때로 믿기지 않는다는 듯 어미의 얼굴을 만졌다.

"어멍, 믿기지가 않아요. 참말 같이 있을 수 있는 것이지요?"

"암만, 같이 있어도 되고말고. 네가 오니 이제야 여기가 내 집이구나."

보말은 어미의 정다운 말에 눈물까지 그렁거렸다.

"여기에서의 행동거지는 각별히 조심해야 한다. 말 한마디도 걸음 한 번도, 두 번 세 번을 생각하고 또 생각해야 하는 것이다."

"네, 알겠어요. 어멍이 시키시는 대루만 할 테요."

"몇 달 떨어져 있드니 네가 말 잘 듣는 강셍이가 되었구나."

"강셍이든 고넹이든 상관없으니 떠나라구만 마세요."

모녀는 몸을 바짝 붙이고 앉아 밤새도록 말이 그치질 않았다.

"그동안 기도는 드렸더냐?"

"남몰래 속으루만 드렸지요."

"그럼 오늘은 우리 작게라도 소리 내서 드려보자. 나두 그동안 속으로만 했다."

둘은 그림자라도 들킬세라 등불을 끄고 앉아 성호를 그었다.

하늘에 계신 우리 아버지,

아버지의 이름이 거룩히 빛나시며

아버지의 나라가 오시며

아버지의 뜻이 하늘에서와 같이 땅에서도 이루어지소서.

오늘 저희에게 일용할 양식을 주시고

저희에게 잘못한 이를 저희가 용서하오니

저희 죄를 용서하시고 저희를 유혹에 빠지지 않게 하시고

악에서 구하소서, 아멘.

두 사람이 붙어 앉은 어깻죽지에는 따뜻한 온기가 흐르고, 나지막한

기도 소리는 좁은 방 안을 그득 채운다. 바깥의 달이 밝아 장지문으로 빛이 쏟아지는데, 올레길의 뾰죽뾰죽한 참나무 가지 그림자가 바람 따라 꿈결처럼 일렁였다. 난주는 어쩐 일인지 천주쟁이라는 세상 속의 말을 달게 느꼈다. 이제까지는 그 무게와 굴레에 얽매여 살아서는 내려놓을 수 없는 멍에처럼 여겼다. 그러나 생각건대 겨울이 없으면 봄이 없고, 가시가 없으면 꽃이 없다. 내놓을 게 없으면 목숨이라도 내놓을지언정 이 순간의 안온함은 쉽사리 포기할 수 없는 홍복임이 분명하다.

"어멍, 이상해요. 가슴 안쪽이 먹먹한 것이 따뜻한 것 같기도 하고 아픈 것 같기도 해요."

"어미도 그렇다. 슬픈 듯 기쁜 듯 복잡하게 엉킨 실타래처럼 종잡을 수가 없으니."

"천주님은 참말로 우리를 지켜보고 계실까요?"

천주가 주신 선물, 열둘의 보말은 어여쁘게 자랐다. 매끄럽고 둥근 얼굴에 갈매기 날개 같은 눈썹이 시원하고, 콧날은 귀엽게 치켜 올라 제 어미 설운을 꼭 빼닮았다. 천진한 아이이면서도 간혹 속 깊은 말을 뱉어 저절로 가슴을 울렁이게 하는 이 딸이야말로, 난주에게 있어 천주님과 다르지 않았다.

"네가 나를 보고 내가 너를 보니, 이미 우리 안에 천주님이 계시질 않니?"

"어멍, 가슴이 또 뛰어요. 저는 아무것도 모르는 무식한 천주쟁이지만, 어멍처럼 절 아끼시는 분이 또 있다는 생각만 하여도 제 몸에서 빛이 나는 듯하고 하늘 위를 둥둥 날아다니는 것 같아요."

난주는 보말을 끌어안고 고개를 끄덕였다.

"그래, 네 말이 맞다. 모두가 그렇게 귀한 빛이라는 것을, 천주님이 깨우치게 하시는구나."

보말이 차귀에 오던 날, 난주는 무간지옥이나 다름없는 그 땅에서도 자신이 할 수 있는 일이 있을지 모른다 생각했다. 사람의 힘으로는 어려울 것이다. 그저 간절한 마음으로, 한 걸음씩 내딛어보는 것이다. 난주는 스스로를 고귀한 순교자들과 비교하지 않을뿐더러 평범한 신도 중에서도 쭉정이 신도나 다름없다고 여겼는데, 그렇기 때문에 오히려 교리나 형식에 얽매이지 않았다. 그 일이 무엇이든 마음이 원하는 대로 조금씩 움직여가는 것이 난주가 가진 신앙과 선의의 최선이었다.

찰리사 이재수는 제주목에 도착하여 수일이 지나지 않아 사건의 정황을 알 만하였다. 말 많고 두려움 많은 목사와 판관의 허풍과 훼방질에도 불구하고 그는 남은 죄인들을 풀어줄 수 있는 명분을 찾기 시작했는데, 조사관들은 모두 상찬계에 속했고 증언을 해주어야 할 이들은 하나같이 닥쳐올 후환을 근심하니 사건을 뒤엎기가 쉽지 않았다. 그러던 중 죄인들의 탈옥에 연루된 죄로 붙들린 정방호라는 자가 은밀히 사람을 보내어 만남을 청했다. 사사로이 만날 일이 아니기에 단호히 거절하였는데, 정방호의 식솔이라는 말 못 하는 노인이 찾아와 가여울 만큼 읍소한다. 이재수가 어느 밤엔가 술을 몇 잔 먹은 김에 조용히 옥을 찾아보았다. 퉁방울 같은 눈을 번뜩이며 범 같은 사내가 앉았는데, 얼굴이 큼직하고 덩치가 산만 하여 목에 차고 있는 칼이 조막만 해 보였다.

"네가 죄인으로서 나를 사사로이 만나고자 한 이유가 무엇이냐."

"진실을 말할 자가 없기로 제가 고하고자 하였습니다."

이재수는 삼십 대 중반의 훤칠하게 생긴 호남자로, 눈매가 서글서글하고 입매가 야무졌다. 키는 크지 않았으나 체격이 단단하여 웬만한 무인 못지않게 기세가 매서웠다.

정방호는 한 눈으로는 그를 보고 다른 눈으로는 바깥을 살피며 제 말이 마지막 고변이 될지언정 후회는 없으리라 작정하였다.

"설마 찰리사께서는 관리들의 장계만을 믿고 백성들이 진정으로 역모를 했다고 생각지는 않으시겠지요."

정방호의 맹랑한 질문에 이재수는 외려 호탕하게 웃으며 답했다.

"장계를 믿지 않으면 무엇을 믿는단 말인가. 저잣거리에 떠도는 풍문을 믿으랴."

그는 웃음을 거두지 않고 조용히 말했다.

"말하려는 게 무엇인지는 안다. 그들의 무고를 읍소하는 것이 네놈만은 아니니."

길고 무거운 칼을 쓰고 차꼬를 찬 죄인이 무릎을 꿇을 수 있을 리 만무하건만, 정방호는 기어코 다리를 모으고 턱 끝이 칼 속에 파묻히도록 숙였다. 그런 사내의 진심을 보고서야 찰리사는 빈 웃음을 그쳤다.

"찰리사 나리, 가까이 있는 자들을 믿지 마소서. 위로는 목사로부터 아래로는 아전들까지 한패가 아닌 이들이 없고 백성의 고혈을 빨아먹지 않는 자가 없으니, 나리께서는 위선자들의 입에 발린 말이나 거짓된 하소연을 듣지 마십시오. 양 풍헌의 죄가 없다고 어찌하겠습니까. 그에게 죄가 있으니, 감히 백성들과 함께 고된 삶의 어려움을 하소연하고자 했던 것이 첫째 잘못이고, 동지들을 대신하여 목숨을 내던져 장두로 나선 것이 둘째 잘못이고, 제 달콤한 속삭임에 탈옥을 감행했던 것이 셋째 잘못입니다. 그저 죽은 듯이 살아가며 양반들이 시키는 대로 위에서는 아래로 아래에서는 더 아래로 쥐어짜고 비틀며 한 줌의 뼛가루마저도 내어놓아야 마땅하지 않았겠습니까. 허나 그는 대단한 위인이라 그

죄를 감당한 것은 아니옵니다. 누군가는…… 누구 하나쯤은, 나 여기 이렇게 살아 있소, 나도, 내 새끼도 사람이오, 하고 한마디 말이라도 떼어보아야 했던 겝니다. 저야 미천한 상인으로 억울할 것도 자랑스러울 것도 없는 소인배이오나, 그들의 고결함은 잘 압니다. 저뿐만 아니오라 이 제주 땅의 풀 한 포기, 돌멩이 하나도 그걸 모르는 이는 없습니다. 그들의 목을 베어내기를 기어코 원하는 저 나리님들은 그걸 모르면서 알고, 알면서 모르는 이들인 것입니다……."

혈기 좋던 찰리사의 얼굴이 차차로 어두워졌다. 가까이 섰던 옥졸들이 못 들은 체 쭈뼛쭈뼛 물러나 큼큼 헛기침을 하고, 정방호는 정수리를 내리박고서 참담한 얼굴을 들 줄 몰랐다.

"틀리지 않은 말이오."

찰리사는 하대하던 말을 먼저 하오로 바꾸더니, 쩌쩌 못마땅한 혀 차는 소리를 내며 옥문 앞에 주저앉았다. 그가 제주로 내려와 이런저런 상황을 보아하니 울화가 치밀고 숨통이 막히기를 여러 번이며, 자신의 억울함을 호소해야 할 아랫것들도 눈치만 보고 쉬쉬하니 불쌍하고 답답하다. 이날도 관련된 자들을 불러들여 심문을 해보았지만, 역모에 대해서 몇 마디 웅얼댈 뿐 확실한 정황도 증거도 없다. 뿌리 깊은 상찬계의 그늘이 어디든 그 힘을 발휘하고 있는 게다. 매질을 당할지언정 진실을 침묵하는 것은, 살아남아 그 원한과 보복을 오래오래 당해야 할 터이기 때문이리라.

"여봐라, 저 칼과 차꼬를 잠시 풀어주어라."

찰리사가 옥졸들에게 외치자, 그들이 놀라 서로 얼굴만 보고 섰다.

"귓구멍이 막혔느냐. 한 놈은 이리 와 저것을 풀고 곁엣 놈은 술 한 병 받아 오거라."

옥졸들만큼이나 놀란 정방호가 몸을 길게 뻬었다.

"남의 눈이 있사온데……."

"자네의 죄가 남달라 이곳에 홀로 갇혔는가. 아니면 뇌물이 톡톡하여 이곳에 갇혔는가. 어느 쪽이든 나 또한 특별한 대접을 해야지."

정방호가 중군을 매수하여 공무를 방해하고 탈옥을 감행하여 죄인들의 추포를 어지러이 하였으며 추후에는 다시 동지들과 함께 자수하였으니, 처음부터 희한하게 여겼던 인물이다. 중군이야 사람 됨됨이를 들어본바 제 실속만 챙기는 위인이었으니 매수당하는 것이 이상한 일도 아니건만, 한낱 상인이 그처럼 궂은일에 나서는 까닭을 알 수 없었다. 허나 오늘에 와서 하는 말을 들어보니, 그의 마음 씀씀이 생각보다 넓고 깊어 제가 감당할 죄를 당당히 짊어지고 있음이 미쁘다. 또한, 목사로부터 판관까지 백성들의 죄를 가늠하기도 전에 목숨부터 앗으려 드는 형편에 그의 잔망스러운 짓들이 시간을 벌었던 것만은 사실이었다.

둘이서 청주 한 병을 뚝딱 나누어 먹고 얼굴이 불그레했으나, 조금도 취하지는 않았다.

"오래 지나지 않아 아전들의 폐해가 이 땅을 덮을 겁니다. 궁지에 몰린 백성들도 결국 살아남기 위해 싸우지 않겠습니까."

정방호가 얼어터진 손등으로 입술을 훔치며 중얼거렸고,

"말을 조심하게……."

이재수가 침통하게 말을 눌렀다.

"아전들의 토렴만 원망할 수도 없습니다. 적으나마 있던 급료가 없어지니 그걸 핑계로 더욱 기세등등하고, 또 지방관은 지방관대로 중앙 관료는 중앙 관료대로 상납을 강요하고 뒷돈을 바라니 뻔뻔하게 백성들을 괴롭히는 것이 아니겠습니까. 위에서부터 맑은 물이 흘러야 아래로 내려오는 법이지요. 한양 땅에서는 이 제주를 마치 오랑캐나 되는 것처럼 번번이 의심하고 다그치지만, 조정에서 가장 멀리 떨어진 이 군식구 같은 제주에 언제 애틋한 관심 한번 보냈습니까. 처자식과 고향을 버리고서라도 살기 위해 도망하는 이들을 출륙금지법으로 묶어두고, 공물선에 차출되어 물에 빠져 죽는 사람, 왜적에 맞서다 찔려 죽는 사람, 공물을 메우느라 물질하다 죽는 사람, 바닷바람 휩쓸고 간 흉년에 굶어 죽는 사람……. 제주 땅에 바람 많고 돌 많고 여인 많은 이유가 무엇이겠습니까. 나머지는 죄 쓸어가고 죽고 썩어져 남아나질 않는 탓입니다. 아비 어미가 자식을 버리는 일이 없듯이 나라님 또한 백성을 버리는 일이 없어야 하거늘, 조그만 일에도 곧잘 성을 내고 백성을 내치니 부모 없는 가련한 자식이나 다름이 없습니다. 이번 일만 하여도, 시골 어른 몇이 모여 서로의 어려운 형편을 살피고 관아에 몇 마디 호소하고자 한 것일 뿐이지 어디 감히 역적모의가 가당키나 했겠습니까. 첫째는 주동할 만한 위인이 없었고, 둘째는 거병할 만한 병장기가 없었고, 셋째는 당초 등소를 결정했던 사람 모두가 대개 흰머리 성성한 장년들이라 나라를 뒤엎을 만한 기운도 욕심도 없었습니다. 더구나 이 겨울을 보낼 양식도 없어 볼살이 쏙 들어간 가족들을 두고서 언감생심 역모라니, 그렇게 몰아붙이는 이들 또한 속으로는 헛웃음을 지을 것입니다. 그러나 그들도 결국엔 조정의 눈치를 보고 어여쁨이나마 받아보려는 것이니, 과연 어느 한 사람의 죄만은 아닐 것입니다. 어디서부터 어떻게 잘못된 것인지 소인 같은 이는 알 수 없으나, 아마 나리의 눈에는 분별 있게 보이시겠지요. 이번 사건을 속속들이 조사하여 파헤친다 하여도 뜻대로 관철하기는 어려울 것입니다. 마치 기다렸다는 듯이 조정에서부터 인정해버린 역모인 만큼 이를 반대하기가 어렵고, 협조하여 증언할 이들 또한 없으니 말입니다. 그저 제가 바라는 것은 죽을 이들은 죽을 수밖에 없겠으나, 그 죽음의 값으로서 이 땅의 백성의 처지나마 살 만하게 해주십사 하는 것입니다."

묵묵히 듣고 있던 이재수가 탄식하듯 말했다.

"그 흉적이 설령 잔혹한 괴수라도 뚜렷이 눈에 보이기만 하면 이 두 손으로 잡아 쥐고 비틀어 바수어놓겠으나, 두려움과 탐욕이란 놈은 보이지도 만질 수도 없으니 답답하구려."

진작 비어버린 술병을 흔들면서 고개를 가로젓는 그의 눈이 축축했다.

"최선만이 답이겠습니까. 차선도 있는 것이지요. 감히 말씀드리건대, 정면으로 부딪치려 하지 마시고 한 걸음 물러서서 내줄 것을 내주고 가질 것을 가지십시오."

정방호의 말에 이재수가 쓰게 웃었다.

"내줄 것이 자네 목숨이라면 어떻겠나."

여태까지도 눈이 번들거리던 정방호였으나, 이제야말로 번쩍하고 쏘는 듯한 안광이 빛났다.

"그것이라면 조금도 염려치 마시고 내어주십시오."

조정의 기대를 한 몸에 받고 있는 영민하고 패기 넘치는 젊은 관리 이재수는 옥문 건너편에 앉아 있는 새카만 사내를 말없이 바라보았다. 제아무리 더럽고 흉한 욕심이 들끓는 이승의 지옥이라 할지라도 저러한 민초의 충정이 있으니 조선이 이어져온 게다. 촉망받는 인재나 사대부의 자제나 왕궁의 귀여운 왕자가 명운을 이어가는 것이 아니라, 천박하고 상스럽다 멸시받는 백성 하나하나의 삶 자체가 조선이었다. 이재수는 더는 묻지 않았다. 후로 두 사람이 마주 앉아 술을 기울이는 일은 물론 다시는 없었다. 다만 한양으로 돌아간 이재수가 그 벗인 안계광을 만나 말하기를, 조선 땅 곳곳에 사대부보다 나은 이들이 수두룩하더라고 자조하였다.

이재수는 제주에 도착한 지 한 달여 만에 추핵을 마치고 그 결과를 세세히 적어 장계를 올렸다. 양제해의 모반을 인정하고 어리석은 백성들의 우매함을 탓하는 내용으로 기실 처음의 보고와 크게 다르지는 않았다. 다만 그 경중을 꼼꼼히 따져 사형, 도배, 석방 등으로 차등을 두어 처리하였다. 무엇보다 목사 김수기의 비리를 조목조목 따져 그를 곧장 파직하고 극심한 토렴을 일삼은 향리들을 처벌하였다. 그리하여 결과적으로 양제해와 그의 아들 양일회, 고덕호 등 총 일곱이 효수(梟首)의 비극을 면치 못하였으나, 정방호의 말마따나 차선으로나마 목숨을 건져 절도로 정배한 자가 넷, 섬에 귀양 보낸 자가 여섯, 일찍이 석방된 자가 스물다섯이었고, 나머지도 차례로 풀려나 집으로 돌아갈 수 있었다.

정방호는 애초에 역모와는 아무런 관계가 없었으나 탈옥을 주동한 죄를 벗지 못하여 절도로 정배를 받았다. 제주 땅 또한 절도에 못지않았으나 그가 떠나야 할 곳은 가도 가도 끝이 없는 섬이라는 가거도다. 흑산도에서도 이백 마장은 족히 떨어진 먼 섬으로, 조선 땅 중 청나라에 가장 가까워 청나라 닭 울음소리가 들린단다. 섬은 솟아난 산과 같아서 평지가 없이 온통 가파르고 백성들의 삶은 고달프고 가난했다. 이 소식을 들은 강 노인은 영영 헤어질 일은 생각도 못 했던지라 입만 벌리고 앉았고, 하루 늦게서야 순덕의 상노 아이에게서 소식을 전해 들은 난주와 보말은 부둥켜안은 채 눈물을 이리 씻고 저리 씻고 하느라 정신이 없다.

이번 일로 파직된 관리들이야 뻔뻔한 낯만 갖춘다면 얼마간의 여유를 부려도 되지만, 귀양살이 떠나는 죄인들에게는 하루의 말미도 아까운 법이다. 정방호는 사흘 뒤 곧바로 떠나도록 되었다. 강 노인은 마음을 추슬러 두 사람분의 괴나리봇짐을 꾸렸고, 난주 또한 눈물을 간신히 그치고서 이별 짐을 꾸린다. 별감 댁에서 보내왔던 상목 두 필을 도로 집어넣고 귀한 소금이며 말린 미역, 볶은 보리, 모자반 말린 것, 무말린 것, 갓 캐어낸 냉이 등 눈에 보이는 대로 모두 쓸어 넣었다. 그러고도 가는 길에 먹을 보리떡을 찌어내고 목을 축일 오메기술 한 병도 잊지 않았다. 보나 마나 사령들의 차지가 되겠지만, 그것으로 신발차 삼아 대우라도 조금 고와지길 바랐다. 난주가 차귀진에 와 그만한 살림을 차리기까지 황림의 도움 아닌 것이 없기에 마음 한구석 그를 속이는 일이 걸렸지만, 오랜 벗과 생사이별하는 처지에 애타는 마음을 억누를 수가 없었다.

이렇게 꾸린 짐을 애초에는 소식을 전하러 왔던 상노 아이에게 보내려 했는데, 하루 밤낮을 울며불며 삼촌의 얼굴을 보겠다는 보말의 소원을 들어주지 않을 수 없었다. 한동안 끝추위가 매섭게 몰아치더니 때마침 바람이 잦아들고 햇볕이 좋아져 보말은 단단히 차비한 것에 오히려 땀이 맺도록 부지런히 걸어 그날 밤으로 제주목에 당도하였다.

이렇게 사람들이 요란법석을 떠는 동안, 정작 옥 안에 들어앉은 정방호는 마음이 평안하고 묵은 체증이 내려간 듯 고요했다. 아무리 먼 땅인들 마음의 거리만은 못하리니, 그는 어디로 가든지 돌아올 수 있으리라 낙관하였다. 설사 돌아오지 못한다 하여도 법이 그를 구속할 수 없으니 도망을 하든 죽든 어떻게든 하리라 작심한 것이다.

그러나 막상 옥문에 붙어 앉아 서럽게 우는 보말을 보고서는, 담담하다 못해 차가웠던 정방호일망정 덩달아 눈시울을 붉히지 않을 수 없다.

"얘야, 울지 마라. 춘 데서 많이 울면 골 아프고 고뿔 든다."

"이제 헤어지면 다시 볼 수 없다믄서요. 가도 가도 끝도 없는 머나먼 섬이라면서요."

"아무리 멀다 한들 사람 사는 곳이 다르겠느냐. 사람이 살면 오고 가는 길도 있는 법이고 세월이 흐르면 만날 날이 있으니, 내 걱정 말고 네 어멍이나 잘 챙겨라."

"어멍은 삼촌 걱정에 반쪽이 되셨어요."

정방호는 차마 말을 받지 못하고 끔벅끔벅 캄캄한 옥 천장만 바라보았다. 그 아비가 과거 양반짜리 하던 위인으로 마을 대소사 챙기고 돌보는 재미로 살아갔다. 내려온 살림이며 노비들이 있어 태평한 유년이었다. 예나 지금이나 백성들의 삶은 고단한 법이라 원성과 불만도 많았는데, 한때에 흉년이 들고 탐학이 심하여 아비가 장하게도 장두로 나섰다가 보람도 없이 죽었다. 아들들은 목숨이나마 건졌지만, 가산몰수를 당하였다. 어미는 셋이나 되는 자식을 두고도 일할 줄을 몰라 몰락한 집에서 살 수가 없었다. 자식들을 외가에 떠맡기고 뭍으로 떠나 소식이 끊겼다. 남동생은 마마로 죽고, 여동생은 바다에서 죽었다. 정방호는 외조부의 탈상이 끝나자마자 제주를 떠나 조선팔도 곳곳 밟지 않은 땅이 없다. 어미의 그림자라도 찾고 싶었던가. 그저 바람처럼 떠돌았을 뿐인가. 남은 것도 없이 돌아온 제주였다.

지난 십 년, 처음으로 마음 붙인 곳이 대정이었다. 대정 땅의 한 여인 때문이었다. 때로는 다정하고 때로는 매서운 그 여인은 잃어버린 어미

같았고 죽은 누이 같았고 한 번도 인연을 맺어보지 못한 부인 같았다. 가까이 다가간 적은 없었다. 꿈에서라도 그 고운 머릿결 쓰다듬어본 적도 없었다. 그래도 지금 유일하게 서러운 일이 그 여인과의 이별이었다.

"아가, 그만 가서 쉬어라. 내일 동트기 전에 떠나게 될 테니 너는 나오지 마라."

훌쩍훌쩍 울던 보말이 마침내 눈물을 그치고 품 안에서 편지를 꺼내놓았다.

"어멍이 전하라 하셨어요. 그리구 밤을 새우더라도 떠나는 걸 볼 터이니 삼촌은 말릴 생각 마세요. 끓여 온 성게죽은 남기지 말구 싹 잡숫고 오늘 밤은 푹 주무세요."

보말은 다 큰 처녀처럼 다부지게 말하고는 강 노인을 따라 사처방으로 떠났다. 정방호가 어릴 때의 보말이 멋모르고 아방 아방 하던 것을 떠올리고는 빙긋이 웃었다. 난주 곁에 그 수양딸이 없었던들 지금처럼 살 수 있었을까. 덕이 덕으로 돌아오고 복이 복으로 돌아오니, 난주의 천주라는 이가 놀멘놀멘하지 않고 일은 열심히 하는 모양이었다. 편지는 언문으로 쓰여 어둑신한 중에도 읽기가 쉬웠다.

처음 가거도의 말을 들을 때에 먼 나라 일인 듯 아득하더니
이제 벗께서 떠나신다니 마음이 서럽고 애통합니다.
오래전부터 어둔 밤중의 별과 달처럼
가여운 모녀를 살펴주신 은혜를 어찌 모르겠습니까.
또한 제주 땅 곳곳 어려운 이들에게 고개 돌리지 않으셨으니
천주의 큰 축복이 오고도 남습니다.
다시 만날 날을 굳게 믿고 살 것이니

천만번 당부하니 강건히 견디십시오.

　편지를 읽으며 마치 난주가 귓가에 읊조리듯 낭랑한 목소리가 들리는 것 같다. 정신이 빠진 사람처럼 어두운 옥 안을 이리저리 둘러보다가 그제야 다시 만나기 어려움을 깨닫고는 덩치 큰 사내가 말없이 눈물을 흘렸다. 한참 만에야 마음을 추스르고, 또 편지 속의 정다움을 생각하며, 반드시 살아서 다시 만날 것을 다짐하였다.

　이튿날 동도 트지 않은 미명에, 호송 사령들에 쫓겨 포구로 떠났다. 말 못 하는 강 노인이 짐 보따리를 동여매고 귀양길을 따라나서려다 사령에게 발길질을 당하고, 뜨끈한 주먹밥 들고 나온 보말은 당치 않은 희롱이나 당했다. 보다 못한 정방호가 두 사람을 호통하다시피 내쫓고는 차마 떼어지지 않는 발을 떼었다.

　난주가 보낸 정성스런 짐들도 사령들의 차지요, 강 노인이 지니고 있던 얼마 안 되는 상목이며 양식까지 신발차로 가져가니 정방호의 마음이 좋을 리 없지만, 서릿발 같은 분노나 횃불처럼 뜨거운 설움, 어느 한 조각도 세상을 바꾸지 못함에 그저 허허롭게 웃을 수밖에 없었다.

　먼 하늘은 푸른 아침으로 물들고 밤새워 달려온 검은 구름들은 해풍에 떠가는 돛배처럼 분주히 날고 있었다. 젖은 바람이 불어와 축축한 봄 내음을 뿌리고 언 땅은 질척하게 녹아 감발한 미투리에 들러붙는다.

　"날이 이래서 배가 뜰 수 있으쿠강?"

　"오늘 남동풍이 부는 데다 파도가 높지 않으켄 헙디다. 추자까지는 탈 없이 갈 거우다."

　"에이, 죄인은 죄라도 짓지 사령들은 무슨 죄과. 배 열 척이 뜨면 다섯 척은 수장되는 가거도까지 가랜 허난, 이건 우리보고도 죽으랜 말이주."

"땅귀신이 되랜 허민 땅귀신이 되고, 물귀신이 되랜 허민 물귀신이 되는 게 우리 같은 관노들 신세인 걸 이제 알아시냐?"

"옛끼, 재수 없져. 귀신 소리 허지 말라."

"죽는다 소리는 괜찮고 귀신 소리는 안 되는 일인 줄 몰랐져."

둘은 실없이 웃고 정방호를 돌아보았다.

"우리와 자네가 다행히 가거도에 도착허민 자네는 분명히 살겠지만, 돌아오는 길에 우리는 죽을지 모르크메, 빼앗긴 신발차에 억울행허지 말라. 우리 목숨 값을 그만치는 해야 남은 것들도 먹고살지 않으크냐."

정방호가 마지못해 웃으며 고개를 끄덕였다. 죄인이거나 아니거나 제주 땅의 백성들 모두가 놋좆 빠진 일편주의 신세라, 흘러가는 대로 살면 사는 지고 죽으면 죽는 게다. 눈물 젖은 땅마다 푸릇푸릇 돋아난 싹들이 언제일지 모를 봄을 기다리고, 정방호는 여인과 어린 딸을 둔 채로 뒤를 돌아보지 않고 떠났다.

제주 땅에 휘몰아쳤던 피바람이 그치자 산 자와 죽은 자가 명백해져 더 이상 혼란스러울 것이 없었다. 비틀비틀 불안하게 흘러가던 시간이 햇살의 눈금처럼 차분히 걷게 되고, 질척거리던 땅 위로 아지랑이 모락모락 피어올라 향기로운 꽃이며 푸르른 초원의 발원을 재촉한다. 뽀얀 햇살이 너울거려 살갗을 태우고 이가 들끓던 솜옷을 내던지는 계절이 온 것이다.

난주와 보말이 약방을 맡게 되면서 차귀진뿐 아니라 인근의 촌락과 먼 중산간 마을에서까지 발길이 이어졌다. 병이 낫고 안 낫고를 떠나 의원을 만나는 것만으로도 백약의 효과를 보았던 것이다. 소 첨지는 눈이 여전히 어둡지만 몸은 차차로 회복하여 마루에 나앉아 진맥을 하거나

251

처방을 하였고, 보말은 어린 나이에도 손끝이 야무져서 어미의 일을 도울 뿐만 아니라 채마밭을 일구고 똥돼지를 살펴 살림을 불렸다.

차차 생활이 안정되고 여유가 생기자, 난주는 약자들을 구호하고 전도를 도모할 마음이 났다. 황림이 알았다가는 벼락이 치고 목숨이 끊어질 일이지만, 전도는 어렵더라도 구호하는 일에는 냉정하지 않으리라 생각하였다.

어느 날, 황림이 술 한잔에 홍이 돋아 기생들을 끼고 놀다가 문득 난주를 생각하고 불러오라 하였다. 약재를 손질하다 끌려나온 난주는 옷차림이 초라하고 손끝이 더러워서 화려한 잔칫상에 어울리지 않았다. 본래부터 난주를 아니꼽게 보던 기생 몇이서, 의녀를 불러오라 하였더니 거러지가 왔네, 하고는 입을 가리고 웃었다. 고기 편육에 부침개에 나물들에 약과며 과일을 늘어놓고 달콤한 봄바람과 악공의 깽깽이 소리를 즐기며, 이곳이 지상 낙원이로다, 하고 기분이 한껏 좋았던 황림이 그 소리를 듣고는 일순간에 오만상을 찌푸리고 술잔을 내던졌다.

"뉘 앞이라고 잡담이냐. 여기가 네년 방구석이냐!"

늘어섰던 서리와 사령이며 악공 들까지 어안이 벙벙하여 쳐다보는데, 황림은 술맛이 뚝 떨어져 술상을 발로 밀쳐버렸다.

"네년들과는 격 떨어져 못 먹겠으니 썩 나가거라."

몇은 얼굴이 붉으락푸르락하고 몇은 창백하고 또 몇은 씩씩거리며 연회를 빠져나갔다. 머리를 조아리고 있던 난주도 당황하여 안절부절못하는데, 황림이 손짓을 하여 가까이 불렀다.

"무슨 살림을 산다고 그리 궁상이냐. 입을 거리와 먹거리는 내주라고 일렀는데."

난주가 보는 눈이 많은 데서 각별한 관심을 받는 것이 송구하여 고개를 저었다.

"아무런 부족함이 없습니다."

"그렇다면 무엇 때문에 그리 구질구질하게 사는 게야. 의원을 도우라 했지 의원이 되라 하지 않았거늘, 네 약방에 환자들이 줄을 선다면서. 네가 제주 땅 환자란 환자는 다 고치려 들 셈이냐?"

황림은 눈을 곱지 않게 흘기면서도 목소리에는 정이 들었다. 평시 하는 행태와 말버릇 무엇 하나 괴이쩍지 않은 바가 없는 조방장이 이렇듯 난주 앞에서는 자연 태평하고 정다운 사람이 되니, 곁에 선 시종은 물론 멀찍이 선 서리들도 기가 막히다.

"첫째로는 네 주인인 내 몸의 성함을 살피고, 둘째로는 네 식구나 잘 챙기고, 약방 일은 셋째로 쳐라."

엎어졌던 술잔을 도로 들고 내미니, 난주가 멈칫멈칫하다가 주전자를 들어 술을 따랐다. 시커멓고 무섭던 사내가 이럴 때는 또 순한 양과 같아서 난주는 사람의 속을 도통 알 수가 없었다. 어쨌거나 황림에게 청할 일이 있었거니, 이번이 아니면 말하기가 어렵겠다 생각하고 입을 떼었다.

"조방장 나리에게 드릴 청이 있사온데, 들어보시고서 합당하시면 도와주시고 그 반대라면 벌을 주셔도 달게 받겠습니다."

한 번도 청을 하거나 굽실거릴 여종이 아니었기에 생각지도 못한 말을 듣고서 황림의 얼굴에 오히려 화색이 돌았다.

"그래, 그게 무엇이냐. 들어나 보자."

"제주 땅이 삭막하여 백성들의 먹을 것이 부족함은 오래된 일입니다. 마른 밭을 갈아먹고 바다에서 건져 먹고 혹은 뭍에 나가 구해 오고 하여 그럭저럭 목숨 줄은 이어가고 있지만은 툭하면 풍해(風害)요, 수해(水

害), 한해(旱害), 설동해(雪凍害)가 없는 해가 없습니다. 소출은 적고 바다는 거칠고 뭍은 멀어 굶주림이 매일반이요, 병들거나 아파도 기댈 곳도 없는 형편입니다. 더구나 여자 많은 섬이라, 사내들은 대개 부역 나가 돌아오지 못하고 공선에 차출되고 군사에 끌려가니, 오죽하면 딸을 낳고서야 비로소 웃는다고들 하겠습니까."

"어따, 청나라에는 똑똑새라는 새가 있다드니 네년이 그 새렷다."

황림은 난주의 또랑또랑한 말소리가 듣기는 좋으나 그 뜻이 마땅찮아서 부러 웃는 소리로 말했다. 난주가 잠시 입을 닫았다가 황림이 농을 그치고서야 말을 이었다.

"더구나 고아가 된 아이들은 거리를 떠돌며 구걸을 하고 앓다 죽어도 묻어줄 사람이 없으며, 맹인, 농아인, 절름발이, 반신불수와 같이 애초부터 불편한 자들과 혹은 상하거나 아파서 불편한 자들이 가족들에게 버림받고 돼지굴과 같은 움막에 모여 살고 있답니다. 심지어 둔하고 어리석은 자들을 미친병이나 지랄병으로 몰아 마을에서 내쫓으니, 사는 게 어려운 이들이 날로 더 어려워져 망자보다 나을 게 없다고들 합니다."

황림이 홀로 술잔을 채우며 비죽비죽 웃었다.

"네가 이제는 환자뿐만이 아니라 온 백성을 다 구제할 모양이로구나? 허허, 오래 살고볼 일이다. 한양 땅 양반집 규수가 종년이 되어 제주까지 쫓겨나더니 이제는 제주 사람을 불쌍히 여겨 혀를 차고 있구나. 누가 누굴 가엾게 여겨야 하느냐."

주위에 있던 시위들이 다 같이 와하하 웃는데, 난주는 얼굴빛 하나 변하지 않고 오히려 빙긋이 웃었다.

"저 또한 천하고 불쌍한 여인이오나, 적어도 두 팔과 다리는 성하니

254

그들을 위해 작은 일이라도 할 수 있을 줄로 압니다."

그 능청스러움을 그저 넘길 수가 없어서 황림이 다시 한번 물었다.

"그래, 뭘 해달란 게냐?"

"조금만 도와주신다면 갈 곳 없는 사람들이 쉬어갈 곳을 마련하고 싶습니다."

"쉬어갈 곳?"

"움막이나마 바람을 피하고 눈비를 피한다면 거리를 헤매는 것보다 나을 것이고, 굶주린 입에 미음이라도 나눈다면 나리의 은공을 대대손손 되새길 것입니다."

난주의 말이 과장처럼 들려 황림이 크게 웃었다.

"대대손손 저주하지 않으면 모를까 은공을 되새긴다? 옛끼, 주제넘은 말에 귀만 버렸다."

휘수하는 뜻으로 손을 내저으니, 난주가 다급하여 저도 모르게 얼굴을 들고 눈을 맞추었다.

"다른 것을 바라지 아니하고 작은 무리가 모여 소란한 것만 눈감아주신다면 그저 미천한 제 힘으로나마 자력해보고자 합니다. 다른 사람들에게 요만큼의 폐도 끼치지 않도록 할 것입니다. 입을 것은 제 손으로 짓고 먹을 것은 함께 얻고, 쾌차하여 무탈한 자들은 돌려보내 차귀진이 어수선하지 않도록 하겠습니다."

황림은 전에 없이 강경한 여종의 뜻을 보고는 말끄러미 바라보다가 머리를 깨딱깨딱하였다. 그때까지도 황림의 얼굴을 바라보고 있던 난주가 그제야 저의 무례를 깨닫고 얼굴을 숙였다.

"나리의 은혜가 하늘에 닿습니다."

"움막을 칠 땅은 빌려줄 수 있으나 짓는 일은 나는 모른다. 자청해서

하는 일이니 네 맡은 일에 소홀함이 없도록 하고, 사람들이 우르르 모여 소란 떨지 않도록 각별히 유의하라."

황림이 괜스레 두덜거리며 시종을 불러 세웠다.

"너는 가서 기둥으로 삼을 만한 나무가 있는지 알아보고, 아래 서서 눈만 껌뻑이는 것들도 썩 나가 억새든 돌이든 움막에 쓰일 만한 것을 찾아다가 약방 뒤편에 쌓아두어라."

제주로 유배되다 못해 대정에서마저 쫓겨 나온 사학죄인에게 모질기는커녕 이렇듯 다정하니 모두의 맘에 괴이하나, 난주가 청한 것이 남들에게 해될 것이 없는지라 이마에 곤두선 주름들을 펴고 저마다 흩어졌다.

난주는 몇 번이고 머리를 조아려 감사하고, 마음으로 생각하기를, 정들었던 대정을 떠날 때 맨발로 가시밭을 걷듯 따갑고 아프던 마음이 이제는 찰랑이는 샘물로 가득한 것처럼 편안하였다. 풍문으로 듣던 차귀진의 조방장이 독살스럽기는 하여도 다정한 마음이 있어 저의 처지가 과히 나쁘지 아니하다.

집에 돌아온 난주가 보말을 재촉하여 부지런히 떡을 빚고 나물을 무치고 약술을 고이 걸러 진사에 올리니, 황림의 기분 또한 흡족하여 세간의 비아냥과 의심을 거듭 일축해버렸다.

궂은비가 몇 차례 지나갔다. 들판에는 누렇게 익은 황보리가 넘실거리고 산등성이엔 연자주 철쭉꽃이 흐드러진다. 차귀진 동문 어귀 소 첨지 약방 뒤로 못 보던 집이 하나 섰는데, 약방도 볼품없는 초막이지만 그 집은 더욱 초라하여 움막보다는 낫고 여느 민가에는 미치지 못했다. 그래도 마당은 제법 넓어서 멍석과 억새풀을 깔아 여러 사람이 앉을 만하고, 아픈 이들이 드러누울 구들방을 넣고 상방을 넓게 잡아 넉넉히 쓸 수 있게 하였다. 강 노인은 진작 올라와 울력을 함께하였고 상집이 남종 여럿을 데려와 도우니 오래지 않아 일이 마무리되었다. 안뒤도 우영도 없이 통시만 마련하였지만 꺼먹돼지 한 마리를 집어넣으니 제법 사람 사는 집답다.

약방을 시작하면서부터 난주의 마음 씀씀이 깊어 정다운 소문이 돌았거니와, 부족하나마 조죽을 쑤어 나누고 비를 피할 차양을 치니 사람들이 곧잘 모여들었던 차다.

초가가 다 지어지자마자 몸이 불편한 어른 둘을 먼저 모시고, 갈 곳 없는 아이들 셋이서 올망졸망 상방을 차지했다. 상집이 초가의 부족한 곳을 둘러보며 이런저런 마무리를 해준 후에 본가로부터 양식을 제법 날라주었다.

"대체 어쩌시려오? 사람을 들이기는 쉬워도 내치기는 어려운 법인데, 유모의 뜻은 잘 알겠지만 앞날이 걱정이오."

큰일을 겪고 제법 노창해진 상집이 혼례를 앞두고는 아예 어른 노릇을 하려 들었다. 그런 상집의 의젓함이 마음에 좋아서 난주는 별감 어른을 대하기라도 하듯 의논조로 말하였다.

"시작하기가 어렵지 그다음부터는 의외로 쉽더이다. 오늘만 하여도 도련님께서 살뜰히 도와주시고 본가 어른들께서는 양식까지 보내주시니 달포는 걱정이 없을 듯하고, 보말이 손끝이 야무져서 갈포를 잘 짜고 밭을 가꾸니 그럭저럭 해나갈 수 있을 게요. 또 수양아비께서 오셨으니 이런저런 약초며 땔감 걱정이 없소. 앞으로 생각해둔 일감도 있으니 이곳 사람들과 함께 해볼 생각이라오."

"예전 같은 울력 작업을 하실 작정이오?"

대정에서 난주가 정방호의 도움을 받아 말총으로 갓을 엮는 일감을 나누어 주고 또 팔아주고 했던 일을 생각한 모양이다.

"그도 좋지마는, 갓일은 요령이 좋아야 하니 아무나 하기 어렵겠지요. 요사이 눈여겨본 것이 있다오."

"그게 무엇이오?"

"신사라 말이외다."

상집이 갸우뚱하며 돌담 옆에 아무렇게나 자라난 길쭉한 신서란을 돌아보았다. 제주 땅 어디서나 흔하게 자라는 신서란은 길쭉한 잎새가 삐죽삐죽 솟아나 생김새는 천덕꾸러기같이 생겼지만, 밧줄을 꼬는 데는 그만한 것이 없었다. 소 매고 말 매는 데 그 밧줄을 쓰지 않는 바가 없고, 닻줄 또한 신서란으로 꼬는지라 제주에서 꼭 필요한 풀 중 하나다.

"닻줄, 소줄, 말줄은 물론이거니와 멍석, 방석, 둥구미, 멱서리까지 못만드는 것이 없질 않소이까. 나는 사람들과 신사라를 걷어다가 제주 남쪽에서는 제일 큰 공방을 만들어볼까 하오. 구휼소의 사람들도 손을 보태겠지만, 마을 사람들하고도 함께 일하며 이익을 나눈다면 빈곤한 살림도 조금은 나아지겠지요."

난주가 속마음을 말하고는 얼굴을 붉히며 웃었다.

"유모의 생각은 도통 짐작하기가 어렵소. 약방 문을 열질 않나, 빈자들을 모으질 않나, 이젠 공방이라……."

"도련님께서도 입소문 내주어 많이 팔아줍서예."

난주가 제주 말을 흉내 내며 밝게 말하나, 상집은 유모의 무거운 짐을 생각하고 마음이 개운치 못하다.

"다른 건 다 좋으니 몸만 상하지 마오. 유모가 앓기라도 하면 우리 형제는 물론이고 어머니까지 앓아누우실 게요."

"걱정 마세요. 나는 오히려 없던 기운이 나고 가라앉았던 마음은 날아갈 듯하다오."

"어멍은 겉은 여리고 가냘프지만 속은 무쇠처럼 튼튼해서 장정들도 이긴답니다."

곁에 섰던 보말까지 이렇게 우스갯소리로 종알거리니 상집도 웃지 않을 도리가 없다.

"너는 입방정은 그만두고 어멍을 잘 챙겨라. 어멍이 드실 것까지 홀랑 먹어치우지 말고."

두 사람이 비록 양반의 자식과 종의 자식으로 신분은 천지 차이지만 유모를 사이에 둔 젖동생이라 평소 친근히 대하여 격의 없이 지내왔던 터다. 함께 웃고 돌아서서 상집이 구종을 따라 말에 오르며 말했다.

"상윤이 다음에는 따라나선다 하니 그때 같이 오겠소."

이때 보말의 얼굴이 불시에 발간해진 것을 보고 난주가 의아하게 여겼다.

"먼 데까지 오랄 것 없어요. 요사이 학문에 정진한다는 소식만으로도 족하다오."

"오지 말란다고 오지 않을 녀석이라야 말이지요. 지금도 늘 유모 이야기뿐이라오. 여하튼 그때까지 부디 강건히 지내십시오."

마침내 상집이 떠나고서 난주가 보말을 힐끗 보았더니, 아직도 무엇이 부끄러운지 손에 잡히는 대로 일거리를 주워 들고 모르는 체한다.

보말과 상윤이 나이도 비슷할뿐더러 어릴 때부터 함께 자라온 터라 스스럼없이 어울리고 벗을 삼아 장난질하며 노는 날이 많았다. 상집은 그때에 이미 철이 나서 어린 동생들과 어울리지 않으니 셋보다는 둘의 정이 더 각별하고 깊었다.

어명을 따라 대정을 떠나게 될 때, 보말이 기쁘면서도 남모르게 쓸쓸하고 서운한 것은 오직 상윤 때문이었다. 차분하고 자상한 성격으로 집안사람 누구나 작은도령을 좋아했으나 보말의 마음에 있는 상윤은 조금 다르게 비쳤다. 철모를 때를 지나 제법 사내티와 계집티가 나기 시작하면서부터 그를 남몰래 연모한 것이다. 벗들과 어울려 노느라 땀내가 풍기고 몰골이 엉망인 때나 반지르르한 두건에 윤기 나는 비단 저고리를 차려입을 때나 보말에게 상윤은 똑같이 좋았다. 땋아 내린 머리가 헝클어지면 직접 빗어주고 싶었고 바짓단이 구겨져 볼썽사나울 때는 인두질을 해서 빳빳하게 다려주고 싶었다. 어린 계집아이의 연정이라도 그 폭이 좁거나 얕지 않고 오히려 더 깊으면 깊어서, 간혹 형제의 혼사 이야기나 여느 집 규수 이야기가 흘러나올 때는 잠을 이루지 못하고 뒤채곤 하였다. 비록 하늘이 내린 신분은 달라도, 어릴 때부터 난주에게 보고 들은 것이 사람의 속은 같은 것이라 했으니 내심으로는 크게 두려워하는 바가 없어 더욱 그러했다.

난주도 딸의 마음을 조금은 알고 있었는데, 믿음 속에서야 귀천이 없더라도 세상 속에서는 신분이 분명하여 이루어질 리가 없었다. 한집에 살 때보다 떠나와서 더욱 그리는 마음이 깊어지니 새벽녘에 들창 아래 쪼그려 앉아 한숨 쉬는 딸을 본 적도 여러 번이다. 상윤 도령은 도령대로 보말을 그리는 마음이 각별하여 자주 전해오는 편지가 난주에게는 한 장이요 보말에게는 꼭 서너 장이다. 말로는 누이라 부르지만 그 마음이 여느 오누이와는 다름을 모를 리 없다. 지금이야 어린것의 마음이라 눈을 감는다지만, 이 마음이 깊어져 슬픔이 될까 어미 된 마음이 불안할 뿐이다. 그런 어미의 마음을 아는지 모르는지 보말은 얼굴이 발그레한 채로 풍채를 부지런히 엮었다. 구휼소 처마 끝에 달아 비나 햇빛을 막기 위한 것이다.

"쉬엄쉬엄해라. 집 짓는 동안 무시로 애썼으니."

"앞으로 더 바빠질 텐데 이런 일이라도 해둬야죠. 어멍은 약방서 손님을 보세요. 아까부터 첨지 어른이 찾으신답니다."

어미가 딸을 위로하기도 전에 딸이 어미를 야무지게 챙기니, 조금 전까지 어두웠던 마음에 빛이 드는 것 같다. 하기는, 어릴 때부터 속 깊고 여물던 아이가 어련히 알아서 해나갈까. 난주는 더 묻지도 근심치도 않기로 하였다.

초막이 완성되고 초복을 지날 무렵, 구휼소는 사람들로 꽉꽉 들어찼다. 아예 자리를 치고 살기로 작정한 자와 오며 가며 밥을 얻어먹고 몸을 붙이는 자가 열댓은 넘는다. 아이들은 어린것에서부터 좀 큰 아이들까지 고만고만한 것들이고, 구들을 차지한 이들은 대개 나이가 찬 어른들이다. 꼬치꼬치 마르고 수염이 텁수룩한 노복이란 자는 나이는 난주와 비슷하지만 앞이 보이지 않는 맹인이고, 갓난이란 할망은 귀가 어둡고 노망이 들어 가족들이 버리다시피 두고 갔다. 그밖에도 두견, 쇠돌과 같이 갈 데 없고 피부병이 있거나 정신이 흐릿한 중늙은이들이 있고, 여옥, 복영과 같이 흰머리 성성한 할망, 하르방과 솔개, 멍게와 같은 큰 아이들 외에 이름 없는 코흘리개와 간혹 오가는 이들이 여럿이었다. 나이가 있는 자들은 한번 오고 떠날 생각을 아니했고 좀 젊거나 어린 것들은 한창 지내다가도 맘에 맞지 않으면 어디로든 몰려가버리는 까닭에 숫자를 종잡을 수 없었다.

예년에 비해 햇살과 비가 고르게 내려 밭에 파종한 기장, 차조, 수수는 쑥쑥 자라나고 보말과 큰 아이들은 바다로 나가 홍합을 캐고 소라를 따 살림을 보탰다. 또 아침저녁으로 둘러앉아 신서란은 물론 억새풀로 갖가지 둥구미를 만들고 방석과 삿자리를 짜니, 여러 식구가 죽이나마 아침저녁으로 먹으며 살아갈 만했다. 시키지 않아도 병자가 다른 병자를 돕고 나이 든 이들이 어린 이들을 돌보는 것은 사람들의 인정이 있는 까닭이라, 난주는 마음으로부터 흐뭇했다. 또한 조방장의 변덕스러운 성미를 거스를세라 자주 인사 올리고 새벽의 우물물이며 탕약 올리기도 소홀히 하지 않았으니, 난주로서는 스스로 벌인 일이 번거롭고 어렵기는 해도 마음은 한없이 기뻤다.

"자네는 이런 일을 무엇 때문에 하나?"

어느 저녁 어스름, 쪽마루에 나란히 앉아 약재를 묶던 소 첨지가 물었다. 먼 하늘은 어둡고 붉으며 땅은 습하고 뜨거워서 이미 여름이 다 온 듯 후텁지근하였다.

"이런 일이라니요?"

"나 같은 늙은이를 도와 약방을 끌고 가는 것부터, 저 냄새나는 늙은이들 뒤치다꺼리며 콧물 찔찔한 어린것들의 어미 노릇을 하는 것 말일세."

소 첨지는 이 여인의 특별함이 그 따뜻한 마음에 있는 것을 알면서도, 늘 이해할 수 없는 대상이었고 마음 한구석에 자리한 아쉬움을 감출 수 없다. 처음부터 소망하길 난주가 이 땅의 딸이나 어미가 되기를 바라지 않고 제 하나의 아낙이 되길 바랐던 때문이다. 이른 더위에 벌써부터 벌레가 극성이라 난주는 눈앞에 아른거리는 것들을 손짓으로 내쫓으며 가볍게 웃었다.

"마음이 힘든 것보다는 몸이 힘든 것이 낫소이다. 마음이 기쁘니 못할 일이 없어요."

"자네가 주문처럼 외는 천주가 그리 시키던가?"

이날 이태껏 한 번도 천주에 대해 말을 꺼내지 않던 소 첨지가 뜻밖의 말을 물으니 난주가 의아해서 얼굴을 올려다보았다. 요사이 내장안이 더욱 심해져 그는 맹인이나 다름이 없었다. 약재를 써는 일만 해도 난주가 모으고 썰어 내주면 손으로 더듬어 묶을 뿐이다.

"갑자기 물으니 놀랐겠지만, 그전부터 궁금했지. 한번 사학쟁이는 끝까지 사학쟁이라질 않나. 난 자네가 이상스런 짓들을 벌일 때마다 야소 귀신이 시키는 일이 아닌가 했네."

난주가 가만히 듣다가 점점 마음이 실적하여져서 말을 돌렸다.

"염출산이 좋다 하니 써보심이 어떨까요?"

"삽주 뿌리 말인가? 내 눈 때문이라면 됐네, 이미 글렀어."

"오적어골을 꿀에 섞어 발라도 좋다는 글을 보았어요."

"그건 부예(浮瞖)보다는 누안(淚眼)에 더 낫지. 자네는 너무 나서는 게 탈일세."

그러고는 뭐가 못마땅하기라도 한 듯 쩟, 하고 혀를 크게 차고는 칡끈으로 약재들을 묶었다. 난주는 그의 기색을 할끗 엿보며 잠자코 약재를 썰었다. 소 첨지가 간혹 난주를 곤혹스럽게는 하였으나 본래의 바탕이 나쁘다 생각지는 않았다. 더구나 지난 세월이 얼마인가. 이제는 그를 한 식구로 여기기에 기꺼이 약방 일을 함께 하며 살림까지 돕는 것이다. 허나 아무리 그를 믿더라도 천주를 두려워하는 이에게 천주의 말을 할 수는 없었다.

난주의 구휼소에 모여든 이들 중에는 난주 모녀가 남몰래 올리는 기도를 보고 순수한 호기심을 품는 일도 많았지만, 난주는 결코 천주의 말을 하려 들지 않았다. 자칫 성미 급한 조방장의 화를 입을뿐더러 제주 땅의 괜한 분란이 될 일이다. 그런데도 난주의 말이나 품행 어딘가에는 천주인다운 것이 스며 있는지, 어린것들은 마치 자신들이 천주인이나 되는 것처럼 중얼중얼 기도를 하였고 몇몇 여인들은 난주를 따라 묵상하니, 난주의 마음이 불안하면서도 기쁨이 있었다. 난주는 자신이 나서서 포교를 하는 대신, 그처럼 봄이 되면 꽃이 피고 겨울이 오면 눈이 나리듯 자연스레 퍼져가길 바랐다. 하기는 조선 땅 누구도 억지스레 퍼뜨린 적은 없었다. 하늘의 해가 있고 땅에 생명이 있는 것처럼 때가 되어 눈에 보이고 귀에 들린 것이다.

이 빈민들의 초막을 구휼소라고 부르게 된 때도 그 무렵이다. 조방장이 난주에게 허락은 했으되 흔쾌히 여기지는 않았던바 특별히 간섭하지는 않았는데, 막상 초가를 짓고 사람들이 모여들자 모른 체할 수가 없었다. 그가 몇 번인가 서리와 군사를 보내어 안팎의 살림과 생활을 조사했다.

"초가는 움막보다 나은 꼴이고 사람들은 거러지보다 조금 나을 뿐인데, 먹고 잘 수 있으니 그것만으로도 족해합니다. 또 마을 사람들은 인가를 떠도는 부랑인이 없어지고 공력을 들여 돌봤던 병자들을 거두니 은근히 좋아하는 모양입니다."

"그 밖의 불순한 일은 없던가? 왜, 천것들이란 먹여주고 입혀주면 너도나도 떠들어대며 짖는 법이잖나. 사학이니 뭐니, 야소를 따라 천당을 간다느니."

황림은 담뱃대를 빼끔거리며 눈살을 찌푸리고 말했다.

"정난주와 그 여식이 말 못 하는 노인과 더불어 일을 살피는데, 바쁘고 분주해서 서로 마주 앉아 이야기할 틈도 없었습니다. 또 입이 사나운 사내들이 몇 있어서 자분자분 여인의 말을 들을 위인들이 아니더이다."

그가 생각건대, 재우고 먹여주는데도 놈들 태도가 배은망덕하다. 그러나 가장 어리석은 것은 누가 시켜서 한 일도 아니고 바라지도 않았는데 스스로 일을 만든 난주란 년이다. 황림은 이마에 바늘을 세우고 앉아 수염이 곤두서도록 마른기침을 하였다. 사실 백성들이 죽든 살든 그의 알 바가 아니다. 백성들의 이러쿵저러쿵하는 칭송이나 비난도 개의치 않았다. 그럼에도 그는 이 초라한 빈민들의 집을 구휼소로 칭하기로 작정했다. 연이은 흉년으로 진휼에 힘쓰는 정국이라 조방장의 치적에 나쁘지 않은 데다가 민가에 사람이 모여 있어 좋을 것이 없다. 관부의 간섭 아래에 있는 것이 보는 눈 많은 그 여종에게나 관부에도 좋았다.

이렇게 무간지옥이라던 차귀진 내에 뜻밖에도 구휼소가 들어서게 되었다. 조방장은 약간의 식량과 상목을 내렸고, 약방과 구휼소에도 각각 일손을 보태어 주었다. 난주로서는 책임과 부담은 더욱 커지고 눈치 볼 일도 많아졌지만, 살림을 꾸리는 데는 훨씬 수월해졌다.

그해가 미처 다 지나기 전에 구휼소의 초가가 한 거리에서 세 거리로 커졌는데, 모여든 사람들과 함께 밤낮으로 풀을 엮으니 차귀의 밧줄과 멍석, 둥구미 등속이 없어서 못 파는 주요 방물로 등장하게 되었다. 순덕이 어느 겨울날 난주를 보러 왔다가 서른 명 남짓한 사람들이 둘러앉아 몸이 불편하면 불편한 대로 입이 거칠면 거친 대로 난주의 말에 따르지 않는 자가 없는 것을 보고, 우리 애기씨 팔자가 드세고 고된 것은 사실이나 사내로 태어났으면 돌아가신 서방님 못지않은 대장부였으리라 생각하고 빙긋이 웃었다.

6

1819년 기묘년 오월, 조선 땅 전역에 늦서리가 내려 농작물의 태반이 죽었다. 전년에도 경남 일대 대홍수가 일어나 숱한 사람들이 몰살당했고, 아사한 사람들의 시체가 제주 포구까지 밀려오는 일도 부지기수였다. 올해에는 좀 나으려니 희망을 걸고 밭을 일구었던 사람들이 늦서리를 맞고 할 말을 잃었다. 남은 작물들을 간신히 다독였는데, 하지가 지나자마자 보름간을 그치지 않고 장대비가 쏟아졌다. 수천 가호가 물에 떠내려가고 논과 밭이 유실되었다. 보릿고개를 간신히 넘자마자 재난을 만난 사람들은 열병과 호열자로 죽어갔다. 곳곳에 유리걸식하는 자들이 새카만 까마귀 떼처럼 이리저리 몰려다녔고, 산짐승들이 마을로 내려와 채 묻지 못한 시체를 뜯어먹는 참상이 이어졌다.

제주 또한 봄의 마른땅에 크고 작은 불이 일어나 민가가 불타더니 여름에 들어서자마자 억수같은 비로 초가가 쓸려가고 밭들이 유실되었다. 각 현에서는 병자들을 산으로 쫓아 격리하고 노지에 가마솥을 걸어 조죽을 나누어 주었지만, 물이나 다름없는 멀건 죽인 데다 그 양을 대기에는 턱없이 부족하여 백성들의 원성만 높아졌다.

차귀진의 군량도 날로 부족해져 하루 두 번 나오던 밥이 죽으로 바뀌고 푸성귀나마 후히 나오던 반찬도 간장 종지와 소금국으로 변하였다. 인근의 가난한 농민들은 풀을 뜯어 죽을 끓이고 정들었던 가축들을 하나둘 잡아먹었으며 갯가에 나가 해초를 줍고 소라나 고둥을 따거나 어물을 잡아 연명하였다.

구휼소의 사정이라고 다를 리 없다. 제주 땅의 곡식이 바닥나 설령 돈이 있어도 구하기가 어렵거니 아무리 잘 만든 공예품이라도 곡식으로 바꿀 수가 없었다. 그동안 난주가 이런 날을 대비하여 어물이나 채소를 잔뜩 말려두었고 볶은 조와 수수, 콩을 볶아 갈아둔 것이 대여섯 말 되었는데, 이것으로나마 하루 한 번씩 죽을 끓여 식구들을 먹이고 또 찾아오는 이들과 나눴다.

허나 언제까지고 이렇게 버틸 수는 없다. 하루가 다르게 사람들이 몰려와 가을은커녕 달포의 식량도 장담하기 힘들었다. 마을 사람들이 평소 구휼소 일을 도와준 정리를 생각하면, 집집마다 굶주리고 어린 것들이 우는 꼴을 모른 체할 수도 없다. 보말은 가끔씩 고팡을 열어보고 한숨, 장독을 열어보고 두 숨을 쉬었다.

"어멍, 이대로는 안 되겠어요. 이곳에서 죽을 나누어 준다는 말이 돌아 먼 데서도 일부러 오니 앞으로는 더 큰 일이에요. 오늘만 해도 어린 아이들을 셋이나 걸려서 아즈망이 오셨지만 죽이 바닥이 나서 못 먹질 않았어요? 걷는 데 질리고 배고픈 데 질린 아이들이 막무가내로 울어대는데 불쌍하기도 하고 난감하기도 해서 속상해 죽는 줄 알았어요."

"그걸 내가 모를라구. 죽을 좀 더 넉넉하게 쑤자."

난주의 태평한 대답에 보말은 고개를 완고하게 저었다.

"그런 소리 마세요. 이번 장맛비로 마을의 밭은 물론이고 우리 밭도 쑥대밭이에요. 가을이 되더라도 먹을 것이 얼마나 있을지 모르는데, 벌써부터 식량이 바닥나면 어쩌려구요."

"그도 그렇구나. 그치만 오는 사람을 안 먹일 수는 없고, 돌아가는 몫을 조금씩 줄여 한 숟갈이라도 나누어 먹이자."

고팡 문을 닫고 돌아서던 보말이 이런 어미의 말을 듣고 까만 눈이 또록해졌다.

"어찌 그러니?"

"어멍은 어떤 일이 닥쳐도 놀라지도 않고 근심하지도 않으니 신기해서 그러우다."

"네가 어멍을 놀리는구나?"

"놀리려는 게 아니라 신기해서 그래요. 아무래도 제 맘에는 천주가 아니 계시고 어멍 맘에만 계신가 보오. 늘 이렇게 맘이 쫓기고 불안하니 말예요."

난주가 가볍게 눈을 흘기며 더운물이 담긴 놋대야를 내려놓았다. 열병에 걸린 자는 없었지만 누워만 있는 어르신이 욕창이 생겨 고생이었다.

"혹여 그 자리에 다른 사람이 있는 게 아니야?"

난주가 웃는 소리로 이렇게 말하였건만, 보말은 얼굴이 새빨갛게 달아오르더니 고개를 홱 돌려버린다.

"별소리를 다 하세요."

난주는 돌아선 보말의 다부진 어깨며 쫑쫑 땋아 내린 머리며, 팔을 걷어 올리고 종아리가 보이도록 치마를 묶어 올린 모습을 잠자코 바라보았다. 궂은일에 군살이 배고 얼굴은 그을렸지만 열일곱의 보말은 눈이 부시도록 예뻤다. 배필을 찾아 성혼을 시켜도 좋겠지만, 지난 몇 해간 구휼소의 일에 묶이고 어미의 일을 돕느라 신경 쓸 틈이 없었다. 더구나 상윤이 한 달에 한 번쯤은 꼭 차귀진에 들어와 모녀를 도우니, 두 아이 사이의 남다른 눈빛이 창밖을 서성이는 달빛과 같다.

"이 고비만 넘기면 저 아이를 보내야지."

큰 아이들과 빨랫감을 챙기는 보말을 보며 난주가 혼잣말을 하였다. 고비를 건너면 또 고비, 가시밭길을 건너면 또 가시밭길. 그래도 간간이 햇살이 나리고 부드러운 풀밭이 위안해주니 살아갈 만한 세상이다. 그때만 해도 난주는 그렇게 믿었고, 설사 험한 일을 만나더라도 가슴을 찢고 후비는 고통 또한 무뎌졌으리라 여겼다.

난주가 흰 수건을 챙겨 구들방 문을 열자 시큼하고 쿰쿰한 냄새가 확 끼쳐 온다. 아무리 정성껏 돌봐도 환자들의 체취와 낡은 오막의 냄새를 지울 수 없다. 지난가을에 갓난 할망이 죽고 할망 둘과 하르방 한 분이 지내는데, 비좁은 곳에서 생활하다 보니 몸으로는 싸우지 못해도 말싸움이 심심치 않았다.

"보말어멍, 날 좀 봅서."

"아니 나부터 좀 보라게."

"옛끼, 저 늙은이가 지 혼자만 사람인가. 어째 독차지를 햄시니."

이렇게 난주가 들어서기도 전에 아우성이다. 그중에서도 올해로 여든이고 다리가 불편한 여옥이라는 할망은 특히나 난주를 좋아해서 목소리만 들려도 제 곁에 두려고 고집을 부렸다.

"보말어멍은 날부터 봅서. 저 노인은 볼 것 어수다. 아까 솔개가 들어

와서 놋도 닦아주고 옷도 갈아입혀줘수다."

"님자는 안 해줘수강? 하여튼 저 아즈망만 오면 난리지. 전생에 어멍이나 되나 보우다."

"그만들 하세요. 다행히 제게 손이 두 개 있질 않아요? 양손으로 동시에 닦아드리지요."

이렇게 난주가 우스갯소리로 입을 막고는 따뜻한 물에 수건을 담갔다가 꽉 짰다.

"그치만 순서는 먼저가 아녜요. 두 분은 조금 기다리세요."

난주가 한 할망에게로 바짝 다가가 붙어 앉았다. 허리를 크게 다쳐 운신조차 못 하는 얼금이었다. 이곳에 오기 전부터 등뼈 아래부터 꼬리뼈까지 욕창이 퍼져 성한 곳이 없었다. 살갗이 벗겨지다 못해 흰 뼈가 드러나 보기에도 참혹하거니와 통증도 지독하다.

"할망, 조금만 움직일게요. 자, 몸에 힘을 빼세요."

난주가 이렇게 살갑게 속삭이고 할망의 옆구리에 손을 넣으니 볏단인 듯 깃털인 듯 가볍기 그지없다. 따뜻한 물수건으로 등을 닦고, 속이 깊게 파여 새카맣게 썩어가는 상처를 고추나물 다린 물로 조심조심 씻어냈다. 여느 때처럼 말없이 누워 있던 얼금이 마른 가지처럼 거죽만 남은 손을 길게 뻗었다.

"아프세요?"

얼금이 칠순을 지난 것이 얼마 전이지만 식구에게 버림받고 여기저기 떠도는 사이 폭삭 늙어 여든의 여옥만큼 나이 들어 보였다. 쪼그라진 얼굴에는 잔주름이 자글자글하고 흰 눈썹은 거의 다 빠져 흔적만 남았으며 툭 불거진 광대뼈 아래로 검버섯 여러 개가 까맣게 박혔다. 낡은 사당에서 죽을 날만 기다리고 있던 것을 마을 사람들이 업어다주었다. 죽을 먹을 때에도 입을 간신히 뗄뿐더러 하루 한마디 하는 일도 드물어서 얼금이라는 이름을 안 것도 한참이 지나서다.

"……보내줍서……."

"네?"

"보내줍서……."

"어딜 가세요? 곧 날이 저물 텐데 가실 데도 없어요."

무슨 소린가 싶어 난주가 웃으며 말하자 얼금은 고개를 살래살래 흔들었다.

"나랑 어영 보내줍서……."

그때서야 낌새가 이상하여 할망의 얼굴을 자세히 들여다보는데, 눈동자에 초점이 없고 가늘게 내쉬는 숨에는 기운이 하나도 없다. 얼른 이마에 손을 대보았지만 열은 없었다. 오히려 몸은 차고 입술도 거무죽죽하다.

"어디 불편하세요? 아니면 마음이 상하셨어요?"

난주가 얼금의 종잇장 같은 손을 잡고서 물으니, 여옥이 시샘을 부린다.

"그 할망이 하루 이틀이꽝? 내버려두구 이리 옵서."

"어젯밤부터 이상스럽긴 행. 숨소리가 안 나고 꺽꺽거려 새벽에 깨신디."

하르방 복영이 몸을 일으켜 벽에 기대면서 난주와 함께 얼금을 들여다본다.

"손고락을 코밑에 대보기가 겁낭 쳐다보고만 이신난 히익, 하고 숨을 돌린 것이 두 번이나 되어져."

얼금은 대답도 없이 입을 꾹 다물고 가는 숨만 내쉬었다. 세 사람이 얼금을 두고 이야기를 나누다가 난주가 소 첨지에 보이리라 생각하고 자리에서 일어났다. 그러자 죽은 듯이 누워 있던 얼금이 눈을 번쩍 뜨더니 장사 같은 힘으로 난주의 발목을 붙잡는 것이다.

"……사는 게 지옥이여. 도산지옥에 빠져 매일 칼로 찌르는 것 같고, 화탕지옥에 빠정 뜨건 불 속에 들어앉은 것 곧타라."

할망이 그렇게 큰 목소리를 낸 것도, 긴 말을 한 것도 처음이었다.

"나를 좀 저승으로 보내주라. 질긴 목숨 줄을 끊어주라구."

모두가 놀라서 입만 벌리고 바라보았는데, 그다음 말이 더욱 기가 차서 난주의 얼굴이 새파랗게 질렸다.

"아니면 야소인지 천주인지, 그래, 아즈망이 꼭꼭 숨겨둔 그 귀신을 나에게도 알려주게. 그 귀신을 만나면 내 몸 아픈 거 맘 아픈 거 다 사라질 거주."

구휼소에서 생활을 하면 할수록 난주 모녀의 신앙은 감추어지질 않아서 알게 모르게 많은 이들이 천주를 사모하게 되었는데, 스쳐 가는 붓질에도 금세 물드는 백지와 같았다.

그러나 몇 해 전에 충청도와 강원도에서 천주인들이 탄압을 받은 을해교난(乙亥敎難)이 일어났고, 경상도 청송에 살던 최봉한이 붙잡혀 옥중에서 죽으면서 조만간 대대적인 피바람이 불리라는 소문이 흉흉했다. 최봉한은 본래 정약종 숙부는 물론 지아비인 황사영과도 가까웠던지라, 소식이 없던 아버지까지 난주에게 편지를 보내어 철저히 배교하고 흔들리는 바가 없기를 부지런히 권면하였다. 행여 다시 집안이 연루되어 풍비박산되는 일이 없도록 하고 동생 학순이 정혼하였으니 앞날을 생각하기를 거듭 당부한 것이다. 난주가 비록 믿음을 잃은 적이 없지만 또다시 모두를 폭풍우 속으로 끌어들일 수 없으니, 각별히 주의하였던 바다.

"아즈망, 날 좀 알려줍서. 기도를 알려줍서. 그게 아니 되면 보내줍서…… 저승으루……"

당치 않은 부탁에 기가 질려서 두 노인들은 돌아누워버리고, 난주는 창백한 낯을 감추느라 애써 미소 지었다.

"기도란 건 누구나 할 수 있질 않아요? 죽는단 소릴랑 그만두시고 기도는 하고픈 대로 하시면 된다오."

"아니여. 천주쟁이들이 하는 기도는 다른게. 아즈망이 더 잘 알지 안으우게."

이렇게 얼금이 뜻밖의 고집을 부리어 한참 진땀을 흘렸다.

"그 할망이 죽을 때가 된 거주. 안 하든 짓을 하믄 죽젠 험시난. 내버려두라."

여옥이 새침하게 말을 치는데, 여태 다른 이들에겐 말을 잘 섞지 않던 얼금이 버럭 화를 냈다.

"늙은 할망은 가만있으랑. 노망이 났나. 멀쩡한 사름을 죽는다질 않나 왜 자꾸 참견햄시냐? 내 오늘 기도 배우기 전에는 아즈망 못 보내주크라."

졸지에 이런 말을 듣고 어안이 벙벙하여 여옥은 화도 내지 못하고 끙, 돌아누워버렸다.

"아이 참, 할망 그만하세요. 이제 나가봐야겠어요."

"못 간다. 오늘은 날 좀 살려주고 갑서. 무슨 보물이라고 그리 비싸게 굴엄시니. 나도 알려줍서. 천주가 누구고 야소가 누군지. 자네에게 천주를 배운 아이들이 다 떨어진 옷을 입고 새카만 얼굴에 때가 꾀죄죄해도 노상 기쁘고 즐거워햄신니, 내 그 이유를 알아야쿠다."

난주가 할 말을 잃고 한참 동안 시달림을 받았다. 천주인이 천주의 말을 하지 못하는 것도 죄이려니와 이처럼 소망하는 이를 모른 척하는 것은 더 큰 죄라 견디기가 힘들다. 마침내 기대를 떨치지 못하고서 난주가 두 손을 그러모았다.

"할망에게는 제가 졌어요."

"그럼 날 가르쳐주쿠강?"

이렇게 말하며 얼금의 얼굴이 일시에 밝아졌다.

"인심이 스스로 천주 계신 것을 아느니라."

난주는 숙부의 《주교요지》 첫 번째 가르침을 이렇게 읊조리고, 셋의 얼굴을 한 번 돌아보았다. 숙부는 명도회를 통해 수십, 수백 명을 두고도 강론하곤 했었다. 그 속에 들어앉아 있을 때 큰 전율로 몸을 떨었던 것이 몇 번이던가. 망설이던 것과는 달리 두 번째 가르침이 저절로 입에서 흘러나왔다.

"세상의 천지만물 중 제 몸이 스스로를 낳는 법은 없으니, 씨앗에서 초목이 나고 어미에서 짐승이 나고 사람도 부모가 있어 생겨나니, 시작이 없는 것은 한 가지도 없겠지요. 그러나 그 시작이 또 시작을 낳을 수는 없으니, 시작을 만드신 이가 계시질 않겠어요. 초목과 짐승과 사람을 모두 내신 이, 시작의 시작이 되신 이를 바로, 천주라 합니다."

이때부터는 난주의 마음에 까닭 없는 신명이 들어 세상의 눈과 귀가 두렵지 않고 닥쳐올 환란도 근심치 않으며, 오직 천주의 말을 전하는 기쁨만 있다.

"이 천주는 눈에 뵐 수도 만질 수도 없지만, 우리는 여러 가지로 천주가 있음을 깨우칠 수가 있습니다. 하늘의 해와 달과 별들이 때를 알고 이치를 맞추어 돌며 수천 년이 되어도 그 흐름에 조금의 오차도 없으니 세상을 주관하는 신령하신 이가 있음을 알 수 있고, 또한 천지 안에 해와 달이 비추고 비가 내리고 바람이 불며 능히 생명을 기르고 사람을 먹이니 천지의 주인이 따로 있음을 알 수 있습니다. 천주께서는 시작이 없으시고 마침이 없으시며, 지극히 신령하시어 형상이 없으시고, 천주께서 아니 계신 곳이 없으니 온전히 하늘에 계시고 온전히 땅에 계시고 온전히 만물에 계시고 온전히 천지 밖에 무한한 데 계십니다. 또 무궁히 능하시며 온전히 아시고, 무궁히 아름다우시고 귀한 하나뿐인 천주이십니다."

난주는 수백 번 수천 번을 읽어 모조리 외워버린《주교요지》로서 천주를 설명하였다.

"아니, 경허믄 무사 우릴 이렇게 고통 속에 내버려덤수강? 어찌 죄 없는 중생들에게 생지옥을 견디어내라는 것이우꽈? 어찌 홍수가 나고, 어찌 가뭄이 들며, 어찌 병이 들엉 고통 속을 헤맨단 말이우꽝?"

얼금이 한 마디도 놓치지 않고 싶어서 귀를 바짝 대고 듣다가 이렇게 물으며 가슴을 쳤다.

"사람의 시초에 아담과 에와가 있어 그들이 천주의 말을 거스르고 죄를 지었으니, 우리에게로까지 원죄가 왔다 합니다. 또한 사람이 살아가며 하루도 죄를 짓지 않는 법이 없으니, 죄를 갚고 또 갚아도 부족하겠지요. 그러나 천주께서 살아 계셔 모든 일의 아름다운 때를 짓고 기다리시니, 필시 시험 뒤에 찾아올 선악의 대가를 대비하고 준비하시는 것이겠지요."

"거참, 기이한 이야기우다. 그렇다면 그 천주가 우리에게 뭘 해주는 거우꽝?"

조용히 듣고 있던 하르방이 난주 가까이 나앉으며 물었다.

"천주께서 사람을 지으시고 숨을 불어넣으셨으니, 우리가 자식을 낳는 고통과 기쁨이 함께인 것과 마찬가지입니다. 아무리 못난 자식도 부모의 눈에는 그저 애틋하고 사랑스럽듯이, 우리를 보시는 천주의 마음 또한 꼭 같습니다. 천주께서는 부모가 자식을 살피듯 우리를 살피시며 하루 밤낮을 눈동자처럼 지키시고 환란으로부터 방패가 되어주십니다. 그러나 언제나 자애롭기만 한 것이 아니라 때론 엄하시니, 매를 치시고 벌을 주시기도 하는 분이랍니다."

이 말을 듣고서, 여옥이 슬며시 끼어들어 맞장구를 쳤다.

"그럼 자다가 벼락 맞는다는 게 그 말이우꽝? 그런데 어찌 죄짓고 사는 베라먹을 놈들이 벼락도 안 맞고 잘 먹엉 잘살다 죽엄수강?"

난주가 웃으며 답했다.

"그 상벌이 살아서 있는 것만은 아니랍니다. 우리가 죽은 후에 육신은 썩어 없어지나 영혼은 그렇지 아니해서, 천당과 지옥을 통해 영원한 기쁨과 고통을 주시는 분이랍니다. 그러니 삶에서의 기쁨과 고통은 짧은 것이요, 믿음을 통해 영원한 길로 가고자 하는 것이 천주인들의 소망입니다."

"아니, 나 같은 반병신도 그분께서 사랑을 주신단 말이꽝?"

얼금은 생각에 잠겨 말이 없는데, 하르방이 오히려 더 호들갑이었다.

"주신다 뿐입니까. 더 사랑하시겠지요."

"나처럼 천한 것도 마찬가지우꽝?"

오래도록 기녀로 묶여 있다 말년에는 노비로 고생하였고 늙어서야 놓아났다는 여옥이 슬그머니 물었다.

"천주께서는 하늘 아래 모든 이가 공평하다 하시었어요. 귀함과 천함은 오직 마음에 있는 것이지 결코 세상이 줄 수 없는 것입니다."

조금 전까지만 해도 티격거리던 세 노인이 동시에 고개를 끄덕였다.

"거참, 희한한 이야기우다. 천주인들이 무사 그렇게 목을 빼고 차라리 죽여달라 햄신지 이제야 조금 짐작이 감수다."

하르방이 혀를 차며 고개를 기울였다.

"그 천주님을 모시려면 어떵해야 됨수광?"

얼금이 물으며 난주의 손을 꼭 쥐었다. 풀기 없이 흩어져 있던 눈빛은 어느새 맑아져 반짝반짝 빛이 난다.

"이런 벽지에서 세례를 받을 수 없으니, 그저 마음으로 믿고 기도하는 수밖에는 없지요."

"경허민 나는 이제부터 아즈망을 따랑 기도허쿠다. 아침저녁으로 생각하고 믿고, 기도허쿠다. 경허민 나도 이제 천주인이 되는 거광? 천당 갈 수 있는 거지에?"

얼금이 이렇게 다짐하고,

"나도 빼놓지 맙서."

"그저 이 방에서 기도를 허고, 다 같이 들으면 되쿠강."

여옥과 하르방까지 나서서 난주를 재촉하였다. 난주는 자기도 모르게 천주의 이야기를 실컷 해놓고서 그제야 근심이 되었으나, 세 사람의 얼굴이 일시에 빛나고 환해져서 마치 큰 구원이라도 받은 것처럼 기쁨으로 가득하니 캄캄한 지옥에서 천당으로 가는 동아줄을 잡은 것 같아 보였다. 포교하지 않는 것도 죄라고 하던 약종 숙부는 한 사람이라도 더 천주를 알게 하고 천당으로 인도하는 것이 천주인으로서의 도리라고 하였다. 난주 또한 그런 소망이 없었겠는가. 세파에 치이고 두려움에 오그라져 좁다란 품 안의 용기가 더욱 작아졌을 뿐이다. 그러나 오늘 이 세 노인의 얼굴을 보고서 세상의 어려움이 클수록 믿음을 열망하는 이들 또한 많은 것을 새삼 깨우쳤다. 구휼소가 그들에게 몸의 위안과 한 끼니의 밥을 줄 수 있을지언정 마음의 안식을 주지 못하니, 난주가 생각하기에 그들에게 진정한 기쁨과 희망을 주는 것은 천주의 이름뿐이었다.

이것이 대정을 떠나 난주가 처음으로 한 포교였다. 이 포교는 이제까지 가까운 이 몇을 감화시켰던 것과는 다르게, 대중포교의 첫 도전이었다.

사는 일이 고역일수록 죽는 일을 생각하게 된다. 죽고자 하는 것이 아니라 죽어서라도 살기를 원하는 것이다. 개똥밭을 굴러도 이승이 좋다지만 이런 이승이라면 저승이 낫겠다 싶기 때문에 그런 생각도 나오는 게다. 그런 이들에게 천주의 가르침은 감히 품을 수도 없는 이상향이자 꿈이었다. 신분의 귀천 없이 모두가 천주 앞에 공평한 사랑을 받는다는 사실부터 그들에게는 놀라움이다. 스물의 청춘이든 팔순의 노인이든 사랑 앞에는 어린아이처럼 마음이 순수해져, 믿음은 가슴에서부터 자리했고 머리로 생각하거나 교육받은 것보다도 확고했다.

늘 투덜거리며 마지못해 사는 듯하던 세 노인이 차차 밝아져 소리 내어 웃는 소리가 마당까지 흘러나왔다. 곁방의 노인들이 궁금해져 수발을 돕는 솔개와 복이 같은 아이들에게 먼저 묻고, 화영과 춘선 같은 큰 아이들에게도 묻는 일이 많았다. 아이들 사이에선 천주교가 알음알음 전하여서 이미 자기들끼리 신앙인이라고 여기고 있었는데, 읽은 것이나 들은 바가 별로 없어서 이어지는 질문에 답을 할 수 없었다.

이렇게 얼마 지나지 않아, 아이들이 천주 이야기를 해달라고 조르고 어른들도 성화를 대어서 밤마다 옹기종기 모여 앉기 시작했다. 원래 이 시간은 하루 한 번 죽으로 요기한 사람들이 허기가 져서 잠도 이루지 못하는 때다. 보말이 꾀를 내어 간간이 구운 소라를 나누어 주고 모자반을 데쳐서 내놓았는데, 이틀에 한 번씩 꼬박꼬박 모여 야식을 먹고 이야기를 들으니 관심이 없던 이들도 점차 그 수가 불어났다.

어느 날 천주의 이야기를 듣던 양필이란 사내가 물었다.

"선한 일을 해야 천당엘 들어간덴 헌개마는, 그 선한 일이라는 게 대체 뭐광? 우리 같은 천것들이야 남에게 얻어맞지만 않아도 좋은 날이고 하루 한 끼 배만 채워도 족한 신세인데, 누구에게 뭘 베푼단 말이우광."

그는 남의집살로 뼈가 굵은 자였는데 얼굴은 박박 얽고 곰배팔이어서 구박을 많이 받았다. 이리저리 떠돌다 차귀진까지 흘러왔는데, 조방장이 지나는 자리에서 큰소리로 기침을 하였다가 실컷 두들겨 맞고 쫓겨났다. 마땅히 갈 곳도 없이 헤매다가 우연히 구휼소에 오게 된 것이다. 처음에는 자신의 몸이 실하니 앞으로 구휼소의 일꾼이 되겠노라 약속했지만, 최근까지도 드러누워 풀 씹는 일 말고는 하는 것이 없었다.

난주가 싱긋 웃고는 제 자신을 흰 손가락으로 가리켰다.

"저 또한 가진 것이라고는 낡은 옷 한 벌과 그다지 강건하지 못한 몸과 마음뿐이오. 그래도 어르신들과 어린이들, 또 당신처럼 건장한 사내까지도 입히고 먹인답니다."

양필이 그 말을 멋쩍게 여겨서 양 볼이 붉어지고, 다른 사람들도 히득히득 웃었다.

"감히 어떤 일이 선한 일이라고 말할 수 없으니, 실제로 저도 알지 못하는 까닭외다. 오직 천주만이 천당의 길을 아실 뿐, 우리는 그저 앙망하고 사모하는 것밖에는 할 수 있는 게 없소. 다만 예수께서 주신 계명이 있으니, 살인하지 말고, 간음하지 말고, 도둑질하지 말고, 거짓 증언을 하지 말고, 부모를 공경하라 하셨소. 또 말씀하시기를 이웃을 네 몸같이 사랑하라 하셨으니, 마땅히 서로 사랑하고 아끼는 것이 하늘나라의 계명을 지키는 일일 것이오."

"주님을 외쳐 부르고 기도하는 것으로는 부족한 것이우꽝?"

난주와 보말의 일을 열심히 돕고 있는 똑소리 나는 솔개라는 계집아
이가 맑은 눈으로 물었다.

"주님! 하고 부른다고 해서 진정한 천주인이 되는 것은 아니란다. 오
직 천주의 뜻을 실천하는 사람들이 천주의 나라로 갈 수가 있단다."

"난 그곳에 당장 가고 싶은디. 살아서는 못 가는 거꽝?"

멍게란 아이가 물었고,

"염병, 니는 살아서 저승 간 사람 봤냐? 그거슨 저승사자나 할 수 있
는 거여."

우실이라는 전라도에서 흘러들어온 아즈망이 빙글빙글 웃으며 말
했다.

"허기야 우리가 하는 말이 대개 저승사자나 염라대왕이 할 법한 말이
긴 허우다. 시주해서 덕을 쌓구 또 그저 순종하믄 후생에 귀한 사람으
로 태어난다는 말은 들어봐수다마는 천당서 영원토록 산다는 거는 팔
십 펭생에 첨이우다. 경허믄 백 살을 살더라두 펭생이 펭생이 아니라 아
직 어린애기 아니우꽈? 앞으루는 나랑 애기랜 불러줍서."

여옥이 이렇게 능청을 떨어서 모두가 함께 와하하 웃어댔다.

난주가 함께 웃다가 문득 마음에 불안이 일어 주위를 둘러보니 어르
신들과 아이들까지 스무 명 남짓 되는데, 혹여 이곳에서의 강습이 밖으
로 새어 나가거나 자칫 명도회로 오해될 경우에는 모두에게 해가 될 것
이다.

"믿음은 자랑이요 신앙은 자유이지만, 세간에서는 그렇게 여기지 않
으니 각별히 조심하세요. 이렇게 말씀드리기 부끄럽지만, 신앙을 죽음으

로 갚는 일은 더 이상 보고 싶지 않습니다."

"암먼, 값없는 죽음을 당하면 그도 천주님에 대한 모욕이쿠다. 다들 조심들 하게마씀. 우리 식구 아니믄 누가 물어도 모른덴 허고 캐묻거든 아니랜 헙서."

난주가 먼저 단속을 하고 조심성 많은 하르방이 신신당부하여, 늦가을이 지나도록 천주교 강습은 착실하게 이루어졌다.

그해 가을은 수확량이 절반 이상으로 줄어 조정이 청으로부터 조나 수수 등 잡곡을 들여오고도 백성들은 초근목피로 연명하지 않을 수가 없었다. 차귀진도 여름과 다르지 않아 곡기는 꿈도 꾸지 못하고 허기라도 메울 수 있는 해초나 산나물, 근피도 부족했다. 그나마 조방장 황림이 난주의 조언을 받아 식수를 끓여 먹고 동물의 사체나 웅덩이를 흙으로 뒤덮는 등 주변을 정돈하여 유행병이 돌지 않았고, 군량이 오는 대로 헤프게 쓰지 않고 여물게 다루어 기아 참상이나마 면할 수 있었던 것이 다행이라면 다행이었다.

그러나 상강을 지날 무렵 황림의 몸이 좋지 않아 자주 자리에 눕던 것이 입동을 지나면서 더욱 나빠져 자리보전을 하게 되었다. 소 첨지가 들랑거리며 진맥을 보고 약을 달였으나 별다른 차도가 없었다. 황달은 날로 심해지고 아무리 덥게 하여도 땀이 나질 않고 소변도 보지 못했다.

그즈음부터는 소 첨지와 함께 난주가 들 것을 명하는 일이 많았다. 아무리 난주가 약초에 해박하다 해도 의원인 소 첨지보다는 못하니, 진맥은 소 첨지의 몫이건만 조방장이 어디가 아프다 쑤시다 넋두리를 하는 것은 난주요, 어린아이처럼 칭얼칭얼 매달리는 것도 난주다.

"어느 때는 가슴을 창으로 찌르는 것같이 아프고 또 어느 때는 눈이 뜨거워 금방이라도 눈물이 날 것 같으니, 가만히 누웠어도 피로하고 일어나서 정무를 보기는 더욱 괴롭네. 아침에도 먹은 것을 죄 토하고 말았는데, 정작 뒷간은 가기가 무서우니 무슨 이런 병이 다 있단 말인가. 입맛까지 싹 달아났네."

"토하더라도 드시는 것이 낫습니다. 좋아하시는 전복죽을 쑤어 올릴까요, 아니면 봄에 만든 꿩엿을 구해다 드릴까요."

"먹어도 다 토하고 말걸."

"자, 이걸 좀 드셔보세요. 치자 달인 물을 가져왔어요. 쓰지 않게 하였으니 나리 입에 맞으실 거예요."

이렇게 난주의 정다운 말을 듣고서야 벌레 구덕 속에나 들어앉은 것처럼 잔뜩 찡그리고 있던 황림의 얼굴이 조금 펴졌다.

"손가락 하나 꿈쩍하기가 싫으니 네가 좀 먹여다오."

거절은커녕 싫은 내색도 없이 난주가 숟가락으로 치자 물을 먹여주니, 황림의 얼굴이 더욱 밝아진다. 뒤에 있던 소 첨지는 이러한 두 사람을 보이는 것보다도 더욱 정답게 그려보고 속으로 혀를 찼다. 그가 난주를 줏대 없는 년이라 생각하고, 또 이제껏 지성으로 보살핀 황림이 제게는 핀잔과 불평만 하더니 난주에게는 마누라를 대하듯 다정한 것이 서운하고 서글프다.

"그래, 네가 오면 좀 살 것 같다. 늙은이는 가까이 오기만 해도 냄새가 나고 눈은 또 안 보여서 얼마나 답답한지."

이렇게 구시렁거리는 소리까지 들려오니 이제껏 참아왔던 마음에 버럭 울화가 치민다.

"어르신, 가슴이 아프신 건 필시 심장에까지 침한 것이지요? 청호(菁

蒿)를 쓰면 어떨까요."

난주가 뒤를 돌아보며 근심스레 말했지만, 소 첨지는 답을 할 기분도 아닐뿐더러 그 말에 도리어 비위가 상했다.

"알아서 하게."

"쯧, 자네는 이제 뒷방늙은이가 다 됐어. 영민한 조수가 있으니 걱정은 없겠네만. 자네를 뒷방서 끌고 나온 것도 저것의 덕이지."

황림이 눈치도 없이 소 첨지를 조롱하고 혼자서 히죽히죽 웃었다.

진맥을 마무리하고 난주가 조방장의 이불 덮은 것까지 다듬어준 후에야 둘이서 물러나왔는데, 소 첨지는 조방장의 방을 시위하고 선 사령 둘에게 괜스레 시빗가락이었다.

"자네들이 방을 지키고 있다고 있는 병이 도망가는가. 그럴 사이에 나가서 자라 몇 마리라도 잡아 오세그려. 자라를 몇 마리 달여 드리면 좀 나아질 테니."

그 말이 방까지 들렸는지 황림의 혀 차는 소리가 대번에 들려왔다.

"의원하구 의녀도 못 고치는 병을 사령들이 고치겠나. 괜한 남의 탓을 하지 말고 자네나 전심으로 좀 임해보게, 쯧. 눈이 멀었다구 용한 것도 사라져서야 쓰나."

이런 말을 듣고서 소 첨지가 어깨를 움츠리며 속닥거렸다.

"쳇, 아파도 귀는 여전히 밝고 입은 더럽구먼. 밤에는 수청 드는 계집들이 꼬박꼬박 온다지? 저런 꼴을 하고도 주색을 밝히니 나을 턱이 있나."

무람없는 소 첨지의 말에 난주가 얼굴을 붉혔는데, 소 첨지는 난주에게도 못마땅한 마른기침을 하였다.

"하실 말씀이 있으세요?"

"있다면 있고 없다면 없지만, 자네가 내 말을 신통찮게 여기니 할 마음이 안 나는구먼."

"그러지 마시고 지성으로 귀담아들을 테니 말씀을 해보세요."

난주가 사근사근하게 거듭 묻자, 그제야 떨떠름한 얼굴로 입을 여는데 말투가 전에 없이 감궂다.

"그 구휼소란 곳에서 대체 뭣들 하나?"

"뭣들 하다니요?"

속으로 움찔하여 놀라면서도 태연하게 되물었는데, 소 첨지의 얼굴이 뜻밖에도 사독하다.

"내가 눈이 멀었다고 귀가 멀고 지각이 멀지 않았네. 자네가 요 근래에 사특한 무리들을 모아 야소귀신을 이야기하고 대역부도한 사학을 퍼뜨리지 않은가? 미우나 고우나 한 식구가 되어 사는 형편이니 입을 다물고 있지만, 어디에서든 터지고야 말 일이네. 조정에서 다시금 천주교인을 색출하리라는 소문을 못 들었나? 행여라도 내게 해를 끼칠 생각일랑 하지 말고 이곳을 썩 떠나든지 이제라도 올바른 마음가짐을 먹도록 하게. 가진 소양이 분에 넘쳐 매양 죄를 짓고 있으니 자네를 보는 마음이 딱하네그려."

이렇게 쏘아붙인 다음에는,

"그런 불길한 일이 이 땅에 벌어지고 있으니 조방장 나리가 성하고 배기겠는가. 자네의 그 음흉한 속을 아신다면 기가 막히고 땅을 칠 일이지."

하고 퍼붓는 것이다. 이제껏 난주가 하는 일에 참견하는 법이 없던 그가 갑작스레 이렇게 나오자 난주는 두렵기보다 당황해서 얼굴이 창백해졌다. 천주교를 배우던 그 많은 입을 언제까지나 단속할 수는 없을

284

것이다. 그런데도 그저 안도하고 있었으니, 그의 말이 틀리지 않다.

"백번 삼가고 자중하겠어요. 허나 생각하시는 그런 일은 없으니 안심하세요."

난주가 웃음기를 섞어 두루뭉술하게 답을 하였는데, 그것이 더욱 얄미워서 소 첨지는 홱 돌아섰다.

"믿는 도끼에 발등 찍히고 싶지 않으니 그딴 소리도 집어치우게."

쯧, 못마땅한 헛소리를 내고는 지팡이로 길을 짚어 홀로 돌아가버렸다.

그가 당장에 발고하지는 않겠지만, 마음이 하릴없이 불안해졌다. 난주를 주목하고 있는 눈들을 생각한다면 천주의 이름을 올리지 말았어야 했을 것이다. 허나 언제까지 도망만 할 수도 없었다. 난주가 이런저런 생각에 잠겼다가 사령 하나가 이쪽을 주시하고 있는 것을 깨닫고 그제야 발을 떼었다.

그날부터 당분간 천주교 강습은 중단되었다. 또한 서로를 경계하고 타일러서 신앙생활이 드러나지 않도록 더욱 조심하였다.

조방장의 병세와 신경증이 날로 심해져 난주를 한번 부르면 보내지 않으려고 하였는데, 구휼소 일로 바쁘다 하면 걷어치우라 하고 어르신들을 걱정하면 노망난 것들을 내치라고 성질을 부려서 빠져나오기가 쉽지 않았다.

첫눈이 내려서 앞뜰과 지붕, 절굿공이까지 사박사박 얼음이 맺힌 십일월의 어느 날, 새벽부터 불려 가 한참을 시달리고 돌아온 난주는 완전히 진이 빠져 툇마루에 주저앉았다. 전날부터 구휼소에 들어와 있던 순덕이 의아히 여겨 난주의 안색을 걱정했다.

"아씨가 먼저 쓰러지시겠어요. 그 많은 종들을 놔두고 왜 아씨만 괴롭힌답니까?"

"그 종들 중에 내가 제일 기특한 종인가 보네."

난주가 흰 머릿수건을 벗고 웃으며 말했다. 폭정을 일삼던 사나운 조방장이 겉으로나마 선정을 베풀어 차귀진의 악명도 잦아들었고, 어려운 기근과 돌림병에도 충언을 착실히 좇아 백성들의 어려움을 살피니 마음으로 그를 존경하는 바가 없지 않았다. 비록 그의 천성이 거칠고 사나우나 인정이 있고 가벼운 말에 흔들리지 않아 한양의 높으신 분들보다 나았다. 또한 난주에게 주는 과분한 은혜를 모를 리가 없어서, 조방장에 대해서는 난주 또한 애틋한 마음이 있었다. 다만 몸이 아프고부터 어린아이처럼 매달리는 것이 걱정스럽고, 편애가 지나쳐 남들의 날카로운 눈초리를 받는 것이 마음에 걸리고 못내 불편할 뿐이다.

"취성이는 이리 주시게. 올해로 몇이던가?"

난주는 순덕의 등에 엎디어 곤히 잠든 사내아이를 들여다보며 미소 지었다. 순덕이 선장 권용철의 여인이 된 것이 몇 해 되었는데, 후처의 자리지만 전처가 낳은 자식이 이미 장성했고 시댁과 오가는 일도 별반 없어서 여느 집 아낙과 다름없었다. 다만 지아비의 만류에도 주막을 계속 꾸리며 지내오던 것이, 요즈음 곡식은 물론 찬거리조차 없어서 문을 닫고 지내는 중이다.

"세 돌이 지났지요. 잔병이라곤 없는 아이랍니다."

순덕의 얼굴이 뿌듯함과 기쁨으로 빛난다.

"참으로 복스러운 아일세."

난주가 새근새근 잠든 아이의 머리를 사랑스럽게 쓸어 넘겼다.

"복은 다 자기가 타고 나는가 보아요. 이 아이는 어떠할지……."

순덕이 잃은 아이들을 생각해서인지 눈가가 붉어지자, 난주가 손을 잡으며 다독였다.

"천주께서 이 아이는 꼭 지켜주실 것이네."

부드러운 난주의 말에 순덕이 눈물을 훔치고, 그제야 옛 상전의 아픔을 생각하고 말을 돌렸다.

"그나저나 요새 강습을 그만두셨다지요? 그것도 모르고 말씀을 듣고 싶어 여기까지 오질 않았겠어요. 보말이는 그런 이야기는 전해주질 않고 온통 작은도련님 안부만 묻고……."

"삼촌은 무슨 소릴 하우꽈?"

겨울배추를 다듬던 보말이 전에 없이 사투리까지 쓰며 볼멘소리를 했다.

"그래, 그럼 그건 도련님 안부가 아니구 연서였든가……."

"아이구, 그만하게. 정 있는 편지를 보내는 것이 무슨 잘못이라고."

보말을 놀리는 순덕을 난주가 만류하자 순덕은 조용히 웃고 보말은 토라져서 등을 돌렸다.

"실은 아씨에게 상의드릴 게 있어 왔어요."

순덕은 얼굴빛을 고쳐 정색하고 주위를 살피고는 소곤소곤 이야기를 털어놓았다.

"모슬개의 사정도 좋질 않고 주막 식구며 여러 가속을 먹이는 데 부족하니 선장님과 상의하여 배를 하나 띄웠답니다. 해남으로 가서 식량을 좀 구해 올까 한 것인데, 돌아온 선원 하나가 이런 것을 가져오질 않았겠어요."

순덕이 품에서 꺼내놓은 것은 여러 번 접어둔 편지다.

"이게 무엇이야?"

"열어보시면 알지요."

무심하게 편지를 열던 난주가 깜짝 놀라 하마터면 소리를 지를 뻔했다. 그것은 접힌 부분이 벗겨지고 군데군데 물감이 번졌어도 분명한 성화(聖畵)였다. 어린 예수를 안은 성모마리아가 평온하게 앉아 있고, 주위를 감싼 천사들은 하늘을 향해 나팔을 불고 있다. 난주의 귓가에 그 소리가 똑똑히 들리는 듯하고 구름 위에 뜬 것처럼 마음이 기이하게 부풀어 올랐다.

"이것이 어찌……."

"놀라셨지요? 저는 얼마나 놀랐던지 그 자리에 털썩 주저앉았답니다. 귀신을 본 것도 아닌데……."

순덕은 두려움도 없이 쿡쿡 소리 죽여 웃었다.

"선원이 애초에 모슬개의 격군이라 선장님의 말이라면 죽는시늉까지도 하지요. 먹을 것이든 서책이든 소용될 만한 것은 무엇이든 가져오라는 말에 이런 그림까지 가져왔다질 뭐예요. 갯가를 헤매는 어린것의 손에 쥐어 있었는데, 불쏘시개로 쓰일 뻔한 것이 예사롭게 보이지 않았다네요. 천주님에 대해서는 아무것도 모르는 사람인데 말예요."

"아니 그렇대도, 이걸 어떻게 가져올 생각을 했다지? 포교들에게 보이기라도 하는 날에는 한바탕 난리가 났을 걸세."

두 눈은 여전히 그림 속에 머문 채 난주가 중얼거렸다.

"그러게 말예요. 그러니 선무당이 사람 잡는다잖아요."

순덕은 후후 웃으면서 큰 선물을 가져온 것처럼 뿌듯해했다. 하지만 난주는 마냥 기뻐할 수가 없다. 말은 말 그대로 떠도는 말이라 기어코 부정하면 손으로 붙잡을 수가 없지만, 이처럼 뚜렷한 증거는 그들에게 좋은 먹잇감이자 위험한 미끼였다.

"자네는 이걸 날 주려는 게지?"

"당연한 말씀예요. 선장님은 제 말이라면 뭐든 너그럽게 들으시지만, 아무래도 아직은 조심스러워요. 차차 귀 기울여주시겠지요."

"그 선원은 믿을 만한가?"

"사람은 원체 성실하고 입도 무겁답니다."

"그렇다면 이 그림에 대한 건 자네도 잊어버리게. 함부로 꺼내서 보이거나 드러내지 않을 것이야. 자칫 죄 없는 사람들에게 피해가 갈까 두렵네."

"그러믄요. 걱정 마세요."

순덕이 장담을 하면서 싱글싱글 웃었다. 가련한 아씨에게 작은 위안을 주었다고 기뻐하는 것이다. 난주는 그림을 접어 흙벽에 걸어둔 낡은 약초 망태기에 집어넣고 그 위를 마른풀로 덮었다.

"오늘 저녁은 보리쌀일망정 밥을 지어 먹어요."

"이크, 자네가 가져온 걸 다 쓰잔 말인가?"

"그런 생색이라도 내야 저도 마음이 기쁘지요. 취성이도 죽보단 밥을 찾으니, 여간 앙큼스럽잖아요."

"그래, 애기 엄마가 먹자 하면 먹어야지 별수 있나. 요 어린것이 우리에겐 상전이고 벼슬일세."

둘이 이렇게 주고받고 나서 한바탕 웃었다. 웃음 끝에 근심을 신지 않았으니, 본 사람도 들은 사람도 없으니 괜한 우려나 근심은 기우일 뿐이라 여겼던 탓이다.

이 무렵 조방장의 측근이라 할 수 있는 치총 정인규와 서기 고정인, 국모영 등이 정난주의 행실과 신앙을 문제 삼아 몇 가지 간언을 올렸다. 내용인즉, 죄인의 처지에 과분한 호사를 하고 있어 방자하기가 이를 데

없고 구휼소를 빙자해 사사로운 설교와 전도를 하고 있음이 틀림없으니 이를 뿌리 뽑지 않고서는 차귀진 전체가 횡액을 면치 못할 것이라는 말이다.

본래 그 측근들은 조방장이 유독 정난주에게 다정한 것을 양반 여종에 대한 흑심쯤으로 생각하였고, 구휼소의 일이 마을 사람들에게 해될 것이 없어서 그다지 관심을 보이지 않았다. 이렇게 시간이 지나 새삼스럽게 쌍심지를 켜고 나선 것은 뜻하지 않은 다른 악연이 있었다.

난주가 대정을 떠나 얼마 안 되었을 때다. 처음 냉담했던 황림이 난주에게 관심을 보여 약방 문까지 열게 하였다는 것은 대정성 안에서도 소문거리였다. 이방과 여홍개는 기가 막혀 혀를 쩌쩌 차고, 별감 댁에선 대견해하였으며, 마을 사람들은 난주의 대담함을 칭송하기도 하고 악담하기도 하며 수군수군하였다. 무당 이성두는 난주가 하는 모든 일이 눈엣가시여서 차귀진의 악질인 조방장의 구박데기가 되어야 시원하겠거니, 도리어 정반대의 소문이 들어오니 웬일인가 싶었다.

"다 속여도 내 눈만은 못 속이오. 청신하게 꾸미고 앉아 꿍꿍이를 차릴 셈이지. 야소귀신을 불러 이 땅까지 피바람을 부를 거란 말이오."

때마침 찾아온 여홍개에게 이성두가 시빗가락으로 말했다. 여홍개는 그저 고개를 끄덕이며 맞장구에 열심이었다.

"제 말이 그 말이우다. 아주 여우 같은 년이우께."

여홍개는 본래도 시시콜콜한 일들로 이성두를 찾았지만, 그즈음 부쩍 횟수가 잦아졌다. 삼신할망의 부적을 써달라는 부탁이 끝이 없다. 이미 마흔을 넘겼고 큰딸이 애를 낳아 걸음마를 하건만, 여홍개는 욕심을 버리지 못하고 이방의 씨를 하나 얻으려고 발버둥이었다.

"현청에서 지낼 때나 별감 댁에 살 때나 그저 밤마다 쪼그려 앉아 중얼중얼했던 헙디다. 야소에게 방자해서 제 씨를 번번이 떼어났을지 모를 일이우다."

여홍개는 두 번이나 유산한 일에 엉뚱하게 난주를 탓하고는, 이번에 야말로 영험한 부적을 하나 써달라고 이성두를 졸라댔다. 가뜩이나 배 속에 뜨거운 불이 들어 있는 것처럼 화가 치밀고 신경질이 나는 터에 이런 터무니없는 조름을 받고는 이성두는 크게 조롱할 마음이 났다.

"이제까지 한 번도 써본 적이 없는 좋은 부적이 하나 있기는 한데, 아무한테나 써줄 수 없는 거요. 그것만은 주기 어려우니 이제 그만 오시오."

이런 이성두의 말을 듣고 여홍개의 귀가 번쩍 뜨여 얼굴을 가까이 들이댔다.

"아이구, 그런 소리 말고 좀 써줍서. 내가 애만 호나 가지민 이장 마누라가 되고 말 테니, 그때 가서 무당 어른을 모른 척허진 안으쿠다."

그 말에 이성두는 흐흐 음충맞게 웃었다.

"이방 마누라 되는 게 그리도 소원이오?"

그러고는 자신의 한 팔을 여홍개의 등짝에 슬그머니 올린다. 그의 몸이 뜨겁고 땀이 많아 얇게 입은 여홍개의 맨살에 와 닿는 듯 끈적했다. 아직도 영문을 몰라 여홍개가 네네 하고 그저 웃다가, 제 이마 위로 사내의 거친 숨이 쏟아질 때에야 아차 싶어 놀란 입을 벌렸다.

"이 부적은 아무에게나 내주지 않는다."

이렇게 말하며 여홍개를 끌어안으니 더는 말할 수가 없었다.

여홍개가 정에 약하고 사내에 약해, 그날로 이성두의 사람이나 마찬가지다. 이방의 아낙이어도 아낙다운 대접 한번 받지 못하고 정다운 데라고는 약에 쓸래도 없어서, 몸은 이방에게 묶여 있어도 마음은 온통 무당에 있게 되었다.

얼마 지나지 않아 태기까지 있어, 여홍개가 살아온 날들 중 가장 살만한 날들이었다. 이방이 늘그막에 얻은 씨를 허투루 알지 않아 여홍개에 그런대로 살갑고, 이성두는 또 바라는 바가 있어 전에 없이 다정했다. 이렇다 보니 어릴 때부터 손끝이 마를 날 없이 가혹한 일에 시달리던 처지가 한순간에 뒤바뀌었다. 시종을 부려 세숫물을 떠오고 반찬이며 바느질을 타박하게 되니 몸이 먼저 편하고, 면추한 얼굴이나마 분을 바르고 연지를 찍으니 제법 반드르르하다. 그뿐인가. 아부하는 자, 부탁하는 자, 추복 따위를 갖다 바치는 자, 아들을 축원해주는 자 등 귓가에 달달한 말들이 오가니 꿈인 듯 생시인 듯 만복이 다 제 것처럼 느껴졌다. 더구나 이방의 장성한 아들이 허약하여 손이 없으니, 자신이 아들을 낳는다면 집안을 이을 만했다. 생각만으로도 가슴이 뛰고 배 속의 어린것이 사랑스러워서 체신도 잊고 헤헤 웃는 때가 많았다.

만일 자신의 홍복을 누가 훼방하거나 망가뜨리는 자가 있으면 육살을 한 대도 두렵지 않고 끌어안고 함께 지옥불로 떨어진대도 한이 없었다. 이러한 결기는 제게 해가 되는 어떤 싹도 잘라버릴 수 있다는 터무니없는 용기로 이어졌다. 여홍개는 정말로 그럴 작정이었고, 또 그럴 수 있었다. 징글징글한 불행의 어둠 속에서 간신히 맛본 희망은 세상에 다시없는 달콤한 낙원이면서 몸부림치게 갖고 싶은 고통의 대상이어서, 이 여인을 더욱 독하고 악하게 만들었다.

이성두가 차차 여홍개를 여인이라기보다 충실한 심복으로 여겨, 마을의 동태를 살피는 일부터 윗전의 속내를 살피는 일까지 쓰지 않는 일이 없었다. 이듬해에 아들을 낳고는 이성두의 악독한 말을 하늘처럼 떠받

드니, 여홍개야말로 사특한 요물이라고 말들이 많았다.

조선 전역을 서리가 휩쓸 때쯤 여홍개의 아들 춘상은 다섯 살이 되었
는데, 투덕투덕한 얼굴은 까무잡잡하고 지독한 들창코인 것이 하 이방
을 닮은 구석이라곤 없었다. 사람들이 아비랑 어딜 닮았낭 벗겨보자 하
며 조롱하고, 하기는 보통 치성이 아니니 다 늙어 아들을 본 게 아니냐
며 키득거렸다.

이 무렵, 지독한 식량난을 만난 제주목사 조의진이 조정에 구휼을 요
청하는 구구절절한 장계를 보냈다. 조선 전역이 어려운 형편이라 제주
까지 배를 띄울 수 있을까 근심하였는데, 다행히 조정에서는 먼 땅부터
구휼을 하자는 중론이 모아졌다. 청명이 되기 전에 진휼곡 만 오천 섬
이 도착했다. 제주의 밭농사를 다 망치고도 그럭저럭 연명하였던 것은
이 덕분이다.

추분을 지날 무렵 조정에서 두 번째 진휼선을 보내는데, 양이 삼만
섬이었다. 제주가 겨울을 나고 봄을 맞아 풀이라도 뜯을 수 있을 때까
지 그것으로 버티는 수밖에 없었다.

나주의 제민창에서 출발한 배가 사나흘 후 해남에 정박했다. 제주에
서는 마중할 일행을 보내기로 했는데, 출항 날을 제주에서 받아서 가
는 것이 관례였다. 일기를 살펴 택일하는 것이 순리지만, 그것이 정답이
라고 누군들 확신하랴. 날을 잘못 택했다가는 조정에서든 백성에게서든
큰 화를 입을지라 목사의 고민이 깊었다. 경륜 있는 아전들이 점을 치는
것이 좋다 하니, 목사가 체면 몰수하고 각 고을에 파발을 보내 용하다
는 무당들을 소집했다.

하 이방이 춘상을 두고 떠도는 소문을 모를 리가 없어서 마음 한편
에 이성두를 미타히 여긴 것이 오래되었는데, 여홍개는 미워도 어린 아

들이 어여뻐서 그 일을 세세히 파고들지는 않았다. 때마침 제주목사가 무당들의 택일을 받는다고 하니, 하 이방은 이성두가 출세할 좋은 기회나 되는 것처럼 부추겨 그를 제주목으로 보냈다. 애초에 출항일 잡는 것은 잘해야 본전이라 무사히 도착하면 용왕님의 덕으로나 알지 택일한 자를 칭찬하지 않으며, 행여 태풍이라도 만났다가는 비난을 면치 못하는 줄을 이성두가 알지 못했다. 다들 심중의 말을 하기 어려워 주저주저하는 사이에 이성두가 잡은 날이 택해졌고, 해남에서도 이날을 맞추어 마침내 출항하게 되었다. 이성두와 여홍개가 밤에 은밀히 만나 의기양양하게 킬킬거렸는데, 조만간 제주 땅을 주무르기라도 할 것처럼 기대하고 들떠 있었다.

시월 이일 해남을 떠난 구휼선이 추자에는 무사히 들었는데, 다시 제주로 떠나는 길에 거센 풍랑을 만났다. 배 열다섯 척 중 열두 척이 침몰하고 시월 이십사 일 단 세 척만이 조천포구로 들어왔다. 어찌나 큰 고생을 하였든지, 포구가 보일 때부터 관리와 선원 모두가 부둥켜안고 눈물을 흘렸다. 까딱하다가는 청나라까지 표류할 뻔한 것을 능숙한 닻잡이가 있어 겨우 방향을 틀어 왔단다. 선전관이 죽지 않고 살아 온 것이 불행 중 다행이었는데, 그가 출항하던 날 일기가 사나웠음을 연신 투덜거리니 목사의 체면이 말이 아니었다. 말이 안 나와서 그렇지 무당을 탓하려 한다면 그 죄가 크고 무거울 것이 뻔했다. 풍랑 소식을 들을 때부터 불안하던 이성두가 선전관의 도착 후로 가시방석에 앉은 듯 조마조마하여 가만히 있질 못하는데, 덩달아 여홍개도 초조하여 집 안팎을 오가며 안절부절못했다.

하 이방이 십수 년 간 이성두의 농간에 휩쓸리기는 하였어도, 본디 뼛속까지 약은 자라 자식 문제로 얽히고설키면서까지 치욕을 감당할 수가 없었다. 그의 기세를 한 번 꺾어놓지 않고서는 마누라고 자식이고 다 그의 손아귀라, 머리를 이리 굴리고 저리 굴렸다. 현감 김인택이 현명하고 지혜로워 대정현 근간이 평탄하였는데, 하 이방이 아침 조사(朝仕)마다 읍하기를, 무격이 성행하여 가난한 백성들의 살림을 빼앗고 계속되는 재해에 산 사람을 제물로 바치는 일까지 있다고 떠벌렸다. 또 현내의 무당이 택일을 잘못하여 구휼선이 침몰하였으니 이번 기회를 잡아 무격을 배척하고 고을의 기강을 바로 세워야 하지 않겠냐고 은근히 부채질하였다. 이때 그토록 이성두를 따르던 자들도 말리는 소리 한마디가 없다. 구휼선이 뒤집어졌단 소문에 민심이 뒤숭숭하니, 마을 사람들도 차차 냉담한 눈을 하고 그의 신당을 꼬나보게 된 것이다.

어느 밤에 이성두가 여홍개를 불러내어 한탄하기를, 그들이 이제 와서 자신을 제물로 삼는다면서 토사구팽의 냉혹함에 치를 떨었다.

"경해도 어른만 한 무당이 이 조선팔도에 어디 이수광. 다시들 돌아올 테니 걱정 맙서."

이렇게 살살 마음을 달래주어도, 그는 다 죽어가는 사람처럼 천장만 끔벅끔벅 바라보고 쓴 한숨을 토하였다.

"그러기 전에 내가 먼저 죽을 걸세. 성난 짐승들이 토끼 사냥처럼 몰아대면 그대로 물리는 수밖에 더 있겠어?"

"아이쿠, 경허믄 다른 토끼를 갔당 대어야주."

여홍개가 맞장구를 한답시고 이렇게 속없는 소리를 하였더니, 이성두가 쯧쯧 혀를 차다가 별안간 좋은 생각이라도 난 것처럼 입을 딱 벌렸다.

"속이 타서 턱이 빠지쿠다. 무사 경햄수강."

"임자 말이 맞네."

"네?"

"토끼 사냥을 하거들랑 다른 토끼를 쫓게 해야지. 그 말이 맞네, 맞아."

그날로 이성두가 여홍개를 들볶아 차귀진의 구휼소와 정난주의 동태를 낱낱이 알아보게 하였다. 여홍개가 어릴 때부터 가까이하던 연태라는 아즈망이 하나 있었는데, 나이가 벌써 일흔이라 관비에서 풀려나 마을에 살고 있었다. 몇 번 서방도 얻었지만 바다에 나가 죽고 병에 걸려 죽어, 자식도 없이 혈혈단신이다. 극난한 세월을 만난 것이 처음이 아니건만 이제는 나이가 많고 몸이 아파 진휼곡을 얻어먹을 힘도 부쳤다. 마침 여홍개가 연태에게 의탁할 만한 곳을 주선해주겠노라 약속하니, 그의 말을 좇아 난주의 구휼소를 찾아가게 되었다. 노구를 끌고 걷느라 발은 붓고 얼굴이 누렇게 뜬 노인네가 평생을 고생한 사연을 늘어놓으니 마음 약한 난주가 내칠 리가 없다. 구휼소에 들어간 연태는 곧 사람들과 가까워졌다. 나이는 들었어도 몸은 건강하여 가만히 누워만 있을 수 없고, 또 캐낼 것이 있거든 상대를 알아야 하는 법이라 두루두루 일을 도우며 바지런을 떤 덕분이다.

그 무렵은 난주와 사람들이 천주교 강습이 한창일 때다. 막 들어온 사람들에게까지 신앙 이야기를 할 수가 없어서 연태는 강습에 들지 못했다. 다들 모여 수군거리면서 자신은 빼놓으니 서운하기도 하고 수상쩍기도 하여 좋은 정보를 캐내어 고해바치리라 작정하고 몇 날 며칠을 숨어서 그들이 하는 이야기를 엿들었다.

달포가 족히 지나 여홍개가 사람을 보냈는데, 별다른 소식을 가져오지 못했다. 하 이방이 무당 놈과 붙어먹었느냐고 한 번씩 패악을 부리고, 제주목에서는 택일한 무당들을 소환하라 말이 나오니 여흥개의 마음이 초조하고 조급했다. 하 이방에게는 집안 어른의 병문안을 핑계 삼고 직접 차귀진을 찾았다.

점심을 먹고 떠난 길이라 저녁 어스름에나 차귀에 들어섰는데, 약방도 구휼소도 하나뿐이라 찾기는 쉬웠다. 담장 밖에 서서 안을 둘러보니 큰 아이들 몇이 툇마루에 걸터앉아 바구니를 엮고 사내 한 명이 장작을 패고 있다. 여편네들은 정지에 있는지 연기가 피어올라 허기가 치미니, 침이 꼴까닥 넘어가고 바람도 더 매섭게 느껴진다. 함께 데리고 간 어린 계집종을 시켜 연태를 불러오라 하였는데, 슬깃슬깃 눈치를 보며 나오는 품이 자신 없는 태가 역력하다.

"아즈망, 무사 경햄수강? 들키기라도 해수강?"

"그런 게 아니우다."

"그런 게 아니면 무사 경 눈치를 봄수광?"

"게매, 뭘 알아낸 게 있어야 말을 하주……."

턱 끝이 뾰족하고 광대가 툭 불거져 빈한하고 불우해 보였던 연태의 얼굴이 유난히 반질거리고 환해 보여 여흥개의 마음에 더욱 괴이하다.

"아즈망이 오늘날 누구 덕에 양인 행세 하고 사는 줄 알암수광?"

"그런 소린 무사 햄시니. 나랑 자네 덕분인 줄 날마다 감사하고 살암신디."

"근디 무사 날 속염수광?"

"속이다니. 그런 적 어신디."

"알고도 모른 척하는 게 그런 거 아니광."

"섭섭한 말이랑 말게. 내가 자네를 위해 이 먼 곳까지 왕, 또 사람들을 속여가멍 이런저런 이야기를 들어봤지만 별스러운 게 있었어야 말을 하지. 그저 몸 불편한 반병신들과 어린 코흘리개들이 모여서 죽이나마 떠먹고 아등바등 지낼 뿐이라."

이렇게 둘이서 한참 실랑이를 하고 있을 때, 가까이에서 인기척이 있어 여홍개가 먼저 얼굴을 돌리고 연태도 헛기침을 하며 치맛자락을 털었다.

"그 목소리는 대정에 살던 여홍개가 아닌가?"

다가온 사람이 뜻밖에도 여홍개를 알은체하여 돌아보니 지팡이를 짚고 선 소 첨지다.

"에그머니, 의원 나리가 여기에 몸 붙이구 있젠헌게 이제야 만나수다."

여홍개가 호들갑스럽게 인사를 하고 눈멀어 더듬거리는 꼴을 측은하게 바라보았다.

"그 할망을 채근한들 무슨 말을 하겠나. 이 집 주인이 요사스러운 데가 있어서 한 번이든 두 번이든 만나고 나면 반드시 빠져들고 마니, 뭘 안다 해도 말하겠는가?"

연태가 본래도 거드름만 피우는 소 첨지를 아니꼬워했지만, 이렇게 속내를 꼬집어 말하는데 더욱 뜨끔하여 여홍개에게 인사를 하는 둥 마는 둥하고 구휼소로 꽁무니를 빼버렸다. 사실 연태가 천주교의 이야기를 몰래 엿들은 것은 여홍개의 입맛에 맞는 흠을 찾으려 한 것이었는데, 며칠간에 눈물을 몇 번 흘리고 마음이 저절로 뜨거워져 스스로 천주를 섬기게 되었다. 난주를 찾아가 사람들을 조심하라 이르고 교인이 될 것을 약속했으니, 여홍개가 찾아온들 입을 열 턱이 없었다.

여홍개가 연태의 뒷모습에 혀를 차고 발을 동동 구르며 분을 참지 못했지만 차귀진의 땅에서 행패를 부릴 수 없어 가슴만 쳤다.

"원통해 못살쿠다. 저것들을 죄 잡아넣어야 분이 풀릴 것우다. 틀림없이 귀신을 섬기고 저주를 퍼부으며 가련한 것들을 이용해먹는 거라."

"수다한 입을 다물게. 조방장의 군사가 간혹 오가네."

"배가 고파서 걸을 힘도 없수다. 나리와 대정에서의 정이 아주 없지 않으니 저녁밥이나 먹엉 가게 해줍서."

"내 집엔 먹을 것이 없네."

"길양식은 가져와시난 저녁을 지어서 함께 먹게마씀."

"저녁에 먹을 것을 가져다줄 텐데……. 오늘은 아니 와도 된다고 아주 이르고 오지."

소 첨지가 어린것 하나를 불러 이르고서 여홍개, 어린 계집종이 함께 약방에 들었다.

다 늙어 죽을 날만 기다리는 쓸쓸한 소 첨지를 어떻게 구워삶았는지, 아니면 소 첨지가 난주와 쌓은 정보다는 근간에 얄밉고 시새웠던 미움이 더 컸든지, 그 밤이 다 지나기도 전에 구휼소에서의 비밀스러운 회합의 정체를 털어놓았다. 여홍개가 이튿날 동이 트기도 전에 약방을 빠져나가니, 느지막이 일어난 소 첨지가 얼이 빠진 채로 빈 이불을 더듬었다.

"내가 미쳤든가, 아니면 노망이 났든가. 저년 꾐에 빠져 불 속을 쑤시었으니, 일평생에 한 번 죽는 것은 다 같은 일이지만 이제야말로 지옥 속에서 죽겠구나."

조방장의 측근들이 구휼소의 일에 대해 고하고 있을 때, 소 첨지는 이미 약방에서 자취를 감춘 뒤였다. 난주와 식구들이 인근을 헤매며 수소문하였지만 그를 보았다는 사람도 흔적도 없었다.

처음 황림은 크게 웃었다.

"너희들의 말이 가소롭다. 내가 아둔하여 계집년의 손에 놀아나기라도 했다는 것이냐?"

측근들은 머리를 조아리고 순종하면서도 집요했다. 난주나 구휼소가 그들에게 해로울 것은 없지만, 천주교라면 다르다. 차귀진 전체를 교인으로 몰아 몰살을 한대도 변명할 수 없는 것이 지금 조선 땅의 현실이었다.

"무엇으로 그 말을 입증할 수 있느냐?"

"당장 정난주를 잡아다가 치죄해야 할 줄로 압니다."

"치죄를 하면 죄가 분명해지느냐?"

"고신을 한다면 진실을 토설할 것입니다."

"나는 허공을 떠도는 말을 믿지 않는다. 확실한 것을 가져오너라."

"무엇을 가져오리까?"

"정난주와 그 식구들의 손끝 하나라도 건들지 마라. 대신 구휼소를 뒤지기를 허락하니 오늘 내로 너희들의 말을 입증할 물건을 가져와라. 눈에 보이지 않는 것은 필요 없다. 반드시 손으로 만지고 눈으로 볼 수 있어야 한다."

"명령대로 하오겠습니다."

"한 가지만 명심해라. 증좌를 가져온다면 그년의 손가락을 자르겠지만, 가져오지 못할 때는 너희들의 손가락을 자르리라."

황림이 잔혹한 내기를 걸어 그들을 내쫓아 보내고 혼자서 술을 들이켰다.

이 소식을 알 턱이 없는 난주와 식구들은 지붕에 말려두었던 신서란을 내려 일일이 가늘게 쪼개는 작업을 하고 있었다. 배는 곯아도 일을 부지런히 해두지 않으면 봄의 양식이 걱정이라 어린아이들부터 몸이 성한 노인들까지 대개가 마당에 나와 있던 터다. 별안간 우레 같은 발자국 소리가 가까워지더니 성난 군사들이 들이닥쳤다. 마른하늘에 벼락이 치려나, 왜구가 쳐들어와 출정을 하려나, 갸웃갸웃하던 사람들이 입을 벌린 채로 군사들을 올려 보았다.

"이자들을 모두 밖으로 끌어내라."

위풍당당하게 말 위에 올라탄 치총이 명하니, 군사들이 자로 잰 듯 일사불란하게 움직여 식구들을 포박한다.

"무사 영행수강, 이들은 죄가 업수다."

양필이 사내랍시고 가로막고 외쳤다가,

"오냐, 그럼 너는 죄가 있다는 말이렷다!"

하고서 걷어차이고, 무뢰한 군사의 손아귀에 붙들린 어린것들을 끌어안다가 보말은 뺨을 얻어맞았다.

"집 안을 샅샅이 뒤져라. 네놈들의 손가락이 걸렸노라."

영문을 되짚느라 잠잠하던 난주가 그제야 앞으로 나서며 날카롭게 외쳤다.

"이 무슨 행패요. 찾을 것이 있거든 내게 묻고 지은 죄가 있거든 날 끌고 가면 될 것을, 어찌 이리도 무도하단 말이오. 여기 있는 노인들은 모두 마을의 부모이고, 저 어린것들은 당신 형제자매의 자식인데, 대체 무슨 죄로 이유도 없이 핍박한단 말이오?"

이런 당찬 말에 치총이 잠시 할 말을 잃었다가, 이내 눈살을 찌푸리고 역정을 내었다.

"방자하도다. 진의 군사가 이유도 없이 남의 집뒤짐이나 하겠느냐. 네게 발설을 하였다가 어디로 빼돌릴 줄 누가 알겠느냐. 잔말 말고 썩 나가 죽을 날을 기다려라."

난주와 식구들이 모두 올레 밖에서 무릎을 꿇린 채로 기다리는데, 강단 좋은 보말이 두려워서인지 억울해서인지 훌쩍거리고, 똑 부러진 큰 아이들도 손을 그러모은 채 중얼중얼 기도를 하는 모양이었다. 마을 사람들은 괜한 일에 휘말릴까 담장 밖으로 나오지 않았지만 귀를 쫑긋 세우고 영문을 살피느라 정신이 없었다. 난주의 마음에 황림의 명이 아니고서는 치총이 움직일 리가 없어서 가슴에 찬 얼음을 쏟아부은 듯 섬찟하다. 조방장이 비록 난주를 총애하였어도 한번 눈 밖에 나면 그것으로 끝이라, 만일 이것이 천주교와 연루된 것이라면 더욱이 살길이 없을 것이다. 다시 한번 사람들을 죽음 앞에 몰아넣은 것이 첫 번째 괴로움이요, 믿어주던 조방장을 속일 수밖에 없었던 것이 두 번째 괴로움이다. 소 첨지가 사라진 일이 분명 이와 관련이 있을 것이다.

군사들이 구휼소를 아무리 뒤져도 나올 것이 없으니, 말로써 전한 말이 한번 귀로 들어가서 마음에 새겨지면 그만이지 글로 남지 않는 까닭이다. 손가락을 두고 내기를 걸었으므로 빈손으로 돌아갈 수 없었던 치총과 군사들이 뉘엿뉘엿 해가 질 때까지 집 안을 뒤지니 변변치 못한 집 안이 돼지우리처럼 쑥대밭이 되었다. 찬 땅에 끌려 나온 어르신들이 먼저 앓는 소리를 내고 어린것들도 추위와 허기에 울기 시작하여, 난주는 차라리 자신을 끌고 가주었으면 하고 바라게 되었다. 대면을 한다면 어떻게든 발명하여 설득할 수 있으리라, 조방장을 믿는 구석이 아주 없지 않았던 것이다.

치총 또한 추위에 질리고 울음소리에 지쳐서 그만 돌아갈까 생각하는데, 수색을 핑계로 정지에서 군불을 쬐고 있던 군사 하나가 느닷없이 외마디를 지르면서 뛰쳐나왔다. 그의 손에 종이가 들려 있는데, 약초 향이 깊게 밴 오래된 그림이었다. 순덕이 그것을 가져올 때 난주의 기쁨만을 생각하였으나, 이렇게 되고 보니 모든 것이 하늘의 뜻이다. 난주는 체념한 듯 눈을 감고 흰 숨을 깊게 내쉬었다.

조방장이 아픈 후로 저녁의 조사가 없었지만, 이날만은 진사의 앞마당이 휘황하도록 횃불을 밝히고 많은 군사와 관노비까지 빠짐없이 자리를 차지하고 섰다. 높은 마루 위에 털옷을 둘러 입은 황림이 앉고, 곁에는 치총과 각 군장, 서기들이 차례대로 섰는데, 군복 일색을 차려입고 칼 차고 주장을 들어 당장 출정이라도 나설 듯이 위세가 대단하다. 그 한가운데 꿇어앉은 것은 정난주 단 하나였다.

"네 이년!"

황림이 아직 환자이나 노기가 충천하여 병환도 잊어버리고 범처럼 큰 목소리를 내질렀다.

"네가 아무리 사학죄인이라도 사람은 된 죄인인 줄 알았드니, 영 고약하다."

난주가 답을 하지 못하고 고개를 조아렸다.

"처음 네가 이곳에 오던 날, 아직도 사학쟁이냐고 분명히 물었다. 너는 맹랑하게도 부정을 하더구나. 나 또한 경고하였으니, 네 목숨이 달렸노라 하였다. 내 말을 헛되게 들었느냐?"

황림이 난주의 답을 기다리느라 말을 그쳐서, 난주가 어렵게 입을 떼었다.

"아니올습니다."

"그런데 어찌하여 나를 제주 땅의 웃음거리로 만들었느냐. 나를 시험하려 했드냐?"

"그도 아니올습니다."

"너는 내가 준 땅에서 선의를 원수로 갚았다. 감히 사람들을 꾀어 천주교를 전도하고 우리를 사지에 몰아넣었다. 신앙을 지키려거든 네 마음속에나 지니면 될 것을 무엇 때문에 떠벌리고 다녔느냐? 그래도 날 시험하는 것이 아니냐?"

"결단코 맹세컨대, 처음부터 그럴 요량은 아니었습니다. 이런 위험한 사달을 무엇 때문에 시키오리까."

"발명을 하려거든 해보아라. 그래, 어찌하여 죄가 될 일을 스스로 사서 했단 말이냐!"

난주가 제 혼자만의 일이었다면 진즉에 할 말을 다 하고 하늘에 맡기겠으나, 식구들 모두에게 떨어질 불행을 두려워하여 감히 말하기를 어려워했다.

"성화는 우연히 얻게 되어 차마 버리지 못하고 넣어둔 것이옵니다."

"그래, 천주교인이 아니다?"

"제가 천주를 품은 것을 부정치 않겠으나 오직 저의 일일 뿐 누구와도 관계가 없습니다."

"말장난을 하자는 게냐! 꿩이 머리만 풀에 감추는 꼴이렷다."

황림이 제 성질을 못 이기어 얼굴이 시뻘겋게 달아오르고 거친 수염이 마치 바람에 날리듯이 바르르 떨렸다. 사실 난주가 공자를 믿든 귀신을 믿든 황림에게 알 바가 아니었으나, 지금에 와서 그를 노하게 하는 것은 난주가 자신을 속였다는 그 사실 하나였다. 그리고 그것은 자신에게 있어 서학이나 천주교의 문제보다 더 중요한 일이었다.

"저년의 딸을 데려오라!"

조방장의 명이 떨어지기 무섭게 보말이 끌려 나오니, 난주가 놀라 몸부터 떨었다.

"이년의 죄를 어찌 자식에게 묻는단 말이오니까?"

"하늘 아래 혼자 태어나 혼자 사는 이가 있다더냐? 네가 하는 모든 일이 자식과도 하나라, 네 입을 열지 못한다면 자식의 입을 열고 말리라."

하얗게 질린 보말이 무릎을 꿇리었는데, 야무지게 쫑쫑 땋아 내렸던 머리털이 신산하게 흐트러지고 치맛단은 진흙으로 물들어 어미의 마음에 보는 것만으로도 애달프다.

"그 어미는 독하여 입을 열지 않을 것이니, 그 딸을 매우 쳐라!"

조방장의 말이 떨어지기 무섭게 보말을 형틀에 앉히고 포승줄을 묶는다. 난주가 미처 무슨 말을 내놓기도 전에 나졸 둘이 달라붙어 잔혹한 매가 사정없이 떨어졌다. 매 한 대에 어깻죽지에 피가 맺히고 또 매 한 대에 허벅지가 찢어졌다. 그런데도 어미 한번 부르지도 못하고 악착같이 비명을 참고 있는 딸의 모습이 난주의 가슴을 갈가리 찢어놓았다. 제주에 와서 간신히 하루하루 견디어갈 때, 어미라는 이름을 주고 사람다운 삶을 살 수 있도록 하였던 것이 바로 그 딸이다. 때때로 원통하고 억울하여 울고 싶을 적에도 그 아이의 천진한 웃음 속에서 천주를 보았고, 자식 버린 어미라는 생각에 가슴을 치며 한스러울 때에도 어미를 향한 티끌 없는 사랑에서 위로를 받았다. 어찌 그런 딸을 털끝만큼이라도 아프게 하랴. 난주가 가슴에 불이 붙는 듯하고 눈에서는 눈물이 흘러서 전에 없이 표독하게 조방장을 올려 보았다.

"나리께서 저를 치지 않으시고 딸을 치시니 퍽 훌륭하시외다."

황림이 이 말을 듣고 얼굴을 찌푸리며 웃었다.

"내 훌륭함을 너만 몰랐으니, 오늘 비로소 알게 될 것이다."

"이 몸에 떨어진 매보다 더 견디기 어려우니, 듣고 싶은 말씀이 있으

305

면 다 올리겠습니다."

이렇게 말하고 이마가 땅에 닿도록 머리를 숙이니, 황림이 언짢게 여기면서도 그 입으로 토설을 듣고 싶어 매를 그쳤다.

"신앙이 애초부터 나라의 일이었다면, 누군들 감히 품었겠습니까. 더구나 아녀자인 제게 있어 신앙은 지극히 혼자의 일이라, 보물처럼 아끼고 감추어 감히 드러내지 않으려 했으니 세상에 떠벌리고자 한 적은 결코 없습니다. 허나 어둠 속에 등롱을 들고서 아무리 품 안에 감춘들 그 빛을 감추오리까, 금덩이를 캐어 숨긴들 그 빛을 잃으오리까, 살기를 원하는 백성들이 기어코 빛을 만지려 하고 닿으려 하니 차마 모른 체할 수 없었습니다."

"그래서 내 땅에서 천주인을 만들고 있었으렷다."

"천주인을 누가 만들고 지우고 하겠나이까. 그저 하늘에는 해가 있고 땅에는 물이 흐르듯 제 눈에 보이고 들리는 것을 이야기했을 뿐입니다."

"없는 것이 보이고 들린다니 귀신에 씐 것이 아니고 무엇이랴."

"눈에 보이는 것만이 다가 아니니, 나리의 몸을 아프게 하는 벌레들이 눈에 뵈오이까, 비바람을 불러오는 운기의 흐름이 눈에 뵈오이까, 죽은 자들이 몸을 떠나는 것이 눈에 뵈오이까."

"그 말이 무당의 것과 무엇이 다르뇨?"

"천주는 귀신이 아니라 우리가 사는 세상의 질서이오이다."

"세상의 질서라? 질서를 믿는다?"

"사람이 다 알지 못하는 유일한 질서와 사랑이 있어, 우리를 때에 따라 쓰시고 상 주고 벌하시니, 그 뜻에 따라 순리대로 살고자 할 뿐입니다."

"네 말이 허황하다. 그 순리가 있다면 네가 이 머나먼 땅의 종년이 되었겠느냐?"

"이것이 좋을지 저것이 좋을지 우리가 모르니, 세상의 질서로 보자면 그 또한 필요했을지 모를 일입니다."

황림이 말로써 파고들 구멍이 없어 쓴 입맛을 다시더니, 새삼 그간 속 아왔던 분노가 치밀어 가래침을 내뱉었다.

"그래? 그렇다면 천주인지 야소인지, 네년의 손가락이 잘릴 것도 아셨겠구먼."

이 말을 듣고서 치총이 작두를 대령하라 명하고, 나졸들이 난주를 일으켜 묶었던 포승줄을 풀고 양손을 빼놓았다.

"네 간특한 혀를 먼저 뽑을 것이나 차차 들을 말이 있으니 오늘은 손부터 잘라주마."

배포가 작은 사람 같으면 이 말만 하여도 몸을 부들부들 떨 것이지만, 난주가 이미 죽음을 각오하고 있어서 두려울 것이 없었다.

"목숨을 거두신다 해도 달게 드릴 것이니, 죄 없는 딸아이는 풀어주소서."

이렇게 조금도 굽실거리지 않고 뻣뻣하게 구는 것을, 황림이 불쾌하게도 또 한편 재밌게도 생각하여 피식 웃었다.

"네가 살려달라 싹싹 빌었더라면 그 조그만 머리통을 뎅강 잘라버리고 말았을 것인데, 목숨 구걸을 하지 않는 것이 좋다. 허나 약조는 약조이니, 네 손가락은 내 수하들의 것이다."

황림이 손을 번쩍 들어 보이고 한 번 배시시 웃었다. 속으로 이래도 겁먹지 않을 테냐 생각한 것인데, 난주는 양쪽 열 손가락을 모두 작두 속에 집어넣을 때까지도 살려달라는 말은커녕 눈물 한 방울이 없다. 그래도 차마 마음의 두려움까지는 숨길 수 없어서 작두 속의 희고 얇은 손가락 끝이 범의 아가리 속에 집어넣은 것처럼 바르르 떨렸다.

"어멍, 어멍……! 나리, 살려줍서예. 살려줍서."

포승줄에 묶인 채 형틀에 매달려 있던 보말이 울부짖고 옥에서는 강 노인의 흐느끼는 울음소리가 짐승처럼 들렸다. 구휼소 식구들이 저마다 옥문에 붙어서 두 손을 내뻗고 난주를 외쳐 부르니, 잠잠하던 진사의 마당이 비명과 울음으로 가득하다.

"소지부터 하나씩 잘라라."

황림이 난주를 찢어 죽이고 싶게 밉기는 해도 제 몸을 살펴주던 손가락 자르는 일이 보기 싫어서 슬머시 고개를 돌렸다. 양 손가락 끝이 하나씩 흙바닥에 떨어질 때, 보말은 기절하다시피 넋이 나가고 구휼소 식구들은 나라님 붕어라도 한 듯 곡소리를 내었건만 정작 난주는 서걱 뼈 잘리는 소리는 날망정 비명 한 마디가 없었다.

"독한 년……."

황림이 혼잣말로 중얼거리고서 제 약지를 쳐들며 난주의 꼴을 다시 보았다. 핏기 없이 창백한 얼굴은 귀신 같고 피가 뚝뚝 흐르는 두 손은 고통으로 부들부들 떨렸다. 입술을 어찌나 세게 깨물었던지 흰 이에도 붉은 핏물이 번져 있다.

"네가 이제라도 죄를 똑똑히 고하고 천주의 귀신을 멀리하겠다 약속하면 선처하겠다."

그러나 난주는 손가락을 잘리든 코를 베이든 더 이상 도망하는 것에도 지치고 힘에 부쳐서 다른 식구들에 해만 끼치지 않는다면 차라리 죽고 말 생각도 없지 않았다. 살아남겠다고, 살고야 말겠다고, 지아비를 보내고 자식을 버렸으며 종국에는 저로 인해 딸자식까지 위험할 바에는 진실로써 죄를 받고 훌훌 떠나는 것도 나쁘지 않을 터이다.

"속일 재주도 요량도 없으니, 눈 많은 세상에서 진실을 어찌 숨기오리까. 저 하나 죽고 나면 다른 식구들은 천주에 대해 알 도리가 없으니, 저를 뿌리 뽑으시고 일평생 불쌍하여 간신히 기댈 곳 만난 구휼소만은 지켜주소서."

난주의 나이가 마흔하고도 일곱이라 이제는 다 늙은 아낙이지만, 오랜 풍파 속에서도 타고난 귀티와 고상함은 지울 수 없어서 죽을 일을 각오한 얼굴이 애처롭기도 하려니와 곱고 어여뻤다. 황림이 그간 난주를 각별히 아껴온 것은 순전히 그 재능과 맹랑함 때문이었지만, 난주의 뚝심 깊은 것이 새삼 인상 깊었던지 이 독한 여인에 불현듯 다른 마음이 생겨났다. 그러는 사이 나졸이 난주의 약지를 가지런히 작두에 올리고 자를 준비를 하는데, 황림이 고개를 휘휘 내젓고 호령을 쳤다.

"재미적다. 작두는 집어치워라."

"몽치를 가져오리까?"

조방장이 직접 머리통이라도 바수어놓을 줄 알았는지, 별장이 재빠르게 물었다.

"되었다."

황림이 문득 자리에서 일어나 마당으로 내려서니 우르르 그 뒤를 군졸들이 따랐는데, 한 손을 흔들어 그들을 모두 치우고서 난주 곁에 쪼그려 앉는 것이다.

"네 꼴이 이 무엇이냐. 몹쓸 놈의 위인이로다."

그가 스스로를 힐난하듯 자책하고 무명 조각과 약초를 가져오라 명하였다. 관노 하나가 호령질을 당하기 싫어 후다닥 다녀오니, 황림이 직접 피를 닦으며 혀를 쯔쯔 차고 약초를 붙여 상처를 묶었다. 옥중의 사람들과 마당 안 군사들의 눈이 황림과 난주에게 닿아 있으니, 이러한 일을 해괴하게 여겼다.

"죽이려거든 곱게 죽이지 당겼다 풀었다 저것이 더 무섭네."

군졸들마저 자라처럼 목을 움츠리고 혀를 내두르는 것도 무리가 아니다.

그러나 정작 황림은 전에 없이 온화한 얼굴로 난주의 얼굴을 말없이 들여다보다가 이렇게 묻는 것이다.

"저까짓 그림이야 찢어버리면 그만이지, 너는 이제 나를 따라 살지 않겠느냐?"

그의 말뜻을 몰라 사람들이 웅성거리는데, 난주의 얼굴은 작두에 손가락을 잘릴 때보다 더 새파랗게 질렸다.

"네 땅은 지옥이나 내 땅은 낙원이다. 네 식구들을 내가 거두고 너는 나를 거두어라. 죽어 천당엘 간들 무엇하랴. 내가 네 지상낙원을 만들어주마."

곁에 선 치총과 서리, 군졸들이 그제야 황림의 속뜻을 읽고서 혀를 차기도 하고 웃기도 하며 수군거렸고, 구휼소 식구들은 식구들대로 은근히 반기는 자, 분해서 눈물을 흘리는 자, 입만 벌리고 기막혀 하는 자 등 가지각색이었다.

황림은 이런 일이 무슨 큰 놀이나 내기라도 되는 것처럼 울고 있는 보말을 보고 히죽대고 난주의 얼굴을 보며 빙싯빙싯 웃었다.

그가 비록 서너 살 어린아이같이 고집 세고 변덕스러우며 노하기도 잘하고 정 주기도 잘하는 것을 알고 있었지만, 오늘처럼 태연자약하게 능멸하는 것을 난주는 분하게도 또 가엾게도 여겼다. 그러나 누군들 온전한 악인이고 선인이랴. 황림에게 잔혹한 것은 그 자신이 아니라 바로 난주일 것이다.

"주인께 드린 정이 아깝소."

난주는 일부러 독하게 말했다.

"아깝다?"

황림이 그 말을 곱씹으며 쌀쌀하게 굳은 얼굴을 하였다가,

"기어코 죽으려느냐?"

하고 혼잣말처럼 묻고, 한참 동안 말이 없었다. 간혹 캄캄한 어둠으로부터 찬바람이 불어와 횃불을 흔들었을 뿐, 사람들의 웅성거림도 차차 줄어들고 보말의 눈물도 말라붙어 훌쩍거리던 어깨가 잦아들 만큼 시간이 고요히 흘렀다. 얼어붙은 듯 꼼짝도 하지 않고 난주 앞에 앉아 있던 황림이 마침내 입을 떼었다.

"우리의 인연이 고약하다. 날 원망하지 말거라."

하고 쓴 입맛을 다셨다.

"네 이름이 바로 정난주인 것을 잠시 잊었던 게지."

그가 휘적휘적 마루에 올라앉아 더 이상 난주를 쳐다보지 않았다.

"더 캐물을 것도 없으니 저것들을 옥에 갖다 넣어라."

면전에서 수모를 당하고도 점잖을 빼는 대장이 낯설어서 수하들이 괴이쩍게도 또 불쾌하게도 생각하여 걸음들이 한심하리만큼 느려졌다.

"내일 해 뜨기 무섭게 저것을 지네굴로 내칠 것이다."

내실로 들어가던 황림이 잠시 멈춰서 그렇게 명한 뒤에야, 과연 잔혹한 조방장답노라 하고 수하들이 큰 의문이나 풀린 것처럼 신명이 나서 죄인들을 옥으로 끌고 가 가두었다.

차귀진에서 멀지 않은 곳에 사나운 곶자왈이 하나 있는데, 인근의 산과 오름을 통틀어 들어서기가 가장 험하다. 이 곶자왈의 초입은 팽나

무, 대죽나무, 까마귀베개나무, 개가시나무 따위의 잡목들이 빽빽하게
자라나 햇빛을 가리고, 산길을 오를수록 차고리고사리, 왜구실사리, 약
난초 등 양치식물이 끝도 없이 펼쳐져 어둡고 축축하다. 나무마다 뱀들
이 덩굴처럼 꼬이고 나무뿌리는 시커먼 검은 바위를 감싸고 자라나 한
낮에도 섬찟하고 곧잘 길을 잃는 곳이다. 인적은 물론 짐승도 살지 않았
는데, 간혹 길 잃은 산마(山馬)나 까마귀가 깍깍대고 오갈 뿐이다. 정상
을 지나 깊숙이 나아가면 널따란 분지가 형성되어 있는데, 멀쩡한 들판
밑으로 어두운 굴이 흔하여 길 모르는 자는 함부로 들어서기 어려웠다.
그중에서 가장 깊고 큰 굴을 지네굴이라 하였는데, 굴속에 굴이 있어
한번 빠지면 살지 못했다. 조선 초엽만 하여도 그 굴에 처녀 제물을 바
치고 제사를 지내 바닥에는 유골이 가득하다고도 한다. 간혹 고약한 원
님들이 죄인을 그곳에 밀어넣거나 밧줄에 매달아 떨어뜨릴 듯 말 듯 장
난질 치는 때가 있어서, 수하들이 짐작하기로 황림이 정난주를 쉽게 죽
이지 않고 고통 끝에 죽이려는 줄을 알았다.

"역시 우리 조방장이우다."

"누가 아니라 해수강."

이렇게들 수군거리고, 눈치 빠른 보말이 이 말을 알아듣고 훌쩍훌쩍
울음을 내놓았다.

옥 안에도 소문이 빠르게 퍼져서 구휼소 식구들은 분개하여 저마다
가슴을 치고 탄식했다.

"지네굴에 던져버린다니 그게 무슨 말이광. 피도 눈물이 어성도 유분
수지 무슨걸 잘못했단 말이광. 죄 없는 사람을 지네 밥으로 주고 나면
나리들에게 저주가 없을 것 같은광?"

양필이 옥 밖으로 얼굴을 내밀고 옥졸들에게 하소연을 하다가 따귀

를 얻어맞았고,

"베라묵을 놈들아. 썩어 죽을 놈들아. 나도 갖다 버려라. 아예 백성들이고 천민들이고 몽땅 갖다 버려라."

우실은 매를 얻어맞으면서도 욕설을 퍼부었다.

"어이구야, 하늘 아래 젤로 흉악스런 것이 사람이란게 정말 독허우다."

구휼소에 온 지 얼마 안 되는 연태까지 소리를 높였으니, 짚 더미 위에 모로 쓰러져 울기만 하는 노약자들을 빼고는 잠시도 조용하질 않았다.

"시끄럽다! 계속 소란을 피우면 그년의 딸년까지 지네굴에 처넣으리라!"

옥문장이 나타나 으름장을 놓은 데다 난주와 보말이 말리듯 고개를 가로저으니, 다들 그제야 원성을 그치고 눈물만 씻어낼 뿐이다.

"아즈망 혼자 보낼 수는 업수다. 우리도 천주인들이니 다 함께 고백하고 죄를 받게마씀."

양필이 이렇게 나서며 외치자,

"다 함께 천당으로 가게마씀."

이렇게 대꾸하는 말소리도 높았다.

난주가 잘린 손가락이 쿡쿡 쑤시고 쓰라려서 벽에 기대고 누웠다가, 이런 소리를 듣고서야 자리에서 일어났다.

"제가 기껏 살펴온 작은 정성이 모두의 마음에 조금이라도 합당하였다면 그런 말씀은 꺼내지도 마세요. 지네굴이라면 저 하나로도 족하니 모두는 내일 구휼소로 돌아가 어르신들과 함께 살아갈 궁리를 하셔야 할 게요. 아무리 죽어 천당 가는 것이 소망이라지만 사는 날까지는 죽을힘을 다해 사는 것이 우리에게 생명 주신 보답입니다."

이렇게 엄하고도 살뜰하게 이르자,

"자네를 보내고 우리가 살앙 뭐할 것광."

여옥이 한탄하고,

"늙은것들이 죽고 자네가 살아야주."

하르방이 탄식했다.

천하게 자라온 어린것들은 잔혹한 관아의 생리에 대해 모르는 것이 없어 옥에 갇힌 것은 두렵지 않으나, 부모나 상전보다도 믿고 따르던 난주 아즈망이 죽는 일은 하늘이 무너지는 것과 같다. 저들끼리 붙들고 울고, 또 천주라도 떠나는 것처럼 난주 주위에 둘러앉아 울었다.

"너희들은 보말의 말을 잘 따르고 일을 도와서 어르신들을 보필하여라."

솔개와 큰 아이들에게 이렇게 이르고,

"천당에 가는 것은 너희 같은 아이들이다. 너희들이 웃어야 이 땅에도 봄이 온단다."

어린 아이들에게는 정다운 말로 따스하게 달래주었다.

건너편 옥 구석에 틀어박혀 넋이 나갔던 강 노인이 잠잠해진 깊은 밤을 틈타 옥문을 두드려 난주를 부르니, 둘이서 어둔 밤눈에도 손짓으로 작별 인사를 나누었다.

강 노인이 죽기 살기로 지네굴을 찾아올 것을 염려하여 난주가 단단히 일렀다.

"아버지께서는 딸의 뜻을 잊지 마시고 절대로 오셔선 아니 되오. 사람이 한번 들면 나오기 어렵고 하물며 지키는 군사들이 흉포하니, 내 속이 끓어 죽는 걸 보고 싶지 않거들랑 절대로 오지 마시오. 보말이 아버지의 손녀이니, 날 대신 보말을 지켜 성례까지 꼭 시켜주오. 구휼소

식구들까지 부탁하자니 염치가 없지만, 대감 댁에서 모른 척 아니하실 테니 어떻게든 지켜주시면, 어둔 굴속이든 밝은 하늘이든 아버지의 은혜를 잊지 아니하리오."

양아버지로 섬기기는 하였어도 아버지 소리를 잘 안 하던 난주가 이렇게 정답게 타이르고 눈물을 닦으니 강 노인이 그 뜻을 거절할 수가 없다. 눈물만 비 오는 듯하고 가슴이 찔린 것처럼 턱턱 막혀와 옥문을 붙들고 주저앉았다.

난주는 지네굴이란 데가 사람이 죽을 곳이라지만 하늘의 뜻에 따라 죽으면 죽으리오 살면 살리라 생각하여, 두려움보다는 남은 식구들 걱정으로 마음이 더 산란하였다.

옥문을 지키는 옥졸들이 수군거리며, 삼천갑자 동방삭도 저 죽을 날은 몰랐다더니 저년이 저승 일을 아는 것처럼 떠들어도 제 죽을 날은 몰랐구나 하고 웃는다.

그 소리를 듣고서 난주도 조용히 웃을 수밖에 없었다. 끝이로구나 하면 시작이요 시작인가 하면 끝이니 인생이라는 것을 누가 예측하리오. 한번 맺은 악연이 세상 끝까지 쫓기도 하고, 우연한 인연 하나가 삶의 모든 것이 되기도 한다. 난주는 제 주위에 왔다가 사라지거나 사라졌다가 다시 다가온 숱한 연들을 생각하고, 아침이 오는 것도 잊고 앉아 있었다.

7

거친 파도가 바위에 부딪쳐 흰 눈처럼 흩날리는 날이었다. 이역만리 대륙의 땅에서 불어오는 바람에 제주의 초가마다 지붕이 들썩들썩하였고, 감귤나무 몇 그루의 가지가 꺾여 남의 담장에 박히는가 하면, 난주의 초막도 풍채가 날아가 바람이 쌩쌩 불어 들었다. 쪼그랑 할망은 무슨 급한 일이나 있는 것처럼 이른 조반을 먹고 갯가에 나갔다가, 하마터면 바람에 날아갈 뻔한 것을 여러 사람의 지청구를 먹고서 되돌아왔다. 집에 돌아온 후에는 꽁꽁 얼어붙은 손을 화롯불에 녹이면서 히죽 웃기도 하고 잔뜩 찌푸리기도 하는 것이 다른 세상의 생각에 사로잡힌 사람 같았다.

무술년 정월의 끝머리, 아들 연을 성혼시킨 난주는 근래에 더욱 늙어 상노인이 되었다. 사람들은 혼사를 치른 값이라 하기도 하고 이제 떠나실 때가 된 게 아니냐고 수군거렸다. 난주 또한 하루하루 기력이 다르고 마음도 달라서 남은 날이 얼마 없음을 스스로 느꼈다. 연을 장가들일 때 살림의 대부분을 치워서 남은 것도 없었지만, 난주는 집 안을 정리하는 데 하루를 보냈다. 쓸 만한 옷가지를 헐어서 구휼소 아이들 옷을 지었고, 귀한 약재들은 약방 노릇 하는 양필의 아들 재호에게 보냈으며, 놋그릇도 이부자리도 딱 한 벌만을 남기고 모두 나누어 주었다.

"어멍, 죽으러 가쿠광?"

매일같이 찾아오는 연이 이렇게 투덜거렸고,

"괜한 일 하지 말고 몸이나 솔핍서. 요사이 쇠약해져신게마씀."

삼시세끼 공궤한다고 연보다 자주 찾는 윤옥이 간곡히 당부했다.

"내 걱정 말고 너희들이나 잘살아라. 늙은이 입에는 그 반찬이 그 반찬이고 맛이 있고 없고 똑같으니 조석으로 반찬 나를 거 없다."

난주는 양아들 내외의 지극정성이 미안해서 거듭 만류했지만, 어멍을 모셔 간다고 조르던 연이 그마저 양보할 리가 없다.

"어멍 고집도 무쇠고집이우다. 어멍 말마따나 가실 날이 오래지 아나시난 자식과 함께 지내면 좋을 것을 무사 이 초막에 계시켄 험수강."

연은 무시로 투덜거리면서도 난주가 싸놓은 보따리를 구휼소로 나르거나 이웃집 할망이나 먼 마을 지인들에게로 심부름은 재깍재깍 해주었다.

"이 초막이 어떤 집이냐. 제주에서 사십여 년 지내며 처음으로 얻은 내 집이고, 도련님들이 해주신 선물 아니냐. 나는 마지막까지 이곳에 지내련다."

난주의 쇠고집을 꺾을 사람 없는 것은 양아들은 물론이거니와 제주 땅에서도 모를 사람이 없어서, 그저 한 번이라도 더 찾아와 만나는 수밖에 없었다.

이러한 사정은 상집 형제도 마찬가지라, 형제 또한 난주와 시간을 더

보내고 싶어서 이틀에 한 번씩은 반드시 들렀는데, 보말이 그 뒤를 따라 들르긴 했어도 집안에 매여서 자주 오지는 못하는 것을 못내 아쉬워하였다.

"어멍, 참 무심하기도 하오. 연은 그리 보고 싶어 하면서 절 보려고는 안 하오?"

간혹 이렇게 괜한 투정을 부리기도 하고,

"이년의 팔자가 좋지 못하여 첩실이 되었으니 저도 할 말은 없소."

본부인이 되지 못한 것을 지레 사죄하기도 하였다.

난주는 달리 이유가 있는 것이 아니라 정인을 좇아간 일이니 그른 것이 없다고 다독이고, 또 너는 딸이 아니라 내 생명과 같은데 보지 않아도 본 것과 같고 멀리 있어도 가까이 있는 것처럼 느끼니 서운해하지 말라고 위로하였다. 말은 그렇게 하여도, 난주도 보말과 영영 이별을 하게 된다면 한시도 견디지 못할 사람이라 보말이 다녀간 날은 남몰래 눈물을 훔치고 지나간 날들을 되새겼다.

"어멍, 어멍……! 나리, 살려줍서예. 살려줍서."

열일곱 청량한 봄바람처럼 아리땁던 보말이 흰 눈물을 쏟으며 부르짖던 목소리가 바로 엊그제인 듯하다. 잘린 손가락보다 딸의 울음이 더 아파서 난주는 이를 앙다물고 고통을 참았던 것이다.

군사들이 난주를 지네굴에 버리고 간 후, 아무도 찾아오지 않았다. 이틀을 굶자 눈앞의 벌레가 쌀알로 보이고 반짝하는 것은 모두 물로 보였다. 굴이 깊어 비가 오면 물이 고일 법도 하건만, 제주의 돌은 물을 먹고 뱉지 않으니 마실 물이 없었다. 곶자왈이 여름엔 시원하고 겨울엔 따뜻한 바람이 불어 추위는 참을 만했지만, 허기와 갈증은 참기 어려워

의연하던 난주도 차차 허물어졌다. 사흘째 되는 날 아침, 희미한 빛이 스며들어도 난주는 자리에서 쉬 일어나지 못했다. 눈을 뜨는 일마저 번거로워 캄캄한 눈꺼풀 속에서 붉은빛을 더듬거릴 뿐이다. 먼 곳에서 산짐승이 뛰는 소리, 바람에 흔들리는 풀잎이 몸을 비비는 소리, 동굴 깊은 쪽에서 들려오는 박쥐의 날갯짓 따위에 귀를 기울이고서, 아직은 살아 있구나 하고 추량할 뿐이다.

"살아서 굴을 나올 리도 만무하지만, 만약 도망질을 한다면 네 식솔들은 모두 죽은 목숨인 줄 알라. 자애로운 조방장께서 그들을 방면한 것만으로도 감지덕지하고 어둔 굴속에서 네 귀신과 잘 살아보아라."

난주를 굴속으로 밀어넣을 때 치총이 하던 말을 잊지 않아서 도망갈 방법이 있다 해도 갈 수가 없었다. 황림이 정말로 저를 죽일 작정이라면 다시 오지 않을 것이요, 조련질을 하려는 것이라면 사람이 오기는 올 것인데, 무명으로 동여맨 양손은 염증으로 부풀어오르고 갈증과 허기로 정신이 혼미하여 사람 꼴은 다시 못 보고 죽게 생겼다.

생각하니 기막히고 돌아보면 눈물이 흐른다. 유복하고 무탈하던 어린 시절, 어른들이 제사상에 머리를 박고 기원하며 소망하던 것이 무엇인지 알지 못했다. 세상의 부귀와 영화도 어린 눈에 부질없고, 고대광실이나 비단옷도 소용없고, 그저 하루 재미나게 놀고 나면 그만인 것을 어른들은 무엇을 저리 소망할꼬, 속으로 손가락질을 하였던 것이다. 이제 와 생각하니 그들의 소망은 그저 무사하게만 해달라는 것이었으리라. 사람으로 나서 사람 노릇 하며 살고 끝내 사람으로 죽게 해달라는 가장 쉽고도 어려운 소망이었으리라. 난주는 참혹히 죽은 지아비를 생각하고, 갯가에 버려진 아들을 생각했으며, 찬 굴속에서 짐승처럼 죽어가는 자신을 생각했다.

그렇게 오직 자신만을 생각하는 사이에 시간은 앞으로 흘렀다 뒤로 쳐졌다 혹은 뒤집어졌다 돌아섰다 온갖 장난질을 다 하였다. 난주는 어린 날의 자신을 만났다가 죽은 지아비를 만났다가 하늘을 찢던 경헌의 마지막 울음소리도 들었다.

이젠 끝이다.

무시무시한 말이 그처럼 평온하게 떠오를 줄은 몰랐다. 모든 것의 끝. 세상 속에서 믿고 있던 것들과 게걸스럽게 쌓았던 지식과 원하든 원치 않든 필연적으로 쌓아졌던 연들이 이처럼 무상하고 허망하다. 난주는 힘겹게 입을 열어, 주여, 라고 담대히 되뇌고 싶었지만, 영혼은 나락으로 빠지고 온몸은 돌덩이처럼 무거워 꼼짝도 할 수가 없었다.

그 밤들을 생각하니 난주는 저절로 소름이 끼치고 눈물이 흐른다. 예순여섯이 된 지금까지도 지네굴의 퀴퀴한 냄새와 용암이 흘러내린 종유석의 징그럽도록 반들거리던 모습이 눈앞에 선연했다. 죽음을 목전에 두었을 때, 사람은 두려운 것이 아니라 외로워진다는 것을 그때 알았다. 뼈 마디마디 시려오는 한기와 허기로 쪼그라진 위장보다도 외로움이란 맹독은 더욱 치명적이었다. 그래서 지금 난주는 설사 죽음을 눈앞에 두었다 해도 의연할 수 있었다. 깊은 연을 맺어온 사람들과 자식들은 물론, 올레길 한 곳 담장 한 쪽에도 숱한 시간과 기억이 난주의 곁에 있기 때문이었다.

정월을 다 보내고 이월을 맞는 마지막 밤, 난주는 어김없이 쪽마루에서 하늘을 바라보고 있었다. 제주의 밤하늘은 육지보다 낮고 더 깊다. 사위스러운 붉은 놀이 먼 끝에서부터 슬그머니 퍼지다가 어느 순간 시커먼 어둠이 되어 거침없이 달려든다. 하늘과 바다가 멀지 않고 땅에도 곧 닿을 듯 가까워서, 난주는 저녁 어스름이 되면 꼭 마당을 서성이며 부질없는 손짓을 해보았던 것이다.

마무리를 짓는다고 지었지만 아직도 못다 한 일들이 많았다. 구휼소를 도맡고 있는 솔개와 그의 아들 광현의 짐을 덜어줄 만한 사람을 찾지 못했고, 강 노인의 묏자리를 손보려던 일도 마치지 못했다. 본가댁 식구들의 몸에 맞는 약재를 챙겨주려던 일이며 연의 아이가 태어나면 입혀주려던 배냇저고리도 손끝이 떨려 완성하지 못했다. 예전 같으면 어떻게든 바락바락 일을 해내고야 말았겠지만, 이제는 남은 자식들의 몫으로 두기로 한다.

난주는 정지에 들여놓은 큼직한 구덕에 뜨거운 물을 채워 몸을 씻고, 머리를 감아 얼마 남지 않은 흰 머리칼을 정성스레 빗어 올렸다. 새까만 손때가 반질반질한 성경은 연이 언젠가 목숨을 걸고 구해 온 것이다. 다른 것은 몰라도 이것만은 몸에서 떼어놓을 생각이 없었다. 빈 몸으로 와서 빈 몸으로 간다지만 옷 한 벌 성경 한 권쯤은 큰 욕심이 아니리라.

난주의 짐이라고는 시렁 위의 낡아빠진 이불 한 채와 속이 텅 빈 반닫이 하나뿐이고, 매듭지어놓은 보따리 하나가 덩그마니 놓여 있다. 난주는 말끔하게 손질해두었던 옥양목 저고리와 무명 치마를 차려입었다. 발에 꼭 맞았던 버선은 시접의 실을 조금 풀어 쉽게 벗을 수 있도록 해두고, 끝내 돌려주지 못했던 은인의 중치막은 장옷 대신 어깨에 걸쳤다. 사람들에게 괜히 흉잡힐 일인 줄 알지마는 캄캄한 바다를 가는데 뉘가 볼 일도 없을 것이다. 이렇게 준비를 마치고 나니, 여태 태연하고 침착하던 것과 달리 갑작스레 심장이 두방망이질 친다.

어리석고 나약한 신자였지만 한 번도 천주의 뜻을 거슬러본 적 없던 난주로서는 이 길이 처음이자 마지막 일탈이고 반항일 터였다. 이 순간에 난주의 머릿속에 떠오른 것은 그리움에 사무친 지아비나 아들의 얼굴이 아니요, 꼿꼿한 아비의 그늘이나 어미의 품도 아니고, 제주에 첫 걸음을 떼었을 때 온몸으로 밀려들던 검은 땅의 향취와 낯선 바람의 감촉, 새들의 가파른 비상과 짠 바다의 포효와 같은 오랜 감각의 편린들이다.

아아, 제주는 형벌의 땅이 아니라 축복이었다.

난주의 마르고 홀쭉한 양 볼 위로 후드득 눈물이 떨어졌다.

지네굴 바닥에 엎딘 채로 난주는 혼절하였다. 애당초 깨어날 마음이 없는 바에야 그 깊은 잠은 영영 깨지 못한대도 이상할 것이 없었다. 낮인지 밤인지 시간조차 사라진 캄캄한 굴 안에서 벌레 몇 마리가 허벅지 위를 스멀스멀 기어가고 땅 끝 아득한 곳에서는 비밀스러운 물줄기가 흘러간다. 다행인지 불행인지 난주는 이틀이 더 지나고 마침내 깨어났다. 미련도 후회도 없이 삶의 끝 허방을 헤매던 넋이 돌아온 것은, 낯선 인기척 때문이다. 하늘의 사자들이 데리러 왔는가 군사들이 장사를 치르러 왔는가 생각하는데, 누군가 난주의 몸을 잡아 일으키고는 물그릇부터 입술에 대었다.

기갈에 지쳤던 난주의 몸이 먼저 물을 알고 혼미한 중에도 벌컥벌컥 그 물을 받아 마셨다. 물이 들어가니 어둡던 눈이 조금 밝아져서 눈앞의 사내를 알아볼 수 있었다. 희미한 등롱불에 비친 것은 어둠 속에서도 대찬 안광을 쏘던 사내, 범같이 날쌔고 호탕하던 장부요 난주의 벗이었던 정방호다. 난주는 몸을 떨며 눈앞의 사내를 귀신이라도 본 것처럼 요원하게 바라보았다.

"귀신이오 사람이오?"

난주가 간신히 묻고 제 팔을 스스로 꼬집으니 정방호가 보고 빙긋이 웃었다.

"보시다시피 사람이오."

그가 두 손을 내밀어 난주의 다친 손을 조심스레 잡았다. 그를 만지고 그의 목소리를 들으면서도 난주는 좀처럼 믿기지가 않는다.

"그럼 이게 꿈이오 생시요?"

"꿈이라도 반갑겠거니와 이것은 생시요."

정방호는 어린아이에게 말대답을 해주듯 다정하게 말했다.

난주의 얼굴이 며칠 사이에 형편없어졌는데, 정방호의 꼴도 나을 게 없어서 낡은 갈옷을 걸쳐 입고 흰 띠를 두른 머리는 쑥대머리요 턱수염은 가시덤불처럼 자라났다.

"영락없는 도망자요."

난주가 먼저 정방호를 살피며 속상한 듯 말하고,

"죄인이 별수 있나."

정방호는 대수롭지 않게 웃었다. 그의 입은 웃고 있지만 두 눈은 어둡고 쓸쓸해서 난주는 이를 꿈이라 여기면서도 가슴이 아려왔다.

"난 그새 손 병신이 되었소."

난주가 아비에게 투정하듯 두 손을 들어 울상을 지었더니,

"손가락 하나 없다고 못 살지 않소."

다친 두 손을 귀한 보물처럼 제 무릎에 올려두고 차마 만지기도 아까운 듯 후후 따뜻한 입김을 불었다. 몇 해 사이에 그는 늙어서 장년이 다되었지만, 세월만큼 더 순량해져서 사생존망이나 마음의 어지러운 무늬에서 벗어난 것 같았다. 난주가 이것을 꿈으로 생각한 데는 그런 사내의

초연함이 낯선 때문일 것이다. 두 사람은 부끄러움도 없이 가까이 마주 앉아 정방호가 가져온 떡을 나누어 먹고 서로 없이 지난 일들을 이야기했다.

지네굴의 공기는 차갑고 축축했으며 이끼, 돌 비린내, 오래 묵은 흙 냄새 따위로 가득했다. 습기는 몸 안의 냄새를 끌어내는 성질이 있어서 마주한 정방호의 땀 냄새며 길양식이 되었을 희미한 탁주 냄새, 배꽃처럼 만발한 그의 흰 머리칼 냄새까지도 생생하게 끌어당겼다. 이것이 꿈이라고 믿으면서도, 난주는 그의 실체를 온몸으로 느꼈다. 그는 살아 있다. 이렇게 살아 있다. 난주는 진실로 이 꿈이 깨지 않기를 바랐다.

"대체 어쩌자고 여기까지 오시었소."

"그대를 만나러 왔소."

"날 데리고 가시려오?"

그는 잠시 말을 그치고서 난주의 눈을 들여다보았는데, 그 눈에 이미 눈물이 어리어 있어서 답을 듣지 않고도 들은 것 같았다.

"따라나서지 않을 테지?"

난주는 우는 듯 웃었다.

"그대가 떠나면 식구들이 죽을 테고."

난주가 고개를 끄덕끄덕하면서 정방호의 투박한 손으로 시선을 떨구었다. 노역에 시달렸는지 도망길이 험했는지, 그의 새카맣게 탄 손등은 옹이처럼 군살이 여러 곳 박이었고 썹지근한 흉터도 여러 개였다. 정방호가 그 손으로 난주의 턱 끝을 부드럽게 치켜들며 정답게 말하였다.

"나는 영영 버리려오?"

그의 퉁방울 같은 눈에는 낙막한 슬픔이 떠돌았다.

다른 수백 마디 말보다 그 한마디가 품은 고단한 사랑이 애달파서 난주의 눈에서 눈물이 흘러내렸다. 고집스러우면서도 유연하고 냉정하면서도 온화하고 먼 듯 가깝고 벗인 듯 사내였던 그를 난주는 깊이 아끼고 의지했다.

날 데리러 예까지 와주었지, 바닷물을 뒤집어쓰고 발병이 나더라도 오고야 말았을 테지. 난주는 그의 터진 손등에 기름을 발라 보드랍게 만져주고 싶었고, 그의 주린 배를 채워주고 싶었고, 얼마나 힘들었냐고 품에 안고 위로해주고 싶었다. 어디 그뿐이랴. 난주에게 넋이 두 개라면 그가 말리더라도 기어코 그를 따라갔으리라. 모든 것을 버리고, 이름도 자식도, 납덩이처럼 가슴을 짓누르는 삶의 무게와 신앙조차 훌훌 벗어버리고, 아무 이름도 없고 지킬 것도 없는 촌부의 아내로 살았을 것이다.

"내 얼굴이 흉하지요?"

난주가 눈물을 간신히 그치고 새삼 부끄러운 듯 제 모습을 살폈고,

"그대처럼 고운 여인은 본 적 없소."

정방호는 난주를 위로하듯 조심스럽게 끌어안았다. 그 조그만 체구 안에 무슨 짐이 그리도 많은가, 사내는 자신이 채울 수 없는 여인의 삶을 연민하였다.

"내 이름이 싫소."

난주가 정방호에게 안긴 채로 속삭였다. 난주는 자신의 이름 석 자를 때때로 노여워했고 양반의 가죽을 징그러워했으며 심지어는 산 사람도 죽은 사람도 아니노라 미워하였지만, 모든 굴레로부터 벗어나지 못하는 것은 결국 정난주 자신이었다. 난주는 제 욕심과 믿음과 명예의 무게에 진저리를 치고, 또 번번이 이별과 생사의 길을 스스로 택해야 하는 기구한 삶이 서럽고 괴로워서 그쳤던 눈물방울을 다시 흘렸다.

"내게 그리운 이름이니 함부로 미워하지 마오."

꿈결처럼 달콤한 사내의 말은 삶의 끝에 선 난주의 마음에 더욱 정다웠다.

"나는 죽겠지요?"

"누구나 죽는 법이오."

난주는 아이처럼 그의 품에서 울었다.

"천주께서는 날 잊으신 모양이라오."

"그대가 잊을 때에도 하늘의 왕은 그대를 잊지 않을 것이오."

난주가 눈물을 그치고 그를 의아하게 바라보았다.

"하늘의 왕을 아시오?"

"그대를 보면 알 수 있소."

정방호가 너무도 확신에 차 있어서, 난주는 완강하게 고개를 흔들었다.

"잘못 보았어요. 나는 그저 못난 사람일 뿐이에요. 이렇게 삶의 마지막 끝에 와 있으니 무엇이 무엇인지 아무것도 모르겠는걸요."

"두려울 게 뭐요? 우리가 아무리 못났다고 해도 하늘에서 보기에는 그저 아름다울 것이오. 자신의 이름조차 모를 이 바윗덩이나, 어디서 와서 어디로 가는지도 모를 저 하늘의 바람이나, 설사 무엇이 무엇인지 모르게 된 바보라도 말이오."

그의 어깨는 넓다 못해 큰 바다의 물마루 같고 높은 산의 산등성이 같았다. 난주는 그를 아비라 한번 불러보고 싶었고 오라비라 불러보고 싶었고 서방님이나 아들의 이름으로 불러보고 싶었다. 입을 뗄 수는 없었다. 그는 정방호였고, 그것이 그의 이름이었다.

겨우내 험상궂던 바람이 오랜만에 잠잠해지고 달도 별도 없이 어두컴컴하던 이월 초하루, 초막에 거하던 예순여섯의 정난주는 종적도 없이 사라졌다. 이튿날 아침 문안을 왔던 아들 연이 텅 빈 집을 먼지 털 듯 부질없이 뒤지다가 황급히 마을 사람들을 불러 모았다. 그들은 흩어져 마을과 천을 찾았고, 별감 댁의 상집과 상윤도 가솔들을 풀어 오름과 갯가를 뒤졌다. 대정현에서는 죄인의 행방을 모르는 일이 큰 부덕이라 하여 출륙했는지 상선과 작은 배 하나까지도 수색했는데 사나흘이 지나도 좀처럼 자취를 찾을 수가 없었다.

이레가 다 되어 이제는 죽은 게 틀림없다고 온 식구들이 눈뜨면서부터 눈 감을 때까지 눈물바람이었다. 실종 사흘째부터 일을 작파하고 올라와 삼촌을 찾던 취성이 추자도를 바라보는 한 절벽 끝에서 마침내 그 흔적을 찾았는데, 난주의 것이 분명한 버선 한 켤레와 미투리 두 짝이었다. 취성이 어린아이처럼 엉엉 울며 버선과 미투리를 안고 돌아오자 마을이 눈물바다요, 일흔이 가깝도록 정배를 풀지 않은 무정한 나라님을 원망하는 소리가 떠나갈 듯하다.

그중에도 연과 보말이 상주가 되어 곡소리가 끊이지 않는 것은 물론이고, 스승이요 유모로 섬겨온 상집 형제 또한 베옷을 차려입고 초종을 치렀다. 여러 차례 인근을 수색하며 시신을 찾았지만 거친 파도와 물고기 떼에 무사할 리가 없어서 마침내는 포기하고 말았다. 할망과 인연이 있는 이들은 관리의 눈을 피해 몇 차례 모여 예배를 올려 죽음을 추모하였고, 빈 가묘를 세워 고단한 여인의 삶과 제주 땅에 뿌려진 사랑을 기렸다.

제주목은 죄인의 죽음을 병사로 처리하여 조정으로 장계를 보내니, 향년 육십육 세 무술년 이월 초하루 묘시에 사망하였다고 적었다.

정녕 꿈이었을까. 정방호가 다녀간 아침 난주는 며칠 만에야 자리를 털고 일어났다. 혹시나 했으나 그의 흔적은 물론 사람이 다녀간 기미가 조금도 없었다. 대신 군졸이 던져주었을 법한 찬 주먹밥 덩어리가 딱딱하게 얼어 있었다. 사는 일이 죽기보다 참혹해도 사는 날까지 견디어내는 것이 사람으로 태어난 숙명이고 죄일 터였다. 난주는 얼어붙은 밥알을 침으로 녹여가며 꼭꼭 씹어 삼켰다. 따뜻한 볕이 내려앉는 정오가 되자 기력을 조금씩 찾았고, 손의 통증도 줄어들었다. 난주는 굴에 기대앉아 지난밤을 생각하고 꿈과 생시의 혼돈 속에서 혼자서 얼굴이 붉어졌다 또 침울해졌다 마음이 어수선했다. 오후의 긴 해가 사드락사드락 빈 가슴에 내려앉아서야, 꿈에서든 생시에서든 정방호의 정성을 헛되이 하지 않으리라 마음을 굳게 먹고 굴의 이곳저곳을 둘러보기 시작했다.

그때 만난 것이 연이다. 처음 굴 깊은 곳에서 낯선 사내아이를 발견하고서 산짐승인 줄 알고 기겁하였다. 누더기를 걸쳤으나 벌거벗은 것이나 다름없고, 이가 바글거리는 더러운 머리를 하고서 사람의 말은 하지 못했다. 이름을 물어도 나이를 물어도 아이는 짐승처럼 그르렁거렸다. 산속에 버려진 후 떠돌아다니며 살아온 듯했다. 남은 밥을 주자 허겁지겁 삼키고 목이 막히는지 기침을 하며 어딘가를 손가락질하였다. 아이는 물이 있는 곳도, 나가는 길도 알고 있을 것이다. 난주는 정방호의 말대로 천주가 자신을 잊지 않았음을 알았다. 죽음과 삶은 겨우 한 끗 차이 같으면서 실은 정해진 운명 같기도 했고, 사람의 의지나 마음과 무관하게 저 스스로 그 결과를 달리했다. 세상의 질서라는 것을, 난주는 영영 알 수 없으리라.

아이가 이끄는 길을 따라가자 얕지만 깨끗한 샘이 있었다. 둘은 정신

없이 물을 마셨다. 아이가 먼저 웃었다. 사람의 말을 하지 못해도 웃음소리는 청아하고 깨끗했다. 난주도 따라 웃었다. 아이의 더러운 얼굴을 씻겨주자 아이가 스스럼없이 난주에게로 와서 안겼다. 오랫동안 씻지 않은 아이에게서 들녘의 보리 냄새가 풍겼다. 혼도 넋도 순박하여 악취가 깃들 틈도 없나 보다. 갓난아이처럼 천연한 아이가 난주는 단박에 마음에 들었다. 둘은 도롱뇽이나 박쥐를 잡았고 때로 바깥으로 나가 열매를 줍거나 약초를 뜯었다. 멀리 나가지 못하는 난주 대신 마을로 내려가 물건을 구해 오는 것도 아이였다. 난주는 아이를 연이라고 불렀다. 연은 밤마다 난주의 가슴에 안겨 어린 아기처럼 쌔근쌔근 잠을 잤다. 난주는 잃어버린 아들의 어린 날을 만난 것처럼 팔을 크게 벌려 매일매일 아이를 품었다.

군사들은 처음 얼마간은 철저히 굴을 지키고 감시도 하며 또 간혹 인정 있는 자가 먹을 것도 던져주었으나, 차차 소홀해져서 길목을 단단히 막아두고 발길을 끊었다. 이제 난주가 살아 있으리라고 믿는 이는 오직 강 노인뿐이었다. 그해 겨울은 유독 추워서 큰 눈이 어지간히도 내렸다. 조방장은 난주를 보낸 후에 자리에서 일어나지 못했는데, 봄이 오기 전에 눈을 부릅뜨고 죽었다.

입춘이 지나 새로운 조방장 정유헌이 부임했다. 그가 지네굴의 사연을 전해 듣고는 양반 부인을 가엾게 생각하여 유해를 수습해 오도록 하였다. 군사 서넛이서 귀신을 만나기 무서워 꺼리며 왔다가 굴속 깊은 곳에 움막이 하나 있고 가죽옷을 입은 여인이 살고 있으니 기절초풍할 노릇이다. 그 여인이 사내아이를 데리고 나왔는데, 산속 생활로 아름다움은 스러지고 거칠한 산골 여인이 다 되었지만 그 여인이 분명 정난주였다.

난주가 살아 온 것을 환생이라도 한 듯 여기어 그동안 여인을 박대하던 사람들도 반가워하고, 식솔들은 물론 별감 댁 어른들까지 모두 몰려와 난주와 해후하였다. 구휼소의 식구들은 한 명도 흩어지지 않았지만, 욕창이 깊던 얼금 할망과 어린것 하나가 열병을 앓아 차례로 죽었다. 얼금이 떠날 때 이제야 천주를 뵙노라 하고 기뻐했다 하고, 어린것은 제아비가 찾아와서 묻어주었다고 하니, 난주의 마음이 슬프기는 해도 작은 위안이 되었다. 보말은 군사들의 냉혹한 대우와 구박에도 강 노인과 함께 구휼소를 지켰는데, 솔개와 양필과 같은 이들이 곁에서 착실히 도와주어 그런대로 견디어냈다. 어미 잃은 슬픔을 감당할 틈도 없이 궂은 일을 도맡게 된 보말의 얼굴이 말할 수 없이 상하였다. 난주는 제가 떠맡긴 삶의 무게를 비통하게 여기고서 딸의 앞날을 서두를 요량을 하였다.

어지러운 봄기운이 지나 초여름의 신록이 푸르러질 무렵, 별감은 대정 사또를 권하여 대정현에 구휼소를 설치하고 난주의 식솔들을 모두 이주시켰다. 난주는 다시 대정현에 정배되어 별감 어른의 손자들 유모이자 구휼소의 큰 어른으로 오가며 전과 다름없는 날들을 보내게 되었다. 그 곁에는 물론 강 노인과 보말, 연이 함께하였는데, 이듬해에 난주가 마음을 독하게 먹고 보말을 상윤에게로 보내니 비록 본처는 되지 못해도 정인을 따라 사는 것이 홍복이라 당부했다. 남은 세 식구는 강 노인이 병술년에 사망할 때까지 어깨를 붙이고 정을 나누며 여느 가족 못지않게 애틋하게 지냈다.

이때에 하 이방이 전과 달리 난주의 일을 성심성의껏 도왔는데, 그가 무당 이성두와 아내 여홍개를 이미 내쫓은 후라 그들의 죗값을 씻고 아들 춘상의 앞날을 축원하기 위해서였다. 세상일이 순전히 제 뜻대로

만 되지 않는 것은 누구에게든 마찬가지라, 이성두와 여홍개가 정난주의 천주교에 얽힌 일이 제주목까지 시끄러워질 줄 알았지만 조방장이 의외로 진(鎭) 내에 함구령을 내려 조금도 영향이 없었다. 헛된 힘만 쏟은 두 사람은 하 이방이 나서서 출항일 택일의 죄를 묻고, 백성들을 속이고 재물을 빼앗은 죄 등 가지가지 구실에 얽혀서 먼 섬으로 쫓겨나게 되었다.

한편, 별감이 난주의 부탁을 받고 정방호의 소식을 백방으로 알아보았지만, 가거도에까지 갈 배꾼이 없을뿐더러 길을 금하는 관부의 명이 지엄하므로 정방호의 후일 소식을 영영 듣지 못했다. 난주는 평생을 매일같이 먼 바다를 바라보고 두 번 기도를 올리니, 한 번은 먼 섬의 아들을 위해서요 또 한 번은 정방호의 무사안일을 위해서였다.

기다림만큼 시간을 더디게 하는 것이 또 없다. 그해 겨울은 경헌에게 더없이 길고 지루했다. 여느 때 같았으면 갯바위에 걸터앉아 신명나게 잡아 올렸을 참돔, 농어, 우럭 따위의 낚시질도 영 재미가 없었고, 아랫목에 틀어박혀 몇 고리는 지어냈을 새끼 꼬는 일도 흥미가 없었다. 그도 그럴 것이 불혹이 되도록 만나지 못한 어머니에게서 간혹 약재가 전해오고 편지도 날아오니, 보내고 나면 언제 닿을지 애가 닳고 또 올 것이 있으면 언제 올지 궁금하여 젖먹이가 어멈을 기다리듯 제주의 소식을 기다리고 또 기다리느라 하루가 일 년처럼 길기만 했다. 아내가 보기에 애달프기가 과하니 체신 좀 차리라 잔소리가 나오고, 얼마 전 득남한 큰아들도 아비를 걱정하여 간혹 모진 소리도 하였으나, 피붙이의 정을 못 느끼고 살아온 경헌의 고적한 마음을 모르지 않아서 속으로는 제주의 소식을 덩달아 기다리고 기뻐했다.

한동안 계속되던 눈비도 그치고 바닷바람도 잠잠하여 모처럼 고요하고 따뜻한 이월의 어느 날이다. 경헌은 이른 아침부터 아득한 바다를 바라보고 또 바다보다 더 망망한 흰 하늘을 바라보며 어멍을 향해 마음속 편지를 한바탕 쓴 참이다.

"저러다 망모석이라도 되겠구나."

아내가 설거지물을 버리면서 혀를 차고,

"아버님 괜찮으실까요?"

갓난애 젖 물리던 며늘애가 근심했다. 식구들의 걱정을 듣고서 경헌도 멋쩍지 않을 수 없다. 모처럼 어망을 들고서 휘적휘적 산 아래 마을로 내려가보는데, 마음에 없는 일이 손에 잡힐까. 배에 올라탈 마음도 없어서 그저 갯가 한 귀퉁이에 주저앉아 바다만 보고 있다. 추자의 바다는 제법 맑고 투명해서 어린것의 머리통처럼 둥글고 어여쁜 몽돌에 파도가 부딪치는 모양이 아무리 보아도 질리지 않는다. 부드러운 바닷바람에 머리카락 몇 올이 깃발처럼 휘날리고, 차가운 소금기가 얼굴에 눅진하게 들러붙도록 경헌은 꼼짝달싹도 하지 않았다.

한나절을 이렇게 보내고서, 이른 저녁 해가 뉘엇뉘엇 질 무렵이다.

멀리서 흰머리를 한 할망 하나가 걸어오는데, 다리에는 힘이 없어 지팡이를 짚었지만 허리는 꼿꼿하게 펴고서 고개를 숙이지 아니하여 기품이 있어 보였다.

경헌이 처음 한 번 보고 묘하게 두렵고, 두 번 다시 보고 가슴이 내려앉았다.

할망은 가까이 다가오면 다가올수록 거꾸로 나이를 먹어서 주름진 얼굴은 매끄러운 아낙이 되고 흰머리는 새카만 숯덩이 같다. 눈꺼풀이 처져서 희미해진 눈매는 또렷하게 찢어져 명랑하게 반짝거렸고, 쪼글쪼

글한 연회색 입술은 어린 계집아이처럼 분홍빛이다.

경헌은 그 모습을 본 적이 있었다. 설사 거리를 헤매다 마주했어도 단박에 알아볼 수 있었을 그 얼굴은, 자그마한 등허리를 내어 늘 업어주던 어멍의 얼굴이었다.

파도 소리가 멈췄다. 몽돌이 서로 부딪혀 웅얼대던 소리도, 갈매기들의 요란한 끼룩거림도, 경헌의 가슴에서 거세게 뛰던 심장 소리도 불시에 그쳤다.

할망은 어멍이고 어멍은 할망이라, 경헌에게 가까이 다가와서는 마음이 급해져 휘청이며 달려온다. 경헌은 금방이라도 쓰러질 듯한 제 어멍을 와락 끌어안았다. 둘은 그대로 갯가에 폭 주저앉는다. 세월에 삭고 슬픔에 녹아 어멍의 몸은 너무나 작았다. 경헌을 업어주던 그 든든하고 따뜻한 등은 한 팔로 끌어안고도 남았다.

"……헌아."

울음 섞인 어멍의 숨이 거칠어 말소리가 들리지 않았다. 어멍이 몸을 일으켜 숨을 몰아쉬더니 아들의 얼굴을 눈으로 삼키듯 바라보고, 이윽고 다시 눈물을 흘리며 장작개비같이 마른 가련한 팔로 아들을 끌어안았다.

"……경헌아, 그래, 경헌아…… 내 새끼…… 내 새끼 경헌아……."

경헌의 눈물이 폭포처럼 흘러내려 턱밑을 적시고 어미의 어깨에 뚝뚝 떨어지니, 늙은 어미는 또 그 눈물을 닦아주며 제 눈물을 줄줄 흘렸다.

"……어머니…… 어머니이……."

늙은 할망이 바로 어머니였다. 경헌은 그 아들이었다. 어머니와 아들이라는 이름을 찾기까지 꼭 서른일곱 해가 걸렸다. 어머니의 서른일곱

해 생은 아들을 그리워하는 데 보냈고, 아들의 거의 전 생애는 어머니의 부재를 느끼는 데 보냈다. 두 사람은 너무도 서럽고 그리워서 부둥켜안고 울었다. 울 수밖에 없었다. 말로서는 그 아픔을 전할 수가 없었고, 사람이 지닌 가장 원초적인 울음만이 두 사람의 지난 생애를 위로하고 달랠 수 있었다. 저녁 해가 완전히 기울어 어둠이 투덕투덕 내려앉도록 두 사람의 울음소리는 파도 소리를 이기고도 남았다.

처음 난주를 추자로 보낼 궁리를 한 것은 연이었다. 남몰래 배를 띄운다는 것은 나랏법을 어기는 중죄요, 바다의 일기가 사납기라도 하면 그대로 죽음뿐이다. 그런데도 소중한 제 어멍을 위험한 바닷길로 인도한 것은, 그 어멍의 산 소망 중에 가장 큰 소망이 바로 그것인 줄을 아는 까닭이다. 죽어서야 이루어질 천주의 약속만을 매양 기다리다 그대로 떠나보내기에는 어멍보다 연의 가슴이 더욱 미어졌다.

연과 상집 형제는 뜻을 모았다. 난주도 종국엔 아들 형제들의 청을 거절치 않았다.

바닷길을 건너는 동안 길잡이가 된 것은 연이 무시로 사귀어둔 배꾼들이다. 그들이 난주를 위해 기꺼이 추자로 향했고, 강풍이 서너 차례 불기는 했지만 무탈하게 도착하였다.

난주는 황 씨 집을 향해 곧장 올라갔는데, 언제 기력이 쇠한 상노인이었나 싶게 그 발걸음이 하늘을 나는 듯 가벼웠다. 한 번도 만나지 못한 며느리와 손주들을 그때서야 처음으로 만났다. 남편의 나약함을 타박하던 며느리도 시모를 만나고는 울지 않을 수 없었다. 가족이 둘러앉아 경헌을 기다리다 마침내 참지 못하고 난주가 경헌을 좇아 갯가로 나갔던 것이다.

난주는 아들 내외와 한 해를 보냈다. 정체를 떳떳하게 밝힐 수 없어서 난주는 해남에서 온 며느리의 먼 친척으로 둔갑하였다. 사람들이 간혹 모여 수군대기를, 늘 어둡던 황 서방의 얼굴이 딴판으로 밝아지고 먼 사돈 노인을 극진히 모시니 별나다고들 하였다.

난주가 추자에 와서 알게 된 사실이 두 가지 있었으니, 첫 번째는 정방호란 갓 장수가 기묘년에 추자섬을 찾아와 보름간 머물렀던 것이고, 두 번째는 그가 경헌과 환담 중에 제주에 부인은 없되 정인은 있으니 다 죽어가는 여인을 살펴준 것이 첫 인연이라고 하였다. 난주는 그제야 중치막을 덮어준 이가 곧 정방호였음을 알게 되었다. 틀림없이 난주를 생각해 아들을 찾아왔으나 차마 무거운 입을 열지 못하고 떠났으리라.

난주는, 생생한 날것의 그리움과 아픔을 마치 어제처럼 떠올렸다가 이내 지그시 눈을 감고서 죽지 않고 살았다면 똑같이 늙어왔을 그를 향해 마음으로 안부를 물었다.

1909년, 제주성당의 주임신부 라크루 신부가 추자도를 방문하였다가 황우중이란 어부를 만났다. 그가 말하기를 제 증조모가 정난주 마리아란 이름을 가지고 있었는데, 제주에서 오래도록 관비로 지내다 무술년 추자도에 건너와 조부 황경헌과 해후하였다고 한다. 그는 제 아비로부터 전해 받은 편지첩을 지니고 있었다. 제주 땅에 있을 때 오가던 편지와 그 후 제주 본댁과 오가던 편지가 한 묶음이었다.

임종이 어떠했냐는 라크루 신부의 질문에 그는 이렇게 답했다.

"아주 편하게 가셨답니다. 모든 짐 훌훌 벗고서 천당으로 오르시는 기쁨이야 우리는 아직 모르겠지요. 이곳에서의 한 해가 지극히 즐거우셨던갑소. 연로한 증조모께서 흰머리 성성한 아들의 옷을 짓고 밥을 차렸으며, 조부께서는 어린아이처럼 춤을 추고 노래를 해드렸다지요."

라크루 신부는 정난주 마리아가 제주 땅에 심었던 천주의 소망에 깊이 감명하여 프랑스 전교지 〈가톨릭 선교〉에 소개했고, 이때 거둔 후원금으로 황우중에게 집과 밭을 사주었다. 그는 난주의 많은 편지를 얻을 수 있었는데, 훗날 벌어진 4·3사건 당시 온 제주 땅을 휩쓴 날 선 총탄과 붉은 화마 속에서 모두 불타 사라져 종적을 찾을 수 없게 되었다.

심사평

본심에는 다섯 편이 올라왔는데, 세 심사위원이 공통으로 추천한 작품은 《난주》였다. 그래서 당선작도 자연스럽게 정해졌다.

이 작품은 1801년, 조선조 후기 천주학 사건(황사영 백서)으로 인해 제주도로 유배되어 관노비로 살게 된 여자 정난주의 비극적 일생을 그린 소설이다. 정난주는 능지처참으로 처형당한 황사영의 아내이다.

작가는 정난주의 참담하고 아프고 신산했던 삶을 섬세하게 서술하고 있다. 역사와 문학의 만남이 이렇게 아프고 슬플 수 없다. 제주도의 역사와 풍토, 서민들과 노비들의 학대받는 아픈 삶을 바탕하고 있는 이 소설은 제주도의 역사와 함께 영원히 기억되어야 하고 오늘 부활시켜야 하리라 생각된다.

역사 인물을 소재로 소설을 쓰는 일은, 먼저 그 인물을 왜 하필 오늘(글로벌 자본주의의 정글의 세태)에 와서 이야기하는가, 오늘의 세태 속에서 다시 숨 쉬고 활동하게 하는 이유, 그 당위성이 확보되어야 한다. 이 소설 속의 정난주는 당시의 비이성적이고 폭력적인 정글의 세상 속에서 평화를 조성하고자 하는 의지의 인물로 읽힌다. 이 경우 역사의 몫과 작가의 몫은 다르게 평가되어야 한다. 특정 종교를 믿는 인물이지만 작가는 종교에 치우치지 않으려 애쓰고 철저하게 그의 절대고독과 생명력을 형상화시키려고 노력하고 있다. 끝까지 살아남아, 함께 관노비가 되지 않게 하려고 추자도에 버리고 온 아들(그 아들은 관비로서 살아가는 정난주의 아픈 손가락)을 만나는 대목은 감동적이다.

그리고 조선이라는 봉건시대의 변방에 놓여 있는 제주라는 어떤 차별성을 정난주라는 한 여인의 핍진한 삶과 연결시키는 작가의 진정성이 감동으로 다가왔다. 거기에 작가의 성실하고 개성 있는 문체도 돋보였다. 다만 정난주라는 역사적 인물에 너무 몰두된 나머지 자칫 정난주를 살아 숨 쉬는 인간이기보다는 거의 무결점에 가까운 종교적 우상으로 만들어버리는 것이 아닌가 하는 염려를 떼칠 수 없었다는 점을 지적해둔다.

심사위원 김석희(소설가), 송기원(소설가), 한승원(소설가)

정난주 마리아라는 이름이 가슴에 박힌 것은 벌써 오 년 전 일이다. 조선 명문가의 장녀로서 천주교도의 삶을 살았던 여인. 남편을 잃고 아들과 떨어져 한평생을 제주의 관비로 살아야 했던 여인. 내게 그 여인은 정약용의 조카, 황사영의 아내…… 그런 누군가의 '무엇'이 아니라, 정난주란 이름 자체로 물음표가 되어 다가왔다.

우리나라의 천주교 초기 역사 또한 참으로 의아한 부분이 많다. 그어느 나라도 이렇게 자발적인 신앙의 뿌리가 뻗어간 곳은 없다. 목숨까지 내놓으면서 신앙을 지키고자 했던 조선시대 천주교도의 마음엔 어떤 신념이 자리했던 것일까. 이 땅의 오랜 질서와 체제에 맞서면서까지 이루고자 했던 세상에 무엇이 있었을까. 그 의문들이 소설의 출발이 되었다.

정난주의 삶을 이해하기 위해 역사의 시간을 숱하게 거슬러 오르며, 참으로 많은 이들을 만났다. 고귀한 왕이나 사대부, 명망 있는 학자나 선비뿐만 아니라 질박한 삶을 이어가면서도 도무지 포기할 줄 모르는 가난한 양민들 혹은 노비, 백정과 같은 천민들이었다. 19세기 조선이든 21세기 대한민국이든 그런 다양한 군상은 어디에나 존재한다. 그것은 때론 정난주이면서 또 나이고, 당신이면서 혹은 곁의 누군가일 것이다. 각자의 삶에서 오늘 하루에 최선을 다하며 묵묵히 나아가는 사람들.

정난주의 이야기를 쓰면서, 나는 그들의 삶 하나하나가 곧 조선이었고 오늘의 대한민국이라고 느꼈다. 악함과 선함이 공존하고 고귀함과 비열함이 함께하며 때론 의도치 않은 가해자가 되기도 하고 억울한 피해자가 되기도 한다. 그런 혼란한 세계 속에서도 어떤 선한 결과(자신뿐만 아니라 타인의 삶을 향상시킬 만한)를 만들어내는 사람들은 분명히 있다. 그들은 자신의 이름을 끝끝내 지키며 자신의 신념에 반하는 부분과는 결코 타협하지 않는 이들일 것이다. 내가 생각하는 정난주는 그런 사람이었다.

거창한 순교자나 박애주의자, 혹은 성녀와 같은 이를 그리고자 한 것은 아니다. 다만, 자신이 믿고 있는 신념과 양심에 있어 남들보다 조금 더 집요하게 다가섰던 인물이고, 자신의 이름과 자신이 있던 자리를 결코 망각하지 않는 여인이었다. 그런 강단과 용기가 있었기에 관비의 처지에도 '한양할망'이란 칭송을 받았을 것이다. 그러면서 동시에 정난주는 나약한 한 여자였고 자식을 생각하며 가슴 뜯는 애절한 어머니였다. 나는 그것을 아름답게 여겼다. 인간의 나약함이란 다시 일어나기 위한 자연스러운 과정이며, 자식을 사랑하는 것은 우리 삶의 팔 할 이상의 목적일지 모른다. 두 아이의 엄마로서 나는 그렇게 믿고 있다.

정난주 마리아가 한 편의 소설로서, 꿈이면서 동시에 현실이 될 수 있었던 것은 그러한 여러 가지 삶의 모습들을 들여다볼 수 있었기 때문이다. 사실상 정난주가 앞서가는 길을 나는 부지런히 따라갔다. 그런 기분이었다. 그것이 그저 꿈일 뿐이라도, 내 가슴은 매순간 아프고 저렸다. 그러면서 기뻤다. 우리는 누구나 다 특별하고, 어떤 삶이든 저마다의 향기와 가치로 빛나고 있음을 느낄 수 있어서.

정난주 마리아와 함께한 시간이 오래되었다. 하루에 두세 줄밖에 못 쓴 날도 많았다. 그래도 원하기만 하면 그녀 곁에 있을 수 있어서 행복했다. 그들의 삶은 고단했을지언정, 결코 쓰러지지는 않았다. 덕분에 현실을 살고 있는 나까지 힘을 낼 수 있었다.

부족한 소설이지만, 누군가에게 그런 힘이 되기를 바란다. 꼭 그렇지 않더라도, 오래전 잊힌 숱한 꽃들이 지금은 비록 스러졌으되 그때에 얼마나 당당한 기세로 세상을 향해 온몸을 펼쳤는지 기억해주기를 바란다. 우리 또한 바로 그 한 송이 꽃이기에.

내게 스승 되어주시는 아버지와 어머니, 격려하고 응원해주는 남편과 가족들 모두에게 감사를 전한다. 특히, 소설을 쓰는 동안 늘 '정난주'란 이름을 외우고 다녔던 내 꼬마 스승, 윤호와 윤아에게 사랑한다고 말하고 싶다.

끝으로, 값진 상의 영광을 주신 현기영 제주4·3평화문학상 운영위원장님을 비롯한 선생님들께 진심으로 감사드리며, 제주 4·3 사건의 아픔과 상처를 조금이라도 치유할 수 있는 날이 오기를 간곡히 바란다.

2018년 가을
김소윤

주요 참고자료

이형상, 《남환박물》, 이상규·오창명 옮김, 푸른역사
이원진, 《역주 탐라지》, 김찬흡 등 옮김, 푸른역사
정약종, 《Jugyo Yoji》, KIATS(키아츠)
마테오 리치, 《천주실의》, 송영배 옮김, 서울대학교출판문화원
안길정, 《관아를 통해서 본 조선시대 생활사》, 사계절
현평효·강영봉, 《표준어로 찾아보는 제주어사전》, 각
강영봉·김동윤·김순자, 《문학속의 제주방언》, 글누림
주명준, 〈정약종가문의 천주교신앙실천〉
전인수, 〈황사영의 생애와 사상연구〉
김동전, 〈18.19世紀 濟州島의 身分構造 硏究 : '大靜縣戶籍中草'를 中心으로〉
박은영, 〈19세기 제주도 민가의 공간구성 변화에 관한 연구〉
임영정, 〈조선초기의 관노비〉
김상환, 〈조선초기 관노비제의 정비와 그 성격〉 〈조선전기 형벌노비의 유형과 그 성격〉
지승종, 〈朝鮮前期의 納貢奴婢 硏究〉 〈朝鮮前期 '奴婢所有의 契機에 관한 硏究〉
권기중, 〈18세기 단성현 관노비의 존재양태〉

제6회 제주4·3평화문학상 수상작

난주

1판 1쇄 발행 2018년 11월 19일
1판 7쇄 발행 2023년 6월 9일

지은이·김소윤
펴낸이·주연선

책임편집·김서해
표지 및 본문 디자인·이지선 김지수
마케팅·장병수 최수현 김다은 이한솔 강원모
관리·김두만 유효정 박초희

(주)은행나무
04035 서울특별시 마포구 양화로11길 54
전화·02)3143-0651~3 ㅣ 팩스·02)3143-0654
신고번호·제 1997-000168호(1997. 12. 12)
www.ehbook.co.kr
ehbook@ehbook.co.kr

ISBN 979-11-88810-72-7 03810